Emma Temple
Im Land des Silberfarns

PIPER

Zu diesem Buch

Südengland im 19. Jahrhundert: Eines Tages würde sie den Adligen Gregory heiraten, davon war Anne Courtenay seit ihrem 14. Lebensjahr fest überzeugt. Die wohlbehütete Tochter eines südenglischen Pferdezüchters und der charmante, gutaussehende Sohn eines Barons sind das perfekte Paar. Auch die Eltern sind sich einig, nichts steht ihrem Glück im Weg – bis eine finanzielle Pechsträhne des Vaters ihr Leben durchkreuzt. Master Courtenay muss sein Gestüt verkaufen, und Gregorys Vater hält die Partie plötzlich für unwürdig. Annes Eltern geben daraufhin dem Werben des hoffnungsvollen Kapitäns Nathan nach. Er möchte nach Neuseeland ziehen und dort mit Anne an der Seite sein Glück versuchen. Nur zwei Tage später bricht Anne auf Nathans Schiff in eine ungewisse Zukunft auf. Doch auf hoher See ändert der junge Mann schlagartig sein Gesicht: er beachtet seine Verlobte nicht, geht brutal gegen seine Matrosen vor. Anne erfährt seine wahren Pläne und weiß mehr denn je: das Glück hat sie verlassen. Ihr bleiben nur die Träume von ihrer verlorenen Liebe …

Emma Temple ist das Pseudonym der deutschen Autorin Katrin Tempel, die erfolgreich heitere Frauenromane wie »Stillen und Chillen« und »Stillst du noch oder lebst du schon?« veröffentlicht. Sie wurde 1967 in Düsseldorf geboren und wuchs in München auf. Während ihres Studiums der Geschichte und der Politik entdeckte sie ihre Liebe zu Neuseeland und verbrachte ein Jahr auf einer Farm in der Nähe von Christchurch – ein Ort, zu dem sie immer wieder zurückkehrt. Nach dem Studium war sie zunächst Journalistin, seit ein paar Jahren schreibt sie Romane und Drehbücher, so zum Beispiel »Dr. Hope – eine Frau gibt nicht auf«, vom ZDF mit Heike Makatsch verfilmt. Heute lebt sie mit ihrer Familie an der Weinstraße.

Emma Temple

Im Land des Silberfarns

Roman

Piper München Zürich

Mehr über unsere Autoren und Bücher:
www.piper.de

Von Emma Temple liegen bei Piper vor:
Der Tanz des Maori
Der Gesang der Maori
Im Land des Silberfarns

MIX
Papier aus verantwortungsvollen Quellen
FSC® C083411
www.fsc.org

Originalausgabe
Januar 2013

Umschlaggestaltung: Cornelia Niere mit Bettina Steenbeeke
Umschlagfoto: Douglas Pearson/Getty Images
Satz: Kösel, Krugzell
Gesetzt aus der Bembo
Papier: Munken Print von Arctic Paper Munkedals AB, Schweden
Druck und Bindung: CPI – Clausen & Bosse, Leck
Printed in Germany ISBN 978-3-492-27442-5

Für Georg – der immer dann die besten Ideen hatte,
wenn ich mal wieder im Busch festsaß

TEIL I

Kororareka, 1831

1.

Das Meer schäumte kurz auf, als der Anker in die Wellen sank. Die Kette rasselte noch einmal, dann herrschte Stille. Die Mannschaft der *Electra* rollte in Windeseile die letzten Taue auf, kümmerte sich darum, dass die Segel ordentlich gerefft waren und keines von einer plötzlichen Windbö erfasst werden konnte. Der magere Schiffsjunge sah sich neugierig um. Es war seine erste große Fahrt in den Südpazifik – und von diesem Ort redeten die alten Seeleute seit Monaten wie von einer Art Himmel. Oder der Hölle, je nach Geschichte, die sie zu erzählen hatten. Im Augenblick ankerten bestimmt zwanzig Walfangschiffe in der weit geschwungenen Bucht. Einige groß und gepflegt, mit mindestens vier kleinen Booten an Bord, dazu große Feuerstätten, in denen der Tran der mächtigen Tiere direkt eingekocht werden konnte. Einige kleinere Schiffe waren auf die Fabriken an Land angewiesen, um ihrem Fang das wertvolle Fett abzunehmen. Aber egal, ob groß oder klein: Ihre Besatzung war höchstwahrscheinlich nicht an Bord.

Kororareka. Der Ort, den die Priester den »Höllenschlund des Pazifik« nannten. Der Schiffsjunge musterte die einfachen Holzhäuser, die hinter den Bäumen am schmalen Strand zu erkennen waren. Die große Bucht war perfekt vor allen Stürmen geschützt, eine leichte Brise strich über seinen Kopf und sorgte dafür, dass ihm der Schweiß nicht zu sehr über das Gesicht lief. Er wischte sich mit einer ungeduldigen Bewegung eine Strähne aus dem Gesicht und lächelte. Hier konnte man sicher baden, endlich wieder etwas frisches Obst essen. Oder ein Stück Fleisch, das nicht schon vor Monaten in Salz gelegt worden war.

Eine Hand legte sich ihm auf die Schulter. Er sah nach oben und erkannte den Mischling, der irgendwo vor Afrika angeheuert hatte, als einer der Matrosen an einem Fieber gestorben war. So wie er aussah, war seine Mutter aus China und der Vater ein Neger.

»Willst heute etwa ein Mann werden, Kleiner?«, grinste er.

Austin schüttelte den Kopf. Er brachte kein Wort heraus. Von den Frauen von Kororareka hatten die Männer immer mit einem merkwürdigen Gelächter gesprochen. So, als ob sie etwas Besonderes wären. Frauen, die man nicht lange fragen musste. Auch dann nicht, wenn man nur ein Matrose war – wichtig war nur das Geld, das man ihnen gab. Oder den Männern, die sie beschützten. Austin machte schon der Gedanke Angst.

»Ich wollte nur ein bisschen von Bord …«, begann er.

Der massige Mann schlug ihm auf den Rücken und schüttelte den Kopf. »Vergiss es. In Kororareka ist nichts gut – außer Schnaps, Frauen oder eine Tracht Prügel. Ich pass auf dich auf, Kleiner. Dann passiert dir nichts. Ich hab bei meinem ersten Landgang hier einen Zahn verloren. Und meine Rippen tun heute noch weh, wenn wir im Winter oder bei feuchtem Wetter segeln. Muss dir nicht passieren. Komm mit!«

Ehe er sichs versah, schubste der Neger Austin in ein kleines Boot, mit dem sie an Land kommen wollten. Der Junge klammerte sich an der Bordwand fest und starrte dem Ort entgegen. Je näher sie kamen, desto deutlicher konnte er die zahllosen Menschen auf den Straßen unterscheiden. Fast alles Männer. Dazu die vielen Läden und der Geruch nach gebratenem Hühnchen. Ihm lief das Wasser im Mund zusammen. Frisches Fleisch nach den vielen Monaten mit gepökeltem Speck, in dem schon die Maden wimmelten – das klang wie das Paradies. Oder zumindest wie ein Stück davon.

Mit einem knirschenden Geräusch lief das Boot am Strand auf Grund. Der Mann vorne im Bug sprang heraus, nahm eine Leine und zog das Boot noch ein wenig höher auf den Sand, während die anderen Männer der Reihe nach von Bord sprangen. Keiner von ihnen hielt sich lange auf, alle verschwanden in der nächsten staubigen Straße, manche zu zweit, manche in größeren Gruppen und manche allein. Der Junge zögerte noch, als ihn die Hand des Negers auf seiner Schulter auch schon in Richtung der Stadt drehte. Er wehrte sich nicht, und wenig später waren sie zwischen zwei Häusern verschwunden.

Mit großen Augen sah er sich um. Die Holzhäuser sahen zum Teil nur grob zusammengezimmert aus, er entdeckte bei einigen von ihnen sogar Spalten in der Wand, breit wie eine Männerhand, durch die man ins Innere blicken konnte. Andere waren sorgfältig gearbeitet, da hatten Zimmerleute weiter als an den nächsten Regenschauer gedacht. Die Dächer waren mit Holzschindeln und Gräsern gedeckt, die sich im leichten Wind bewegten. Was passierte hier während der Winterstürme? Oder gab es in diesem Neuseeland gar keinen Winter wie in seiner Heimat in Wales? Dort regnete und stürmte es monatelang, und der Junge konnte sich nicht vorstellen, dass es irgendwo anders sein könnte – egal, wie heiß es in den letzten Wochen in der Nähe des Äquators gewesen war. Austin holte gerade Luft, um seinen großen Begleiter nach dem Winter zu fragen, als sie gegen zwei bärtige Männer stießen, die quer über die schmale Straße torkelten. Mit glasigen Blicken sahen sie den Neger an. Einer spuckte verächtlich aus.

»Hast dir wohl den Kleinen zum Spielen mitgebracht, oder?«

Der Junge spürte, wie sich die schwielige Hand auf seiner Schulter etwas verkrampfte. Er hatte keine Ahnung, wovon diese Männer sprachen. Zum Spielen? Der Matrose aus Afrika war doch viel zu alt zum Spielen …

»Verschwinde«, knurrte sein Begleiter. Er schien sich um einen ruhigen Ton zu bemühen. »Will nich' mit euch reden, klar?«

Die Männer schienen ihn nicht zu verstehen. Mit ihren breiten Schultern versperrten sie ihnen den Weg und hoben drohend die Fäuste.

Der Neger schüttelte den Kopf. Er sah müde aus. »Bin noch keine hundert Schritte auf festem Boden gegangen. Sucht euch einen anderen …« Er kam nicht dazu, den Satz zu beenden. Der Kräftigere der beiden Männer hob seine Fäuste und schlug ohne weitere Vorwarnung zu.

Der schmale Schiffsjunge machte einen Schritt zurück und versteckte sich hinter seinem Beschützer. Hier konnte er nicht mitmischen. Er sehnte sich nach seiner Hängematte, die direkt in der Nische hinter dem Ofen des Schiffskochs hing. Es roch zwar oft nach ranzigem Fett, aber da störte ihn wenigstens keiner.

Sein Begleiter seufzte leise und drehte sich halb zu ihm um. »Darum hab ich gesagt, dass du nich' allein an Land gehen sollst«, erklärte er über seine Schulter hinweg. Um gleichzeitig mit seinem langen Arm dem Angreifer einen gewaltigen Schwinger zu verpassen. »Such dir was in deiner Klasse«, sagte der Neger noch, während er den Schiffsjungen an die Hand nahm und über den Mann hinwegstieg. Der lag am Boden und schüttelte immer noch benommen den Kopf, während Austin und sein Beschützer um die nächste Ecke verschwanden. Sein Freund versuchte zu begreifen, was da eben passiert war. Seinem Gesichtsausdruck nach würde es allerdings noch ein Weilchen dauern, bis ihm aufging, dass sie einem stärkeren Mann begegnet waren. Oder vielleicht auch nur einem Mann, der nüchtern war –

und deswegen mit den besseren Reflexen ausgestattet war.

Das ungleiche Paar von der *Electra* hatte inzwischen den etwas breiteren Weg erreicht, der wohl so eine Art Hauptstraße von Kororareka darstellte. Der Neger deutete auf eine Kneipe. »Wenn du kein' Ärger willst, darfst du da nich' rein. Wird gesoffen, gespielt. Die Mädchen sin' nett. Wollen dein Geld, aber nett. Du willst es wirklich nich' versuchen, wie es mit so einer is'?«

Der Junge sah neugierig zu der Kneipe hin, die ihm sein Begleiter gezeigt hatte. Vor der weit geöffneten Tür standen ein paar Männer mit Bechern in der Hand und lachten laut, während sie sich irgendetwas erzählten. Einer rauchte eine Pfeife, ein anderer kratzte sich gemütlich im Schritt, während er die freie Hand fest um eine Frau gelegt hatte. Sie hatte schon ein paar graue Strähnen im Haar, das wohl einst braun gewesen war – und als sie den Mann anlächelte, sah man, dass ihre Zähne schon lange nicht mehr vollständig waren. Aber ihre Hüften waren rund, und ihre Augen sahen lebendig in die Runde. Auf ihrem Oberarm sah der Schiffsjunge schwarze Schriftzeichen – aber noch bevor er sie sich genauer ansehen konnte, nahm ihn der Neger an die Hand und zog ihn weiter die Straße herunter.

»Zuerst essen wir was. Da vorne gab es letztes Jahr die besten Pasteten der Welt. Vielleicht ...« Er schob eine Tür zu einem kleinen Raum auf, in dem sich die Menschen nur so drängten. An den Tischen war kein einziger Sitzplatz frei, Männer zwängten sich dicht aneinander und riefen ihre Bestellung einer drallen Rothaarigen zu. »Schätzchen, zwei mit Hühnchen und Süßkartoffel. Und ein bisschen Pfeffer extra!«

»Bist auch so scharf genug!«, grölte ein anderer.

Der Neger lächelte. »Hier ist alles gleich geblieben seit mei'm letzten Besuch. Warte hier!«

Damit verschwand er im Gedränge. Er bahnte sich seinen Weg wie ein Lastkahn, die meisten wichen ihm einfach aus. Der Junge drückte sich in eine Nische neben der Tür. Ohne den Afrikaner fürchtete er sich. Was, wenn ihnen die üblen Gesellen, die ihnen vorher begegnet waren, noch einmal über den Weg liefen? Würden sie ihn in Ruhe lassen? Er drückte sich noch ein wenig enger gegen die Wand.

Eine junge Frau, deren schwarze Locken von einem dunkelroten Tuch nur knapp gebändigt wurden, lächelte ihm zu. »Was hat dich denn hierher gebracht. Bist du nicht ein bisschen zu jung für dieses Kaff? Weiß deine Mutter, wo du dich rumtreibst?«

»Ich bin schon dreizehn Jahre alt«, trumpfte der Junge auf und merkte, dass er gleichzeitig rot wurde. »Und wenn meine Mutter nichts dagegen hat, dass ich als Schiffsjunge anheuere, dann darf sie auch nichts dagegen haben, dass ich hier in diesem Gasthaus bin.«

»Gasthaus?« Die Frau sah sich mit einem abschätzigen Lächeln um. »So kann man das auch nennen. Aber ich versichere dir, dass hier noch ganz andere Dinge als heiße Pasteten serviert werden. Und die sind nichts für kleine Jungs ...«

Er sah sie sich genauer an. Ihre feine Haut und die funkelnden Augen sahen so gar nicht nach einem der

Mädchen aus, von denen ihm die anderen Männer immer erzählt hatten. Nein, sie sah aus wie eine echte Lady. Oder zumindest so, wie er sich eine echte Lady vorstellte.

»Wie ich schon gesagt habe«, begann er. »Ich bin kein …«

Sie winkte ab. »Will ich gar nicht wissen. Du bist ein Mann, wenn auch ein kleiner, und du bist in diesem Haus gelandet. Das erklärt alles. Aber ich habe für heute genug von stinkenden Männern und Jungs, wie du es bist.« Sie drehte sich um und schlüpfte durch die Tür nach draußen.

Der Junge sah ihr hinterher. So musste eine Frau sein, wenn er sich mal eine nehmen wollte. Eine, die so aussah, als ob ihre Lippen nach frischen Kräutern schmeckten.

»Hat sie etwa mit dir geredet?«, staunte neben ihm sein Begleiter und drückte ihm eine dampfende Pastete in die Hand. »Welch eine Ehre! Aber für die bist du ein paar Nummern zu klein. Das ist die stolze Anne. Eine der Königinnen von Kororareka. Kann sich nur ein Käpten leisten – und das vielleicht auch nich' für mehr als ein paar Tage. Iss lieber deine Pastete. Ist mit echtem Schweinefleisch gemacht. Und Süßkartoffeln. Wird dir schmecken.«

Der Junge sah immer noch zu der Stelle, an der die junge Lady verschwunden war. »Das ist ein Mädchen, das es für Geld macht? Aber – sie ist doch eine echte Dame!«

Der Neger zuckte mit den Achseln. »Keine Ahnung, was sie hierher verschlagen hat. Aber was auch immer sie wirklich ist – sie ist schon seit über einem Jahr hier. Die findet nie mehr den Weg nach Hause zurück, egal wie hübsch sie ist oder wie fein sie sich aufführt.«

Bedächtig kaute der Junge seine Pastete. »Die ist eine Lady, ganz bestimmt«, erklärte er. »Und wenn ich das nächste Mal hierherkomme, dann bin ich reich genug. Dann hat sie Zeit. Auch für einen wie mich.«

Der Afrikaner lachte und zeigte auf eine Blondine. Nicht ganz so jung und nicht ganz so schön wie Anne. »Die da ist eher was für dich, Bürschchen. Man sollte schon wissen, was man sich leisten kann und was nicht. Sogar wenn man nur ein kleiner Schiffsjunge auf einem nicht allzu großen Walfänger ist.«

Austin schüttelte trotzig den Kopf. »Nein. Ich will nur die eine!«

2.

Auf der Straße schloss Anne für einen kurzen Moment die Augen. Täuschte sie sich, oder wurden die Männer in Jamesons Bar immer widerlicher? Und wenn sie noch unschuldig und freundlich waren, dann handelte es sich um Kinder. Wie gerade eben dieser Schiffsjunge. Der gehörte eigentlich noch an den Herd seiner Mutter und nicht hierher. Von allen Orten der Welt am allerwenigsten nach Kororareka.

Sie zog ihr Tuch fester über ihr Haar und machte sich auf den Weg. Immer die Häuser entlang, die Augen fest auf den Boden gerichtet, um nur ja niemanden zu ermutigen, sie anzusprechen. Anne hatte nur wenig Zeit, und sie wusste ganz genau, wohin sie wollte. Ein zahnloser einbeiniger Mann hielt sie am Arm fest. »Wie sieht es aus, Püppchen? Versüßt du mir ein bisschen das Leben?« Er roch nach dem billigen Schnaps, der hier überall verkauft wurde.

Sie musterte ihn kurz, machte eine abwehrende

Handbewegung und beschleunigte ihren Schritt. Ihr Mitleid mit diesem Treibgut der Weltmeere war schon lange verbraucht. Mit ihren Verletzungen waren diese Männer für den Walfang unbrauchbar geworden und hatten damit jede Chance auf eine anständige Heuer oder eine Fahrt in die Heimat verloren. Dieser Alte war schon seit Jahren hier in Kororareka. Wenn ihm nicht ab und zu eine mitleidige Seele ein wenig helfen würde – meistens waren es ehemalige Kameraden seiner Mannschaft –, dann wäre es längst um ihn geschehen. So kam er wenigstens hin und wieder an ein bisschen Fusel oder einen Happen Essen. Aber Anne hatte nichts zu verschenken. Sie wich einer Prügelei aus und erreichte endlich ihr Ziel. Ein kleines Haus, ganz am Rand des Ortes. Gebaut aus dicken Balken, sah es mit seinem tief heruntergezogenen Dach ein wenig wie ein Mann aus, der sich einen Hut in die Stirn gedrückt hat.

Anne hob ihre Hand und klopfte. Niemand öffnete. Sie klopfte noch einmal. Fast hätte sie sich schon umgedreht, als sich die Tür langsam auftat. Ein dicker Mann tauchte auf. Sein weißes Hemd war fast sauber, die Hosen hatten nur wenige Flicken, und seine Hände sahen nicht so aus, als ob er viel körperliche Arbeit verrichten würde. Er musterte sie, ohne ein Wort zu sagen, aus seinen wässrigen hellblauen Augen. Anne fühlte sich unwohl. Sie wusste, was er vor sich sah: eine sehr junge, magere Frau mit dunkelgrünen Augen, tiefen Augenringen und zu vielen schwarzen Locken auf dem Kopf. Ein etwas zu tiefer Ausschnitt, um noch anständig zu sein – und ohnehin: Es gab keine anständigen Frauen in diesem Ort. Ein Rock mit bunten Bändern vervollständigte ihre Kleidung. Schuhe trug sie keine. Hier in der Bucht war das Wetter immer mild, sie musste sich nicht gegen Kälte und Nässe schützen. Außerdem waren Schuhe etwas für die anständigen Frauen.

Der Mann sah sie noch immer wortlos an. Anne schluckte. »Bitte lasst mich ein. Ich muss mit jemandem reden. Und dafür seid Ihr doch da? Die Leute sagen, Ihr hört zu. Dann müsst Ihr auch mir zuhören! Stimmt doch, oder?«

Samuel Marsden seufzte. Er hatte eigentlich auf einen ruhigen Nachmittag gehofft. Er wollte ein wenig an seiner nächsten Sonntagspredigt arbeiten und vielleicht auch nach seinen Reben sehen, die er im Garten hinter dem Haus gepflanzt hatte. Und jetzt stand eine der Dirnen der Stadt vor ihm. Allein dieser Ausschnitt sollte eigentlich reichen, dass Gott einen Blitz auf sie herabfahren ließ. Und dann dieser Rock. Die roten Streifen, mit denen er besetzt war, machten schon klar, womit dieses Mädchen sein Geld verdiente. Er sah ihr ins Gesicht und versuchte sich zu entscheiden, was er mit ihr anstellen sollte. Einfach weiterschicken? Wahrscheinlich bekam er nur Ärger mit Jameson – denn wenn er sich richtig erinnerte, gehörte sie zu seinen Mädchen. Die stolze Anne. So wurde sie genannt, das fiel ihm plötzlich ein. Weil sie nicht mit jedem redete und auch nur für die reicheren Seeleute zu haben war. Jung und gesund, alle Zähne im Mund und der Bauch noch durch keine Schwangerschaft verunstaltet – das machte sie zu einer der schönsten Frauen in Kororareka. Das musste sogar ein Missionar wie er zugestehen. Er holte noch einmal tief Luft, dann trat er zur Seite und machte eine einladende Bewegung mit der Hand. »Komm rein. Ich weiß nicht, was du von mir willst – aber eine Tasse Tee bekommst du.«

Anne nickte dankbar und huschte durch die Tür. Sie wollte nicht, dass irgendjemand sie sah und dann Master Jameson von ihrem Ausflug erzählte. Der würde nur wieder wütend – und seinen Jähzorn hatte sie zu fürchten gelernt. Ebenso wie seine harten Fäuste, die er so gerne einsetzte, um seine Mädchen gefügig zu machen.

Marsden nahm eine verbeulte Teekanne, die auf dem grob behauenen Tisch stand, und schenkte ihr den Tee in einen Becher. Er reichte ihr das dampfende Gebräu und deutete diesmal auf einen Stuhl. »Setz dich. Was liegt dir auf dem Herzen?« Seine Stimme klang nicht wirklich einladend.

Anne schloss ihre Hände um seine Tasse und atmete für einen Augenblick den aromatischen Duft ein. Es roch nach Kräutern und der Wildnis, die sie hier umgab – aber ganz sicher nicht nach einem normalen Tee. Sie kannte die Antwort schon. Wie so viele Briten konnte Marsden sich keinen echten schwarzen Tee aus Indien leisten und verwendete stattdessen getrocknete Manukablätter. Sie schmeckten sowohl kalt als auch warm, und nicht wenige der Auswanderer behaupteten, dass dieser Tee sogar der Gesundheit förderlich sei. Aber sie war kaum hierhergekommen, um über die Vorteile des neuseeländischen Kräutertees zu sinnieren.

»Ich hasse es! Ich hasse es! Ich hasse es!«, brach es aus ihr ohne eine weitere Vorrede heraus.

Marsden runzelte die Stirn. »Hass ist ein großes Gefühl …«, begann er vorsichtig.

Anne schüttelte den Kopf. »Aber mein Leben kann man nur hassen. Kein Mensch, der auch nur einen Funken anständig ist, könnte so ein Leben führen … Ich ekele mich vor den dreckigen Männern, ich muss würgen, wenn mich einer anfasst, und ich weigere mich, in einen Spiegel zu blicken, wenn ich in diesem von Gott verlassenen Kaff mal einen sehe.« Sie brach ab. »Aber ich wollte nicht jammern. Das bringt nichts, und wenn ich Euren Blick richtig deute, kann ich von Euch nicht einmal eine Portion Mitleid erwarten. Was ich von Euch will, ist etwas anderes. Ich will, dass Ihr meinen Eltern eine Nachricht zukommen lasst. Sie glauben, dass ich hier eine gut verheiratete Kapitänsgattin bin.«

Der Missionar musterte ihre Erscheinung. »Und du willst ihnen sagen, dass du in Wirklichkeit in der Gosse gelandet bist und in dem verwerflichsten Ort der südlichen Hemisphäre anschaffen gehst, aber eigentlich nichts dafür kannst?« Sein Akzent offenbarte seine Heimat: Er rollte die Rs und sang auf eine Weise, wie es nur die Männer aus Schottland taten. Anne mochte seinen stillen Vorwurf nicht, den er in jeder Sekunde und mit jeder Pore ausschwitzte.

»Ihr verurteilt mich, weil Ihr seht, wer ich bin. Das solltet Ihr nicht tun. Verurteilen dürft Ihr mich nur, wenn Ihr mich kennenlernt und Euch Zeit für meine Geschichte nehmt«, erklärte sie kurz. »Und nein: Ich möchte meinen Eltern kein Leid zufügen. Sie sollen in dem Wissen alt werden und sterben, dass sie eine glückliche Tochter haben, die gerne am Strand des Meeres sitzt und alte englische Weisen singt, während sie auf ihr erstes Kind hofft.«

»Das ist eine Lüge«, erklärte der Missionar. »Das kann ich schwerlich gutheißen.«

»Lüge? Ja.« Sie zuckte mit den Achseln. »Aber gnädig. So müssen die beiden nicht mehr jeden Abend rätseln, ob ich mit meinem Mann tatsächlich ins Glück gesegelt bin. Dann schlafen sie wieder gut. An meinem Leid ändert das nichts, aber ihr Leben wird so ein wenig friedlicher.«

»Warum schreibst du deine Grüße nicht selber? Irgendeiner deiner Männer würde dir doch wohl den Gefallen tun, so ein Schriftstück in die Heimat mitzunehmen. Immerhin kommst du ihnen doch äußerst nahe, der eine oder andere wird sich bestimmt erkenntlich zeigen wollen … Oder kannst du nicht schreiben?« Er sehnte sich nach seiner Ruhe. Sicherlich schien jetzt die Sonne auf die kleine Bank hinter seinem Haus. Ein wenig dort sitzen, die Augen geschlossen … Er fühlte sich in diesem Augenblick kaum berufen, eine Seele zu retten. Noch dazu eine so verkommene.

»Sicher«, antwortete Anne. »Und wenn er dann in ein oder zwei Jahren endlich wieder einen Fuß auf die grünen Wiesen Englands setzt, dann besucht er womöglich ganz romantisch meine Eltern. Die laden ihn auf ein Bier ein. Oder zwei. Bis er ihnen mit schwerer Zunge erzählt, dass ihre Tochter in Wirklichkeit eine Hure ist.

Da ist es mir doch lieber, meine Post erreicht England gemeinsam mit den Briefen eines Missionars. Das wirkt doch sehr viel anständiger ...« Zum ersten Mal schlich sich ein kurzes Lächeln auf ihr Gesicht. Offensichtlich gefiel ihr der Gedanke, dass Marsden die Post überbringen ließ. Sie streckte ihm einen mehrfach gefalteten Zettel entgegen. »Es ist keine große Bitte. Erfüllt einer verlorenen Seele diesen kleinen Wunsch. Und keine Sorge: Ich habe meine Post selber geschrieben. Meine Eltern haben mir vielleicht keinen guten Mann ausgewählt – aber meine Ausbildung war ihnen wichtig.«

Samuel Marsden seufzte. Er war es gewohnt, dass die zwielichtigen Gestalten, die Kororareka ihr Zuhause nannten, von ihm nichts wissen wollten. Zumindest so lange nicht, bis es ans Sterben ging. Dann jammerten sie und schrien nach seinem Segen. Dieses Mädchen war anders. Sie schien sich zumindest ehrlich darum zu bemühen, dass ihre Eltern sich keine Sorgen machten. Der Schotte seufzte noch einmal. Dabei sollten sie sich Sorgen machen. Ihre Tochter war in einem der schlimmsten Orte der Welt gelandet und ging dort einem Gewerbe nach, das sie ganz offensichtlich nicht gewählt hatte. Kein seltener Fall – welches Mädchen träumte schon davon, dass sie als leichtes Mädchen in irgendeinem Loch für Seeleute endete?

»Macht Ihr es?«

Marsden schreckte aus seinen Betrachtungen auf. Das Mädchen hielt ihm immer noch auffordernd den Brief entgegen. Er nahm ihn, stand auf und verstaute ihn in dem einzigen Regal, das in diesem Raum an der Wand stand. »Es kann aber ein paar Monate dauern, bis ich wieder Post in die alte Heimat schicke.«

Sie nickte. »Das stört mich nicht. Hauptsache, meine Eltern machen sich keine Sorgen und erhalten die Post nicht von einem Mann, der sich verpflichtet fühlt, ihnen die Wahrheit über ihre Tochter mitzuteilen.«

Damit erhob sie sich und stellte die Teetasse fein säuberlich auf dem Tisch ab. »Vielen Dank für Eure Güte. Leider kann ich Euch nur ein Gebet als Dank anbieten …«

Marsden lächelte. »Das ich gerne annehme – im Gegensatz zu all deinen anderen Angeboten.« Er zögerte für einen Moment. Vielleicht war sie ja doch nicht nur ein dummes junges Ding, sondern konnte ihm mit ein wenig kluger Plauderei die Zeit vertreiben. Er dachte kurz nach, dann sprach er weiter. »Aber bleib doch noch einen Moment. Wenn du mich in den Garten begleitest, würde ich mich gerne noch ein wenig mit dir unterhalten. Verzeih meine Neugier – aber wie kommt es, dass deine Eltern dich haben gehen lassen? Und – wenn ich mir diese Bemerkung erlauben darf – du siehst auch noch reichlich jung aus. Wie alt bist du denn?«

Anne setzte sich nicht wieder hin. Sie blieb im Türrahmen stehen und sah den dicken Schotten abschätzend an. Ihr Gesicht verriet dabei nichts über ihre Gedanken. Dann schüttelte sie den Kopf.

»Neunzehn Jahre zähle ich. Davon waren die ersten siebzehn Jahre mehr als glücklich – und dann beginnt eine Geschichte, die damit endet, dass ich hier bei Master

Jameson in Diensten stehe und nur wenig über meine Geschicke selbst bestimmen kann. So gerne ich mit Euch noch plaudern würde: Ich habe keine Zeit. Master Jameson wünscht, dass ich den Kapitän der neu angekommenen *Electra* an Bord besuche und ein paar Tage mit ihm verbringe. Wenn ich Glück habe, dann ist er wenigstens gewaschen, und das Leinen in seinem Bett ist frisch. Meine Ansprüche sind ein wenig gesunken im Lauf der Monate …« Sie zuckte mit den Schultern, und ein bitterer Zug erschien um ihre Mundwinkel.

Marsden ahnte, dass aus diesem Gesichtsausdruck in ein paar Jahren tiefe Falten entstanden. Dann würde ihre Haut nicht mehr fein und strahlend sein und ihre Locken nicht mehr glänzen. »Wenn du in den nächsten Wochen oder Monaten nach jemandem suchst, mit dem du reden möchtest, oder wenn du einen weiteren Brief an deine Eltern oder einen anderen lieben Menschen schreiben möchtest – dann besuch mich einfach noch einmal. Versprichst du mir das?«

Sie nickte. »Ich komme wieder. Was immer so eine Zusicherung einer Hure auch wert sein mag.«

Damit drehte sie sich um und verschwand durch seine Haustür. Der dicke Missionar sah ihr nur einen Augenblick lang hinterher, dann verschwand er leise vor sich hin summend in seinen kleinen Garten. Er würde nie wieder von ihr hören, da war er sich sicher. Sei es, dass einer der betrunkenen Männer auf den Straßen Kororarekas ihr den Kopf einschlug oder dass sie anfing, den Hass über ihr tägliches Leben in Bier und Schnaps zu ertränken – sie würde sich nicht mehr bei einem Missionar an den Tisch setzen, nur um über ihr Unglück nachzudenken.

Anne huschte in der Zwischenzeit, so schnell es eben ging, in Richtung Meer. Einer von Jamesons Männern saß schon in einem kleinen Ruderboot und bedeutete ihr mit einer ärgerlichen Handbewegung, dass er bereits eine Weile auf sie gewartet hatte. Sie sah ihn nicht einmal an und ließ sich auf die feuchte Bank in dem kleinen Boot nieder. Während er langsam in Richtung des Schoners ruderte, schloss sie die Augen. Eine Woche mit einem Kapitän eines Walfängers, verkauft wie ein Stück Vieh. Daran konnte und wollte sie sich einfach nicht gewöhnen. Immerhin hatte sie sich selbst beigebracht, dass sie nur ihren Körper zur Verfügung stellte. In Gedanken war sie jedes Mal weit weg, irgendwo auf den Wiesen ihrer Kindheit …

Während sie die Leiter zur *Electra* erklomm und dabei genau spürte, dass die wenigen verbliebenen Seeleute an Bord ihr in den Ausschnitt sahen und versuchten, die Größe ihres Hinterns zu schätzen, sah sie sich mit hochmütiger Miene um. Im Lauf der letzten Monate hatte sie sich angewöhnt, wie eine Königin an Bord aufzutreten. Wenn man einem dieser Männer nur gerade in die Augen sah, dann senkten sie meist den Blick. Anne zwang jeden Einzelnen dazu, verlegen auf die Hände oder ans Ufer zu schauen. Zu ihrer Überraschung starrte nur der kleine Schiffsjunge, den sie wenige Stunden zuvor in Jamesons Bar mit einer Pastete in der Hand gesehen hatte, sie ohne Scheu an. Im Gegenteil: Er lächelte ihr sogar zu. War das Dummheit oder Frechheit? Sie war sich nicht sicher und zwang den nächsten Matrosen dazu, seinen Blick zu senken.

Doch dieser hochmütige Auftritt, der ihr den Ruf der »stolzen Anne« eingetragen hatte, änderte nichts daran, dass sie die schmalen Stiegen zur Kapitänskajüte hinunterklettern und in dieser kleinen Kammer ihrem Schicksal der nächsten Tage entgegensehen musste. Es dauerte einige Sekunden, bis sich ihre Augen an das schummrige Licht gewöhnt hatten. Jetzt wünschte sie sich, es wäre noch dunkler. So dunkel, dass sie nichts erkennen musste. Der Kapitän war mager und voller Haare. Ein struppiger Bart, fettige Strähnen, die bis auf die Schultern reichten, und dazu ein Pelz, der Brust und Rücken gleichmäßig bedeckte. Er trug nur eine Kniehose, und der Blick, den er ihr schenkte, verriet seine reine Lust. Die Kniehose würde er wohl nicht mehr lange tragen. Er hielt sich auch nicht lange mit Vorreden auf. Er deutete auf sein schmales Bett und wedelte unmissverständlich mit der Hand.

»Zieh dich aus, leg dich hin.« Anne spürte, wie ihr ein säuerlicher Geschmack auf der Zunge lag. Doch sie erinnerte sich an so viele Situationen, in denen sie diesem Moment nicht entkommen konnte. Sich zu wehren sorgte nur dafür, dass alles noch schlimmer wurde. Während sie die Häkchen an ihrem bunten Rock öffnete, legte der affenartige Mann sich bereits auf seine Koje, nestelte an seiner Hose, um sie schließlich achtlos in die Ecke seines Zimmers zu werfen. Dann streckte er sich aus und sah Anne zu.

Sie schenkte ihm und seinem Nacktsein keinen Blick,

während sie ihre Bluse von den Schultern fallen ließ und sich langsam zu ihm drehte. Verzweifelt starrte sie ein Astloch in der Wand an und versuchte möglichst flach zu atmen. Es roch nach Schweiß, ranzigem Fett und nach Leinen, in dem ein Mann zu viel Schweiß vergossen hatte. Und wahrscheinlich noch ein paar andere Flüssigkeiten.

»Komm.«

Mit einer einzigen Bewegung riss er sie auf sich und drang in sie ein. Anne schloss die Augen und verließ in ihrem Geist ihren besudelten Körper. Den konnte dieses Tier haben. Aber sie selbst, die eigentliche Anne – die war in diesem Moment wieder gerade erst sechzehn geworden …

Dorset, 1828

3.

Sie ließ ihre zierliche Stute Shadow über eine blühende Wiese galoppieren. Erst vor wenigen Tagen hatte ihr Vater ihr dieses Tier anvertraut. »Vielleicht fasst die Kleine ja zu dir Vertrauen, und du kannst sie dazu bringen, uns ihre Schnelligkeit zu zeigen«, hatte er erklärt. Und tatsächlich: Shadow, die mit keinem Mann auf dem Rücken auch nur einen Schritt tat, ließ sich von ihr bändigen. Sie streckte sich und schien die Beengung durch Sattelgurt und Trense nicht mehr zu spüren. Stattdessen wurden ihre Sprünge immer länger, ihre Hufe schienen den Boden kaum noch zu berühren.

Als Anne sie endlich durchparierte, erkannte sie ihren Vater, der hinter einem Zaun stand und ihr zulachte. »Ich habe geahnt, dass du gut mit ihr zurechtkommen wirst – du hast ein Händchen für diese Tiere. Aber jetzt wird es Zeit, dass du ins Haus kommst und dich ein wenig herrichtest. Wir haben heute Abend Besuch.«

»Wer denn?« Neugierig schwang Anne sich von der dunkelgrauen Stute und drückte einem herbeigeeilten Stallknecht die Zügel in die Hand. »Sie ist sehr erhitzt, führe sie bitte noch ein Weilchen im Schritt, bevor du sie in den Stall bringst!«, erklärte sie ihm noch, bevor sie sich wieder ihrem Vater zuwandte. »Also, wer kommt?«

»Die Mallorys. Wir wollen über ein paar Geschäfte reden. Vielleicht will er uns ein paar Pferde abkaufen, ich denke, er findet Shadow interessant. Wenn er sie gerade eben gesehen hätte, dann würde er sicher sofort zuschlagen ...«

Er kam nicht dazu weiterzureden. Seine Tochter schlang ihre Arme um ihn. »Kommt Gregory mit? Sag Ja, bitte, bitte, sag Ja!«

Ihr Vater lachte und schob sie auf Armeslänge von sich weg. »Ich bin mir nicht sicher, ob es sich für eine junge Dame schickt, so aufgeregt nach einem Mann zu fragen. Aber da es dir so wichtig zu sein scheint: Ja, Gregory ist auch dabei. Ich soll dir sagen, dass er sich sehr auf ein Wiedersehen freut. Und jetzt geh endlich nach Hause – ich möchte nicht, dass dich irgendeiner von den Mallorys in diesem dreckigen Reitdress sieht.«

Anne deutete einen kleinen Knicks an und verschwand, so schnell es ging, in dem großen, weiß gestrichenen Haus, das direkt neben den Stallungen lag. Ein köstlicher Geruch nach Lammbraten und Zwiebeln schlug ihr entgegen. Anne folgte ihm, bis sie die Küche betrat. Ihre Mutter drehte sich zu ihr um – aber das breite Lächeln in ihrem Gesicht verschwand in dem Moment, in dem sie sah, dass ihre Tochter noch immer wie ein Reitknecht aussah. »Hat dir dein Vater nicht gesagt, dass du dich umziehen sollst?«

»Hat er schon, aber ich wollte erst bei dir vorbeisehen.« Sie hob den Deckel von einem der Töpfe. »Was gibt es denn heute Leckeres? Was hast du für die Mallorys gekocht?«

»Einen Lammbraten mit viel Zwiebeln, dazu Kartoffeln. Du wirst es mögen, keine Sorge. Und auch dein Gregory wird damit zufrieden sein. Ich kann ihm ja versprechen, dass ich dir eines Tages die Zubereitung beibringe, damit du diesen Braten für ihn machen kannst.«

Anne deutete einen Tanzschritt an und summte dazu ein Lied. »Das wäre einfach zu wunderbar. Glaubst du wirklich, dass ich eines Tages Mistress Mallory werde? Das wäre zu schön! Ich könnte dich besuchen, wann immer mir der Sinn danach steht, du könntest zu uns kommen und mir bei der Erziehung der Enkel helfen, und Papa und Master Mallory können gemeinsam die schnellsten Pferde Englands züchten …«

»Jetzt mal langsam«, bremste ihre Mutter sie mit einem Lachen. »Bis jetzt ist noch nicht einmal eure Verlobung offiziell, da dauert die Sache mit den Enkeln noch sicherlich ein wenig.«

»Aber Gregory liebt mich, ganz bestimmt«, beharrte Anne.

»Hat er dir das gesagt?«

Anne schüttelte den Kopf. »Nein. Aber das spürt man doch!«

Ihre Mutter musste noch einmal lachen. »Das weißt du also mit der Erfahrung deiner sechzehn Jahre und deinen zahllosen Eroberungen als verführerische Frau? Du musst noch viel lernen, mein Schatz. Aber ich wünsche dir, dass du es nicht auf die harte Weise lernen musst. Das Leben ist nicht immer nur ein weiches Bett. Hin und wieder kann es auch unbarmherzig und kalt sein.«

»Ach Mama«, umarmte Anne ihre Mutter. »Du siehst manchmal alles viel zu schwarz. Du wirst schon sehen – alles wird einfach wunderbar! Mein Leben ist das schönste der Welt.« Sie wechselte unvermittelt das Thema. »Was meinst du? Steht mir das blaue Kleid mit den grünen Bändern besser als das einfache dunkelrote? Ich brauche dringend mal wieder ein neues Kleid für solche Anlässe. Am Ende nimmt Gregory mich nicht, weil ich so ein Aschenputtel bin!«

Ihre Mutter musterte Anne. Für ein sechzehnjähriges Mädchen war sie zu groß, dazu sehr dünn und noch völlig ohne weibliche Rundungen. Aber ihre schwarzen Locken machten einiges wett. Die leuchtend grünen Augen und die helle Haut verliehen ihr sogar einen ganz besonderen Charme, fand Elizabeth Courtenay. Trotzdem schüttelte sie den Kopf. »Nein, mein Liebes, ein neues Kleid können wir uns im Augenblick nicht leisten. Sieh mich an. Ich trage seit Jahren die immer gleichen Sachen und nähe höchstens mal ein neues Band an den Saum und den Ausschnitt. Und leider hat dein Vater ja unbedingt diesen Hengst kaufen müssen. Der war alles andere als billig und hat bis jetzt noch nichts eingebracht.« Sie seufzte. »Ich kann nur hoffen, dass deinen Vater sein Gespür für Pferde nicht verlassen hat. Ich habe da kein gutes Gefühl …«

»Mach dir doch keine Sorgen«, versuchte Anne ihre Mutter zu beruhigen. »Ich bin mir sicher, dass Sunrise als Zuchthengst noch groß herauskommen wird. Wir haben doch erst den zweiten Jahrgang an Fohlen, es wird etwas dauern, bis sich herumspricht, dass wir einen echten Rennpferdevater in unserem Stall haben. Warte nur, bis seine ersten Nachkommen an den Start gehen. Dann stehen die Züchter hier mit ihren Stuten Schlange.«

Elizabeth Courtenay strich ihrer Tochter übers Haar. »Ich hoffe, dass du recht hast, mein Liebling. Das hoffe ich wirklich.« Sie gab ihrer Tochter einen kleinen Schubs. »Aber jetzt geh endlich in dein Zimmer und zieh dich um. Sonst muss Gregory dich wirklich in Reitkleidung sehen und beschließt, dass er so ein Mädchen nicht heiraten kann. Und nimm lieber das Kleid mit den grünen Bändern. Das passt besser zu deinen Augen.«

»Bin schon weg!« Anne deutete einen kleinen Knicks an und stürmte die Treppen in dem weitläufigen Haus nach oben. Schon auf dem Weg zog sie ihre karierte Jacke und die grobe Bluse aus, die sie immer zum Reiten trug. Leise vor sich hin summend, betrat sie ihr Zimmer und schmiss den Rest ihrer Kleidung auf einen Sessel am Fenster. Für den malerischen Blick über leicht geschwungene Wiesen, die nur langsam in Richtung Meer abfielen, hatte sie keine Zeit. Seit sie denken konnte, wohnte sie mit ihren Eltern in dem großen weiß gestrichenen Haus neben den Stallungen, in denen englische Vollblüter gezüchtet wurden und darauf warteten, in Ascot oder Folkestone den Ruhm der Courtenay-Zucht zu mehren. Noch bevor sie laufen konnte, hatte Anne auf einem Vollblut gesessen – damals allerdings noch in den Armen ihres Vaters. Sie liebte die beweglichen, temperamentvollen Tiere, mit denen die Familie ihres Vaters seit Generationen ihr Geld verdiente.

Und nur wenige Meilen entfernt wohnten die Mallorys. Eine wirklich große Zucht für Vollblüter – mit sehr viel mehr Stuten und Hengsten als die Courtenays. Bei den Mallorys tauchte sogar der Stallmeister des Königs regelmäßig auf, um einzelne Pferde für den königlichen Rennstall zu kaufen. Davon konnte William Courtenay nur träumen, das wusste Anne. Die beiden Familien pflegten dennoch einen freundschaftlichen Umgang – und Gregory und Anne verbrachten bereits seit ihrer Kindheit viel Zeit miteinander. Während die Väter über den Zuchtbüchern brüteten und über neue Blutlinien diskutierten, rannten sie durch die Häuser, spielten Verstecken und bettelten in den Küchen um ein Plätzchen oder eine heiße Schokolade. Jetzt wurden sie allmählich erwachsen, und Anne spürte, wie ihr Herz schneller klopfte, wenn sie nur an Gregory dachte. Mit langen Bewegungen bürstete sie ihr Haar und bändigte es mit einer Handvoll Klammern, Spangen und Kämmen, bis sie zufrieden war. Endlich fielen nur noch wenige Locken neben ihren Wangen auf die Schultern, während an ihrem Hinterkopf eine Haarmasse auf den Rücken fiel. Sie musterte sich im Spiegel. War sie schön genug, um Gregory zu gefallen? Immerhin hatten andere Mädchen im heiratsfähigen Alter ihn längst im Blickfeld.

Erst als sie den Hufschlag vor der Haustür hörte, der die Ankunft der Gäste verkündete, schreckte sie aus ihren Gedanken auf. Sie streckte ihrem Bild im Spiegel die Zunge heraus und stand auf. Wenn sie weiter nur eitel in den Spiegel starrte, dann hatte Gregory recht, wenn er sie verschmähte. Es wurde Zeit, sich ihm von ihrer besten Seite zu zeigen. Nach einem letzten prüfenden Blick auf ihre Frisur rannte sie die Treppe hinunter. Gerade rechtzeitig – Gregory und seine Eltern kamen durch die Tür. Anne knickste vor Master und Mistress Mallory und griff nach Gregorys Hand. »Schön, dass du da bist!«

Gregory lachte. »Was hast du erwartet? Dass ich zu Hause bleibe, wenn meine Eltern euch besuchen? Das würde ich nie zulassen! Nachher kommt hier ein anderer gut aussehender Mann vorbei und schnappt dich einfach weg. Das würde ich nie zulassen!«

Seine Eltern lachten ebenfalls. Erleichtert atmete Anne aus. Alles war in bester Ordnung. Sie und Gregory – das war eine beschlossene Sache, an der niemand etwas rütteln konnte. Ihre Sorgen waren einfach nur Auswüchse einer viel zu lebhaften Phantasie.

Wenig später saßen alle zusammen an dem großen Esstisch der Courtenays. Während sie sich Elizabeths Lammbraten schmecken ließen, schüttelte Master Mallory den Kopf. »William, ich kann immer noch nicht verstehen, warum du auf diesem Sunrise so bestehst. Er ist nicht in das Zuchtbuch der Vollblüter eingetragen – und deswegen werden seine Nachkommen nicht bei einem Zuchtrennen hier in England teilnehmen dürfen. Wie kannst du nur so stur sein und das Blut deiner guten Stuten mit diesem Hengst vermischen?«

»Weil die Nachkommen schnell sind! Die Idioten vom Zuchtverband haben das Zuchtbuch doch nur deswegen eingeführt, weil durch neues Blut keine Verbesserung mehr zu erzielen war. Aber mit Sunrise gibt es eine Verbesserung! Also muss für ihn eine Ausnahme gemacht werden. Noch dazu ist nicht einmal sicher, dass er keine Papiere hat. Allein die Abstammung seiner Mutter ist nicht lückenlos, der Zuchtverband müsste also nicht mal ein ganzes Auge zudrücken …«

»Trotzdem, William. Du riskierst deinen Ruf für einen Hengst, der sich noch nicht einmal als Deckhengst bewiesen hat. Das verstehe ich nicht. Wenn dereinst unsere Kinder heiraten und die beiden Gestüte in einer Hand liegen, dann hoffe ich doch sehr, dass Gregory dafür sorgt, dass so etwas hier nicht mehr passiert.«

William Courtenay war mit dieser Aussage ganz offensichtlich nicht einverstanden. Er ballte die Faust. »Das war kein Fehler. Aber offensichtlich ist die Zeit noch nicht reif für neue Gedanken. Dabei wird nichts auf dieser Welt besser, wenn man sich immer nur an die Regeln hält.«

Anne hörte nicht mehr zu. Sie war viel zu glücklich über den Satz mit der Heirat. Dachten ihre Eltern wirklich schon so weit? Möglichst unauffällig musterte sie den Gefährten ihrer Kindheit. Er war vier Jahre älter als sie selber. Ein ausgewachsener Mann mit breitem Kreuz, kastanienbraunen Locken, die ihm fast bis auf die Schultern fielen, und einem ständigen Frohsinn in den dunklen Augen. Er sah gut aus – nur eine Narbe, die eine Augenbraue teilte, gab ihm ein etwas verwegenes Aussehen. Die Erinnerung an einen Unfall, den er beim Spielen mit jungen Pferden davongetragen hatte. Heute sah das harmlos aus, vor einigen Jahren hatten seine Eltern ein paar Stunden lang gefürchtet, dass er sein Augenlicht verlieren könnte. Anne erinnerte sich noch lebhaft an die Aufregung.

Er schien ihre Blicke auf der Haut zu spüren, denn mit einem Mal sah auch er zur Seite und zwinkerte ihr verschwörerisch zu. Seine dunklen Augen schienen dabei goldene Funken zu sprühen. Während sie ihre Blicke schicklich wieder auf ihr Essen richtete, musste sie lächeln. Das Gespräch ihrer Väter rauschte an ihr vorbei. Es drehte sich sowieso immer nur um Pferde, das Zuchtbuch und den Zuchtverband – und ob das, was sie taten, dem Wohl der Vollblüter diente oder allein der Selbstherrlichkeit der Vorstände. Nichts Neues, nicht wert, dass man sich wirklich darum kümmerte. Vor allem, weil der hochbeinige Hengst Sunrise wirklich ein ganz besonderes Tier war. Sie liebte es, ihn in seinem Stall zu besuchen und das golden schimmernde Fell zu streicheln.

Nach dem Essen zogen sich die Männer – und dazu zählte auch Gregory – in das Herrenzimmer auf eine Zigarre zurück. Die Frauen blieben unter sich, die beiden Mütter schenkten sich einen Likör in geschliffene kleine Gläser. Mistress Mallory musterte Anne. »Die kleine Lady ist allmählich alt genug, dass wir ihrer Freundschaft mit unserem Sohn ein wenig mehr Festigkeit verleihen. Meinst du nicht, Elizabeth?«

Annes Mutter lächelte. »Ein Jahr würde ich Anne doch noch gerne geben. Wenn sie erst einmal einem eigenen Haushalt vorstehen muss, dann trägt sie so viel Verantwortung. Davor würde ich sie gerne noch etwas bewahren.«

»Aber Mutter! Ich würde Gregory lieber heute als morgen heiraten!« Anne war empört. Was redete ihre Mutter da nur vom Warten und von Verantwortung? »Ich bin mir sicher, und ich sehe keinen Grund, warum ich noch ein weiteres Jahr hierbleiben soll!«

Nachsichtig schüttelte Elizabeth den Kopf. »In diesem Jahr kann ich dir alles über Haushaltsführung beibringen, was du wissen musst, mein Kind. Dir mag das im Moment nicht wichtig erscheinen. Aber Gregory kann sich eines Tages glücklich schätzen, wenn er eine Frau hat, die nicht nur im Sattel eine gute Figur macht, sondern auch in der Küche und an der Spitze eines großen Haushalts weiß, was sie tut.« Sie wandte sich an Mistress Mallory. »Oder wie siehst du das, liebe Victoria?«

Gregorys Mutter nickte und lächelte Anne beruhigend zu. »Liebes Kind, ich kann deine Enttäuschung verstehen. Ich konnte es damals auch kaum erwarten, Gregorys Vater endlich zu heiraten. Aber deine Mutter hat recht. Du und unser Gregory, ihr seht euch ja regelmäßig – und in einem halben Jahr können wir vielleicht auch Verlobung feiern. Wir warten ab, bis deine Erziehung vollendet ist. Dann habt ihr beide immer noch ein langes gemeinsames Leben voller Glück vor euch.«

Damit hatten die beiden Mütter dieses Thema abgehakt, sie wandten sich wieder dem neuesten Klatsch zu. Victoria Mallory war eben erst aus London zurückgekehrt, wo sie eine Woche verbracht hatte. Anne lehnte sich zurück und hörte gar nicht mehr zu. Ein ganzes weiteres Jahr, bis sie ihren Gregory endlich heiraten durfte. Die Enttäuschung kämpfte in ihrem Herzen mit der Zufriedenheit, dass endlich auch ihre Eltern sich zu dem Thema geäußert hatten. Eine Hochzeit war also das Ziel. Wenn das nicht ein guter Grund für Freude war. Sie erhob sich, knickste und fragte: »Darf ich mich jetzt zurückziehen? Vielleicht möchte Gregory unsere neuen Jährlinge sehen? Die würde ich ihm gerne zeigen.«

Die beiden älteren Frauen nickten. »Geh nur, wir wissen ja, dass es dich langweilt, wenn wir über unsere alten Freundinnen aus der Mädchenschule reden.«

Schnell huschte Anne aus dem Salon. Sie streckte ihren Kopf in das Herrenzimmer. »Können Gregory und ich vielleicht in den Stall? Ich wollte ihm …«

Sie kam nicht einmal dazu, ihren Satz zu beenden. Die Männer entließen Gregory mit einer schnellen Handbewegung, und Sekunden später fand Anne sich mit Gregory allein auf dem Weg in den Stall. Endlich ohne Aufsicht, fühlte Anne sich mit einem Mal verlegen. Scheu sah sie Gregory an. Sie waren fast gleich groß, das stellte sie in solchen Momenten immer mit einer gewissen Verblüffung fest.

»Sie haben über uns geredet …«, fing sie an.

Gregory schien nicht im Geringsten überrascht. »Kein Wunder. Ich habe meine Mutter gebeten, endlich einmal über unsere Verbindung zu reden, wenn sie mit deiner Mutter alleine ist. Ich finde, wir sind inzwischen alt genug!«

»Meine Mutter leider nicht«, erklärte Anne. »Sie möchte mir noch ein ganzes Jahr lang die Geheimnisse der Haushaltsführung beibringen. Sie hat Angst, dass mir sonst das Personal auf der Nase herumtanzt. Das glaube ich zwar nicht – aber ein Jahr werden wir uns noch gedulden müssen, fürchte ich. Die beiden Drachen lassen da nicht mit sich reden.«

Gregory nahm ihre Hand und zog sie an seinen Mund. »So darfst du nicht über unsere Mütter reden! Ein Jahr – das schaffen wir doch! Wir sehen uns regelmäßig, und vielleicht kann ich ja öfter zu euch herüberreiten. Meinst du nicht, dass so ein Jahr schneller vorbei ist, als wir es uns im Augenblick vorstellen können? Du musst dir keine Sorgen machen – das Wichtigste ist doch, dass wir ein ganzes Leben gemeinsam vor uns haben!«

»Nein«, antwortete Anne trotzig. »Es klingt wie eine Ewigkeit, und das wird es auch sein. Warum können wir nicht morgen vor den Altar treten. Ich habe mir das so sehr gewünscht …«

Gregory lachte lauthals. »Es fehlt nicht mehr viel, und du stampfst auf den Boden wie ein kleines Kind. Dazu ziehst du ein Gesicht, als hätten unsere Eltern etwas gegen unsere Verbindung. Haben sie aber nicht, sie wollen nur, dass wir ein Jahr später heiraten und ein wenig reifer werden. Du kannst dich also beruhigen.«

In der dämmrigen Stallgasse zog er sie an seine Brust und drückte ihr einen Kuss auf die Stirn. Dann legte er ihr zärtlich eine Hand an die Wange und küsste sie vorsichtig auf den Mund. Anne fühlte sich wie im Himmel, als sie seine Lippen auf den ihren spürte …

Kororareka, 1831

4.

»Du kannst gehen. Sag Master Jameson, dass ich mit seiner Empfehlung sehr zufrieden bin!« Mit einem satten Gesichtsausdruck klatschte der Kapitän ihr auf den Hintern, als ob er sich bei einem braven Kutschpferd bedanken würde. »Wenn wir hier wieder vor Anker gehen, werde ich nach dir fragen.«

Anne raffte ihre Röcke und kletterte, so schnell es ging, die Leiter zu dem schwankenden Boot nach unten. Vier Tage in der Kajüte mit dem stinkenden Kapitän waren für ihren Geschmack mehr als genug – wenn es nach ihr ging, konnte er mit seinem Schiff getrost im nächsten Sturm absaufen. Sie würde ihm ganz sicher keine Träne nachweinen. Jetzt sehnte sie sich nur noch nach einem heißen Bad und einer ruhigen Nacht, in der sie ihre wunden Stellen pflegen konnte. Ihre Brustwarzen schmerzten unter dem Leinen ihrer Bluse – und das war bei Weitem nicht das Schlimmste. Ein Mann, der sechs Monate lang nur andere Männer, Wale und die

See gesehen hatte, war einfach unersättlich. Zärtlichkeiten waren dabei nicht vorgesehen. Außerdem schienen manche Männer ein fast unnatürliches Vergnügen daraus zu ziehen, ihr immer wieder in die Brustwarzen zu beißen. Wenn sie dann vor Schmerzen aufstöhnte, hielten sie es auch noch für Lust und sahen sich als großartige Liebhaber bestätigt. Idioten, allesamt.

Während sie dem Ufer entgegensah, flocht sie ihre Haare zu einem straffen Zopf zusammen, den sie zu einem möglichst sittlichen Knoten aufsteckte. Vielleicht wurde so der Weg durch die Straßen zurück zur Bar von Master Jameson ein bisschen erträglicher. Als die kleine Jolle den Strand erreichte, nickte sie dem Matrosen kurz zu und machte sich auf den Weg. Es war später Nachmittag, nicht mehr lange, und die Sonne würde untergehen. Die meisten Männer, die im Augenblick unterwegs waren, feierten ihren Festlandurlaub schon seit mehreren Stunden. An einer Kreuzung bildeten sie einen Halbkreis um zwei prügelnde Kerle, feuerten sie an und setzten Wetten auf den vermeintlichen Sieger. Anne kannte diese Kämpfe – meist ging es um Geld oder eine Seemannsehre, deren Sinn ihr bis heute nicht ganz klar war. In ihren ersten Wochen hier war sie Augenzeugin, wie bei so einem Kampf einem Mann der Schädel eingeschlagen wurde. Sie hatte sich entsetzt nach Soldaten oder Polizisten umgesehen – irgendjemandem, der dafür sorgte, dass der Gerechtigkeit Genüge getan würde.

Rose, die älteste Frau in Jamesons Diensten, hatte nur verächtlich die Nase gerümpft. »Schätzchen, für diesen

Teil der Welt fühlt sich niemand zuständig. Die Briten wollen sich nach Australien nicht noch so eine Provinz an die Beine binden – und die Franzosen können sich auch nicht recht entschließen, ob sie Neuseeland haben wollen. Bis die sich entschieden haben, ist diese Gegend einfach jenseits des Gesetzes. Was hier passiert, interessiert niemanden. Wenn du jemanden den Kopf einschlägst, hast du nur ein Problem mit seiner Familie. Oder mit deinem Gewissen. Aber ganz sicher nicht mit dem Gesetz.«

Anne hatte damals nur genickt. Wer hier landete, dem konnte niemand mehr helfen. Wer sein Glück suchte, der musste das mit den eigenen Händen tun – und Frauen hatten in dieser Männerwelt eigentlich nichts verloren.

Sie wandte also ihren Blick von den beiden Kämpfern ab, drückte sich an eine Hauswand und huschte weiter in Richtung der Bar von Master Jameson. Die kleinen Zimmer, die er für seine Mädchen gebaut hatte, konnte man zwar kaum ein Zuhause nennen – aber wenigstens gab es eine Tür, die man hinter sich schließen konnte. Sie fand ihren Herrn an seinem Stammplatz an einem Ecktisch der Bar. Mit einer schnellen Bewegung schleuderte sie ihm den kleinen Beutel mit Geldstücken hin. »Ich soll ausrichten, dass er zufrieden ist.« Ohne um Erlaubnis zu fragen, ging sie weiter in Richtung ihres Zimmers.

Doch schon nach wenigen Schritten pfiff er sie mit einem schrillen Ton zurück. »Habe ich dir erlaubt, dich zurückzuziehen?«

Langsam drehte Anne sich um. »Ich dachte, dass vier Tage im Dauereinsatz eine Nacht Ruhe rechtfertigen. Und ein heißes Bad – sonst muss der nächste Kunde ständig den Schweiß seines Vorgängers riechen.«

»Der eine noch, dann darfst du ausschlafen«, bellte Jameson und deutete auf einen dunkelhaarigen Mann, der sich bisher im Halbdunkel aufgehalten hatte. »Er hat extra auf dich gewartet.«

»Kann es nicht eines der anderen Mädchen sein? Eines, das heute noch keine Kundschaft hatte? Ich kann nicht mehr!«, stöhnte Anne, obwohl sie wusste, dass Jameson sich ganz sicher nicht erweichen lassen würde.

Master Jameson zeigte seine Zähne und deutete mit einer ausholenden Handbewegung auf seine leere Wirtschaft. »Schätzchen, heute habe ich sogar schon die hässliche Jane an den Mann gebracht. In den letzten drei Tagen haben vier neue Walfänger hier ihre Anker geworfen. Die Männer sind so gierig, dass ich ihnen sogar eine Kuh ins Bett legen könnte. Also: Master Wilcox hat ein nettes Mädchen verdient. Zeig dein schönstes Lächeln, Anne. Und ich gebe dir den Rest des Tages frei.«

Anne seufzte. Sie wusste, zu welchen Taten Master Jameson fähig war, wenn man ihm so eine »Bitte« abschlug. Sie nickte diesem Wilcox zu und bedeutete ihm, ihr zur folgen. Wenn Jamesons Mädchen keine Besuche auf den Schiffen machten, dann empfingen sie ihre Kundschaft in Räumen, die sich direkt an die Gaststube anschlossen. Die Türen waren hinter dicken Vorhängen verborgen. Anne schob einen zur Seite und betrat entschlossen den engen Raum, der fast vollständig von einem Bett ausgefüllt war. Erst als die Tür hinter ihr ins Schloss fiel, drehte sie sich um. Der Mann hatte ein angenehmes Gesicht, sein Kinn war glatt rasiert und seine Haare ordentlich gestutzt. Die Schläfen waren schon grau. Seine schwarzen Augen sahen freundlich aus – nur eine hässliche Narbe, die sich über seine rechte Wange zog, sorgte dafür, dass er kein gut aussehender Mann war. Immerhin, dieser Mann war sicher nicht ganz so ekelhaft wie der Kapitän der letzten Tage. Anne musterte ihn mit unbewegtem Gesicht und fing an, sich ohne ein weiteres Wort zu entkleiden. Sie wollte es möglichst schnell hinter sich bringen – und dann endlich in ihre heiße Badewanne.

Als sie ihre Bluse von den Schultern schob, hörte sie ein erschrockenes Einatmen. Die wunden Brüste waren in dem Tageslicht, das in der Kammer herrschte, deutlich zu sehen.

Wilcox schüttelte den Kopf. »Das sieht aus, als ob es wehtut.«

Anne zuckte mit den Achseln und fing an, sich auch noch den Rock von den Hüften zu streifen.

»Du brauchst eine Pause. Ich werde diesem Jameson Bescheid geben«, erklärte Wilcox und drehte sich schon zur Tür.

Anne legte ihm die Hand auf den Arm, um ihn aufzuhalten. »Lieber nicht …« Einen zornigen Jameson konnte sie heute wirklich nicht ertragen. Sie wollte diese Sache hier nur schnell hinter sich bringen und dann endlich ihre Ruhe haben.

Der Mann runzelte die Stirn und sah sie nachdenklich an, bevor er wieder den Mund öffnete. »Setz dich doch für ein Weilchen zu mir, und wir reden ein wenig. Ich habe seit Jahren nicht mehr mit einer Frau geredet. Wenn dann eine Stunde oder so vorbei ist, zahle ich bei Jameson, und er muss es nie erfahren.«

Anne setzte sich auf die Bettkante und sah ihn überrascht an. »Warum? Dafür zahlt Ihr nicht.«

Wilcox zuckte mit den Schultern. »Nein, natürlich nicht. Ich gehöre aber auch nicht zu den Männern, die Schmerzen bei einer Frau ertragen können. Das nimmt mir jeden Spaß. Meine Geschäfte laufen gut, ich kann es mir also leisten, dir etwas Gutes zu tun. Du siehst nicht so aus, als ob dir sehr häufig jemand etwas Gutes tun würde.«

Langsam zog Anne ihre Bluse wieder an ihren Platz zurück und schloss zwei Knöpfe. »Danke.« Dann sah sie schweigend auf ihre Hände. Sie wollte nicht mit einem dieser Männer reden. Nicht einmal dann, wenn sie nett waren.

Wilcox lehnte sich auf dem Stuhl zurück und schien einen Entschluss zu fassen. »Damit wir uns jetzt nicht eine Stunde lang anschweigen, erzähle ich dir ein bisschen von mir: Ich bin in diesem Teil der Welt geboren. Mein Vater hat bereits sein Glück unter dem Kreuz des Südens gesucht. Meine Mutter wurde für viele Jahre zu seiner Gefährtin. Als beide starben, erbte ich drei Schiffe. Daraus habe ich meine Walfangflotte entstehen lassen – und so arbeite ich immer noch hier in Neuseeland, kümmere mich um meine Schiffe und den reibungslosen Transport und Verkauf von Tran und Fischbein in die Alte Welt. Bis jetzt scheint es meinem Geschäft gut zu gehen – auch wenn die Wale allmählich nicht mehr freiwillig vor unsere Harpunen schwimmen. Sie werden wohl doch weniger – auch wenn meine Vorfahren sich das kaum vorstellen konnten …«

»Das höre ich häufig«, nickte Anne. Und biss sich dann auf die Lippen. Die Bemerkung war ihr einfach herausgerutscht, für einen Augenblick hatte sie vergessen, dass sie nicht reden wollte. Diese Männer durften nicht in ihren Kopf, sie musste alle Türen fest verschlossen halten.

»Du klingst, als hättest du eine gute Bildung genossen«, stellte Wilcox fest. »Ich meine, dein Akzent – diese Art Englisch wird auch im Königshaus gesprochen, wenn ich mich nicht täusche. Ich kann mich aber auch täuschen, du bist ja nicht wirklich gesprächig.«

Anne strich sich verlegen über die Haare. »Meine Eltern wollten bestimmt nicht, dass ich hier lande.« Sie sagte den Satz in einem Ton, der klarmachte, dass sie über dieses Thema nicht weiter reden wollte. Schnell schob sie die Unterhaltung wieder ihm zu. »Aber … wo seid Ihr zu Hause? Ich habe Euch noch nie gesehen.«

Wilcox lächelte. »Ich habe ein Haus hier in Kororareka. Deswegen siehst du mich wohl nur selten auf den Straßen. Außerdem fahre ich meistens mit einem meiner Schiffe mit und achte darauf, dass meine Matrosen anständig arbeiten. Es tut gut, wenn ich hin und wieder persönlich nach dem Rechten sehe. Oder ich springe ein, wenn mir ein Kapitän fehlt und ich gerade keinen passenden Ersatz finde. Im Augenblick ist allerdings mein Neffe aus London zu Besuch. Da kann ich mir wohl kaum eines der Mädchen von Jameson zu einem Besuch einladen. Deswegen bin ich heute hier vorbeigekommen. Und der Neffe ist leider auch noch einige Zeit hier.«

»Wann fahrt Ihr hinaus?« Anne war tatsächlich neugierig geworden. Dieser Mann war doch sehr viel angenehmer als die meisten, die sie im Laufe des Jahres kennenlernen musste.

»Morgen. Das war der Grund, warum ich noch etwas Zerstreuung gesucht habe. Aber ich denke, wir werden dieses Mal nur wenige Wochen unterwegs sein. Zu dieser Jahreszeit sollte es uns nicht schwerfallen, die Fässer schnell mit Tran zu füllen.« Wilcox erhob sich. »Ich denke, wir haben genug Zeit miteinander verbracht, um dir Ärger zu ersparen. Vielleicht sehen wir uns ja eines Tages wieder. Jetzt sollte ich lieber überprüfen, ob die *Enterprise* auch ausreichend Verpflegung an Bord hat.« Er deutete eine Verbeugung an und öffnete die Tür.

Anne sprang auf, um direkt hinter Wilcox wieder in die Gaststube zu gehen. Jameson lächelte zufrieden, als Wilcox einige Münzen vor ihm auf den Tisch zählte – und gab ihr mit einer Handbewegung die Erlaubnis, sich in ihre Kammer zurückzuziehen. Sie wartete nicht, seine Meinung konnte sich zu schnell ändern – das wollte sie nicht riskieren. Mit ein paar schnellen Schritten ging sie in die Küche, in der schon wieder die Pasteten für den Abend vorbereitet wurden. Anne winkte einen pickligen jungen Mann zu sich. »Füll mir bitte den Zuber in meinem Zimmer. Und lass dir dabei nicht zu viel Zeit!«

Tatsächlich sank sie wenig später in eine kleine Sitzbadewanne, gefüllt mit dampfendem Wasser. Aus einem kleinen Fläschchen gab sie einige Tropfen des Manukaöls dazu, das sie vor ein paar Wochen bei einer der Maori erstanden hatte, die hier in der Stadt Handel trieben. Sie brachten immer Felle, Flachs – und eben auch dieses Öl. Es roch angenehm frisch und sorgte bei kleinen Wunden auch dafür, dass sie schneller verheilten. Anne schloss die Augen, während die aromatischen Dämpfe in dem warmen Wasser aufstiegen. Jetzt konnte sie für kurze Zeit abschalten und sich wieder an eine bessere Zeit in ihrem Leben erinnern …

Dorset, 1828

5.

Renntag. Anne liebte diese Tage. Meist reisten ihre Eltern schon einen Tag vorher an und nahmen an einem Ball teil, während Anne auf sie wartete. Aber heute sollte sie zum ersten Mal daran teilnehmen. Ihre Mutter war über ihren Schatten gesprungen und hatte trotz der knappen Finanzen mit ihr gemeinsam den Stoff für ein neues Kleid ausgewählt, das der Schneider erst vor wenigen Tagen geliefert hatte. Es war von einem warmen Braun, dunkelrote Bänder sorgten dafür, dass es nicht zu trist aussah. Kunstvoll steckte Anne ihre Haare auf, als ihre Mutter hinter sie trat. Sie legte ihr vorsichtig ein goldenes Kettchen um den Hals. Anne sah mit einem kleinen Freudenschrei, dass ein zierlicher Anhänger das Kettchen schmückte: ein kleines Hufeisen mit einem winzigen Smaragd an einem Ende.

»Es soll dir Glück bringen«, lächelte ihre Mutter. »So wie es mir auch seit meiner Zeit als junges Mädchen immer nur Glück gebracht hat. Das Hufeisen hat mich zu deinem Vater geführt, und mit diesem Hufeisen um den Hals habe ich dich zur Welt gebracht. Jetzt wird es allmählich Zeit, dass du es trägst. Mir hat es alle meine Wünsche erfüllt.«

»Oh, Mama, vielen Dank!« Anne umarmte überschwänglich ihre Mutter. »Ich werde es immer in Ehren halten, das verspreche ich dir.«

»Das weiß ich, mein Schatz. Und jetzt komm. Die Kutsche wartet schon!« Damit machte sich die Familie Courtenay auf zum Empfang eines Grafen, der am Vortag des großen Renntages alle Pferdebesitzer eingeladen hatte. Anne wusste, dass ihr Vater besonders große Hoffnungen auf den Auftritt einer kleinen Fuchsstute setzte. Sie war von dem anerkannten Deckhengst der Courtenays, dem allmählich älter werdenden Midas. Wenn sie gut lief, dann sollte es wohl den Preis aller Nachkommen von Midas heben. Die kleine Shadow hingegen, die Anne so gut gefiel, hatte keine Erlaubnis zum Rennen erhalten: Der Zuchtverband weigerte sich immer noch, Fohlen von Sunrise anzuerkennen. Anne seufzte. Gut, dass sie noch den alten Midas hatten …

Damit verdrängte sie weitere Gedanken an Probleme. Mit großen Augen sah sie sich bei dem ersten Ball ihres Lebens um. Die vielen Diener, die für das Wohlergehen der Gäste mit Getränken sorgten. Die unzähligen Kerzen in dem Ballsaal und die Musiker, die eine beschwingte Melodie nach der anderen spielten. Und vor allem natürlich Gregory, der sie immer wieder zum Tanz aufforderte und sie mit unbeschwertem Lächeln quer durch den Saal wirbelte. Hin und wieder erhaschte Anne zwar einen Blick auf ihren Vater, der immer in ernstem Gespräch mit einer Gruppe offiziell aussehender Männer steckte – aber sie war viel zu glücklich, als dass sie auch nur einen einzigen Gedanken oder gar eine Sorge darüber verschwendet hätte. Als Gregory sie dann auch noch auf die Terrasse zog und ihr einen Kuss auf die Lippen drückte, hätte ihr Glück nicht größer sein können.

»Nur noch vier Monate, und wir können unsere Verlobung verkünden«, flüsterte Gregory. »Ich kann es kaum erwarten, dich meinen Freunden endlich als meine Braut vorstellen zu können!«

Anne lachte ihn an. »Und ich erst … siehst du die Gesichter der anderen Mädchen? Alle beneiden mich um dich!«

Sie deutete verstohlen auf drei Mädchen, die unbeachtet an einem Tisch saßen und immer wieder ihre Köpfe zusammensteckten, um zu tuscheln. »Hast du eine Ahnung, wer die sind?«

Gregory nickte und seufzte dabei mit gespielter Dramatik. »Die Marcheston-Schwestern. Geld wie Heu und hässlich wie die Nacht. Ihre Mutter hat schon bei meiner Mutter vorfühlen lassen, ob wir vielleicht an einer Verbindung interessiert wären. Ich habe meiner Mutter sofort erklärt, dass ich nicht ständig an das Geld denken möchte, bloß weil ich mir damit den Anblick meiner Braut versüßen muss. Hast du gesehen, dass sie alle drei Zähne wie Kaninchen haben? Dazu diese dünnen Haare und das fliehende Kinn. Ich habe mich sogar einmal mit ihnen unterhalten – sie sind tatsächlich nicht sehr viel klüger als unsere Vollblüter.« Er wollte schon weiterlästern, aber Anne verschloss ihm die Lippen mit einem Kuss.

»Du sollst doch nicht böse über andere Menschen reden, das bringt Pech!« Heimlich jubelte sie aber über ihr Glück. Ihr Gregory wollte von keiner anderen Frau etwas wissen, egal, wie reich sie auch sein mochte.

Am nächsten Nachmittag stand sie neben ihren Eltern und ließ ihren Blick über die Rennstrecke schweifen. Während ihr Vater vor Nervosität auf der Unterlippe kaute, freute sie sich über den Anblick der nervösen Vollblüter, die vor der Bühne paradierten. Die zierliche Fuchsstute der Courtenays tänzelte so leichtfüßig über das Gras, dass sie wie eine Ballerina wirkte. Neben ihr sahen die anderen Pferde schwerfällig aus, fand Anne. Mit den Augen suchte sie auch nach Gregory. Er stand nur wenige Stufen von ihr entfernt. Als er ihren Blick bemerkte, schenkte er ihr ein kleines Lächeln, bevor er sich wieder seinem Vater zuwandte. Sie schienen ein ernstes Gespräch zu führen.

»Hoffentlich geht alles gut«, murmelte Annes Mutter plötzlich. Ihre Stimme klang bedrückt.

»Was soll denn nicht gut gehen?«, lächelte Anne. »Du benimmst dich ja gerade so, als ob du nicht schon Hunderte von Renntagen erlebt hättest. Unsere Stute wird ihr Bestes geben, das wirst du schon sehen.«

»Ja, aber diesmal ist es wirklich wichtig.« Elizabeth Courtenay wollte offensichtlich eine längere Erklärung abgeben. Doch dann schüttelte sie nur den Kopf. »Allmählich brauchen wir ein bisschen Glück«, sagte sie nur.

Anne sah ihre Mutter verwundert an. Sie neigte nicht

wirklich zum Schwarzsehen. Aber heute schien sie besorgter, als es ein einziges Pferderennen eigentlich rechtfertigen konnte. Noch bevor sie nachfragen konnte, erreichten die Pferde die Startlinie und stellten sich auf.

Sekunden später ertönte ein Schuss, und der Lärm auf der Tribüne schwoll an. »Sie sind unterwegs!«

Anne reckte ihren Hals, um das Rennen genau verfolgen zu können. Die kleine Fuchsstute hatte einen guten Start erwischt und lief an zweiter Stelle die Gegengerade herunter. Der Jockey saß völlig still und musste sie offensichtlich nicht erst dazu auffordern, ihr Bestes zu geben. Anne legte ihre Hand auf die ihrer Mutter. »Siehst du? Was soll denn schiefgehen.«

Fast unwirsch schüttelte Elizabeth die Hand ihrer Tochter ab und hielt sie sich über die Augen, um das Rennen besser sehen zu können. »Das solltest du nicht sagen, bevor unser Pferd nicht wieder sicher in seinem Stall steht. Auf der Rennbahn kann so viel passieren.«

Etwas überrascht musterte Anne ihre Mutter. Was war nur passiert, dass diese lebenslustige Frau so plötzlich mit dem Schlimmsten rechnete? In dieser Sekunde ging ein Aufschrei durch die Zuschauer. Zum Eingang in den Bogen hatte sich das Courtenay-Pferd neben den führenden Hengst gesetzt und wollte zu einem Überholmanöver ansetzen. Der Jockey des Braunen hob seine Peitsche und forderte seinen Hengst zu mehr Tempo auf – und er gehorchte. Gleichzeitig zog der Jockey ihn ein wenig von der Innenbahn nach außen – die Fuchsstute musste ausweichen und fand sich plötzlich auf einer Außenspur der Rennbahn wieder. In dem weiten Bogen musste sie einige Galoppsprünge mehr machen, um mit dem Braunen mithalten zu können. Aber sie zögerte keine Sekunde und nahm die Herausforderung an. Kopf an Kopf rasten die beiden Vollblüter durch den Bogen und erreichten die Zielgerade nebeneinander. Sie liefen jetzt in einem Rhythmus und wirkten fast wie ein durchgehendes Gespann. Anne lehnte sich vor, um ja keine Sekunde zu verpassen. »Jetzt lauf!«, rief sie, so laut sie konnte. Das war nicht sehr damenhaft, aber es war ihr völlig egal.

Die Stute schob sich unendlich langsam an dem Braunen vorbei. Sie waren bereits die halbe Zielgerade herunter, als sie endlich um eine lächerliche Kopflänge vorne lag. Der Rest des Feldes befand sich abgeschlagen hinten – aber Anne war sich alles andere als sicher, ob die Stute dieses irrsinnige Tempo durchhalten konnte. Das Ziel lag schon zum Greifen nahe, als die Fuchsstute plötzlich strauchelte. Sie machte noch einen weiteren Galoppsprung und schien dabei fast in die Knie zu gehen. Der Aufschrei auf den Tribünen galt nur zum Teil dem Braunen, der an ihr vorbeizog und als Erster die Ziellinie überquerte. Es war vielmehr ein Schrei des Entsetzens, als die Stute noch einen letzten Sprung machte, dann stehen blieb und ein Vorderbein in die Höhe hielt. Jeder konnte sehen, dass es direkt über dem Fesselgelenk merkwürdig hin und her baumelte. Der Jockey ließ sich sofort aus dem Sattel gleiten und bückte sich neben dem Bein. Mit einer fast zärtlichen Bewegung strich er ihr über das Bein und schüttelte immer wieder den Kopf.

Anne drehte sich um und rannte die Stufen hinunter. Sie musste jetzt einfach zu dem kleinen Pferd, das so offensichtlich litt. Mit dem Einsatz ihrer Ellenbogen schob sie sich durch die Menge, erreichte den niedrigen weißen Zaun, der die Zuschauer von der Rennbahn abtrennte, sprang mit gerafften Röcken darüber und rannte die letzten Meter zu der Gruppe auf dem Rasen. Ihr Vater war noch vor ihr bei seinem Pferd.

Dem leichenblassen Jockey liefen Tränen über das Gesicht. »Sie ist einfach eingeknickt, Sir. Ich habe keine Schuld. Einfach plötzlich eingeknickt. Dabei wollte sie doch unbedingt gewinnen, die kleine Miss. Habe es genau gespürt. Einfach eingeknickt.«

Anne legte der kleinen Stute die Hand auf die weichen Nüstern. Die Adern traten ihr an Hals und Kopf noch bleistiftdick hervor, so sehr hatte das Rennen sie angestrengt. Aber in den Augen sah Anne die reine Angst. Die Panik eines Tieres, das zum Laufen geboren war und das jetzt keinen einzigen Schritt mehr machen konnte. William Courtenay kniete neben dem Bein und sah einen herbeigeeilten Tierarzt ratsuchend an. »Was ist nur passiert?«

»Ich nehme an, sie ist in ein Loch getreten. Oder das Bein hat einfach die Belastung nicht ertragen. Überlastung könnte auch ein Grund sein. Auf jeden Fall ist es gebrochen. Diesem Pferd kann niemand mehr helfen. Wir müssen es von seinem Leid erlösen, je schneller, desto besser. Wir wollen den Zuschauern diesen Anblick doch nicht zu lange bieten.« Der Mann nickte einem Helfer zu, der ein Gewehr in die Hand nahm.

»Aber wir können sie doch nicht einfach erschießen! Das ist barbarisch!«, protestierte Anne. »Könnt Ihr die Stute denn nicht wenigstens für die Zucht retten? Reicht Eure Kunst denn nicht einmal dafür?«

Sie wollte noch weiter schimpfen, als ihre Mutter sie am Arm packte und schüttelte. »Es reicht, Anne. Der Mann versucht nur, uns zu helfen – aber bei so etwas gibt es keine Hilfe.«

Wie betäubt musste Anne zusehen, wie zwei Stallknechte einfache Decken vor die Stute hielten, während der Tierarzt sich das Gewehr reichen ließ. Bei den Zuschauern herrschte Grabesstille, als der Schuss über die Rennbahn hallte. Anne sah, wie die Stute zusammenbrach und im Gras lag, als ob sie einfach schlafen würde. Ein Stallknecht legte eine Decke auf sie und machte sich dann daran, Stricke um ihre Beine zu legen. Die kleine Stute wurde noch auf einen Karren gezerrt, während schon die Pferde für das nächste Rennen an den Tribünen vorbeiparadierten. Ihr Kopf hing leblos von der Liegefläche herunter, als der Karren mit leise quietschenden Rädern von der Rennbahn rollte. Mit einem Aufschluchzen wandte Anne sich von dem schrecklichen Anblick ab. Langsam verließ sie den Rasen, auf dem nur noch ein paar feuchte, rötlich glänzende Grashalme von dem Drama zeugten, das hier gerade erst stattgefunden hatte.

Ohne darüber nachzudenken, wo sie eigentlich hinwollte, lief Anne zu den Stallungen. Vor der Box der Stute hielt sie an und ließ sich auf einen Ballen Stroh fallen. Wie konnte so eine Katastrophe ausgerechnet jetzt passieren? Und warum nur war ihre Mutter so ängstlich gewesen – hatte sie etwa eine Vorahnung gehabt? Kopfschüttelnd vergrub Anne ihr Gesicht in den Händen und ließ den Tränen freien Lauf.

Sie hatte keine Ahnung, ob sich nur wenige Minuten oder eine ganze Stunde später eine Hand auf ihre Schulter legte. William Courtenay setzte sich neben seine Tochter auf das Stroh. »Du musst kommen, wir wollen nach Hause reisen«, sagte er mit müder Stimme. »Es wird nicht besser, wenn wir noch länger hierbleiben.«

Sie sah ihn mit ihren rot geweinten Augen an. »Aber es ist so schrecklich, Vater. Sie ist so mutig gelaufen und hat sich da auf der Außenbahn so tapfer gehalten … es ist einfach so schrecklich unfair.« Sie spürte, dass ihr schon wieder Tränen über das Gesicht liefen.

Ihr Vater nickte nur. »Ja. Ihr Herz war wohl größer, als ihr Körper es aushielt.«

Misstrauisch sah Anne ihn an. Das klang nicht so, als sei dieses Unglück völlig überraschend für ihren Vater geschehen. »Hast du etwa gewusst, dass ihre Beine das Tempo eines Rennens nicht aushalten?«, fragte sie vorwurfsvoll. »Hast du geahnt, dass sie das Rennen nicht überlebt? Wie konntest du sie dann an den Start gehen lassen? Das ist doch barbarisch!«

»Ich hatte keine Wahl«, begann ihr Vater vorsichtig. »Du weißt, ich habe viel Geld in Sunrise gesteckt. Geld, das ich nicht wiederbekomme, weil der Hengst angeblich nicht reinrassig genug für den Zuchtverband ist. Egal, wie gut seine ersten Nachfahren sind. Deswegen musste ich endlich wieder Geld mit meinen anderen

Pferden verdienen. Die Stute war gut gezogen, viele Züchter haben gerne das Blut von Midas in ihrem Stall. Sie sollte nur noch dieses eine Rennen laufen, dann wollte ich sie verkaufen. Eine Siegerin bringt mehr Geld als nur eine gute Abstammung, allein deswegen musste sie heute an den Start. Der Trainer hat mir schon vor zwei Tagen gezeigt, dass sich der Knochen an einer Stelle leicht verändert hat. Er hielt es für die übliche Veränderung, die viele junge Rennpferde an den Schienbeinen bekommen, wenn sie etwas härter trainiert werden. Mit ein wenig Ruhe ist das normalerweise schnell auskuriert. Aber ich hatte keine Zeit. Wir brauchen Geld, um unsere Zucht weiterführen zu können. Ordentlich Geld.« Er seufzte, seine Schultern sanken nach vorne. »Ich habe einfach gehofft, dass alles gut geht. Und jetzt stehe ich ohne alles da. Schlimmer als jemals zuvor. Ohne einen Penny für die Stute – und Midas hat jetzt den Ruf, keine harten Pferde zu zeugen. Du wirst sehen – nach dem heutigen Tag werde ich für die Fohlen aus seiner Zucht keine guten Preise mehr erzielen.«

Er schüttelte noch einmal den Kopf. »Ich weiß nicht mehr, wie es weitergehen soll, mein Kind. Wir haben noch nicht einmal Heu und Hafer für den kommenden Winter gekauft. Ich habe so sehr auf den heutigen Verkauf gezählt. Damit wäre erst einmal alles wieder einfach geworden … Aber jetzt? Ich weiß nicht, mein Kind. Ich weiß einfach nicht.«

»Können wir nicht ein wenig Geld von den Mallorys leihen? Gregory und ich wollen doch heiraten, dann wachsen die beiden Gestüte doch ohnehin zusammen«, schlug Anne vor. Sie war sich sicher, dass Gregorys Eltern diesen Engpass überbrücken würden.

Ihr Vater lächelte müde. »Die Mallorys sind gute Nachbarn und nette Menschen. Aber sie sind auch auf ihre Finanzen bedacht. Weder George noch Victoria haben etwas zu verschenken. Ich kann mir nicht vorstellen, dass sie uns helfen. Im Gegenteil. Womöglich ist es für die Verbindung von dir und Gregory eher hinderlich, wenn sie befürchten müssen, dass sie sich um die Mitgift sorgen müssen. Ich werde mir schon einen anderen Geldgeber suchen müssen.« Er versuchte ein schwaches Lächeln, was ihm aber kläglich misslang.

Empört schüttelte Anne den Kopf. »Aber Gregory und ich wollen doch heiraten, weil wir uns lieben und nicht wegen irgendeiner Mitgift. Vater, ich bin mir sicher, dass wir die Mallorys fragen können. Soll ich Gregory fragen?«

»Untersteh dich, mein Kind. Auch wenn du es nicht glaubst: Du könntest wirklich dein Glück gefährden. Und daran möchte ich wirklich nicht einmal denken. Mach dir keine Sorgen, ich werde diesen Engpass schon meistern. Vielleicht muss ich auch nur noch einmal mit dem Zuchtverband sprechen.« Er erhob sich und reichte Anne seine Hand. »Komm, wir sollten zu deiner Mutter gehen. Sie sitzt sicher schon in der Kutsche und wartet auf uns.«

»Weiß sie von unseren Problemen?«, vergewisserte Anne sich, während sie sich bei ihrem Vater unterhakte und mit ihm die Stallungen verließ.

Er nickte nur. »Ja. Und sie macht sich große Sorgen.

Ich fürchte um ihre Gesundheit, wenn sie so weitermacht. Es scheint mir, als ob sie keine Nacht mehr schläft.«

Schweigend legten sie die letzten Meter zur Kutsche zurück. Anne sah, dass der Rennsattel und das Zaumzeug achtlos in eine Ecke geworfen worden waren, und räumte sie mit mechanischen Bewegungen auf. Immerhin konnte es ja sein, dass die Courtenays schon bald wieder ein Pferd zu einem Rennen schicken wollten.

Als die Kutsche sich in Bewegung setzte, erhaschte sie noch einen Blick auf Gregory. Er war gerade in ein offensichtlich ernstes Gespräch mit seinem Vater verwickelt. Während der alte Mallory mit den Händen fuchtelte und ohne Pause auf seinen Sohn einredete, sah der nur auf den Boden. Aber Anne ließ sich dieses Mal nicht aus der Ruhe bringen. Gregory liebte sie aufrichtig, und es gab einfach nichts, was sie beide davon abhalten konnte, nächstes Jahr zu heiraten. Das hatte er ihr schließlich erst gestern Abend gesagt.

Gedankenverloren spielte sie mit dem kleinen Hufeisen, das sie um den Hals trug. Es wurde allmählich Zeit, dass dieses Ding auch Glück brachte.

Kororareka, 1831

6.

Genüsslich drehte Anne ihr Gesicht in die Sonne. Ihre neue Heimat mochte ihr kein Glück gebracht haben – aber die Natur und die Kraft der Sonnenstrahlen verblüfften sie immer wieder. Sie ließ ihren Blick langsam über die malerische Bucht wandern. Eingerahmt von dunklen Bäumen, wirkte das Wasser fast unwirklich blau. Die Luft wurde das ganze Jahr über nicht wirklich kalt, war aber nie so drückend und schwül, wie sie es auf der Überfahrt nach Neuseeland in Singapur und Indonesien erlebt hatte. Sie atmete die Luft noch einmal tief ein, als ein kräftiger Schlag auf ihren Oberarm sie aus allen Träumen riss.

»Anne? Was ist los? Träumst du von deiner Vergangenheit als Prinzessin in England? Oder ist das einfach nur eine neue Masche?«

Mit diesem Schlag musste sie sich wieder der Realität stellen. Und die bestand in diesem Augenblick aus einem mageren Jungen, den Jameson vor wenigen Wochen angestellt hatte. Der Kleine hatte bis dahin als Schiffsjunge gearbeitet und wich ihr nicht von der Seite. Leider. Heute hatte Jameson ihn dazu ausgewählt, Anne wieder einmal zum Hafen zu begleiten. »Dieser Wilcox ist wohl ein Verehrer von dir«, hatte er dazu erklärt. »Sorge also dafür, dass er dir nicht untreu wird.«

Sie nickte nur, stellte aber heimlich fest, dass sie sich fast freute. Wilcox war anders als alle anderen Männer, die bei Master Jameson nach einer Frau suchten. Er wollte seit seinem ersten Besuch immer nur sie sehen. Und er war von einer aufrichtigen Zärtlichkeit, die sie immer wieder überraschte. Heute hatte er sie auf sein Schiff bestellt, das im Moment im Hafen lag. Der Neffe war also immer noch nicht abgereist.

Mit einem kleinen Lächeln, das den Schiffsjungen beruhigen sollte, stieg sie in die wackelige Jolle, die sie übersetzen sollte. Minuten später fand sie sich bei Wilcox in der Kabine wieder. Kaum ein Vergleich mit den Verschlägen, in denen viele der Kapitäne hausten. Bei ihm herrschte Sauberkeit, die Luken standen offen, um die klare Luft hereinzulassen, und das Bett war unter einer farbenprächtigen Wolldecke verborgen. Er reichte ihr einen Becher mit echtem schwarzem Tee, eine wahre Delikatesse so fern der Heimat. Anne neigte ihr Gesicht über das Getränk und atmete tief ein. Es war lange her, dass sie so etwas getrunken und damals keinen zweiten Gedanken daran verschwendet hatte. Aber hier, am wildesten Ende der Welt, war so ein Tee Luxus. Sie lächelte Wilcox vorsichtig an.

»Danke. Wo bist du denn seit unserem letzten Treffen gewesen?«

»In Australien. Ein Cousin von mir hat sich dort niedergelassen. Ich habe überprüft, ob wir in Zukunft gemeinsame Geschäfte machen können … nur ein langweiliger Geschäftsbesuch, sonst nichts.« Er machte eine wegwerfende Handbewegung.

»Und – kannst du?« Anne war tatsächlich interessiert. In dieser Gegend der Welt lebten fast alle Männer vom Walfang, dem Handel mit Robbenfellen oder dem allmählich aufblühenden Handel mit dem Flachs der Maori. Ihr fiel es schwer zu glauben, dass man nicht mehr machen konnte.

»Nicht wirklich. Er träumt von Rinderfarmen, mit denen er den Fleischbedarf für ganz Neusüdwales decken will. Ich denke, dass Australien dafür nicht genügend Weiden hat. Wenn ich das richtig sehe, dann besteht Australien zum größten Teil aus Wüsten. Ich werde mich wohl kaum beteiligen.« Wilcox musterte sein Gegenüber. Diese junge Frau mit den schwarzen Locken war ungewöhnlich. Sie stellte nicht nur die richtigen Fragen, sondern schien sich auch für die Antworten zu interessieren. Zu gerne hätte er mehr von ihr gewusst – aber sie wehrte alle persönlichen Fragen entschlossen ab. So als ob es darum ginge, ein echtes Geheimnis zu bewahren.

»Was ist dann in deinen Augen gewinnversprechend, wenn es die Rinder nicht sind?« Sie sah ihn fragend an.

»Schafe. Luxusgüter wie Teppiche oder bessere Möbel

für die Menschen, die es hier zu etwas gebracht haben. Wie dein Master Jameson zum Beispiel.«

»Der wird sein Geld kaum für irgendetwas ausgeben, das er nicht unbedingt benötigt. Und er ist schwerlich ›mein‹ Master Jameson.« Der letzte Satz klang ungewöhnlich scharf. Dann schien sie sich eines Besseren zu besinnen. »Aber da du mich so charmant an meinen Herrn erinnerst: Er bekommt sein Geld nicht dafür, dass ich mich so nett mit dir über die wirtschaftliche Entwicklung in Neuseeland unterhalte.« Sie deutete auf die bunte Wolldecke. »Wollen wir es uns vielleicht ein wenig gemütlicher machen?«

Wilcox musste unwillkürlich lächeln. Diese Frau würde niemals den anzüglichen Ton der leichten Mädchen von Kororareka treffen. Bei ihr klang die Einladung zu einem Schäferstündchen immer wie etwas Unvermeidliches wie ein Husten oder gar ein Harndrang. Andererseits fühlte es sich dadurch nicht wie bezahlte Liebe an, sondern eher wie eine ganz besondere Freundschaft. Und so dachte er auch von Anne, wenn er sich an sie erinnerte. Er nickte also und deutete auf eine Flasche Wein nebst zwei geschliffenen Kristallgläsern, die auf einem kleinen Tisch bereitstanden. »Sehr gerne. Aber sollen wir vorher nicht ein wenig miteinander trinken? Ich habe den Smutje auch gebeten, uns einen Fisch zu braten – nur für den Fall, dass du Hunger haben solltest …«

»Sehr gerne«, nickte Anne. »Den Fisch, meine ich. Alkohol am helllichten Tag versuche ich zu vermeiden. Zu viele der Mädchen, die in Kororareka leben, können ihr Leben nur mit Fusel ertragen. Das finde ich schade, denn damit bekommen sie von ihrem Leben wirklich nichts mehr mit. Und es ist ja nicht alles schlecht, oder?«

»Für diese Mädchen?« Wilcox schüttelte den Kopf. »Doch. Welche Zukunft haben sie denn? Für Master Jameson zu arbeiten, bis sie nicht einmal mehr ein einbeiniger Blinder anrühren mag? Und dann? Es wäre mir neu, dass er ein Altersheim eingerichtet hätte.«

Anne biss sich auf die Lippen. »Ich nehme an, die meisten hoffen, dass sie diesen Wahnsinn doch verlassen dürfen, bevor sie kein eigenes Leben mehr führen können.«

»Wie viele Mädchen hat er denn bisher laufen lassen? Dürft ihr denn einfach so eure Sachen zusammenpacken und diesem Loch hier den Rücken kehren?« Wilcox gab sich selber die Antwort. »Wohl kaum. Oder?«

»Ich habe es bisher nicht erlebt. Jameson betrachtet uns als sein Eigentum – und da es hier keine Rechtsprechung gibt, können wir auch schlecht erklären, dass es keine Sklaven im britischen Königreich gibt, oder?« Sie seufzte. »Er hat Geld gezahlt, für jede Einzelne von uns. Das möchte er nicht nur wieder erwirtschaften, das will er natürlich auch mehren. Du hast womöglich recht: Er lässt uns nicht mehr laufen, bis er uns als zahnlose Greisinnen auf die Straße wirft.«

Merkwürdigerweise wirkte sie durch diesen Satz nicht sonderlich niedergeschlagen. Wilcox folgte ihrem Blick aus der geöffneten Luke und fragte leichthin: »Das ist aber nicht dein Ziel, oder?«

Sie lächelte schelmisch. »Wohl kaum. Aber ich werde

dir ganz sicher nicht meinen Plan erklären. Es könnte ja sein, dass du doch mit Jameson befreundet bist. Und dann könnte ich all meine Ideen begraben, meinst du nicht?«

Das Gelächter des Schiffseigners erfüllte die Kajüte. »Da hast du sicher recht! Wir sollten uns also lieber Dingen zuwenden, die in unseren Vereinbarungen so festgelegt sind, oder?«

Er zog sich ohne weitere Umschweife sein sauberes weißes Hemd von den breiten Schultern. Anne sah ihm einen Moment lang zu, bevor sie sich ebenfalls aus ihren Kleidern schälte. Dieser Mann war wenigstens ordentlich gewaschen, war zärtlich und voller Respekt. Wenn sie es richtig einschätzte, hatte sie damit schon wesentlich mehr als so manche Hausfrau in ihrer englischen Heimat, die die Grobheiten ihres Mannes über sich ergehen lassen musste. Sie legte sich zurück auf die leicht kratzende Wolldecke und sah aus dem Fenster. Einfach nicht mit dem Kopf dabei sein. Ihr Geheimnis, wie man dem Wahnsinn entkommen konnte, egal, wie freundlich der Mann sein mochte …

Dorset, 1829

7.

Mit einer kräftigen Handbewegung schloss William Courtenay die Stalltür hinter sich. Der Wintersturm pfiff weiter durch den schmalen Spalt unter der Pforte, kleine Eiskristalle tanzten über den Boden. Der Winter war hart, sehr hart für das milde Klima, das sonst im Süden Englands herrschte. Der Winter ließ die Gegend seit Monaten nicht aus seinen Krallen. Die trächtigen Stuten konnten nicht auf die Wiesen, um das erste zarte Gras zu zupfen, sondern blieben weiter in den Stallungen, um Heu und Hafer zu fressen. Heu und Hafer, das Courtenay mit geliehenem Geld kaufen musste. Er erklomm die steilen Stufen zum Heulager und hob prüfend seine Laterne. Nur noch ein kleiner Haufen lag in der Ecke des großen Speicherraumes. Gerade noch ausreichend für eine Woche. Und es sah nicht so aus, als ob der Winter in den nächsten Tagen einem warmen Frühling weichen würde. Courtenay seufzte und kletterte die Stufen wieder hinunter.

In der Futterkammer hob er die Klappe des großen Futterwagens. Ein paar vereinzelte Haferkörner lagen noch auf dem Boden. Genug, um eine kleine Mäusefamilie für einen Tag zu ernähren. Mehr nicht. Die Stuten, Jährlinge, die Zweijährigen und die beiden Deckhengste mussten ab heute ohne Hafer auskommen. Das mochte für einige Tage ausreichen. Aber wie sollte es dann weitergehen? Die Banken würden ihm sicher kein Geld mehr leihen. Das hatten sie noch kurz nach dem Unglück mit dieser kleinen Fuchsstute getan. Aber seitdem hatte Courtenay nicht einen einzigen Penny zurückgezahlt. Das Haus, die Ländereien und die Stallungen waren inzwischen verschuldet, und es sah nicht so aus, als ob es besser werden würde.

Courtenay ließ sich auf den Schemel in der Futterkammer fallen, auf dem sonst die Stallknechte das Lederzeug putzten oder bei den Mohrrüben die faulen Stellen wegschnitten. Jetzt gab es nur noch einen Stallburschen – und Mohrrüben für seine Vollblüter konnte Courtenay sich nicht mehr leisten.

Wie hatte das alles nur angefangen? Mit dem Kauf von Sunrise. Dem herrlichen Hengst mit dem perfekten Körperbau und dem großen Herzen, den der Zuchtverband einfach nicht anerkennen wollte? Oder erst dem Tod der Fuchsstute, deren Beine der Belastung eines harten Rennens einfach nicht gewachsen waren? Oder hatte es schon viel früher angefangen – vor vier Jahren, als sein bester Deckhengst an einer Kolik elendig verreckt war und nur wenig später zwei ältere Zuchtstuten schwächliche Zwillingsfohlen auf die Welt gebracht hatten?

Courtenay schüttelte den Kopf. Sein Glück hatte ihn verlassen. Er wusste nicht mehr, wann genau – aber eines Tages hatte er es wohl einfach aufgebraucht. Und jetzt stand er mit leeren Händen hier und sah keinen Ausweg mehr. Außer dem, den seine Frau ihm verboten hatte: Er musste Mallory um einen privaten Kredit bitten. Auch dann, wenn er damit die Zukunft seiner Tochter gefährdete … Aber er durfte dieses Gespräch keinen einzigen Tag mehr aufschieben. Seine wertvollen Pferde durften einfach nicht hungern.

Entschlossen öffnete er eine Stalltür und zog Sunrise auf die Stallgasse. Der Hengst schüttelte übermütig die Mähne und schnaubte aufgeregt. Das lange Eingesperrtsein im Winter behagte ihm ganz und gar nicht. Sunrise würde sogar einen Ausritt bei diesem Wetter genießen, da war sich William Courtenay ganz sicher. Schnell legte er ihm einen leichten Sattel auf, schob ihm das Gebiss des Zaumzeugs ins Maul und führte ihn an den Zügeln in den leichten Schneefall hinaus. Immerhin war der Wind seit dem Morgen schwächer geworden, stellte Courtenay fest. Er hoffte, er konnte das als ein gutes Zeichen deuten.

Keine Stunde später saß er bei Mallory im Raucherzimmer. Der Tee mit dem Whisky hatte ihn wieder aufgewärmt, die Höflichkeiten waren ausgetauscht – er musste endlich erklären, warum er eigentlich bei diesem Wetter einen Besuch machte. Ohne große Umschweife erklärte er seine Notlage.

George Mallory sah seinen langjährigen Freund über den Rand seiner Teetasse hinweg nachdenklich an. »Du brauchst also Geld? Wie viel?«

William Courtenay schluckte. »Genug, um bis zum Sommer durchzuhalten. Vielleicht kann ich dann ein paar von meinen Jährlingen gut verkaufen. Oder mein Rennglück kehrt zurück …«

Mit gerunzelter Stirn erhob sich Mallory, öffnete eine Schatulle an seinem Schreibtisch, aus der er eine Zigarre nahm, die er umständlich anzündete. William Courtenay musste sich in der Zwischenzeit beherrschen, um nicht auf der Stuhlkante hin und her zu rutschen wie ein kleiner Junge, der seinen Vater im Kontor besucht. Mallory sah gedankenvoll den Rauchschwaden hinterher, die von seiner Zigarre aufstiegen. »Ich habe dir immer gesagt, dass du von diesem Hengst die Finger lassen sollst. Jetzt sitzt du auf den Kosten, ohne dass du irgendeine Einnahme von ihm verbuchen kannst.«

Sein Gegenüber konnte zu diesen Bemerkungen nur nicken. Was sollte er schon sagen? Er könnte noch ein weiteres Mal über den Zuchtverband schimpfen – aber davon wurden die Pferde im Stall auch nicht satt.

Doch Mallory war noch nicht fertig mit seinen Vorhaltungen. »Deine anderen Pferde sind im Moment auch keine gute Investition für mich. Nachdem deine Fuchsstute vor aller Augen auf der Rennbahn erschossen wurde, heißt es immer wieder, dass Courtenay-Pferde zu weich für den Rennsport sind. Was soll ich also als Sicherheit für mein Geld nehmen? Mir bleibt doch nur ein Vertrag, in dem du mir dein Haus, die Stallungen und die Wiesen als Sicherheit überschreibst.« Courtenay wollte schon widersprechen, da hob Mallory die Hand. »Glaub mir, mein Freund, dieser Schritt fällt mir selber nicht leicht. Aber du musst verstehen: Ich darf nicht leichtsinnig mein Vermögen aufs Spiel setzen, bloß weil ich dir helfen will. Das geht nicht. Weder meine Frau noch mein Sohn hätten Verständnis dafür, dass ich ihre gesicherte Existenz gefährde …«

»Nun, dein Sohn will ja ohnehin seine Geschicke mit denen meines Hauses verbinden, da wäre das wohl nicht so schlimm.« Courtenay versuchte diesen Satz mit einem Lächeln hervorzubringen.

Zu seinem Entsetzen schüttelte Mallory nur den Kopf. »Mein lieber Freund, gut, dass du es gleich ansprichst. Bestimmt siehst du es auch so, dass wir im Moment gut beraten sind, wenn wir diese Hochzeit ein weiteres Jahr aufschieben. In diesem Sommer solltest du all deine Energie auf die Sanierung deiner Zucht verwenden und nicht auch noch die Hochzeit deiner Tochter im Kopf haben. Nicht wahr? Die jungen Leute werden sich eben ein weiteres Jahr gedulden müssen. Das wird zu einigem Gejammer führen, aber ich denke, da sollten wir an ihr Wohl denken.«

Mallorys Lächeln erschien William Courtenay in diesem Moment fast höhnisch. Wie sollte er seiner kleinen Anne nur unter die Augen treten – sie träumte doch von nichts anderem mehr als einer rauschenden Hochzeit mit Gregory und einem glücklichen Leben als seine Frau? Doch er war gerade wirklich nicht in der Lage, auch nur eine einzige Bedingung für das Geld zu stellen. Er zwang sich also zum gelassenen Nicken, während er fast beiläufig zu seinem Tee griff.

»Sicher. Das passt mir gut – ich möchte meiner Anne

schließlich eine schöne Hochzeit ausrichten, da kann ich irgendwelche Sorgen nicht gebrauchen. Das wird sie sicher verstehen, ich rede noch heute mit ihr. Wie steht es denn mit deinem Gregory? Kann sich der denn noch ein weiteres Jahr gedulden?« Er bemühte sich um ein besorgt-fragendes Gesicht. In Wirklichkeit war ihm in diesem Moment das Seelenheil des jungen Master Mallory egal. Was blieb dem schließlich anderes übrig, als den Wünschen seines Vaters zu entsprechen?

George Mallory griff nach einem leeren Bogen Papier, legte ihn auf dem Schreibtisch zurecht und schrieb mit seinem modernen Füllfederhalter ein paar schwungvolle Zeilen, unter die er seinen Namen setzte. Erst dann reichte er Courtenay das Schreiben. »Wir sind zu lange befreundet, als dass wir einen großen Vertrag benötigen, nicht wahr? Ich denke, das hier sollte reichen.«

Langsam las William Courtenay die wenigen Zeilen durch.

Hiermit bestätigen wir die Leihgabe von 1500 Sovereigns für die Dauer von sechs Monaten aus der Hand von George Mallory. Sollte ich, William Courtenay, mich bis dahin nicht in der Lage sehen, den Betrag zurückzuzahlen, dann fällt der Besitz an Haus, Stallungen, englischen Vollblütern und Land an den vorher genannten George Mallory.

Ihm stockte der Atem. Wenn er es also nicht schaffte, die geforderten Sovereigns zusammenzukratzen, dann saß er ohne irgendeinen Besitz da. Sicher, früher einmal war das in etwa der Betrag, den er im Jahr verdient hatte – aber das war schon einige Zeit her. In den nächsten sechs Monaten musste ihm das Glück schon an jeder Ecke hold sein, damit er diesen gewaltigen Betrag auf einen Schlag zurückgeben konnte.

Mallory bemerkte sein Zögern und hob eine Augenbraue. »Oder zweifelst du selber daran, dass du mir meine Sovereigns zurückzahlen kannst? Dann sollte ich über mein Angebot noch einmal nachdenken.«

Mit einer einzigen schnellen Handbewegung setzte Courtenay seinen Namen unter die kurze Vereinbarung und schüttelte alle Sorgen ab. Es würde ihm schon gelingen, noch ein paar Pferde zu verkaufen und seine Pferde ein bisschen häufiger zu einem Rennen zu schicken als bisher. Wenn man in diesem Geschäft nicht auf sein Glück vertraute, dann war man schnell der Verlierer. Das Glück war mit den Mutigen, und seine Pechsträhne konnte nicht ewig dauern – da musste er einfach drauf vertrauen.

Er lachte seinen Freund mit gespielter Unbekümmertheit an. »Natürlich bekommst du dein Geld zurück! Wo denkst du denn hin? Wenn ich an meinen Pferden zweifeln würde, dann sollte ich sofort den Metzger anrufen, oder etwa nicht?«

»Gut. Dann trink noch einen Whisky mit mir, bevor ich dir das Geld gebe!« Mallory griff nach einer Kristallflasche und schenkte Courtenay ein. Nicht wenig später tranken sie bei einer Zigarre noch ein weiteres Glas und dann noch ein drittes. Es war bereits später Nachmittag, als Mallory endlich hinter den Schreibtisch trat und eine Schublade aufzog. Zu Courtenays großem Erstaunen hatte Mallory tatsächlich die komplette Summe vorrätig. »Habe erst vor ein paar Tagen eine gute Stute verkauft«, erklärte er leichthin.

Courtenay konnte sich eines unguten Gefühls nicht erwehren. Irgendetwas an dieser Geschichte stimmte nicht. Bloß hielt ihn der Whisky davon ab, sich das bis zum Schluss durchzudenken. Seine Gedanken entglitten ihm immer wieder wie junge Pferde auf einer großen Koppel. Er gab auf, zählte stattdessen die Sovereigns ab – und stutzte. »Das sind nur 1400. Oder habe ich mich verzählt?«

Mallory schüttelte den Kopf. »Natürlich nicht. Die restlichen 100 sind Zinsen. Auch ich muss schließlich sehen, dass es sich lohnt, einem Konkurrenten meiner Zucht unter die Arme zu greifen … Selbst wenn es ein guter Freund von mir ist.« Dazu lachte er so laut, als sei ihm ein besonders guter Witz gelungen.

Courtenay verzog höflich die Lippen zu einer Art Grinsen. Mallory wusste, wann er im Vorteil war, das war in diesem Augenblick mehr als klar. Er legte die 1400 Sovereigns sorgfältig in seinen Geldbeutel, den er oben gründlich verschnürte. Damit konnte er morgen schon das Futter für seine Pferde sichern. Und das war in seinen Augen erst einmal alles, was zählte.

Während er seinen Hengst in Richtung der heimatlichen Stallungen lenkte, nahm er sich vor, weder seiner Frau noch seiner Tochter von dieser Leihgabe zu erzählen. Frauen fehlte der Überblick über geschäftliche

Dinge, und sie machten sich viel zu viele Sorgen. Besser, sie konnten ihr unbeschwertes Leben weiterführen. Wie er Anne allerdings die Verschiebung der Hochzeit erklären sollte, musste er sich gründlich überlegen. Die Kleine war immer misstrauisch, und sie konnte es einfach nicht erwarten, ihrem Gregory das Jawort zu geben. William Courtenay schüttelte mitleidig den Kopf. Anne würde noch früh genug erfahren, dass die Ehe alles andere als ein Zuckerschlecken war.

Ihm entgingen in den nächsten Tagen nicht die fragenden Blicke seiner Frau, als plötzlich die Fuhrwerke mit den Heuballen und dem Hafer auf den Hof rollten. Ein prüfender Rundgang durch die Stallungen zeigte ihr, dass er kein einziges Pferd verkauft hatte, was seinen plötzlichen Reichtum erklären könnte. Aber Elizabeth wäre nicht seine wunderbare Ehefrau, wenn sie ernsthaft nachgefragt hätte. Sie beließ es bei einem schlichten »Möchtest du mir nicht etwas sagen, Liebling?«, als sie sich für das Bett fertig machten.

Er gab ihr einen Kuss und schwieg. Nein, er wollte keine Erklärung abgeben. Stattdessen erklärte er am nächsten Tag beim Frühstück, dass er und George Mallory nach eingehender Beratung übereingekommen seien, die anstehende Hochzeit um ein weiteres Jahr zu verschieben. Als Anne anfing zu schimpfen und zu weinen, hob er die Hand, um sie zum Schweigen zu bringen.

»Egal, wie sehr du jetzt jammerst und schimpfst, das ist beschlossene Sache. Trag sie wie die Lady, die du so gerne sein würdest. Im Moment sind wir der Meinung, dass du noch zu kindlich für die große Verantwortung bist.«

Anne senkte den Kopf und biss sich auf die Lippen. Sie kannte den Moment, an dem Widerspruch zwecklos war. Aber sie nahm sich vor, so schnell wie möglich mit Gregory zu reden. Es konnte doch nicht sein, dass er hinter dieser Verschiebung steckte! Ob er wohl so litt wie sie? Oder freute er sich gar klammheimlich über ein weiteres Jahr mit der gewonnenen Freiheit?

Noch am selben Vormittag zog sie sich ihr dickes, wattiertes Reitkleid an, sattelte Shadow und ließ die graue Stute einen flotten Galopp in Richtung des Anwesens der Mallorys machen. Unter anderen Umständen hätte Anne diesen Ausritt über die glitzernden Felder genossen – doch heute wollte sie nur möglichst schnell mit Gregory sprechen. Sie zügelte Shadow erst, als sie das kunstvoll geschmiedete Hoftor der Mallorys erreicht hatte. Vor der Eingangstür ließ sie sich aus dem Sattel gleiten und wies einen herbeigeeilten Stallknecht an, Shadow im Schritt zu führen, bis sie wieder nach Hause reiten würde. Dann rannte sie die wenigen Stufen zur Eingangstür nach oben und ließ den Türklopfer aus Messing auf das alte Eichenholz knallen.

Es dauerte nur Sekunden, bis ein Zimmermädchen öffnete, Anne erkannte und mit einem breiten Lächeln begrüßte. »Mistress Courtenay, schön, Euch zu sehen. Was führt Euch denn heute Morgen hierher? Ich erinnere mich nicht, dass Master Gregory von einem Besuch gesprochen hätte …?« Sie sah etwas nervös über ihre Schulter in das Innere des Hauses.

»Kann er auch gar nicht. Ich habe mich ungeplant entschlossen, mir einen kleinen Ausritt über die Felder zu genehmigen – und wollte dann gleich die Gelegenheit nutzen, um Gregory zu sehen. Könntest du ihm bitte meine Ankunft melden?«

Das Mädchen machte einen Knicks. »Ich werde Eure Ankunft melden. Einen Augenblick bitte!«

Anne blieb allein an der Eingangstür zurück. Merkwürdigerweise hatte das Mädchen sie nicht hereingebeten. Sicher eine Nachlässigkeit. Wenn sie erst einmal die Herrin auf diesem Anwesen war, dann wollte sie dafür sorgen, dass so etwas nicht mehr vorkam. Bei dieser Kälte sollte einfach jeder Gast wenigstens in der Eingangshalle warten dürfen.

Sie schlug ihre Hände zusammen, um sie etwas aufzuwärmen. Es war wirklich ein erstaunlich harter Winter für diese Gegend. Dorset lag im Süden Englands, das nahe gelegene Meer sorgte hier normalerweise für gleichbleibende Temperaturen. In diesem Jahr hatte dieser Golfstrom offensichtlich beschlossen zu streiken. Anne stampfte noch einmal mit den Füßen auf. Wenn sie wieder nach Hause kam, dann wollte sie sich umgehend vor dem großen Kamin mit einer ordentlichen Portion heißer Schokolade aufwärmen.

Während sie diesem tröstlichen Gedanken nachhing, öffnete sich die Eingangstür erneut, das Mädchen tauchte mit einem merkwürdigen Gesichtsausdruck wieder auf. »Ich soll Euch ausrichten, dass Master Gregory keine Zeit hat. Er ist gerade im Gespräch mit seinem Vater, das kann er nicht unterbrechen.«

»Das verstehe ich natürlich«, versicherte Anne schnell. »Wie sieht es denn mit morgen aus? Hat Master Gregory dann etwas mehr Zeit?« Sie lächelte das Dienstmädchen freundlich an.

Die blieb ernst. »Nein. Wenn ich das richtig verstanden habe, dann hat er bis auf Weiteres keine Zeit. Es tut mir leid.«

Damit klappte die Tür wieder zu, und Anne stand allein auf der vereisten Treppe. Um ein Haar hätte sie noch einmal den Türklopfer betätigt. Das musste ein Versehen sein! Sie war schließlich die Verlobte von Gregory Mallory – er konnte sie doch nicht einfach in der Kälte stehen lassen. Doch dann ließ sie ihre schon erhobene Hand wieder fallen. Sie musste der Realität ins Auge sehen. Die Hochzeit war verschoben, und Gregory wollte sie nicht mehr sehen. Sie hatte zwar keine Ahnung, was da passiert war – aber es sah für sie mit einem Mal nicht mehr nach einer großen Traumhochzeit aus. Zornig drehte sie sich um, stapfte die Treppen nach unten und riss dem Stallburschen Shadows Zügel aus den Händen. Mit einer schnellen Bewegung schwang sie sich in den Sattel, drückte ihre Fersen in die Weichen der Stute und sprengte im Galopp vom Hof. Vor Empörung standen ihr die Tränen in den Augen. Er war also nicht einmal Manns genug, ihr ins Gesicht zu sehen und ihr zu sagen, dass seine Liebe erloschen war? Wahrscheinlich hatte er schon längst ein anderes Mädchen, dem er jetzt seine Gefühle gestand und die er an seine männliche Brust drücken konnte. Sie, Anne Courtenay, war wohl nicht mehr gut genug. In der eisigen Luft froren die Tränen auf ihren Wangen, und es schmerzte, als würde sie mit kleinen Nadeln gepeinigt.

Gregory stand halb hinter einer Gardine verborgen und sah seiner Verlobten bei ihrem stürmischen Aufbruch hinterher. Er schluckte schwer – was, wenn sie ihm nicht verzeihen konnte? Von hinten legte sich eine schwere Hand mit dem alten Siegelring der Mallorys auf seine Schulter. Sein Vater drückte ihn aufmunternd. »Die ist keinen zweiten Gedanken wert. Die Bitte ihres Vaters war wie ein Offenbarungseid. Ich bin immer von großen Rücklagen ausgegangen, die dieser Courtenay in seinen guten Jahren hätte ansammeln können. Und jetzt muss ich erfahren, dass er so arm wie eine Kirchenmaus ist? Nein, mein Sohn. Mit dir habe ich Besseres vor.«

Gregory deutete hinter der Schneewolke her, die Anne hinterließ. »Aber eine zweite Frau wie diese werde ich nicht mehr finden. Anne hat alles, von dem ich immer geträumt habe. Das Haar, die Haut, die Figur – und dann ihr Wesen. Sie ist so lebendig …«

»Du solltest dich reden hören!«, lachte sein Vater. »Wie ein verliebter Gockel klingst du. Deine Hochzeit ist aber nicht nur die Suche nach einem Mädchen, das du nett findest. Es geht auch um die Vermehrung unseres Besitzes. Bis vor zwei Tagen war ich der festen Meinung, dass wir gut beraten sind, uns den Besitz der Courtenays über eine Hochzeit zu sichern. Jetzt sieht es so aus, als ob uns ohnehin bald alles gehört. Du kannst also dein Jawort sehr viel gewinnbringender einsetzen als in einer Verbindung mit Anne Courtenay.« George Mallory bemerkte, dass sein Sohn nicht mit ihm gemeinsam lachen wollte.

Im Gegenteil – Gregory sah seinen Vater mit nur schlecht verborgenem Abscheu an. »Wie kannst du nur so verächtlich von so etwas Wunderbarem wie der Liebe reden? Du wirst mich ganz sicher nicht gegen meinen Willen mit einer anderen Frau verheiraten. Es geht bei so einer Sache doch um so viel mehr als nur Geld!«

»Zufällig habe ich genau das vor.« Mallory hatte sein Lachen verloren. »Was soll ich mit einer Schwiegertochter, die mir nur wertlose Pferde und einen heruntergekommenen Vater mit in die Ehe bringt? Denk doch mal darüber nach! Wenn du Anne heiratest, dann wird sie dir irgendwann vorwerfen, dass ich ihren Vater ins Unglück gestürzt habe. Dabei hat er das ganz alleine getan. Nein, mein Sohn. Du solltest ernsthaft über Catherine Marcheston …«

»Vater!«, entfuhr es Gregory. »Diese Marcheston-Mädchen kann man nicht einmal küssen, es ist unmöglich, an ihren Nasen vorbeizukommen. Das ist nun wirklich kein Geld der Welt wert!«

»Weiß man es? Die Mitgift, die ihr Vater für seine drei hässlichen Töchter bietet, ist ansehnlich. Damit könntest du auf dem Anwesen der Courtenays sofort eine eigene Zucht starten. Ich verspreche, ich rede dir nicht rein. Klingt das verlockend?«

Gregory senkte den Kopf. Ja, das tat es. Wenn er auf den natürlichen Tod seines Vaters hoffte, dann würde er mindestens vierzig sein, bevor er zum ersten Mal in der Mitte des Führrings als Besitzer stand. Aber Catherine

Marcheston … er konnte fast das schnorchelnde Geräusch hören, das sie machte, wenn sie lachte. Schrecklich! »Bei Catherine Marcheston bekommst du hässliche Enkel!«, widersprach er bockig.

»Mag sein«, zuckte Mallory die Schultern. »Aber reich sind sie ganz bestimmt. Und mit Geld bringt man sein Gegenüber meist dazu, nicht allzu genau hinzusehen. Geh jetzt, mein Sohn. Denk über alles nach – und stell dir dabei vor allem deine eigene Zucht und deinen eigenen Haushalt vor. Das kann dir das Mädchen mit den schwarzen Locken nicht geben. Und vergiss nicht: Wenn Frauen erst einmal ein paar Kinder geboren haben, dann ist ihre schlanke Taille ohnehin dahin. Und nur wenig später bekommen sie Falten und graues Haar. Dann ist die Schönheit komplett dahin.« Mit einem Wedeln seiner Hand entließ er seinen Sohn.

Gregory warf noch einen letzten Blick auf die große Weide, auf der vor wenigen Minuten Anne mit der grauen Stute verschwunden war. Konnte es sein, dass sein Vater wirklich recht hatte und er auf so vernünftige Argumente wie Geld hören musste? Nachdenklich zog er die Tür des Herrensalons hinter sich zu. Tief in seinem Herzen verlangte einfach alles danach, mit seiner Anne zu sprechen. Was sollte aus ihr werden, wenn er sie so plötzlich im Stich ließ? Als er die Stufen zu seinem Zimmer erklomm, fasste er einen Entschluss. Er war aus einem anderen Holz als sein sturer alter Vater. Er sah sich um und rief dann nach einem der Mädchen. »Beth? Kommst du bitte kurz zu mir?«

Das Mädchen knickste vor ihm. »Was kann ich tun?«

»Gib im Stall Bescheid, dass sie mir ein Pferd satteln sollen. Ich möchte einen Ausritt unternehmen. Meine Reitkleidung müsste noch in meinem Zimmer sein.« Er nickte ihr zu und wollte sich schon umdrehen, als er plötzlich bemerkte, dass sie mit hochrotem Gesicht wie angewurzelt im Flur stand.

»Was ist? Beweg dich!«, fuhr er sie an.

Beth schüttelte den Kopf. »Das darf ich nicht. Euer Vater hat deutlich gemacht, dass Ihr nur mit seiner ausdrücklichen Erlaubnis und in seiner Begleitung mit einem der Pferde einen Ausritt unternehmen dürft. Ich habe keine Ahnung, was er mit diesem Verbot erreichen will – aber Ihr müsst verstehen, dass ich nicht gegen seinen Befehl handeln will. Euer Vater hat ein sehr aufbrausendes Gemüt, Master Gregory.«

Er sah sie fassungslos an. »Mein Vater lässt mich nicht alleine vom Hof?«, fragte er nach. »Er sperrt mich ein wie einen kleinen Jungen?«

Beth schüttelte den Kopf. »Nein. Es geht doch nur um das Anspannen der Kutsche oder einen Ausritt …« Sie sah weiter auf den Boden und spielte verlegen mit der Spitze an ihrer Schürze.

Gregory dachte einen Augenblick lang nach. Wie weit war es zu den Courtenays? Einige Meilen, ein Ritt im flotten Trab von einer knappen Stunde. Wenn er kein Pferd hatte, dann musste er eben einen anderen Weg finden. Wozu hatte ihm der Herrgott schließlich zwei gesunde Beine gegeben?

»Du kannst gehen«, erlöste er das Dienstmädchen und rannte die Treppe wieder nach unten, schob sich durch die Tür und machte sich an den Koppeln vorbei in Richtung des Courtenay-Anwesens auf. Vergnügt pfiff er vor sich hin. So weit kam es noch – dass ihn sein Vater daran hindern könnte, seine Anne zu sehen. Er brauchte kein Pferd und keinen Bediensteten dafür, das war sicher. Die Sonne schien ihm ins Gesicht und machte den eiskalten Wind erträglich. Er war zufrieden mit sich.

Wenig später führte ihn der Weg durch ein Wäldchen. An einem kleinen Bach machte er eine Pause, um ein paar Schlucke zu trinken. Er beugte sich über das klare Wasser, als er plötzlich auf dem Weg das schnelle Herannahen einer Kutsche hörte. Die Pferde wurden von ihrem Kutscher offensichtlich zur Eile getrieben.

Neugierig sah Gregory auf. Die beiden großen Füchse, die den leichten Sportwagen zogen, dampften in der Kälte – und er hätte sie unter Hunderten erkannt. Ebenso wie den Mann an den Leinen: sein Vater, der mit wachsamer Miene und wütendem Gesicht Ausschau hielt. Noch bevor Gregory auch nur daran denken konnte, hinter einem kahlen Busch Deckung zu suchen, hatte ihn sein Vater auch schon entdeckt und riss an den Leinen, um die beiden Pferde zum Halten zu bringen.

»So sehr achtest du also meinen väterlichen Rat?«, rief er zornig. »Du machst auf dem Absatz kehrt und rennst zu diesem Mädchen hin, als ob du eine läufige Hündin verfolgst? Komm sofort hierher.«

Gregory sah über seine Schulter. Gab es einen Fluchtweg? Einen, auf dem ihm eine Kutsche unmöglich folgen konnte. Er hatte den Gedanken kaum fertig gedacht, als er ihn auch schon wieder verwarf. Wohin sollte er denn rennen? In Annes Arme – und dann? Irgendwann musste er wieder nach Hause, und dann war der Zorn seines Vaters sicherlich ungleich größer. Für heute musste er aufgeben, es gab bestimmt einen anderen Weg, um seiner Anne nahe zu kommen. Später. Morgen oder übermorgen, das versprach er sich.

Möglichst unbefangen näherte er sich der Kutsche und schwang sich neben seinen Vater auf den Bock. »Was soll ich tun, wenn du mir die Pferde verweigerst, Vater? Auf meinem Zimmer sitzen und auf bessere Zeiten warten?«

Sein Vater nickte. »Ich habe gehofft, dass du so vernünftig bist. Aber leider habe ich mich getäuscht. Deswegen wirst du noch heute deine Sachen packen lassen und morgen nach London abreisen. Tante Margery weiß schon Bescheid und erwartet dich. In der Londoner Gesellschaft wirst du sicher viele interessante Bekanntschaften machen. Und auf andere Gedanken kommen als dieses Courtenay-Mädchen. Dein Onkel wird dich bestimmt auch mal auf einen Ausflug durch das nächtliche London mitnehmen. Damit du lernst, wozu Frauen wirklich gut sind.«

Er wandte sich seinem Sohn mit drohendem Gesicht zu. »Aber wage es nicht hierherzukommen, um sie zu sehen. Ich verspreche dir: Dann wirst du meinen wahren Zorn erleben – und du wirst dir wünschen, dass du dich mir niemals widersetzt hättest.«

London. Gregory biss sich auf die Lippe. Es gab schlimmere Orte, in die man zur Strafe geschickt wurde.

Und vielleicht hatte Tante Margery eher ein Herz für junge Liebende. Er würde es schon noch schaffen, zu Anne zu kommen. Ganz bestimmt.

Kororareka, 1831

8.

Samuel Marsden musterte die junge Frau, die ihm gegenüber auf dem einfachen Stuhl saß. Ihre Lippen waren rissig, die Haut blass mit hektischen roten Flecken. Offensichtlich nahm sie es ziemlich mit, wenn sie ihm von ihrer idyllischen Vergangenheit in Dorset berichtete. Er war sich nicht mehr sicher, wann sie angefangen hatte, ihm etwas von sich zu erzählen. War es erst vor ein paar Minuten gewesen – oder saß er hier schon Stunden? Anne war in den letzten Monaten immer wieder zu ihm gekommen, hatte sich in seiner kleinen Stube auf den immer gleichen Stuhl in der Ecke gesetzt – hin und wieder einfach minutenlang nur vor sich hin gestarrt, ohne ein Wort zu sagen. An anderen Tagen versuchte sie ihn mit Belanglosigkeiten zu unterhalten – oder sie redeten über die britische Politik der Nichteinmischung, die dafür sorgte, dass diese Inseln allmählich der Anarchie anheimfielen. Marsden war sich nicht sicher, was Anne mit ihren Besuchen eigentlich bezweckte. Er hatte von ihrem Ruf gehört – angeblich sprach Anne mit niemandem. Bei ihren Besuchen war sie jedoch immer offener geworden, ihre Verstocktheit wich jedes Mal mehr. Er erinnerte sich noch, wie sie einen ganzen Nachmittag mit ihm über die Gefahren der langen Überfahrt geredet hatte. Offensichtlich hatte sie während ihrer drei Monate auf dem Weg nach Neuseeland alles genau beobachtet. »Wenn es nur Schiffe gäbe, die nicht mehr auf die Kraft des Windes angewiesen wären«, hatte sie erklärt. »Das wäre doch vor Indien einfach wunderbar. Dann müsste man sich nicht mehr ärgern, dass sich wochenlang kein Lüftchen regt!« Marsden hatte gelacht. Dieses Mädchen hatte wirklich wilde Ideen. Wie sollte sich ein Schiff bewegen, das keine Segel oder Ruder hatte?

Doch heute hatte sie einen großen Schluck von seinem Kräutertee genommen und ihn dann entschlossen angesehen.

»Es gibt einen Grund, warum ich Euch so oft besuche. Ich möchte Euch eine Geschichte erzählen. Meine Geschichte«, erklärte sie ihm. »Wahrscheinlich ist das Gleiche ähnlich schon öfter vorgekommen – aber ich frage mich immer wieder, ob ich an irgendeiner Stelle anders hätte handeln können, um nicht hier in diesem Loch zu landen. Denn mir kommt es vor, als würde mein ganzes Leben unweigerlich darauf zulaufen, dass ich am Schluss hier in diesem Zimmer sitze, um mich hin und wieder davon zu erholen, dass ich allen Männern zu Willen sein muss. Und das wäre doch mit dem freien Willen der Menschen nicht zu vereinen, mit dem unser

Gott uns angeblich ausgestattet hat. Oder wie seht Ihr das?« Sie blickte ihn fragend an.

Marsden zuckte mit den Schultern. »Das kann ich erst beurteilen, wenn ich deine ganze Geschichte kenne. Ich kann mir nicht vorstellen, dass du nie eine Wahl gehabt hast. Du hättest hier nicht als leichtes Mädchen enden müssen.«

»Was aber, wenn es nicht das Ende ist? Wenn es doch der Anfang zu etwas Gutem ist und ich jetzt erst eine Prüfung erdulden muss, um am Ende gestärkt daraus hervorzugehen?« Sie biss sich auf die Lippen. »Ihr seht, Master Marsden, ich will einfach nicht glauben, dass Kororareka die unvermeidliche Endstation in meinem Leben ist. Da muss noch mehr sein.«

»Dann fang doch einfach an.« Er sah sie auffordernd an. Da war es draußen auf der staubigen Straße noch hell gewesen. Inzwischen herrschte längst eine tiefe Finsternis, die nur vom Mond und den glitzernden Sternen erleuchtet war. Bis zu dieser Straße drang der Lärm der Wirtshäuser nur gedämpft.

Anne hatte noch einmal gezögert, dann fing sie an. »Ich bin in Dorset geboren, im Haus meines Vaters. Er hatte ein großes Gestüt für Rennpferde, ich bin also mit diesen Tieren groß geworden. Edle Vollblüter, schnelle Rennen – und mein Vater ein erfolgreicher und geachteter Mann …«

Die nächsten Stunden erzählte sie ihm von ihrem längst vergessenen Leben. Sie endete, als sie von der Schuld ihres Vaters gegenüber Mallory und dem Abbruch des Kontaktes mit Gregory sprach. »Vieles habe ich erst sehr viel später erfahren. Mein Vater konnte die Sache mit dem Schuldschein erst gestehen, als wir nur noch eine Woche in unserem alten Zuhause vor uns hatten …«

Sie sah aus dem Fenster und erinnerte sich wieder an diesen milden Sommertag, an dem ihr Leben endgültig zusammenbrach.

Dorset, 1829. George Mallory nickte ihm zum Empfang zu. Er bot William Courtenay keinen Stuhl an. Sein ehemaliger Freund stand vor ihm wie ein Bittsteller, einer der kleinen Pächter, die Mallory auf den Feldern beschäftigte, die als Pferdeweiden nicht taugten.

Er hielt sich auch nicht lange mit Vorreden auf. »Und? Hast du die 1500 Sovereigns für mich? Wie ich höre, sind deine Geschäfte wieder besser gelaufen!«

»Besser, ja«, erklärte Courtenay mit fester Stimme, während er sich unaufgefordert einen Stuhl nahm und sich setzte. »Deswegen wollte ich dich auch um Aufschub für die Zahlung meiner Schulden bitten. So wie es aussieht, laufen meine Pferde in dieser Saison problemloser als in all den Jahren zuvor. Ich habe auch schon zwei Jährlinge mit schönen Gewinnen verkaufen können. Es geht wieder aufwärts! Alles, was ich benötige, sind noch ein paar Monate mehr. Wir haben den Zeitrahmen vielleicht etwas zu eng gesetzt.« Er lächelte Mallory an.

Dessen Gesicht blieb unbewegt. »Nun, da hättest du dich vor sechs Monaten beschweren sollen. Jetzt sind die

Bedingungen festgelegt. Die besagen, dass heute der Stichtag ist, an dem du mir die Summe zurückzahlen musst – sonst fällt dein Eigentum an mich. Soll ich also nach dem Notar schicken, damit er festhalten kann, dass ich künftig der Eigentümer des Gestütes Courtenay bin – oder kannst du mir die Summe zahlen?«

»Ich habe 1100 Sovereigns, die kann ich sofort zahlen …«, begann Courtenay. Doch Mallory hob eine Hand. »Das reicht nicht, und das weißt du!«, erklärte er. Seine Stimme klang eisig. »Also der Notar, wenn ich das richtig sehe?«

William Courtenay wusste, wann er geschlagen war. »Ich hielt dich für einen Freund … Und 1100 Sovereigns sind doch ein großer Teil meiner Schuld. Das ist doch wie eine gute Garantie …«

Mallory lächelte schmallippig. »Dein Freund – das war ich doch auch. Sonst hätte ich dir nie Geld geliehen. Ich bin es noch: Ich gewähre dir und deiner Familie eine ganze Woche, um euer Hab und Gut zusammenzupacken und das Gestüt zu verlassen. Dazu bin ich nicht verpflichtet, aber ich denke, das gebieten der Anstand und die Erinnerung an unsere gemeinsame Vergangenheit.«

»Der Anstand hätte dir geboten, mir noch einmal sechs Monate Aufschub zu gewähren. Oder die letzten 400 Guineas als eine Art Investition in die Zukunft deines Sohnes zu sehen, wenn er meine Tochter heiratet.« Courtenay musste sich beherrschen, um nicht loszuschreien.

Er fühlte sich so machtlos und so schwach, dass er am

Anfang kaum hörte, was Mallory mit leiser Stimme sagte: »Nun, diese Verlobung müssen wir natürlich endgültig lösen. Gregory kann doch nicht ein völlig mittelloses Mädchen heiraten, egal, wie gut ihre Ausbildung auch ist. Noch nächste Woche werden wir die Verbindung mit Catherine Marcheston offiziell machen, der Ball findet am Freitag statt. Zum Glück habe ich jeden Kontakt von Gregory mit deinem Mädchen in den letzten Monaten unterbunden – er war auf mein Geheiß in London, um seine Ausbildung zu vervollkommnen. Ich wollte doch erst sehen, wie diese Sache ausgeht. So, wie es aussieht, habe ich gut daran getan. Gregory ist ein guter Sohn, er wird meinem Wunsch nach einer Verbindung mit den Marchestons sicher nachkommen.«

Courtenay rang jetzt sichtbar um Fassung. »Aber ... Anne wird untröstlich sein ...«, stammelte er. Und wusste, dass dieser Satz eine gewaltige Untertreibung war. Untröstlich? Die Auflösung dieser Verlobung würde seiner Tochter den gesamten Lebensmut rauben. Dazu noch der Verlust des Elternhauses – er konnte nur hoffen, dass sie unter diesem Schlag nicht zusammenbrach. Schon die letzten Monate, in denen jeder gesellschaftliche Kontakt mit den Mallorys fehlte, hatten ihr hart zugesetzt.

Er hörte, wie sich hinter ihm die Tür öffnete. Ein schmaler, dunkel gewandeter Mann mit einer kleinen Nickelbrille stellte sich an den Tisch und sah Courtenay mit nur schlecht verborgener Neugier an. »Ihr seid also der Herr, der heute sein Eigentum an Master Mallory überschreiben will?«, fragte er mit gezückter Feder.

Courtenay nickte. Was blieb ihm anderes übrig?

Während der Notar von Paragrafen, Erbrecht und Unumkehrbarkeit eines Prozesses redete, versuchte William Courtenay sich auszumalen, wo er künftig gemeinsam mit Tochter und Gemahlin leben könnte. Es musste doch Arbeit und Unterkunft für einen wie ihn geben. Immerhin hatte er mehr Ahnung von Pferden, als die meisten Menschen in einem ganzen Leben anhäufen konnten. Der alte Oberst Richmond hatte doch erwähnt, dass er einen Verwalter für das alte Gestüt an der schottischen Grenze suchte. Vielleicht war das ja die Lösung, nach der er suchte. Zumindest für den Anfang.

»Einverstanden? Unterschreibt hier!« Die schneidende Stimme des Notars riss ihn aus seinen Gedanken. Courtenay zuckte zusammen. Er wollte nicht um Gnade betteln, aber vielleicht sollte er einen letzten Versuch wagen, um seinen Besitz doch noch zu retten.

Er wandte sich Mallory zu. »Können wir nicht eine Einigung treffen? Ich könnte doch auch künftig als Verwalter meines bisherigen Eigentums arbeiten. So würde zwar der Eigentümer des Gestüts wechseln, aber ansonsten wäre die Kontinuität gewahrt. Das ist doch auch wichtig …«

»Bitte, Courtenay, mach dich nicht lächerlich«, erklärte Mallory. »Ich werde doch kaum einen Verwalter anstellen, der so dumm war, sich einen Hengst andrehen zu lassen, der vom Zuchtverband nicht anerkannt wird. Nachher geht es mir wie dir, und ich muss als Bettler zu meinen ehemaligen Konkurrenten gehen. Nein, lass uns in Würde und Anstand voneinander scheiden. Und wenn ich in einer Woche komme, verlasse ich mich darauf, dass du einfach verschwunden bist.«

Mallory erhob sich und schob seinen alten Freund William Courtenay mit sanfter Gewalt am Ellenbogen Richtung Tür. »In ein paar Jahren kannst du uns gerne wieder besuchen kommen. Mit ein bisschen Glück fällst du auf die Füße, mein alter Freund. Dann trinken wir einen guten Wein zusammen und lachen über den heutigen Tag.«

Courtenay befreite seinen Arm mit einem Ruck aus dem festen Griff von Mallory. »Nimm deine gierigen Finger von mir. Und eines ist sicher: Sollte ich jemals wieder auch nur zu einem kleinen Stück Reichtum oder Anerkennung kommen, dann würde ich dich ganz sicher nicht besuchen. In Zeiten der Not hast du mir dein wahres Gesicht gezeigt, und jetzt habe ich kein Bedürfnis mehr, es jemals wiederzusehen. Leb wohl, George. Ich wünsche dir kein Glück mit meinem Gestüt. Unwetter, Beinbruch und die Pest wünsche ich dir, jawohl.«

Seine Rede schien Mallory nicht sonderlich zu beeindrucken. Er nickte nur, als hätte Courtenay gerade eben etwas besonders Höfliches gesagt, und schob ihn ohne weitere Umschweife durch die Tür. Als das schwere Holz hinter ihm ins Schloss fiel, blieb Courtenay einen Moment lang in der warmen Sommerbrise stehen. Der Tag war einfach perfekt. Die Sonne schien, die Stuten mit den Fohlen spielten auf der Koppel, und der Stallknecht brachte ihm den tänzelnden Sunrise, der schlicht und ergreifend wie das Urbild eines perfekten Rennpferdes aussah. Sein Eigentum ging nicht in das von Mallory über – per Vertrag standen ihm nur die englischen Vollblüter zu. Und dazu war Sunrise nicht zu zählen. Leider. Courtenay seufzte. Sein Leben war vorbei. Und das Schlimmste daran: Seine Frau und seine Tochter ahnten noch nichts. Ihnen musste er an diesem Nachmittag die Wahrheit beichten.

Schwerfällig zog er sich in den Sattel und nahm die Zügel auf. Mit einem kleinen Schnalzen forderte er den Hengst zum gemütlichen Trab auf – es gab keinen Grund mehr, sich zu beeilen.

Stunden später sahen ihn seine Tochter und seine Frau sprachlos an. Er hatte sie in dem gemütlichen Kaminzimmer zu sich gebeten. Anne fand als Erste ihre Stimme wieder. »Habe ich das richtig verstanden? Du hast alles verpfändet, was wir besitzen – und mehr als das: Du hast auch noch mein persönliches Glück mit aufs Spiel gesetzt? So, als wäre das alles nichts?« Sie hatte Tränen in den Augen, als sie leise fortfuhr. »Was soll denn jetzt aus mir werden?«

»Aus uns allen, mein Kind. Wenn du einen Augenblick nicht nur an dich denkst, dann sollte dir klar werden, dass unser aller Leben nie wieder so sein wird wie zuvor.« Die Stimme von Elizabeth Courtenay klang belegt. Sie kämpfte um Fassung. »Wie lange haben wir noch, was hast du gesagt?«

»Eine Woche. Dann erwartet Mallory, dass wir ausgezogen sind.« Courtenay schüttelte den Kopf. »Ich bin auf dem Heimweg bei Oberst Richmond vorbeigeritten. Er bietet uns die Verwaltung seines Gestüts oben an der Grenze zu Schottland an. Ein kleines Haus, keine Bediensteten, nur zwei Stallknechte und wir. Das klingt nicht gerade großartig, aber ich fürchte, das ist das Einzige, was wir jetzt erreichen können. Dort können wir dann warten, bis sich die Aufregung etwas gelegt hat. Unsere Dinge sortieren und nach weiteren Möglichkeiten Ausschau halten.«

»Schottland?« Anne flüsterte das Wort, als ob es sich um eine besonders ansteckende Krankheit handeln würde. »Das liegt am Ende der Welt! Ich habe den Verdacht, die kommen da noch in Kilts zu den Bällen. Wenn es denn da überhaupt einen Ball gibt. Und ich werde Gregory nie wiedersehen …«

»Das wirst du auch nicht, wenn wir hier in Dorset bleiben«, erklärte ihr Vater. »Wenn du auch nur einen winzigen Rest Ehre in dir trägst, dann solltest du diesen Mann nie wieder sehen wollen. Er war nur auf unser Gestüt, unsere Stuten und unsere Ländereien aus – nie ging es diesem Windhund um dich, mein Kind. Niemals.«

»Du redest von seinem Vater!« Anne hatte vor Zorn hektische Flecken auf den Wangen. »Der Alte mag diese Hochzeit ja nur deswegen angezettelt haben, damit er seinen Reichtum noch weiter mehren kann. Aber Gregorys Gefühle waren echt. Wenn er mich geküsst hat, dann war das keine Lüge, da bin ich mir ganz sicher!«

»Du hast keine Ahnung, wie gut manche Männer lügen und küssen können«, bemerkte ihre Mutter trocken. »Aber selbst, wenn du recht haben solltest: Es zählt nur, was die Eltern von Gregory wünschen. Und wenn er weiß, dass er sich zwischen dir und seinem Erbe entscheiden muss, dann wird er ganz sicherlich nicht dich wählen. Was hat er denn in den letzten Monaten gemacht? Hat er sich um dich gekümmert? Nein. Ein einziger Brief ist angekommen, seit er in London seinen Spaß hat. Armut steht ihm nicht, dafür ist er in viel zu viel Wohlstand aufgewachsen. Warum, denkst du, war er so lange in London? Das war der Wunsch seines Vaters, und den hat er befolgt. So wie er es auch bei der Wahl seiner Braut tut.«

»Mutter, du kennst ihn nicht. Nicht so, wie ich ihn kenne. Er würde mich nicht aufgeben. Nie!« Anne war aufgebracht, auch wenn sie zugeben musste, dass sie schon seit Monaten fürchtete, dass genau diese Auflösung ihrer Verlobung geschah. Seitdem sie vom Hof der Mallorys geritten war, hatte sie nichts mehr von Gegory gehört. Der Brief, von dem ihre Mutter gesprochen hatte, bestand nur aus wenigen dürren Zeilen: »Bin in London, liebe dich wirklich, warte auf mich.« Das war der ganze Inhalt gewesen. Sie hatte sich zwar immer wieder damit beruhigt, dass er dem Schmerz über die Verschiebung der Hochzeit keine neue Nahrung geben wollte und in London viel zu viel zu tun hatte – aber im tiefsten Inneren hatte sie geahnt, dass er keinen Wert mehr auf ihre Gesellschaft legte. Sie schluchzte auf.

Ihre Mutter schüttelte nur den Kopf. »Um ehrlich zu sein, mein Kind, ich finde die Auflösung deiner Verlobung gerade eines der kleineren Probleme. Wir haben kein Zuhause mehr. Kein einziges Pferd – oder, lieber Gemahl?«

»Die Vereinbarung umschließt eigentlich nur die Vollblüter. Ich denke, uns gehören also immer noch Sunrise und seine Nachkommen – diese Pferde sind ja keine Vollblüter im Sinne des Zuchtbuches. Und Richmond erlaubt uns, diese Pferde mit auf sein Gestüt im Norden zu nehmen.« Courtenay zuckte mit den Schultern. »Ich bin mir im Moment nicht einmal sicher, ob ich darüber froh bin. Die Pferde müssen durchgefüttert werden und stellen keinen großen Wert dar.«

Seine Frau hob die Hände. »Wir schenken sie diesem Mallory ganz sicher nicht! Wir werden sie mitnehmen! Dazu noch unsere Möbel, die Kleider, alles, was nicht niet- und nagelfest ist. Das heißt, wir arbeiten die nächste Woche Tag und Nacht, damit Mallory nichts in die Hände fällt, was ihm nicht von Vertrags wegen gehört. Wie machen wir das mit dem Transport?« Sie bemühte sich um einen sachlichen Ton.

Anne sah von ihrer Mutter zu ihrem Vater. »Das ist alles, was ihr jetzt besprecht? Sachen packen?«

»Was sollen wir deiner Meinung nach tun? Weinen und jammern – und erst danach alles zusammenpacken?« Anne bemerkte eine steile Falte zwischen den Brauen ihrer Mutter. Es mochte sein, dass sie versuchte, nicht allzu erregt zu wirken – aber es gelang ihr nicht vollständig. »Und es gibt Dinge, die werde ich noch mit deinem Vater besprechen – aber sicher nicht mit dir, mein Kind. Du zeigst im Augenblick nur, wie unreif du bist. Wir werden auch eine Lösung für dich finden, da bin ich mir sicher.«

»Lösung?« Jetzt war Anne richtig alarmiert. »Was meinst du mit Lösung?«

»Seit Jahren haben wir fest mit deiner Hochzeit mit dem jungen Gregory Mallory gerechnet. Jetzt müssen wir uns etwas Neues ausdenken. Eine neue Verbindung, die möglichst vorteilhaft sein sollte. Nach Möglichkeit mit einem Mann, der nicht ahnt, dass du eine verschmähte Braut bist.« Elizabeth Courtenay legte ihren Arm um die schmalen Schultern ihrer Tochter. »Schatz, ich weiß, dass das schwer für dich ist. Aber jetzt müssen wir nur daran denken, wie wir möglichst wenig Schaden nehmen. Auch wenn es dir schwerfällt: Das ist es, woran du denken musst.«

Anne schloss die Augen. Dieser Sommertag hatte sich in einen dunklen Albtraum verwandelt. Sie stand langsam auf. »Ich möchte einen Augenblick alleine sein. Keine Sorge, ich mache nichts Unüberlegtes ... Ich bin bald wieder hier und helfe bei allem, was es zu bedenken und vorzubereiten gibt.« Sie nickte ihren Eltern zu und rannte aus dem Zimmer. Keiner von beiden versuchte auch nur, sie aufzuhalten.

Sie rannte die Treppe hinunter, durch die Eingangstür und lief dann weiter, bis sie sich vor den Stallungen wiederfand. Ohne lange nachzudenken, öffnete sie die Tür und ging durch die Stallgasse. Erst jetzt ließ sie den Tränen freien Lauf. All die wunderbaren Pferde würden in wenigen Tagen den Mallorys gehören. Das war zwar schon immer der Plan gewesen – aber tatsächlich hatte Anne sich immer als Herrin der Gestüte gesehen. Eine glückliche junge Frau, die gemeinsam mit ihrem Mann die Geschicke der Ländereien leitete und ein durchweg wunderbares Leben führte.

Sie schob die Stalltür zu der kleinen grauen Shadow auf. Die Stute drückte vertrauensvoll ihre Nüstern in ihre Hand. Anne spielte nachdenklich mit der Stirnlocke und streichelte ihr über die Nüstern. Shadow würde auch weiterhin ihrem Vater gehören, sie hatte dank Sunrise keine gültigen Papiere.

Wie sollte es jetzt nur weitergehen? Statt Tochter eines Gestütsbesitzers war sie jetzt die Tochter eines armen Schluckers. Langsam senkte sie ihre Nase in die weiche Mähne der Stute. Vom wohlhabenden Mädchen zum Nichts in wenigen Minuten. Sie fühlte sich immer noch wie betäubt.

Sie hörte, wie sich durch die Stallgasse Schritte näherten, und versteckte sich schnell hinter Shadows Hals. Aber der Besucher blieb genau vor der Stalltür stehen. »Anne?«

Ihr Herzschlag setzte einen Augenblick aus. Gregorys Stimme. Sie richtete sich auf und rieb sich kurz über das Gesicht. Er sollte ihre Tränen nicht sehen. Er hatte sie verlassen, aber er sollte nicht erfahren, wie tief er sie verletzt hatte. Sie schluckte noch einmal, damit ihre Stimme sie nicht verriet.

»Was willst du?« Sie trat hinter dem Pferd hervor. »Ihr wolltet uns doch wenigstens eine Woche geben, bevor ihr hier als neue Besitzer auftaucht! Was machst du heute schon hier?«

Er trat einen Schritt auf sie zu. »Liebling, ich habe damit doch nichts zu tun. Mein Vater hat diese Vereinbarung getroffen, nicht ich. Das musst du mir glauben!«

»Warum sollte ich?« Anne machte einen Schritt nach

hinten, damit Gregory ihr nicht zu nahe kam. »Jetzt gehört euch alles, was einst Eigentum meiner Familie war, ohne dich mit mir zu belasten. Freie Bahn, um eine der dummen Marcheston-Schwestern zu heiraten und noch reicher zu werden. Passt doch, oder?«

»Das glaubst du doch nicht wirklich?« Er hob hilflos die Hände. »Ich wollte immer nur dich heiraten. Will ich immer noch. Mir ist es egal, ob mein Vater dagegen ist. Er würde mich schon enterben, wenn er nur wüsste, dass ich jetzt hier bin. Aber mir ist das egal … ich will dich!«

»Und wie soll das funktionieren? Denkst du wirklich, wir können uns gegen den Willen unserer Eltern vermählen? Als Habenichtse leben? Wie denkst du dir das?« Anne biss sich auf die Lippen. Auf keinen Fall wollte sie jetzt in Tränen ausbrechen. »Dein Vater wollte meinen Vater vernichten. Das ist ihm gelungen. Wenn du dich gegen ihn auflehnst, dann wird er auch dir sein wahres Gesicht zeigen.«

»Aber ich bin ein erwachsener Mann. Er kann mir doch schwerlich vorschreiben, wie ich mein Leben führen soll.« Gregory sah sie mit einem herausfordernden Funkeln in den Augen an. Für den Bruchteil einer Sekunde tauchte sogar das vertraute Lächeln in seinen Augenwinkeln auf. »Vertrau mir. Uns fällt etwas ein.«

»So wie in den letzten Monaten, wo du peinlich genau darauf geachtet hast, dass du mich nicht sehen musst? Euer Zimmermädchen hat mich in der Kälte stehen lassen, um mir dann mitzuteilen, dass ich nicht erwünscht bin. Da habe ich ja gesehen, wie sehr du bereit bist, für mich zu kämpfen. Von diesem Kampfgeist möchte ich lieber nicht noch mehr sehen, vielen Dank!« Sie funkelte ihn jetzt wütend an.

Er hob die Hände. »Das war nicht meine Idee, sondern die meines Vaters. Ich wollte dir auch sofort hinterherreiten – aber als ich meinen Bediensteten die Anweisung gab, mir ein Pferd zu satteln, habe ich erfahren, dass mein Vater genau das verboten hat ... Ich konnte dir nicht folgen!«

»Und auf die großartige Idee, dass man auch zu Fuß gehen kann, bist du wohl nicht gekommen?« Anne schnaubte verächtlich durch die Nase. »Vor allem jetzt, im Sommer – du wärst in ein paar Stunden hier gewesen.«

»Ich bin sofort losgelaufen. Noch am selben Tag, an dem dich unser Zimmermädchen weggeschickt hat. Aber mein Vater hat mich mit der Kutsche eingeholt und gleich am nächsten Morgen zu Tante Margery nach London geschickt. Ich habe gehorcht – aber ich habe immer gedacht, dass sich alles von selbst wieder regelt. Dass mein Vater irgendwann seinen Zorn verliert. Oder dass dein Vater seine Schulden zurückzahlt und alles wieder wie vorher wird.« Gregory wirkte ein wenig wie ein Schuljunge, der dabei ertappt worden ist, seine Hausaufgaben nicht gemacht zu haben. »Verzeih mir – uns wird etwas einfallen. Wir werden unser gemeinsames Leben eben ohne die Hilfe meines Vaters führen!«

»Dann sollte dir möglichst schnell eine Idee kommen«, erklärte Anne mit verächtlicher Miene. »Wir müssen in einer Woche hier weg sein. Meine Eltern ziehen als Verwalter eines Gestüts an die schottische Grenze.

Und ich …« Sie brach ab. Sie hatte keine Ahnung, was aus ihr werden sollte.

Gregory machte zwei schnelle Schritte und nahm sie in den Arm. »Liebling, wir schaffen das«, murmelte er in ihr Haar.

Anne genoss für einen Augenblick die Berührung. Es wäre so leicht, ihm zu glauben und ihm die Führung zu überlassen. Aber das durfte sie nicht zulassen. Jetzt war keine Zeit für Schwäche – und Gregory hatte in den letzten Monaten zu deutlich gezeigt, aus welch weichem Holz er geschnitzt war. Entschlossen wand sie sich aus seinen Armen. »Nein. Gegen den Widerstand meiner und deiner Eltern – das schaffst du nicht. Das hast du in den letzten Monaten hinlänglich bewiesen. Das sagst du jetzt nur, weil es ein großes Abenteuer für dich ist. Aber wenn aus einem Abenteuer ein ganzes Leben wird, in dem du auf deinen Luxus verzichten musst – dann wird es nicht lange dauern, und du wirfst mir vor, dass du so ein Leben führen musst. Es ist besser, wir sehen uns nie wieder.« Sie nickte, um ihre Worte noch einmal zu bestätigen.

Gregory war blass geworden. »Du musst mir doch wenigstens eine Chance geben, um dir meine Liebe zu beweisen! Ich kann so wenig für die Pläne meines Vaters, wie du an dem Bankrott deines Vaters schuldig bist. Wir müssen uns davon frei machen.« Er schien so sehr überzeugt von dem, was er da sagte, dass Anne für einen wunderbaren Augenblick gewillt war, ihm zu glauben. Aber dann dachte sie wieder, wie herzlos Mallory ihren Vater behandelt hatte. Dieser Mann würde nicht einfach aufgeben, nur weil sein Sohn verliebt war. Und der angeblich so verliebte Sohn hatte sich ohne Widerspruch monatelang von ihr ferngehalten, bloß weil sein Vater es so wünschte. Wenn er sie wirklich lieben würde, dann hätte ihn keine Macht der Welt in London halten dürfen.

Sie schüttelte noch einmal den Kopf. »Dein Vater hat erfolgreich verhindert, dass wir uns in den letzten Monaten gesehen haben. Mir wurde bei euch die Tür gewiesen! Damals habe ich noch nicht verstanden, was passiert war. Heute ist mir klar, dass dein Vater keine Sekunde damit gerechnet hat, dass wir das Geld zurückzahlen können. Aber du … du hast einfach nichts davon geahnt und nichts dagegen getan. Und so wird uns dein Vater auch behandeln, wenn du dich gegen ihn auflehnst. Du merkst es nicht einmal, wie er sich darum kümmert, dass von deinen Plänen keiner funktioniert, nichts klappt. Wach auf, Gregory. Dein Vater ist zu mächtig, zu gefährlich und zu böse für uns.«

»Böse?« Gregory sah sie entgeistert an. »Mein Vater ist doch nicht bösartig. Ein guter Geschäftsmann, das mag sein. Aber du kannst ihm doch nicht vorwerfen, dass er eine Gelegenheit ergriffen hat, die sich ihm geboten hat. Immerhin ist dein Vater zu ihm gekommen, hast du das schon vergessen? Nein, so etwas darfst du nicht, meinen Vater einfach der Bosheit zu bezichtigen. Das verbiete ich dir.«

Anne spürte, wie ihr der Zorn in alle Glieder fuhr. Sie richtete sich zu ihrer ganzen Größe auf. »Nicht bösartig? Wenn dein Vater wirklich der Freund gewesen wäre, für den mein Vater ihn gehalten hat, dann hätte er ihm nicht alles abgeknöpft. Hätte ihm Geld gestundet, nur ein paar Pferde genommen oder ein paar Koppeln.« Ihre Stimme wurde lauter, sie schrie jetzt fast. »Aber er hat sich einfach alles unter den Nagel gerissen, wie ein echter Verbrecher! Und da soll ich ihn nicht boshaft nennen dürfen? Mir würden noch sehr viel üblere Worte einfallen, das kannst du mir glauben, Gregory Mallory. Dein Vater ist ein Verbrecher, der die Notlage von Freunden ohne einen Augenblick des Zögerns ausnutzt!«

»Verbrecher? Das kannst du doch nicht im Ernst behaupten?!« Aufgebracht sah er sie an. Offensichtlich fehlten ihm die Worte.

Anne nickte noch einmal, raffte ihre Röcke und drückte sich an ihm vorbei aus Shadows Box. »Und jetzt verzeih mir. Ich muss mich um einen Umzug kümmern. Da habe ich keine Zeit für dieses Gespräch – spätestens jetzt müsste ja klar sein, dass wir manche Dinge einfach zu unterschiedlich sehen.«

Reglos sah Gregory ihr hinterher. Annes schwarze Locken wippten mit jedem Schritt, als sie fast im Laufschritt die Stallgasse entlangging und durch die Tür verschwand. Er konnte nicht fassen, was da gerade eben passiert war. Er war doch hierhergekommen, um Anne zu versichern, dass er sie immer noch liebte und sie gemeinsam um eine Zukunft kämpfen mussten. Und was war passiert? Sie hatte ihn stehen gelassen wie einen dummen Schuljungen. Und noch dazu behauptet, dass sein Vater sich den Besitz der Courtenays wie ein Verbrecher angeeignet hätte. Dabei war der alte Courtenay vielleicht einfach zu dämlich für dieses Geschäft. Er schüttelte noch einmal den Kopf und verließ dann den Stall. Er sollte an diese junge Frau keinen einzigen Gedanken mehr verschwenden. So schön sie auch war und so bezaubernd er ihren aufsässigen Charakter immer gefunden hatte – dieses Mal war sie zu weit gegangen. Er sollte auf den Rat seines Vaters hören und sich doch diese hässliche Marcheston-Tochter noch einmal ansehen. Wer weiß, vielleicht hatte sie ja ein ganz unterhaltsames Wesen. Er schwang sich auf sein Pferd, das er hinter dem Stall angebunden hatte, und drückte ihm seine Fersen in die Weichen. Im Galopp sprengte er vom Hof.

Er bemerkte dabei nicht, dass Anne hinter einem Busch stand und ihm nachsah, während ihr Tränen über das Gesicht liefen. Sie sah ihm hinterher, bis auch die letzte Staubwolke unter den Hufen seines Pferdes wieder auf den Boden gesunken war. Dann drehte sie sich langsam um und atmete tief durch. Ihre Mutter hatte recht. Jammern half hier nicht weiter, sie musste versuchen, nach vorne zu blicken. Und eine Zukunft mit Gregory kam nicht infrage, egal, wie sehr es schmerzte, ihn so heftig wegzustoßen.

9.

»Auf die schönste Frau, die ich die Ehre hatte hier in England kennenzulernen!« Nathan Ardroy hob sein Weinglas in Richtung von Anne Courtenay, die sich unter den Blicken all der Menschen eher unwohl fühlte. Der Seemann machte ihr schon den ganzen Abend den Hof und sparte nicht mit Komplimenten. Anfangs hatte sie das ja genossen, aber allmählich wurde ihr es einfach zu viel. Dabei hatte sie sich auf diesen Abend gefreut. Oberst Richmond hatte zu einem Abschiedsessen geladen. »Das ist doch das Mindeste, was ich für meinen neuen Verwalter tun kann!«, hatte er erklärt und keine Ausrede gelten lassen.

Neben ihren Eltern, dem alten Oberst und seiner steifen Frau war auch noch dieser Kapitän Ardroy erschienen. Seine flammend roten Haare trug er in einem etwas altmodischen Zopf, der ihm allerdings ein recht verwegenes Aussehen gab. Seine merkwürdig hellen Augen verfolgten Anne seit ihrer Ankunft. Er machte auch kein

Geheimnis daraus, dass er nur für kurze Zeit nach England gekommen war – aber gerne mit einer Braut wieder in See stechen wollte.

»Ich werde allerdings nicht auf Dauer hier in England leben«, erklärte er in dieser Sekunde Annes Vater. »Hier sind meine Aussichten auf gesellschaftliche Anerkennung nicht groß – was soll ich schon tun? Ich werde nie zum Adel gehören, immer nur ein einfacher Seemann sein.«

»Immerhin mit einem Kapitänspatent«, bemerkte William Courtenay. »Es gibt wahrlich Schlechteres als das. Aber wo wollt Ihr Euch denn niederlassen?«

»Neuseeland. Das Land ist jung, wer dort sein Glück mit beiden Händen ergreift, der wird reich entlohnt. Ich war dort schon mehrfach, ich bin mir sicher, dort liegt meine Zukunft.« Er nickte zur Bekräftigung seiner Worte. »Keine Altlasten, nur der Blick nach vorne. Dort zählt nur der Mensch, seine Abstammung und die Verdienste der Familie in der Alten Welt zählen nichts.«

»Und womit wollt Ihr Euren Start in die neue Welt finanzieren?« William Courtenay schien wirklich neugierig. Für einen Moment fragte Anne sich, ob ihr Vater wohl selbst eine Auswanderung erwog.

»Ich arbeite weiter als Kapitän, so wie hier auch. Nur mein Heimathafen ändert sich. Aber in Neuseeland kann ich mir ein schönes, großes Stück Land in Kororareka nehmen. Ich bin mir sicher, dort wird irgendwann in den nächsten zehn Jahren die Hauptstadt entstehen. Dann, wenn die Krone endlich akzeptiert, dass dort eine Kolonie entstanden ist, die man nicht mehr länger außer

Acht lassen kann.« Ardroys Augen leuchteten noch heller, während er von diesem fernen Land sprach – von dem Anne bis zu diesem Moment noch nie gehört hatte. Warum auch, in Neuseeland gab es ja nicht einmal Pferderennen …

»Wird die Krone das denn tun?« Courtenay wollte es an diesem Abend wohl genau wissen.

»Sie hat ja bereits die Verantwortung für Australien, das kostet schließlich auch – all die Soldaten, die Angestellten der Krone, die für Rechtsprechung und die Durchsetzung der Gesetze bezahlt werden müssen. Dabei ist es mit Neuseeland ganz anders. Australien ist eine Provinz voller Sträflinge, die dort nur ihre Verbannung absitzen. Nach Neuseeland kommen die Menschen freiwillig. Sie kommen, weil dort der Reichtum durch den Walfang und den Handel mit Robbenfellen lockt. Dazu kommt der zunehmende Wert von Flachs – und eine Menge fruchtbares Land, das man gut nutzen kann. Die Chancen sind riesig. Man muss es sich nur zutrauen, dann steht einem alles offen.«

Während Ardroy sprach, sah Anne ihn sich genau an. Rote Haare, helle Augen, schmal und drahtig. Er wirkte ein wenig wie ein trainierter Windhund. So ein Mann konnte keine Ruhe ausstrahlen, seine Bewegungen waren ein bisschen zu schnell und zu fahrig. Aber womöglich war genau das der Typus Mann, der in einer neuen Welt Wurzeln schlagen konnte. Für einen Augenblick stellte Anne den Vergleich zwischen diesem Mann und Gregory an. Wo Ardroy verwegen war, wirkte Gregory höchstens abenteuerlustig – ihm fehlte einfach der

Hunger, das unbedingte Verlangen nach einem andersartigen Leben. Sie atmete tief durch. Womöglich musste sie sich auf diese unkonventionelle Art des Lebens einstellen.

Noch bevor sie weiter über diesen Gedanken nachsinnen konnte, erhoben sich die Männer und zogen sich in das Raucherzimmer zurück. Die steife Mistress Richmond bot ein wenig Likör an und zwinkerte Anne dann zu. »Na, wie gefällt er dir denn?«

»Wer?« Verwirrt sah Anne auf.

»Na, es ist doch einleuchtend, warum mein guter Gemahl zu diesem Essen geladen hat. Er möchte, dass du Nathan Ardroy kennenlernst. Vielleicht solltest du nicht mit deinen Eltern in den Norden ziehen. Ich bin mir sicher, Ardroy wird in diesem Augenblick bei deinem Vater um deine Hand anhalten, liebes Kind.« Mistress Richmond stellte das so beiläufig fest, als ob sie über das Wetter reden würde.

»Das kann doch nicht …« Hilfesuchend sah Anne ihre Mutter an. »Sag mir, dass das nicht wahr ist. Ich sitze hier nur, weil ich gerade wieder auf dem Markt der heiratsfähigen Frauen gelandet bin? Das ist der einzige Grund?«

Ihre Mutter nickte nur und lächelte ihr begütigend zu. »Keine Sorge, mein Kind. Wenn der Kapitän dir nicht gefällt, dann musst du ihn ganz sicher nicht heiraten. Es erschien uns nur eine gute Idee. Der Markt für statthafte junge Männer dort oben in Schottland ist nicht allzu groß – vor allem, wenn du die Tochter eines einfachen Verwalters bist. Da wäre es doch nur geschickt, wenn du noch hier eine vorteilhafte Verbindung eingehen würdest.« Sie nahm einen Schluck von ihrem Likör und wandte sich dann wieder ihrer Tochter zu. »Wie gefällt er dir denn? Er ist doch kein übler Mann? Was sagst du?«

In Annes Gedanken drängte sich Gregory Mallory mit seinen kastanienbraunen Locken, den breiten Schultern und dem sorglosen Lachen. Neben Gregory sah dieser Kapitän Ardroy wie ein magerer Windhund aus, der sich hektisch in jeden angebotenen Knochen verbiss. Immerhin schien er sich sicher zu sein, dass er sein eigenes Leben und sein eigenes Glück gestalten konnte. Anne biss sich auf die Lippen und verbot sich selber derartige Vergleiche. Es war schließlich nicht so, dass sie sich zwischen Gregory und Ardroy entscheiden konnte.

»Der Kapitän ist ein sehr entschlussfreudiger Mann«, begann sie schließlich vorsichtig. »Wenn ich ihn recht verstanden habe, dann plant er einen Umzug nach Neuseeland. Ich würde meine Heimat also für immer verlassen, euch nie wiedersehen. Ich bin mir nicht sicher, ob ich so leben kann und will …«

»Aber Kindchen, um uns musst du dir keine Sorgen machen«, fiel ihre Mutter ihr ins Wort. »Wenn wir nur wissen, dass du an seiner Seite in Neuseeland glücklich bist, dann können wir auch damit leben, nur noch wenige Briefe im Jahr von dir zu bekommen. Am wichtigsten ist doch deine Zufriedenheit!«

Mit einem Mann, den sie nur von einem einzigen Abendessen kannte, ans Ende der Welt fahren – Anne versuchte sich so ein Wagnis vorzustellen. Was, wenn sie nach nur wenigen Tagen oder Wochen merkte, dass dieser Ardroy überhaupt nicht zu ihr passte? Dann konnte sie nicht mehr fliehen. Andererseits: Er suchte eine Frau, die in Neuseeland auf sein Haus und, wenn Gott es so wollte, auch auf seine Kinder aufpasste. Wahrscheinlich fuhr er ständig zur See und war nur selten zu Hause. Das minderte die Gefahr, dass man sich nicht sehr gut verstand, beträchtlich. Noch während Anne um eine angemessene Antwort rang, flog die Tür zu dem Herrenzimmer wieder auf. Nathan Ardory und ihr Vater tauchten Seite an Seite auf und kamen mit zufrieden strahlender Miene auf Anne zu. Oberst Richmond folgte den beiden mit einem gütigen Lächeln.

William Courtenay deutete auf Ardroy und dann auf seine Tochter. »Liebe Anne, es freut mich, dir mitteilen zu können, dass dieser junge Mann soeben um deine Hand angehalten hat und ich sie ihm versprochen habe. Du kannst dich also von dem heutigen Abend an als künftige Miss Nathan Ardroy und seine standesgemäße Verlobte betrachten.« In seiner Begeisterung bemerkte er nicht, dass seine Tochter sich nur mit Mühe zu einem kleinen Knicks und einem schiefen Lächeln für ihren zukünftigen Bräutigam durchrang.

Nathan Ardroy griff nach ihrer Hand, führte sie zu seinem Mund und drückte einen trockenen Kuss auf den Handrücken. »Es wird mir ein Vergnügen sein, mit Euch an meiner Seite nach Neuseeland zu segeln und dort ein neues, gottgefälliges Leben zu beginnen. Möge uns Gott, unser Herr, immer gnädig sein.« Er wandte sich an Annes Eltern. »Ich weiß, dass es eine schwere Entscheidung ist, Eure Tochter in meine Hände zu geben. Aber ich verspreche, ich werde sie immer achten und ehren. So wahr mir Gott helfe.«

Für Annes Geschmack kam Gott in dieser Rede ein bisschen zu häufig vor. Sie fühlte sich, als ob eine durchgehende Pferdeherde einfach über sie hinweggaloppierte. Das Gefühl wurde nicht schwächer, als der drahtige Kapitän weiterredete. »Mein Schiff, die *Mary May*, wird schon übermorgen wieder in See stechen, damit wir nicht in die Zeit der Winterstürme vor Neuseeland geraten. Ich werde sofort Anweisung geben, eine Kabine für Miss Courtenay herrichten zu lassen.«

»Ihr wollt nicht hier in England heiraten?« Elizabeth Courtenay sah ihren zukünftigen Schwiegersohn etwas verblüfft an. »Wir haben gehofft, unsere Tochter am schönsten Tag in ihrem Leben auch selber zum Altar geleiten zu können.«

»Es gibt nichts, was ich mehr bedauere als meine baldige Abreise«, erklärte Ardroy mit einem leichten Lächeln. »Doch wie gesagt: Die Winterstürme sind heftig im südlichen Pazifik, ich möchte für mein privates Glück nicht die Sicherheit meines Schiffes und meiner Mannschaft riskieren.«

Anne versuchte sich selbst einzureden, dass sie jetzt glücklich sein müsste. Eine verschmähte Braut durfte nicht wählerisch sein, und wahrscheinlich war dieser Kapitän, dem ihre Geschichte mit Gregory Mallory noch nicht zu Ohren gekommen war, der einzige Verehrer, mit dem sie rechnen durfte. Sie zwang sich zu einem Lächeln, das glücklich aussehen sollte. »Nein, wir dürfen unsere Herzenswünsche nicht gefährden, bloß um einem dummen Kleinmädchentraum mit weißem Schleier und Orgelmusik nachzugeben. Ich bin mir sicher, wir werden auch in Neuseeland einen Priester finden, der uns vermählt.« Zum ersten Mal sah sie Ardroy direkt in die hellen Augen – und war verblüfft, wie wenig Wärme sie ausstrahlten. Wieder musste sie für einen Moment an Gregorys leuchtende Augen denken. Mit einem Kopfschütteln vertrieb sie die Erinnerung. »Nicht wahr, lieber Kapitän?«

Er nickte ihr zu. »So ist es. Die Missionare in Kororareka freuen sich, wenn sie auch einmal einer so angenehmen Tätigkeit wie der Vermählung zweier aufrechter Christen nachgehen dürfen. Aber, meine Liebe …«, er beugte sich vor und griff nach ihren beiden Händen, »… jetzt, da wir uns als verlobt betrachten dürfen, würde es mich erfreuen, wenn Ihr mich als Nathan benennen würdet. Ich möchte für Euch doch sehr viel mehr als nur Kapitän Ardroy sein.«

»Wie es Euer Wunsch ist«, nickte Anne. Warum nur fühlte sich alles so falsch an – wenn sie doch eigentlich über die Verbindung glücklich sein müsste? Sie sah verzweifelt auf den Boden.

»Wenn ihr schon in zwei Tagen in See stecht, dann sollten wir morgen Abend wenigstens standesgemäß die Verlobung und den Abschied begehen«, erklärte Oberst Richmond. »Es wäre mir ein Vergnügen, euch alle am morgigen Abend erneut begrüßen zu dürfen. Ich bin mir sicher, meine Gattin wird auch in der Kürze der Zeit ein angemessenes Mahl servieren können. Wollt ihr denn noch weitere Gäste einladen, um das Glück zu feiern?«

»Nein, lieber Oberst Richmond. Ich fürchte, unsere ehemaligen Freunde, die Mallorys, hätten keine Zeit. Sie müssen Pläne aufstellen, was sie mit einem neu erworbenen Gestüt machen.« William Courtenays Stimme klang bitter.

Oberst Richmond nickte nur, ohne auf die Bemerkung einzugehen. »Nun gut. Dann treffen wir uns also morgen in der gleichen Besetzung und stoßen auf das Glück der jungen Mistress Courtenay an, bevor sie an Bord der *Mary May* geht und damit für immer aus unserem Leben verschwindet.«

Wieder musste Anne schlucken. Sie spürte den Drang, einfach aufzuspringen und schreiend den Raum zu verlassen. Sie wollte nicht heiraten, nicht an Bord irgendeines Schiffes in eine gottverlassene Gegend der Welt, in der nur Wilde hausten. Sie wollte ihr altes Leben zurück, wünschte sich wieder Gregory Mallorys warme Hand in der ihren. Aber diese Zeit war vorbei und würde nie mehr wiederkehren. »Für immer«, hatte der alte Oberst gesagt – und bei einer so langen Reise wie der nach Neuseeland musste sie damit rechnen, dass er damit auch recht hatte.

Ihre Mutter legte ihr den Arm um die Schultern. »Mein Liebling, du kannst dir gar nicht vorstellen, wie sehr ich mich für dich freue. Dass sich deine Geschicke innerhalb von so wenigen Tagen doch noch so zum Guten wenden. Jetzt kann ich ganz beruhigt in den Norden gehen.«

»Das kannst du, Mama. Mach dir keine Sorgen um mich, ich bin mir sicher, dass Kapitän Ardroy … Nathan sich gut um mich kümmern wird.« Sie hörte ihre eigene Stimme und konnte es selbst nicht glauben, was sie da sagte. Ein verstohlener Blick auf den Seemann zeigte ihr, dass er sich von den beiden anderen Männern die Schulter klopfen ließ, eine Zigarre aus Richmonds Schatulle rauchte und sie keines weiteren Blickes würdigte. So ganz anders als Gregory, der ihr immer quer durch den Raum zugezwinkert oder sich neben sie gestellt hatte. Ardroy war offensichtlich der Meinung, dass sie noch genügend Zeit miteinander verbringen würden.

Nicht sehr viel später klatschte Richmonds Frau in die Hände. »Wir sollten unseren ereignisreichen Abend beenden«, verkündete sie in einem Ton, der keinen Widerspruch duldete. »Schließlich sehen wir uns alle morgen schon wieder – und ich denke, die junge Braut muss morgen früh aufstehen. Sie hat nur einen einzigen Tag zum Packen für ihr großes Abenteuer!«

Sie hatte schon gepackt. Wenn auch für Schottland. Aber das wollte Anne der Frau nun wirklich nicht auf die Nase binden. Und schon gar nicht ihrem Frischverlobten. Vielleicht war ihm noch nicht aufgefallen, dass er leicht verdorbene Ware eingekauft hatte. Sie senkte den Kopf, knickste und bedankte sich höflich für die schicksalshafte Einladung, die ihrem Leben eine so glückliche Wendung gegeben hatte. Dann trat sie hinter ihren Eltern in die laue Sommernacht. England legte sich wirklich ins Zeug – an diesen wunderschönen Sommer würde sie sich wahrscheinlich ihr ganzes Leben lang erinnern.

In der Kutsche herrschte Schweigen.

»Das ist ein guter Mann, Kindchen!«, stellte Annes Mutter schließlich noch einmal fest. Es klang allerdings, als müsste sie sich selbst ebenso überzeugen wie Anne. »Verlass dich auf mich, ich habe ein Gespür dafür, ob ein Mann etwas taugt oder nur ein Windhund ist. Dieser Ardroy mag auf den ersten Blick nicht viel hermachen, aber ich bin mir sicher, er wird dir in Neuseeland ein wunderbares Leben bereiten.«

Ihr Ton erlaubte keinen Widerspruch, und Anne sagte auch nichts. Noch vor wenigen Wochen hatte sie sich für eines der glücklichsten Mädchen von England gehalten. Und jetzt konnte sie nur noch auf das Beste hoffen. Mit einem kleinen Seufzer schloss sie die Augen und lehnte sich in das abgeschabte alte Polster der Kutsche.

Es schien ihr nur Augenblicke später, als sie mit ihrer Tasche in der Hand über den schmalen Laufgang an Bord der *Mary May* ging. Kein großes Schiff, aber solide gebaut, so weit sie das beurteilen konnte. Denn natürlich hatte sie keine Ahnung vom Schiffbau. Ihre Eltern blieben oben stehen, als sie mühselig die wenigen steilen Stufen, die unter Deck führten, meisterte. Anne sah sich in dem Raum um, in dem Hängematten eng nebeneinander gehängt waren und eine geöffnete kleine Luke nur sehr wenig frische Luft in das Innere des Schiffes ließ. Ardroy sah ihr Gesicht und lachte. »Keine Sorge, hier nächtigt nur die Mannschaft, nicht wir. Komm mit, ich zeige dir dein Quartier.« Kaum auf seinem Schiff, war er vom Ihr zum Du gewechselt.

Er schob sich an den Lagern der anderen Seeleute vorbei, bis er eine schmale Tür erreichte. Er deutete darauf und erklärte: »Hier wohne ich. Da wir auf der Überfahrt aber noch nicht vermählt sind, möchte ich dir dein eigenes Reich zeigen.« Mit großer Geste schob er einen verschlissenen Vorhang zur Seite, der Anne noch nicht aufgefallen war. Dahinter zeigten sich eine schmale Pritsche, eine Kommode, auf der eine kleine Waschwanne stand – und genug Platz, um vor dem Bett aufrecht zu stehen und sich einmal um die eigene Achse zu drehen.

Anne drehte sich entsetzt um. »Und hier soll ich drei Monate lang leben? Jedes unserer Pferde hat mehr Platz, um sich in seiner Box zu bewegen!«

Ardroy zuckte mit den Schultern und deutete auf die Mannschaftsunterkünfte. »Jedem meiner Matrosen erschiene diese Kajüte als wahres Paradies. Sie verbringen fast ihr ganzes Leben auf See, nicht nur ein paar Monate – und doch stört sie die Enge nicht. Du wirst dich daran gewöhnen, liebe Anne.«

Mit einem Seufzer schob Anne ihre schwere Tasche unter das Bett. »Ich sehe auch nicht, was mir anderes übrig bleibt.«

Sie drückte sich an ihm vorbei, um wieder an Deck zu gelangen. »Ich möchte mich noch von meinen Eltern verabschieden. An die Kammer kann ich mich später noch gewöhnen, nicht wahr?«

Er nickte verständnisvoll. »Sicher, meine Liebe. Lass dir Zeit. Es ist schließlich nicht sehr wahrscheinlich, dass du sie in diesem Leben noch einmal wiedersiehst.«

Auch wenn das der Wahrheit entsprach – Anne ärgerte sich über die Grobheit, mit der er das sagte. Schließlich war es nur *sein* Traum, in Neuseeland zu leben. Das Opfer brachte sie, denn Nathan Ardroy hatte keine lebenden Verwandten mehr in England. Zumindest hatte er ihr das bei der steifen kleinen Feierlichkeit am Vorabend erzählt.

Auf dem Deck warteten ihre beiden Eltern und sahen ihr gespannt entgegen. »Wie gefällt es dir?«, fragte ihre Mutter.

Sie sah dabei so hoffnungsvoll aus, dass Anne es nicht über das Herz brachte, ihr die Wahrheit von dem winzigen Raum zu erzählen. Sie brachte ein überzeugendes Lächeln zustande. »Alles ist ganz wunderbar, Nathan hat sich darum gekümmert, dass ich in einer eigenen Kajüte reise, solange wir noch nicht verheiratet sind – wahrscheinlich sind wir die einzigen Verlobten der Erde, die monatelang Tür an Tür leben, ohne dass Eltern oder Tanten aufpassen.« Sie verschwieg lieber die Sache mit dem Vorhang statt einer Tür. Und der kompletten Mannschaft dahinter.

Ihre Mutter brach in Tränen aus. »Mein kleines Mädchen wird erwachsen, und ich kann nicht dabei sein«, schluchzte sie. »Da habe ich mir seit deiner Geburt vorgestellt, wie ich dir eines Tages bei der Hochzeit, bei Schwangerschaften und Geburten helfen werde – und dann bleibt alles, was ich für dich tun kann, das Entzünden einer Kerze in einer schottischen Kapelle. Ich werde dich so sehr vermissen!« Sie schluchzte noch einmal auf.

Gerührt schloss Anne ihre Mutter in die Arme. Was sollte sie schon sagen? Dass ihre Mutter diese Verbindung zu einem Seemann unbedingt hatte haben wollen?

Dass ihre Mutter sich weder an dem Wohnsitz in Neuseeland noch an dem fehlenden Ehering gestört hatte, es ihr nur wichtig gewesen war, die Tochter schnell in eine Verbindung zu drängen? Dafür war es jetzt zu spät, und so ließ auch Anne ihren Tränen freien Lauf. »Ich werde dir schreiben, liebe Mama, ganz bestimmt!«, versprach sie und fragte sich dabei im Stillen, wie lange so ein Brief von Neuseeland bis nach Schottland wohl unterwegs sein mochte. Bestimmt ein halbes Jahr. Wenn ihre Mutter von einer Schwangerschaft erfuhr, dann würde sie am anderen Ende der Welt schon in den Wehen liegen.

Sie spürte, wie Ardroy sich neben sie stellte. »Master Courtenay – es wird Zeit, dass Ihr die *Mary May* verlasst. Unsere Fracht ist geladen, der Wind steht günstig, wir sollten in See stechen.« Seine Stimme klang kühl, so als wäre ihm der tränenreiche Abschied seiner Verlobten zuwider.

Anne löste sich aus den Armen ihrer Mutter und fiel ihrem Vater in die Arme. »Ich wünsche euch einen wunderbaren Neubeginn in Schottland. Möge euch das Glück immer hold sein und eure Pferde, für die ihr dann verantwortlich seid, immer gesund sein. Ich hoffe wirklich, dass ihr glücklich werdet … Und passt auf meine Shadow auf, versprecht ihr mir das?«

William Courtenay drückte seine Tochter, so fest er konnte, ohne ein einziges Wort zu sagen. Er wusste, es gab jetzt keine passenden Worte mehr. Dies war ein Abschied für immer, da gab es nichts mehr zu reden.

Schließlich wandte er sich ab und reichte Ardroy die Hand. »Kapitän, ich verlasse mich auf Euer Wort als

Ehrenmann, dass Ihr Euch gut um meine Tochter kümmern und alle Widrigkeiten des Lebens von ihr fernhalten werdet. Könnt Ihr mir das versprechen?«

Ardroy erwiderte den Händedruck und sah Courtenay gerade in die Augen. »Ich werde auf Eure Tochter besser als auf mein Augenlicht aufpassen. Ihr habt keine Ahnung, was es für mich bedeutet, eine so wunderbare Frau mit in die Neue Welt, meine neue Heimat, zu führen. Ich verspreche, ich werde nie vergessen, wie wertvoll sie für mich ist.« Er nickte noch einmal zur Bekräftigung und reichte dann Elizabeth Courtenay seinen Arm. »Madam, darf ich Euch von Bord geleiten?«

Die nickte, ergriff den dargebotenen Arm und ließ sich den schmalen Laufgang hinunterführen. Kaum hatte die kleine Gruppe festen Boden unter den Füßen, drehte sich Ardroy um und kam mit federnden Schritten wieder an Bord. »Leinen los!«, rief er den wartenden Matrosen zu – und sie schienen mit einem Mal zum Leben zu erwachen. Die einen lösten Leinen und Taue, zogen den Laufgang ein. Andere schwangen sich am Mast nach oben und machten sich an den ordentlich gerefften Segeln zu schaffen. Anne sah fasziniert zu. Es sah aus wie eine Art Tanz, bei der jeder genau wusste, wie der nächste Handgriff auszusehen hatte. Noch ehe sie sichs versah, entfernte sich das Schiff von der Kaimauer und drehte langsam seine Nase in Richtung offenes Meer.

Anne lief zum Heck, um noch einen Blick auf ihre Eltern zu erhaschen. Die beiden standen eng aneinandergedrängt da, bewegungslos in der geschäftigen Menge, die sich dort an anderen Schiffen und deren Ladung zu schaffen machte. Sie wirkten, als ob sie umstürzen würden, wenn sie sich nicht gegenseitig Halt gaben. Anne hob die Hand, um noch einmal zu winken – und kam sich dabei vor wie ein Welpe, den man einfach allein im Wald aussetzte. Noch vor wenigen Tagen hatte sie ein perfekt behütetes Leben geführt und sich in den buntesten Farben ihr Leben an der Seite von Gregory Mallory vorgestellt. Und jetzt stand sie an Bord eines Schoners in Richtung Neuseeland, verlobt mit einem abenteuerlustigen Kapitän, der von einem Leben irgendwo im Südpazifik träumte. Sie winkte so lange, bis ihr am Schluss der Arm schwer wurde und sie endgültig keinen Menschen mehr im Hafen unterscheiden konnte. Dann atmete sie tief durch und drehte sich um.

Jetzt wurde es Zeit, nach vorn zu blicken und das eigene Glück mit beiden Händen anzupacken. Wenn ihr das Schicksal einen Mann wie Nathan Ardroy beschert hatte, dann wollte sie ihn lieben und ehren – und nicht mehr einer Wunschvorstellung hinterherweinen. Sie sah Ardroy neben dem Steuermann, wo er mit zusammengekniffenen Brauen den Horizont absuchte.

»Erwartet Ihr denn eine leichte Überfahrt?«, fragte sie, damit sich zwischen ihnen kein unangenehmes Schweigen ausbreiten konnte.

Er zuckte die Achseln. »Das kann man nie sagen. Der Anfang ist sicher ruhig, hier im Norden ist schließlich Sommer, da sind die Stürme selten. Schwieriger wird es, wenn wir den Pazifik erreichen. Aber darum mache ich mir erst Sorgen, wenn wir dort sind.«

»Sind wir nicht gerade jetzt gesegelt, um die Stürme

im Pazifik zu vermeiden?«, fragte sie verwundert nach. »Welche Jahreszeit herrscht denn dort, wenn wir ankommen?« Heimlich verfluchte sie sich, dass sie sich mit diesen Dingen nicht früher beschäftigt hatte. Aber bis vor zwei Tagen hatte sie nicht einmal gewusst, wo dieses Neuseeland eigentlich lag …

»Frühling. Wenn wir Neuseeland erreichen, wird alles blühen. Aber leider tragen die ›Roaring Forties‹ und die ›Stormy Fifties‹ ihren Namen zu Recht. In dieser Gegend der Welt kann es durchaus mal etwas ungemütlich auf See werden.« Dass er keine zwei Tage zuvor erklärt hatte, man müsse genau jetzt in See stechen, um diese Stürme zu vermeiden, schien ihm entfallen zu sein.

Stirnrunzelnd wandte Anne sich ab. Wenn es nicht das Wetter war – was hatte Ardroy dann so zur Eile getrieben? Ganz offensichtlich war es später im Jahr durchaus gemütlicher im Pazifik. Sie sah ein paar Möwen hinterher, die mit dem Schiff mitsegelten, als wäre es nur eine Vergnügungsfahrt. Kein Wunder. Sie konnten jederzeit umkehren.

10.

Die ferne Küste bestand nur aus einem hellen Strich. Wüste, so weit das Auge reichte. Ein Schweißtropfen rann Anne langsam die Schläfe hinunter, lief an ihrem Hals entlang und sammelte sich mit anderen Tropfen in der Mulde über ihrem Schlüsselbein. Sie wedelte sich mit der flachen Hand etwas Luft zu – aber die kleine Bewegung sorgte nur für einen weiteren Schweißausbruch, ohne auch nur im Geringsten für Linderung in der Hitze zu sorgen.

Sie waren jetzt seit acht Wochen unterwegs. Nichts unterbrach den immer gleichen Ablauf der Tage, die nur durch den Wechsel der Steuerwachen und Auf- und Untergang der Sonne irgendeine Ordnung erhielten. Die Küste der Südspitze Indiens, die dort am Horizont langsam vorbeizog, kündete auch nicht von großen Abenteuern. Vor allem würden sie nicht wieder an Land gehen, bevor sie nicht Malaysien erreichten. Ardroy hatte vor wenigen Tagen seine Vorräte an Wasser und Essen aufgefüllt, die Lagerräume der *Mary May* waren jetzt bis oben hin mit schwarzem Tee gefüllt. Offensichtlich waren die Siedler in Australien und Neuseeland allesamt darauf versessen.

Sie stützte sich mit beiden Händen auf die Reling, starrte in die träge schäumende Gischt, die die *Mary May* auf ihrem Weg durch die Wellen entstehen ließ. Das Meer sah nicht einmal erfrischend aus, es war einfach nur warm und salzig. Anne seufzte. Was sich wie eines der größten Abenteuer des Jahrhunderts anhörte – nämlich die Auswanderung nach Neuseeland –, war jetzt in diesem Augenblick erst einmal nur langweilig. Und ihr Verlobter hatte seit dem Abschied von England nur das Nötigste mit ihr gesprochen. Anfangs hatte Anne sich selbst eingeredet, er mache das nur aus Respekt vor ihr. Wollte seiner Verlobten nicht unziemlich vor der Hochzeit nahe kommen.

Inzwischen war sie sich sicher, dass er keine Sekunde an ihr interessiert war. Alles, was er sich wünschte, war ein echtes englisches Mädchen als Mutter seiner Kinder. Er wollte nichts von ihren Gedanken oder Ängsten wissen. Oder gar von ihren Hoffnungen für die neue Heimat. Zu allem Überfluss durfte auch niemand aus der Mannschaft mit ihr reden. Also verbrachte Anne endlose Stunden an Deck, in denen sie nichts anderes zu tun hatte, als den Wellen zuzusehen und sich über das seltene Auftauchen einer Schule Delfine wie ein kleines Kind zu freuen. Oder der Arbeit der Matrosen – sie hatte inzwischen das Gefühl, jeden Handgriff so gut zu kennen, als hätte sie ihn selbst getan. Das Setzen und Reffen der

Segel, die Arbeit des Steuermannes … es waren die ewig gleichen Abläufe. In der Eintönigkeit hatte sie sogar gelernt, die Knoten wie ein echter Seemann zu schlagen. Sie seufzte. Hoffentlich hatte sie wenigstens in diesem Kororareka Glück und freundete sich mit einer Nachbarin an. Auf Dauer würde sie dieses Schweigen nicht aushalten.

Ihr Blick fiel auf einen der Matrosen. Jung und gut aussehend, warf er ihr immer wieder verstohlene Blicke zu. Seine blitzenden Augen verrieten Neugier und einen schnellen Verstand. Ein Gespräch mit ihm war sicher eine Erholung für ihren Geist, der sich nach irgendeiner Art von Abwechslung sehnte. Aber sie ahnte, dass Ardroy nicht einmal ein kurzes Gespräch für statthaft hielt. Also setzte sie ein abweisendes und hochmütiges Gesicht auf, wann immer er in ihrer Nähe auftauchte.

Doch dieses Mal schien er sich davon nicht abschrecken zu lassen. Er schlenderte über das Deck in ihre Nähe, ergriff ein unordentlich aufgerolltes Tau und beschäftigte sich angelegentlich damit, es wieder in Ordnung zu bringen. Dabei stand er keinen Meter von ihr entfernt.

»Ihr solltet im nächsten Hafen, den wir anlaufen, das Weite suchen.« Er sagte das so beiläufig und ohne sie anzusehen, dass sie für einen Moment der Meinung war, sie hätte sich verhört. »Dieses Neuseeland hält für Euch nichts Gutes bereit. Das müsst Ihr mir glauben.«

Sie hob fragend die Augenbrauen. »Und was führt Euch zu dieser tiefgründigen Einsicht?«

»Das Wissen um die beste Einnahmequelle von Nathan Ardroy. Sicher, er hat schwarzen Tee, Stoffe und sogar Möbel für die neuen Kolonien geladen. Aber wisst Ihr, was dort unten am dringendsten fehlt? – Frauen. Und deswegen lockt er bei jeder Reise eine an Bord. Ich erlebe das jetzt zum dritten Mal, ich weiß, wie das endet.« Er legte das Ende des Taus ordentlich auf die Rolle, die er in den letzten Minuten gemacht hatte, nickte ihr noch einmal höflich zu und setzte dann seinen scheinbar gemächlichen Rundgang auf der *Mary May* fort.

Anne sah ihm verblüfft hinterher. Ihr fiel ein, wie Sir Richmond auf ihrer Verlobungsfeier erzählt hatte, dass es in den Kolonien an Frauen mangelte, und von Gerüchten plauderte, dass manche Männer sich sogar an den Frauen der Eingeborenen vergriffen, wenn sie die Einsamkeit nicht mehr aushielten. So mancher würde mit einer Wilden wie Mann und Frau zusammenleben. Das hatte Heiterkeit ausgelöst und noch mehr seine Bemerkung, dass Ardroy deswegen wohl in England nach einer passenden Frau gesucht hätte. Doch was meinte dieser Matrose mit dem »dritten Mal«? Ardroy hatte doch schwerlich schon zwei Frauen in Kororareka. Was war also mit ihren beiden Vorgängerinnen passiert – wenn sie nicht nur ein Produkt der blühenden Phantasie dieses Matrosen waren? Sie beschloss, dass sie sich in den nächsten Tagen wieder unauffällig in seine Nähe begeben musste.

Es vergingen vier Tage, bis sich die nächste Gelegenheit ergab. Er stand neben dem Steuerrad und musterte mit zusammengekniffenen Augen den Horizont, als sie sich möglichst unauffällig neben ihn stellte. Sie verschwendete keine Zeit auf Vorreden.

»Was passierte mit den beiden anderen?«

Er wusste sofort, wovon sie sprach. »Zu Master Jameson. Ein Freudenhaus, in dem der Koch ausnehmend gute Pasteten backt.«

Sie schüttelte den Kopf. »Das ist doch Blödsinn. So etwas würde er nie machen.« Oder doch? Erklärte das sein schwaches Interesse? Seine offensichtliche Weigerung, sie näher kennenlernen zu wollen?

Er hob ein Fernglas vor ein Auge, suchte noch einmal den Horizont ab. »Glaubt, was Ihr wollt. Ihr könnt Euch retten, ich habe Euch gewarnt. Verschwindet, sobald sich eine Gelegenheit ergibt.«

»Was gibt es da zu plaudern?« Wie aus dem Nichts tauchte Ardroy zwischen ihnen auf. »Habe ich nicht deutlich gemacht, dass ich nicht wünsche, dass meine Anvertraute sich mit den Matrosen gemein macht?« Seine Stimme klang wütend, nichts Schmeichelndes war mehr zu hören.

»Der Matrose hat mir nur erklärt, dass wir bei guten Winden in wenigen Tag in Malaysien sein werden. Verzeiht, ich habe ihn angesprochen, weil ich neugierig war und Euch beschäftigt sah.« Die Lüge kam Anne ohne ein Problem über die Lippen.

Adroy nickte. »Ich muss dich trotzdem inständig bitten, keinen Kontakt mit den Matrosen zu suchen. Du bist monatelang die einzige Frau, die sie sehen. Da können auch anständige Männer auf unziemliche Gedanken kommen. So etwas kann schnell zu einer handfesten

Meuterei werden, das möchte ich vermeiden.« Er sah sie aus seinen hellen Augen an. »Kannst du das verstehen?«

Sie nickte nur. Seine Erklärung klang einleuchtend, und es fiel ihr immer noch schwer, der Warnung des Matrosen Glauben zu schenken. Das klang doch zu sehr wie aus einem der schlechten Romane, die manche ihrer Freundinnen so gerne lasen.

Tatsächlich sollte es noch mehrere Tage dauern, bis sie in Malaysien vor Anker gingen. Von der *Mary May* aus sah das kleine Städtchen Penang nur wie eine Ansammlung von Hütten aus, die sich um einen kleinen Marktplatz drängten. Aber offensichtlich war es eine der wichtigen Hafenstädte in dieser Gegend der Welt.

»Ich würde mir gerne an Land ein wenig die Füße vertreten. Auf den Markt bin ich auch neugierig – ich denke, ich werde keine einzige Frucht erkennen!«, erklärte sie Ardroy in einem möglichst heiteren und harmlosen Ton. »Ich langweile mich hier an Bord bald zu Tode, bitte erlaubt mir dieses kleine Vergnügen.«

Ardroy zögerte. »Ich möchte nicht, dass dir hier etwas passiert. Du kennst dich hier mit den Bräuchen nicht aus, und weiße Frauen sind für die Einheimischen ein völlig neuer Anblick.«

»Ich kann auf mich aufpassen«, erklärte Anne. »Und wenn Ihr wirklich daran zweifelt, dann könnt Ihr mir ja einen Eurer treuen Matrosen an die Seite stellen.«

Langsam nickte er und sah sich dabei suchend um. Sein Blick fiel auf einen Mann, dessen Gesicht von unzähligen Falten durchzogen war. Anne hatte ihn bis zu diesem Moment noch nie beachtet. »In Ordnung. Nimm

Jimmy mit. Der war schon Hunderte Mal in Malaysien, er spricht sogar den Dialekt der Einheimischen.« Er winkte Jimmy näher. »Du gehst mit Miss Courtenay an Land und zeigst ihr den Markt. Achte darauf, dass ihr nichts geschieht. Du haftest mit deinem Leben dafür, dass sie unversehrt heute Abend wieder an Bord ist. Hast du das verstanden?«

»Bin ja nicht taub«, knurrte Jimmy. »Die Miss mitnehmen, ihr ein bisschen was zeigen und wieder zurückkommen. Kriege ich hin.«

Er reichte Anne eine Hand. »Miss, dann setzen wir am besten sofort über. Am Abend kann es hin und wieder ein wenig rau zugehen in Penang. Zu viele Seeleute und zu wenige Gesetze, Ihr versteht?«

»Aber sicher«, erklärte sie, während sie vorsichtig die Leiter zu der schwankenden kleinen Nussschale hinunterkletterte, die sie hinüber ans Festland bringen sollte. Während sie auf der schmalen Bank Platz nahm, blickte sie noch einmal nach oben. Der junge Matrose, der ihr zur Flucht geraten hatte, sah ihr hinterher. Mit einer Bewegung des Kopfes zeigte er, was er von ihr erwartete: Sie sollte verschwinden. Schnell.

Als sie aus dem Boot kletterte und den warmen Sand unter den Füßen spürte, war sie sich immer noch nicht sicher, was sie tun sollte. Eine Flucht hier in Penang würde sie auch nur schutzlos an einem gefährlichen Platz zurücklassen. War es da nicht sehr viel sicherer, auf der *Mary May* weiterzusegeln?

»Kommt«, erklärte Jimmy und setzte sich in Bewegung.

Der Anblick der Stadt lenkte sie für einen Moment von der Frage nach einer Flucht ab. Braune Menschen mit mandelförmigen Augen starrten sie mit unverhohlener Neugier an, stießen sich in die Seiten und deuteten auf sie. Abgesehen von der hellen Hautfarbe und der großen Nase fiel Anne sofort durch ihre Länge auf. Schon in England mussten viele Männer zu ihr aufblicken, aber hier überragte sie alle Männer um Hauptes-länge. Die einfachen Holzhäuser sahen nicht so aus, als ob sie einem Sturm standhalten würden – aber Anne war sich auch nicht sicher, ob in diesen Breiten überhaupt ordentliche Stürme passierten. An kleinen, bunten Ständen wurden alle möglichen Früchte angeboten. Da waren rote Früchte mit weichen Stacheln, kleine braune Kugeln, große Früchte, die angeschnitten waren und einen durchdringenden Geruch nach altem Käse verströmten. Sie hielt sich die Hand vor den Mund. Und das verführte hier jemanden zum Essen?

An einem weiteren Stand wurde frisch gebratenes Fleisch angeboten. Es roch würzig und ließ ihr das Wasser im Munde zusammenlaufen. Der Koch streckte ihr ein Stück davon entgegen und forderte sie mit einem breiten Lächeln auf, es zu kosten. Vorsichtig biss Anne ein Stück ab. Es schmeckte einfach wunderbar, auch wenn sie keine Ahnung hatte, welche Gewürze der Koch wohl verwendet hatte. Sie drehte sich zu Jimmy um, aber der sah nur mit finsterer Miene vor sich hin. Ob sein Chef ihm wohl die Anweisung gegeben hatte, nur grimmig dreinzublicken? Vorsichtig sah sie sich um. Direkt hinter dem Gang führten Pfade und schmale Wege in ein Gewirr von Hütten, Büschen und Palmen. Würde dieser Jimmy sie überhaupt finden, wenn sie jetzt losrannte? Gab es überhaupt eine Chance, sich in dieser fremden Welt zurechtzufinden? Sie hatte keinen Cent in der Tasche, ihr Kleid war viel zu warm für die Temperaturen hier, und außerdem sprach sie kein einziges Wort in der Sprache der Einheimischen.

Die Sache mit dem fehlenden Geld ließ sich vielleicht ändern. Sie strahlte Jimmy mit ihrem besten Lächeln an. »Ich hätte gerne eine Portion von diesem Fleisch. Nach dem tranigen und salzigen Zeug an Bord schmeckt es einfach wunderbar. Könnt Ihr mir ein wenig Geld geben? Ich bin mir sicher, mein Verlobter wird es zurückzahlen, sobald wir wieder an Bord sind.«

Umständlich nestelte Jimmy in einem kleinen Beutel und förderte eine kleine glänzende Münze zutage. Anne hielt ihm ihre Hand entgegen, aber er drückte das Geldstück direkt dem Koch in die Hand. »Ich zahl schon für Euch!«, nuschelte er dabei.

So stand Anne zwar mit einem schmackhaften Mahl, aber weiterhin mit keinem Penny in der Tasche da. Täuschte sie sich, oder war das genau das Ziel von Nathan Ardroy? Das musste sie unbedingt herausfinden. Sie biss von dem Fleisch ab und bewegte sich dabei möglichst schnell in Richtung einer der ausgetrampelten Pfade. Noch bevor sie drei Schritte gemacht hatte, griff Jimmy sie grob am Oberarm. »Bleibt hier bei mir, sonst gibt es Ärger!«, knurrte er sie dabei unvermittelt an.

Sie sah ihn überrascht an und rieb sich die schmerzende Stelle am Arm. »Wo sollte ich denn hin? Ich weiß nicht, was Ihr Euch denkt. Ich möchte möglichst bald in Neuseeland meinen Nathan heiraten …« Dazu bemühte sie sich um eine unschuldige Miene. Innerlich war sie zu Tode erschrocken. Ganz offensichtlich hatte Nathan genaue Anweisungen gegeben, wie Jimmy mit ihr verfahren sollte. Und das klang nicht nach einem liebevollen Ehemann. Waren die Warnungen womöglich richtig gewesen? Mit einem Mal wollte sie nur noch eines: weg. Weg von diesem Markt und vor allem möglichst weit weg von diesem bärbeißigen Seemann, der sie mit allen Mitteln wieder an Bord bringen wollte. Anne lächelte ihm beruhigend zu und setzte sich mit ihrem Fleisch auf einen umgefallenen Baumstamm. Unauffällig musterte sie jetzt die Umgebung genauer.

Es sah aus wie ein Paradies, mit den vielen Menschen, dem lieblichen Geruch nach einer Dschungelpflanze und der milden Brise vom Meer. Dazwischen mischten sich die verlockenden Aromen von den Garküchen und das Geschrei der Händler, die ihre Ware anpriesen. Wahrscheinlich war es besser, sich hier in der Fremde durchzuschlagen, als in Kororareka als leichtes Mädchen zu landen.

Sie beobachtete einen kleinen Jungen, der sich durch einen schmalen Gang zwischen zwei Hütten schob. Während sie langsam das letzte Stück Fleisch kaute, begriff sie: Hier war ihre letzte Chance. Jimmy pulte sich konzentriert zwischen den Zähnen herum – immerhin hatte er sich auch eine Portion von diesem gerösteten Fleisch geleistet.

Anne leckte sich die Lippen, spannte ihre Muskeln an

und rannte dann mit einem Schlag los. Sie verlor keine Sekunde, verschwand zwischen den beiden Hütten und raste dann über einen staubigen Hinterhof zu einem Trampelpfad, der in die Wildnis führte. Schon nach wenigen Schritten hörte sie Jimmys Flüche. Er kämpfte sich hinter ihr durch das Unterholz und schlug offensichtlich mit seinem Säbel wild um sich.

Sie duckte sich und huschte zwischen den dichten Bäumen weiter. Jimmys Schnaufen und Fluchen kam trotzdem näher. Er bewegte sich erstaunlich flink für einen alten Mann. Sie erreichte ein leuchtend grünes Feld, auf dem knöcheltief das Wasser stand. Ohne einen Augenblick nachzudenken, rannte sie weiter. Mit geschürzten Röcken stampfte sie durch das schlammige Wasser – und merkte zu spät, dass sie immer langsamer wurde und nur noch schwer atmete. Die wochenlange Reise hatte ihr die Ausdauer und die Kraft genommen, das hatte sie falsch eingeschätzt und bei dieser Flucht nicht bedacht.

»Jetzt bleib doch stehen, du dumme Pute!«, brüllte Jimmy direkt hinter ihr. »Du hast doch keine Chance!«

Sie sah sich nicht einmal um, war überglücklich, das Ende des Feldes erreicht zu haben. Gerade als sie erleichtert einen festen Trampelpfad betrat, sprang ein kleiner Junge vor ihr aus dem Gebüsch und stellte ihr so geschickt ein Bein, dass sie der Länge nach hinschlug. Der Sturz raubte ihr den Atem. Mühsam kam sie auf die Knie, als sich von hinten auch schon eine feste Hand um ihren Hals legte.

»Du kleines Biest. Ich habe den Käpten doch gleich

gewarnt, dass du Ärger machst. Wie 'ne echte Lady die Märkte ansehen … das habe ich von Anfang an nicht geglaubt. Du bist zu klug. Weißt, was der Käpten plant, oder? Von wegen Hochzeit. Als ob irgendjemand in Kororareka heiraten würde.« Er zerrte sie an ihren Haaren nach oben und sah ihr prüfend ins Gesicht. »Darf dich ja nicht schlagen, bist ja sonst nichts mehr wert. Aber der Spaß ist jetzt vorbei.«

Ohne ihre Haare loszulassen, machte er sich auf den Weg zurück – nicht ohne dem Jungen vorher eine kleine Münze zuzuwerfen und anerkennend zu nicken. »Gut gemacht, Kleiner.«

Widerstand war zwecklos, das war Anne klar. Jetzt konnte sie nicht eine Sekunde länger die Lüge aufrechterhalten, dass sie als hoffnungsvolle Braut nach Neuseeland reiste. Nein. Sie war nur eine besonders wertvolle Ware. Sonst nichts. Und jeder hatte das gewusst. Als Jimmy sie an den Ständen vorbeizerrte, sahen die freundlichen Menschen ihnen nur verwundert hinterher. Anne war klar, dass sie hier nicht mit Hilfe rechnen konnte. Keiner würde sie verstehen, wenn sie jetzt um Hilfe rufen würde. Und Ärger mit den Seeleuten war bestimmt das Letzte, was die Einheimischen hier wollten.

Mit einem unfreundlichen Hieb in den Rücken sorgte Jimmy dafür, dass sie wieder in dem kleinen Boot landete. Sie sah ihn von der Seite an. »Müsst Ihr das Ardroy sagen?«, hörte sie sich flüstern. »Gibt es keine Möglichkeit, dass wir diesen Ausflug als unser Geheimnis bewahren?«

»Schlag dir das aus dem Kopf, Kindchen«, grinste

Jimmy. »Der Käpten würde mir doch nicht glauben. Schau doch mal dein Kleid und deine Schuhe an. Und die sollen nach einem Spaziergang auf dem Markt so dreckig sein? Vergiss es einfach.«

Sie sah an sich herab. Das schlammige Wasser tropfte immer noch vom Rocksaum, die Schuhe waren nass und schmierig. Jimmy hatte recht. Ardroy mochte berechnend und widerlich sein – aber ganz sicher nicht dumm.

Sie kletterte langsam die Leiter empor. Oben empfing sie Ardroy, warf erst ihr einen prüfenden Blick zu und sah dann seinen Matrosen fragend an. Der nickte nur. »Hätte ihr fast geglaubt, dass sie nur ein bisschen rumschauen will. Und dann ist sie plötzlich losgerannt, als wäre der Teufel hinter ihr her. Habe sie erst hinter einem Reisfeld wieder erwischt, lange Beine hat sie ja.« Er zuckte mit den Achseln. »Irgendjemand muss das kleine Geheimnis wohl verraten haben.«

Ardroy runzelte die Stirn und deutete dann mit einer Kopfbewegung in Richtung der steilen Stufen, die unter das Deck führten. »Auf hoher See kannst du mir ja nicht entkommen, mein kleiner Goldesel. Aber solange wir hier im Hafen liegen, wirst du deine Kammer nicht mehr verlassen. Und das trifft nicht nur für diesen Hafen zu, sondern für alle Häfen, die wir noch anlaufen werden. Ist das klar?«

Ohne ihren Blick zu heben, nickte Anne und setzte sich in Richtung ihrer kleinen Kammer in Bewegung. Die nassen Rocksäume schlugen ihr dabei gegen die Beine, ihre Knie schmerzten noch von dem Sturz. Der

Matrose hatte mit seinen Warnungen recht gehabt – und sie hatte wahrscheinlich die einzige Möglichkeit für eine Flucht vertan. Was für eine Zukunft wartete da nur auf sie? War es nicht besser, wenn sie ihrem Leben einfach ein Ende bereitete? Sollte sie tatsächlich in Kororareka an ein Freudenhaus verkauft werden …?

Sie warf sich auf die schmale Pritsche in der Kammer und fing an zu weinen.

Kororareka, 1831

11.

»Was hätte ich denn tun sollen?« Hilflos sah Anne den Missionar an. »Selbstmord ist eine Todsünde – außerdem hatte ich irgendwie die Hoffnung, dass sich alles doch nur als eine Art Albtraum erweisen würde. Ich bei diesem Master Jameson nur Pasteten backen sollte. Oder doch an einen Mann verheiratet werden sollte, der dafür zahlen wollte. Oder sich doch noch alles zum Guten wenden würde. Irgendwie. Ich bin doch viel zu jung, um meinem Leben einfach ein Ende zu bereiten. Oder?«

Marsden hob ratlos die Hände. »Ich habe schon davon gehört, dass so mancher Kapitän nicht nur für Tee, Stoffe und Möbel, sondern auch für Nachschub an schönen Frauen sorgt. Welche Frau würde schon freiwillig hierherkommen – es sein denn, um einem noch schlimmeren Schicksal in ihrer Heimat zu entrinnen.« Er sah sie neugierig an. »Darf ich fragen, wie der Rest der Überfahrt verlaufen ist? Ich frage nicht aus Neugier – aber ich würde doch zu gerne wissen, wie Ardroy und seinesgleichen ihre ›Ware‹ frisch halten, bis sie hier ankommen.«

Sie sah ihn mit einem halbherzigen Lächeln an. »Er kann sich auf den Überlebenswillen der Frauen verlassen. Wer wirft sich schon freiwillig über die Reling, um den sicheren Tod zwischen Haien im salzigen Wasser zu finden? Ich denke, jede Einzelne hofft, dass es aus irgendeinem Grund ein gutes Ende für ihre Geschichte gibt. Niemand kann sich Kororareka vorstellen, der es nicht gesehen hat. Nein, ich wurde ordentlich behandelt. Kein großes Getue mehr, kein Gerede von Verlobung und Zukunft in Neuseeland. Aber ordentliches Essen und viel Zeit an Deck, wenn wir gerade nicht in einem Hafen waren. Nur dann, wenn das Land zum Greifen nahe war und Ardroy befürchten musste, dass ich nachts ins Wasser springe und in die Freiheit schwimme, hat er mich eingesperrt. Seine eigene Kajüte hatte eine Tür und ein Schloss. Beides war fest verriegelt während unserer Besuche in den Häfen von Australien.«

»Hat er sich erklärt? Irgendeine Entschuldigung abgegeben – oder etwas Ähnliches?« Der Missionar glaubte offensichtlich immer noch an das Gute im Menschen.

»Warum hätte er das tun sollen? Er kam nur noch einmal in meine Kammer – und das nur, um mir mitzuteilen, dass er wisse, wer der Verräter unter seinen Matrosen sei. Da er aber jeden Mann brauchte, hätte er davon abgesehen, ihn während der Reise härter zu bestrafen.« Sie zuckte mit den Achseln. »Nach meinem Fluchtversuch hätte er mich sicher auch verprügelt. Aber ihm war klar, dass fleckige Ware minderwertig ist. Das hat mich geschützt: Er wollte mein Aussehen nicht ruinieren. Deswegen durfte ich bei meiner Ankunft in Kororareka auch als Erstes ein Bad nehmen. Ich habe es genossen. Monatelang habe ich geschwitzt, salziges Wasser verwendet und fettigen Pökelspeck gegessen. Mit einem Mal war in einem Zimmer ein heißes Bad für mich bereitet, reines Leinen, um mich abzutrocknen, und sogar ein paar frisch duftende Tropfen Manukaöl im Wasser.« Sie verharrte. Offensichtlich wollte Anne von diesem Punkt an nicht mehr weitererzählen.

»Und dann?« Mit kaum verborgener Neugier sah Marsden sie an. »Wie geht diese Übergabe vor sich? Ich sehe, dass hin und wieder neue Mädchen in den Gassen auftauchen – aber ich habe noch nie gesehen oder mitgekriegt, wie sie zu ihrem Herrn kommen.«

»Das liegt daran, dass Ihr ein guter Mann seid, lieber Master Marsden«, erklärte Anne trocken. »Würdet Ihr häufiger gegen Mitternacht in die Spelunken dieser Stadt gehen, dann wäre das Geschehen kein großes Geheimnis mehr. Es gehört ganz bestimmt zu den Höhepunkten im gesellschaftlichen Leben von Kororareka. Schließlich kommt nur zwei- bis dreimal im Jahr neue Ware an. Und sie kommt nicht immer so unfreiwillig wie ich. So manches Mädchen aus England sucht doch hier in den Kolonien nach dem großen Glück. Oder wenigstens einem Mann. Nicht wenige landen hier und suchen Arbeit. Pastetenbäckerin bei Jameson … das ist doch etwas.« Sie lachte bitter auf. »Bis einem auffällt, dass man mit Pasteten eher wenig zu tun hat, ist es zu spät. Es mag auch Geschöpfe geben, die nichts gegen dieses Leben einzuwenden haben. Ist ja schließlich keine schwere Arbeit, wenn man sich nur auf den Rücken legt und dann die Beine breit macht.« Sie sah das entsetzte Gesicht des Missionars und lachte bitter auf. »Verzeiht meine grobe Ausdrucksweise …«

»Aber wie war es bei dir? Du kannst mir den späten Besuch der Wirtshäuser ersparen …« Er sah sie auffordernd an.

»Bei mir …« Ihre Stimme wurde leiser. »Nachdem ich mich gebadet hatte, fand ich auch frische Kleidung vor. Einen Rock mit bunten Bändern, der nur wenig unter meinem Knie endete. Eine Bluse, deren letzter Knopf am Ausschnitt fehlte. Ich fand nichts anderes und freute mich darüber, dass die Sachen frisch gewaschen waren, auch wenn sie nicht unbedingt meiner Größe entsprachen. Die Kürze des Rockes schob ich sogar darauf, dass ich meine meisten Mitmenschen um einiges überrage. Wie auch immer: Ich trat also mit dieser Kleidung und meinen frisch gewaschenen Haaren vor die Tür. Ardroy pfiff anerkennend, packte mich an der Schulter und schob mich, ohne auch nur eine Sekunde zu vergeuden, in einen Gastraum, der direkt nebenan lag. Es war brechend voll, Männer drängten sich auf jeder freien Fläche, an den Tischen und am Tresen. Als ich den Raum betrat, wurde das Gepfeife und Gejohle unerträglich laut.

›Was hast du dieses Mal für uns? Eine Riesin?‹, brüllte eine Stimme.

Ein fetter Mann mit Glatze lachte zurück. ›Kann es sein, dass du ein Zwerg bist, Petey?‹

Der Lärm wurde noch lauter, unerträglich für meine Ohren. Alle starrten mich an, und unwillkürlich versuchte ich, meinen Ausschnitt etwas zuzuhalten. Ardroy schlug meine Hand weg. ›Die wollen doch was sehen, Schätzchen, da kannst du deine Juwelen nicht einfach so verbergen …‹ Bei dieser plötzlichen Bewegung riss die Bluse, rutschte über meine Schulter und entblößte eine meiner Brüste. Ich fühlte mich, als ob ich nackt vor all diesen Männern stehen würde.

Für den Bruchteil einer Sekunde war es still, doch dann brach ein wahres Inferno los. Ein Mann grabschte von der Seite nach mir und zwickte mir in die Brust – Ardroy trat ihn mehrmals, bevor er wieder losließ. Ein anderer schlang seinen haarigen Arm um meine Taille und vergrub seinen Kopf in meinem Schoß. Ich konnte seinen heißen Atem durch den dünnen Stoff spüren. Dummes Kind, das ich damals war, konnte ich mir nicht vorstellen, dass ich noch schlimmer gedemütigt werden könnte. Ardroy riss mich weiter, hin zu einem kleinen Tisch. Ohne große Umschweife griff er um meine Mitte und hob mich darauf. Jetzt konnte mich wirklich jeder sehen. Meine Beine in dem Rock, meinen Oberkörper mit der zerrissenen Bluse. Mein schamrotes Gesicht, das ich verzweifelt hinter meinen ungekämmten, offenen Haaren verbergen wollte. Es verging fast eine Ewigkeit, bis es leiser im Raum wurde. Offensichtlich hatte der Kahlkopf die Hand gehoben, um sich verständlich zu machen.

›Ihr seht hier ein wunderschönes Mädchen, eine englische Rose, die ganz bestimmt noch nie gepflückt wurde.

Für die Gunst, heute Abend ihre Blüte zu öffnen, bitte ich nun um die Gebote. Wie ihr seht: Sie ist etwas ganz Besonderes. Ich denke also, dass ihr heute tüchtig in euer Geldsäckel greifen dürft, um dieses ganz besondere Erlebnis genießen zu dürfen.‹

Sofort schwirrten Zahlen durch den Raum. Hohe Zahlen. Jameson heizte die Bieterei noch an, wedelte mit einer Whiskyflasche als kostenlose Dreingabe für den Sieger in diesem Bieterwettstreit. Ich war wie gelähmt. Das musste einfach ein Albtraum sein, aus dem ich doch ganz sicher bald wieder erwachen würde. Aber ich erwachte nicht. Irgendwann drückte der Fettwanst mir ein Glas voller Whisky in die Hand und bedeutete mir, dass ich mit einem grauhaarigen Mann mit sorgfältig gestutztem Bart und glasigem Blick anstoßen sollte. ›Er wird dich einreiten, schau ihn dir genau an!‹, lachte er dabei. Ich starrte auf den Boden, wollte nichts mehr sehen und konnte es nicht glauben, dass sich genau dieser Boden nicht öffnete, um endlich diesen sündigen Ort zu verschlingen. Aber der liebe Gott hatte an diesem Abend wohl frei. Oder er war nicht an meiner Rettung interessiert, obwohl ich mir wirklich keiner Schuld bewusst war.

Der Mann, der am meisten Geld geboten hatte, vereinbarte mit dem Fettwanst – er hieß Jameson –, dass ich an Bord seines Schiffes kommen sollte. Offensichtlich war es ein Walfänger, der sich für eine erfolgreiche Saison mit vielen erlegten Tieren belohnen wollte. Und ich war sein Pokal.

Jameson nickte nur, ließ mich in ein Zimmer bringen.

Die Tür fiel hinter mir ins Schloss, und ich hörte, wie sich ein Schlüssel umdrehte. Ich war gefangen. Kann man sich so eine Nacht überhaupt vorstellen? Meine Angst wurde von Stunde zu Stunde größer, ich hatte keine Ahnung, was mich erwartete. Meine Mutter hatte mir nie gesagt, was Mann und Frau miteinander tun, und meine Beobachtungen in der Deckstation unseres Stalles gaben mir nur einen ungefähren Hinweis. Es konnte doch nicht sein, dass ein Mann eine Frau bestieg wie ein Hengst eine Stute. Oder doch?

Irgendwann erschien ein junger Bursche, brachte mir Tee und einen Haferbrei zum Frühstück und verschwand wieder, ohne mir auch nur ein Wort zu sagen. Ich brachte keinen Bissen herunter, wartete wie eine zum Tode Verurteilte auf meine Hinrichtung. Wenn es irgendeinen Weg gegeben hätte, mich doch noch in die Fluten zu stürzen, dann hätte ich ihn gewählt. Aber ich konnte nur dasitzen und ausharren, hoffen, dass noch ein Wunder geschehen würde. Ein kindlicher Wunsch. Der liebe Gott ist in Neuseeland noch nicht angekommen.

Der Fettwanst tauchte irgendwann im Laufe des Vormittags auf, musterte mich und murmelte etwas von einem feinen Fang – und gab mir wenigstens eine neue Bluse, die ich mir überziehen sollte. Dann packte er mich am Arm und zog mich auf die Straße. Zum ersten Mal konnte ich mich umsehen. Sie wissen, wie Kororareka aussieht. Viel Grün, eine herrliche Bucht, Holzhütten in allen Größen und dazwischen staubige Straßen. Nicht unbedingt eine echte Stadt, aber eigentlich paradiesisch. Das legt sich erst, wenn man es besser kennenlernt. Jameson schubste mich in eines der kleinen Boote, und nur wenige Zeit später fand ich mich an Bord meines Besitzers für diesen Tag. Jetzt nüchtern, mit klarem Blick und leidlich sauberem Hemd. Er lächelte mir freundlich zu und wies mir den Weg zu seiner Kabine. Dabei wirkte er so freundlich und onkelhaft, dass ich mir sicher war, er würde sich nicht mehr an seinen wahnsinnigen Kauf des Vorabends erinnern. So ein feiner Gentleman machte sich doch nicht einfach über eine Lady her, die ihm nicht zu Willen sein wollte. Ich war einfach naiv, heute ist mir die Natur dieser sogenannten Gentlemen sehr viel vertrauter.

Kaum war die Tür hinter uns geschlossen, drückte er mir schon ein volles Glas irgendeines Fusels in die Hand und nickte mir zu. ›Nun zier dich nicht, und zieh dich aus, Mädchen!‹, forderte er mich auf.

›Ausziehen? Alles?‹ Eine reichlich dämliche Frage. Obwohl … wahrscheinlich hätte es ihm gereicht, wenn ich einfach meine Röcke nach oben geschoben hätte.

›Sicher. Und zwar ein bisschen schnell, ich darf dich schließlich nicht für immer behalten‹, erklärte er und zog dabei auch schon sein Hemd über den Kopf. Er hatte einen weißen Wanst, und auf der weißen Haut, die neben den braunen Armen leuchtete, wuchs eine Unmenge an schwarzen Haaren. Es sah ekelig aus. Er nestelte an den Bändern seiner Hose, zögerte aber, als er bemerkte, dass ich immer noch reglos neben der Tür stand.

›Ausziehen!‹ Diesmal klang er richtig ungeduldig.

Ich kippte den Fusel herunter, hoffte, dass mir das helfen würde. Stattdessen musste ich aber nur schrecklich husten. Als ich wieder zu Atem kam, hatte ich mich entschieden. Egal, was passieren würde, ich wollte diesem Mann nicht gehorchen. Ich richtete mich auf, starrte ihm in die Augen und erklärte dann: ›Nein! Sie können eine Lady schwerlich dazu zwingen, sich vor den Augen eines Mannes zu entkleiden, der nicht ihr angetrauter Ehegatte ist.‹

Der Mann war nur für einen Augenblick überrascht. Er hob eine Augenbraue. ›Oh, er hat nicht zu viel versprochen. Es ist wirklich eine unberührte Rose!‹, lachte er laut los. Er brach doch tatsächlich in Jubel aus. Er griff nach meiner Bluse und zerrte grob daran – auch dieser Stoff gab nach, und ich stand zum zweiten Mal innerhalb weniger Stunden mit nacktem Busen da. Diesmal hatte ich wenigstens nur einen Betrachter meiner unverhüllten Formen. Er lachte noch lauter – was ich zum Anlass nahm, mit meinem Fuß weit auszuholen und ihm kräftig gegen das Schienbein zu treten. Damals reichte meine Erfahrung noch nicht so weit, dass ich wusste: Bei einem Mann muss man sehr viel höher zielen, um ihn außer Gefecht zu setzen. Der Tritt mit dem Schienbein sorgte nur für schlechte Laune.

›Du kleines Biest‹, knurrte er jetzt, hob blitzschnell eine Hand und versetzte mir eine schallende Ohrfeige. Noch während ich japsend an meine Wange griff und nach einer angemessenen Antwort suchte, schlug er mir auf die andere Wange und riss mir den Rock vom Leib. Ich fing an zu kreischen und um mich zu schlagen, kratzte ihm quer über die Brust und biss ihn sogar in den

Arm, wenn ich mich daran recht erinnere. Er ließ sich meinen Zorn nur kurz gefallen. Dann ging er zur Tür.

›Jameson!‹, brüllte er nach oben. ›Komm und hilf mir, deine wilde Stute hier zu zähmen. Sie ist ja gefährlich!‹

Ich hörte schwere Schritte auf der Treppe, Jameson hatte offensichtlich oben darauf gewartet, ob ich meine Seite seines Geschäfts ordentlich erfüllte. Er kam herein, stellte keine Fragen, riss mich einfach auf das Bett, drehte mich auf den Rücken und setzte sich schließlich auf meine nach oben verdrehten Arme. Ich konnte mich nicht mehr rühren, musste befürchten, dass er mir jeden Augenblick einen Arm auskugeln würde – jede Bewegung schmerzte höllisch.

Jameson lachte, so wie nur jemand lachen kann, der sich an der Wehrlosigkeit eines anderen erfreut. ›Genieß den Anblick, alter Freund. So ruhig liegt sie nur für dich. Und dann lass dir Zeit. Keine Sorge, ich mache die Augen zu. Stell dir vor, dass ich einfach nicht da bin.‹

Und so geschah es. Jetzt brauchte dieser Kapitän nur noch wenig Kraft, um mir die Beine auseinanderzuschieben. Den Rest kann sich sogar ein Missionar wie Ihr vorstellen, denke ich. An diesem hellen, sonnigen Vormittag im Paradies starben meine Kleinmädchenträume und meine Hoffnungen auf ein glückliches Leben einfach ab. Sie wurden getötet von Männern, denen es egal war, was sie zerstörten, wenn es nur ihrem Spaß und ihrer Lust diente. Irgendwann verließ Jameson den Raum, der Walfänger benutzte mich noch für den

Rest des Tages nach seinem Belieben und brachte mich erst in der Dämmerung zurück. Hier warteten schon alle anderen, die am Vortag bei dem großen Bieterwettstreit nicht gewonnen hatten. Sie hatten sich Zweit- und Drittrechte gesichert. Wen interessierte es schon, dass ich wund war, fast bewusstlos vor Schmerzen und mir das Blut die Schenkel hinunterlief? Niemanden. Und selbst mir war es irgendwann egal. Ich wollte nur noch sterben. Leider tat mir Gott auch diesen Gefallen nicht. Ich musste weiterleben, so ungern ich das auch tat.«

Anne sah den Missionar herausfordernd an. »Jetzt kennt Ihr meine gesamte Geschichte. Verurteilt Ihr mich immer noch als leichtes Mädchen, das hier in Kororareka die Männer verführt? Oder versteht Ihr jetzt endlich, dass mir in meinem Leben irgendwann die Wahl zwischen richtig und falsch genommen wurde?«

Der Schotte nickte und nestelte an einem Bändchen herum, das von seinem Hemd herunterhing. »Das habe ich wohl begriffen. Auch, dass man von diesem Ort wohl schwerlich fliehen kann. Außerhalb von Kororareka gibt es nur die Wildnis, bevölkert von Maori, die uns nicht immer wohlgesinnt sind. Was solltest du da – außer das eine Elend mit dem anderen zu vertauschen? Was ich aber nicht verstehen kann: Warum kommst du immer wieder zu mir und erzählst mir deine Geschichte?«

»Weil ich sonst mit niemandem rede«, erklärte Anne. »Ich habe mir abgewöhnt, mit irgendjemandem mehr als das Allernötigste zu sprechen. So habe ich mir den Ruf der hochnäsigen Anne erworben, der englischen Adeligen, die mit ihren Kunden nicht redet. Man kann nur meinen Körper kaufen, aber niemals meinen Geist. Auf eine merkwürdige Art scheint mich dieser Ruf zu schützen. Die meisten Männer haben Respekt vor mir. Sicher, ab und zu gibt es einen, der glaubt, dass er mich erobern könnte. Völlig lächerlich. Ich sorge dafür, dass niemand mein wahres Ich kennenlernt, der meinen Körper für ein paar Stunden mietet.«

»Wie gerne würde ich dir helfen«, seufzte Marsden. »Aber das geht wohl erst, wenn du alt, zahnlos und hässlich bist. Erst dann verzichtet Jameson auf seine Mädchen. Und du bist auch noch eine seiner besten Investitionen … Er wird dich nicht laufen lassen.«

Anne nickte. »Ich weiß. Aber vielleicht kann ich auf Euch zählen, wenn ich eines Tages die Flucht versuche? Denn ich werde nicht alt hier, egal, was alle glauben. Ich will weg. Unbedingt. Nach Australien, nach England, in die Wildnis. Was soll an den Maori denn schlimmer sein als an den Wilden, die hier regelmäßig über mich herfallen?«

»Flucht?« Marsden war etwas überrascht. »Und warum wartest du dann noch?«

»Wenn ich etwas durch meinen lächerlichen Versuch in Penang gelernt habe, dann ist es das: Man braucht Geld, um wenigstens ein bisschen Essen kaufen zu können – und sich vielleicht hin und wieder den einen oder anderen Verbündeten zu leisten. Ich kann nicht hoffen, dass ich mich am entferntesten Ende der Welt völlig ohne Freunde und Mittel durchschlagen kann. So naiv bin ich nicht mehr.« Sie streckte entschlossen ihr Kinn vor. »Außerdem musste ich auf den richtigen Verbündeten warten.«

»Mich?« Nachdenklich lehnte Marsden sich auf seinem Stuhl zurück. Er konnte sich beim besten Willen nicht vorstellen, wie dieser Frau mit den schwarzen Locken eine Flucht gelingen könnte. Aber sie war ganz offenbar zu allem entschlossen.

»Euch auch. Aber da ist vor allem dieser Mann, der bei Jameson immer nur nach mir fragt. Er möchte keines der anderen Mädchen sehen, immer nur mich. Und wenn er dann für mich zahlt, dann kann es auch sein, dass er mir nur von seinen Geschäften erzählen will. Ich koche uns etwas, und er erzählt von seinen Plänen. Es sieht ja nicht so aus, als sei der Walfang auf Dauer ein lohnendes Geschäft.« Wenn sie nicht diese knappe Bluse und den bunten Rock tragen würde, dann hätte der Missionar sie bei diesen Worten fast für eine Geschäftsfrau gehalten, so ernst war sie bei der Sache. Er ermahnte sich selbst, ihren Worten nicht zu viel Bedeutung beizumessen.

»Und um welchen Herrn handelt es sich? Kenne ich ihn?«, fragte er stattdessen.

»Das kann ich nicht sagen, ich denke, er gehört hier zu den hoch angesehenen Herren. Ich möchte nichts riskieren, indem ich seinen Namen irgendwie beschmutze … und ich muss fürchten, dass es durchaus Schmutz ist, wenn der Name eines Mannes im gleichen Atemzug mit meinem Namen genannt wird.« Sie hob die Hände zu einer verlegenen Geste.

»Was genau willst du denn von mir? Ich verstehe immer noch nicht, welche Rolle du mir in diesem Spiel zugedacht hast.«

»Ich wollte mich nur versichern, dass Ihr auf meiner Seite steht, sollte sich irgendwann eine Gelegenheit zeigen, meinem Schicksal zu entgehen. Würdet Ihr das denn tun? Versprecht Ihr mir das?« Sie sah ihn flehend an.

»Wenn du mir dagegen versprichst, dass du nicht Gott dafür verantwortlich machst, dass er dich nicht aus deiner Bedrängnis gerettet hat. Ich bin mir sicher, dass in jedem Leid auch ein großer Plan und ein tiefer Sinn enthalten sind. Womöglich wirst du eines Tages auf dein Leben zurücksehen und zufrieden sein mit der Art, wie es verlaufen ist. Nicht an allem ist unser Herr schuld. Hin und wieder sind es auch die bösen Menschen wie Nathan Ardroy, die den freien Willen des Menschen einfach zu sehr ausnutzen …« Der Missionar bemerkte selbst, dass er ein wenig von seinem wichtigsten Anliegen abgekommen war. »Auf jeden Fall: Versprichst du mir das?«

Der schwarze Lockenkopf nickte. »Auch wenn ich mir wirklich nicht vorstellen kann, dass ich eines Tages einen Sinn hinter den letzten Monaten sehen kann. Keine Frau kann es verdient haben, so wie ich zu leben.«

Kororareka, 1832

12.

Sie war eingeschlafen. Hinter den geschlossenen Lidern zuckten ihre Augen noch unruhig hin und her, aber sie hörte ihm nicht mehr zu. David Wilcox sah Anne mit einem liebevollen Lächeln an. Er hatte keine Ahnung, wie lange sie seinen Ausführungen über die Zukunft Neuseelands schon nicht mehr zuhörte – aber jetzt hatten sich ihre Züge endlich entspannt. Mit einem Mal wirkte sie nicht mehr müde und verbittert, sondern sah aus wie die sorglose junge Frau, die sie einmal gewesen war. Mit einem kleinen Seufzer zog sie ihre nackten Beine nach oben und legte sich auf der kleinen Chaiselongue zur Seite. Ganz offensichtlich erwartete sie von ihm nichts Böses. Er fuhr mit dem Zeigefinger den Bogen ihrer Augenbrauen nach. Bei der Berührung huschte ein Lächeln über ihr Gesicht, dann kauerte sie sich enger zusammen und schlief noch tiefer weiter.

Wilcox schenkte sich einen Whisky ein und setzte sich auf den Stuhl ihr gegenüber. Jetzt war es bald ein

Jahr her, seit er diese Frau kennengelernt hatte. Damals war er nur auf der Suche nach ein wenig Zerstreuung in das Etablissement von Jameson gestolpert. Warum lebte ein Mann schließlich in Kororareka, wenn er nicht von Zeit zu Zeit die Angebote des Ortes ein wenig nutzte? Sie war ihm sofort aufgefallen. Natürlich wegen ihrer unglaublichen Menge an schwarzen Locken und ihrer Größe. Nicht wenige Männer mussten ihren Kopf in den Nacken legen, um sie überhaupt ansprechen zu können. Aber vor allem beeindruckte Wilcox die überlegene Art dieser Frau. Sie buhlte nicht um die Liebe der Männer, sondern ertrug ihre unbeholfenen Berührungen mit unbewegter Miene. Während viele der anderen Mädchen tranken, Witze mit den Männern rissen und sich sogar an den Kartenspielen beteiligten, hielt diese junge Engländerin sich immer abseits. Es ging das Gerücht, dass es sich um eine verstoßene Adelige handelte. Sie widersprach nicht, wenn sie jemand fragte, sondern zeigte immer nur ihr überlegenes halbes Lächeln mit einer hochgezogenen Augenbraue. Für Wilcox war sofort klar geworden: Diese Frau musste er einfach kennenlernen. Jameson verlangte zwar fast den doppelten Preis, aber das war sie ihm wert.

Er wurde nicht enttäuscht. Es dauerte ein Weilchen, bis sie mit ihm redete. Wilcox hatte stundenlang von sich selber erzählt, um ihr Vertrauen zu gewinnen. Anfangs hatte sie nur einzelne Sätze von sich gegeben – aber irgendwann hatte sie ihre Schutzmauer ihm gegenüber sinken lassen. Und es erwies sich: Anne war gebildet, intelligent und begriff die Zusammenhänge schneller als so mancher Seemann. Das allmähliche Verschwinden der Wale führte sie natürlich auf den intensiven Walfang zurück. Sie verstand aber auch sofort, dass die Fahrten in entlegenere Gebiete auch höhere Kosten verursachten – und letztlich in ein paar Jahren auch in diesen Gegenden für kleinere Fangzahlen sorgen würden. Eine neue Methode, um Geld zu verdienen, musste her. »Obwohl Frauen, die ihre Körper verkaufen, sicher immer ein gutes Geschäft sind, würde ich das eigentlich nicht als Geschäftsmodell empfehlen«, hatte sie dazu mit ihrem ganz eigenen bitteren Humor gesagt.

An manchen Abenden forderte er überhaupt nicht die körperlichen Freuden ein, für die er bezahlt hatte. Stattdessen unterhielt er sich lieber mit ihr. Seine Köchin in seinem Haus, in das er Anne heimlich kommen ließ, bereitete ihnen ein feines Mahl, bei dem sie aus den heimischen Gemüsesorten und frischem Fisch immer eine Köstlichkeit zauberte. Bei diesen Gesprächen hörte Anne aufmerksam zu, hatte eigene Ideen und flocht witzige Bemerkungen und Beobachtungen in alle ihre Antworten. Wenn er dann aber Zärtlichkeiten forderte, kam sie zwar all seinen Wünschen folgsam nach – doch in ihre eigentlich so lebhaften Augen trat ein abwesender Ausdruck, so als ob sie ihren Körper für kurze Zeit einfach verlassen würde. Sie reagierte auf keine seiner Berührungen, ließ alles gleichmütig über sich ergehen und sprach kein Wort mehr. Jedes Mal fragte er sich, wie sie wohl auf einen Mann reagieren würde, den sie freiwillig in ihr Bett aufnahm. Und er stellte sich dann immer vor, dass er dieser Mann sein würde. Wenn da nicht dieses Hindernis Jameson wäre … dann hätte David Wilcox ihr schon seit einigen Monaten erklärt, dass er seine Zukunft mit ihr teilen wolle. Genau diese Art Frauen brauchte man für den Aufbau einer Zukunft in einem wilden Land ohne Regeln und Gesetze. Er musterte noch einmal ihr blasses Gesicht, die Locken, die ihr ungezähmt auf die Schultern fielen. Ihre Wimpern warfen im flackernden Kerzenlicht Schatten auf ihre Wangen. Die Haut wirkte fleckig, sie brauchte dringend mehr Schlaf, mehr Ruhe und auch etwas anderes zum Essen. Langsam reifte in Wilcox ein Plan. Er musste sich entscheiden, jetzt war die richtige Zeit dafür.

Er musste über seine Gedankengänge eingenickt sein, denn als er wieder auf die Couch sah, war sie leer. Eine schmale Hand reichte ihm über die Schulter eine Tasse mit echtem schwarzem Tee. Heiß und dampfend, so wie er sein sollte. Anne setzte sich ihm gegenüber, eine weitere Tasse mit ihren langen, dünnen Fingern fest umschließend.

»Ich dachte, du würdest dich über einen Tee freuen, wenn du aufwachst«, erklärte sie. »Es ist eine kühle Nacht heute.«

Er nickte. Und dann, ohne große Vorreden oder Umschweife, erklärte er: »Wir sollten heiraten. Und anschließend weg, auf keinen Fall hier in Kororareka bleiben. Was meinst du?«

»Wenn du Jameson vorher erschlägst, dann steht dem nichts im Wege«, nickte sie. Sie lachte mit einem bitteren Ton auf. »Unglücklicherweise siehst du nicht aus wie ein

Mann, der mal eben einen anderen ins Jenseits befördert.«

Er lächelte. »Nein. Aber mit dem richtigen Plan können wir Jameson überlisten. Er darf nichts merken, bis wir längst über alle Berge sind. Wir sind doch klüger als dieser fette Verbrecher, oder? Aber das Wichtigste ist die Frage, ob du mich überhaupt heiraten möchtest!« Er nahm ihre Hand. »Liebste Anne, erweist ihr mir die Ehre, meine Frau zu werden und mit mir eine Familie zu gründen?«

»Wenn du ein gefallenes Mädchen gerne vor seinem schlimmen Schicksal bewahren möchtest, dann hat dieses Mädchen bestimmt nichts dagegen«, winkte sie ab. »Wer bin ich, dass ich ein so großzügiges Angebot auch nur überlegen kann?«

»Aber es ist mir wichtig!«, beharrte Wilcox. »Du sollst meine Frau werden, weil du mir zugetan bist. Nicht, weil ich deine einzige Chance bin!«

Anne sah ihm gerade in die Augen. »Ich kann dir versprechen, dass ich dir aufrichtig zugetan bin, dass ich dich immer achten werde. Ich werde dich nie betrügen und bin bereit, meinen Teil an unserem gemeinsamen Leben zu schultern. Wir können nur hoffen, dass sich die Liebe dann einstellt – im Moment fühle ich mich aber nicht in der Lage, Liebe zu versprechen. Dieser Teil meines Geistes ist schon lange abgestorben. Wenn dir das als Versprechen reicht, dann werde ich gerne deine Frau und schwöre dir gerne die Treue. Wenn es nicht reicht … dann hoffe ich, dass du mir trotzdem bei einer Flucht hilfst. Denn allmählich zerbreche ich an dem, was ich für

Jameson tun muss. Ich kann mich nicht daran gewöhnen. Will ich auch nicht …«

Wilcox erhob sich und nahm Anne in den Arm – ohne an ihren Körper zu denken, sondern nur, um sie zu trösten. Ihre knochigen Schultern bebten unter seiner Berührung, sie schluchzte. Er streichelte ihr den Rücken und murmelte leise: »Doch, dein Angebot ist mehr, als ich jemals zu hoffen wagte. Lass uns Mann und Frau werden, liebe Anne … wir suchen uns einen Flecken hier in Neuseeland, an dem dich niemand kennt und wo wir neu anfangen können.«

Sie schien erst in diesem Augenblick zu begreifen, was er eigentlich vorhatte. Sie lehnte sich etwas zurück und sah ihn aus geröteten Augen an. »Du willst deine Schiffe aufgeben? Den Walfang anderen überlassen?«

»Sicher. Heute ist meine kleine Flotte noch ein Vermögen wert, noch kann man einige Jahrzehnte lang Wale jagen. Aber schon jetzt kann man erkennen, dass dieses Geschäft keine große Zukunft hat – es wäre dumm, sich ausschließlich darauf zu verlassen. Darüber haben wir uns ja schon oft unterhalten. Es wird Zeit, dass ich aus dieser Erkenntnis endlich Gewinn ziehe.« Er nickte noch einmal, als ob er sich selbst bestätigen müsste, die richtige Entscheidung getroffen zu haben.

In Anne blitzte plötzlich eine Idee auf. »Der Missionar hat in seinem Garten ein paar Reben, die mehr oder weniger gut gedeihen. Was, wenn wir eine Gegend finden, in der das besser gelingt? Wir haben uns schon einige Male darüber unterhalten, dass es an der Zeit ist, dass Neuseeland in Sachen Alkohol unabhängig wird.

Der Import aus Europa ist zu teuer, und es gibt immer mehr Menschen hier, die auch bereit sind, für einen guten Tropfen etwas auszugeben.«

»Wein?« Wilcox runzelte die Stirn. »Muss man dafür nicht auch einen Winzer um Rat fragen? – Das kann eigentlich nicht so schwer sein ... und im Süden sollte der Anbau problemlos funktionieren. Da ist es nicht so unerträglich warm wie hier in den Sommern. Aber das sollte trotzdem nicht unser einziges Standbein sein. Ich bin mir sicher, uns fällt noch mehr ein. Immerhin könnte es auch richtig sein, auf der Südinsel in die Schafzucht einzusteigen – wir sollten uns alles genau überlegen.«

Anne nickte. Er hatte »Wir« gesagt, und es hatte sich richtig angefühlt. Vielleicht war eine gemeinsame Zukunft doch eine gute Idee? Und der Gedanke, diesem gottverdammten Ort für immer den Rücken zu kehren, war mehr als nur verlockend – er schien ihr wie das Paradies.

Wilcox unterbrach ihre Gedanken. »Es ist also abgemacht? Ich verkaufe meine Flotte zu einem möglichst guten Preis, und wir suchen nach einer Möglichkeit, diesen Jameson übers Ohr zu hauen? Hast du schon einen Einfall?« Er sah sie fragend an.

Jetzt erschien es Anne mehr als weitblickend, dass sie den Missionar schon vor Monaten um Hilfe gebeten hatte. Sie nickte. »Wir können den Missionar für uns arbeiten lassen. Wenn er die Chance sieht, auch nur eine einzige verirrte Seele wieder auf den rechten Weg zu bringen, dann wird er helfen. Dass er uns in den heiligen Stand der Ehe versetzen kann, sollte ausreichen, um ihn auf unsere Seite zu ziehen. Wir sollten ihn um Rat fragen, wie wir aus Kororareka verschwinden können, ohne dass Jameson etwas merkt.«

»Gut, wir ziehen ihn ins Vertrauen. Wenn du dir sicher bist, dass er uns nicht verrät, dann könnte er wirklich ein guter Verbündeter sein.« Wilcox dachte nach. »Ich bitte ihn um ein Abendessen, dann besprechen wir …«

Sie legte ihm die Hand auf den Arm. »Es tut mir leid, dass ich dich daran erinnern muss, aber ich bin nicht die Herrin meiner Zeit. Wenn Jameson an diesem Abend Kundschaft für mich hat, werde ich wohl schwerlich zu einem Schwätzchen bei Marsden vorbeikommen können. Ich denke, du wirst dich alleine mit ihm unterhalten müssen. Ein Gespräch unter Gentlemen ist ja auch die bessere Wahl. Wenn mich mein Gefühl nicht täuscht, dann fühlt sich Marsden in meiner Gegenwart ohnehin nicht recht wohl.«

»So sei es denn«, erklärte David Wilcox und erhob sich gähnend von seinem Stuhl. »Ich schlage vor, du kehrst jetzt zurück und lässt dir möglichst wenig anmerken. Ich sorge dafür, dass wir uns in den nächsten Tagen und Wochen regelmäßig sehen können, dann werde ich dir auch von dem Gespräch mit Marsden berichten.« Er schloss Anne noch einmal in die Arme. »Auf eine bessere Zukunft für uns beide«, murmelte er noch leise in ihr Haar, bevor er sie in die Dunkelheit vor seiner Haustür entließ. Er sah ihrer schmalen, großen Gestalt hinterher, die schnell mit den Schatten der Bäume verschmolz. Diese Frau mochte gebeutelt sein – aber sie war noch weit davon entfernt, gebrochen zu sein.

Kororareka, 1832

13.

»Dein Wilcox kann von dir einfach nicht genug bekommen, oder? Zum wievielten Mal rudere ich dich jetzt zu seinem Boot? In den letzten paar Monaten muss das mindestens sieben- oder achtmal gewesen sein … Und dann noch ein paar heimliche Treffen in seinem Haus. Bist zu ihm besonders nett, oder? Redest du sogar mit ihm?« Jameson legte sich in die Riemen. Er hatte es sich an diesem Tag nicht nehmen lassen, Anne selbst zu ihrer Stammkundschaft zu bringen. »Wenn er schon für eine ganze Woche zahlt, dann kann er auch erwarten, dass der Chef sich selber um die Lieferung der Ware kümmert, nicht wahr?«

Anne nickte nur und sah geistesabwesend in Richtung der kleinen Ortschaft, die hinter ein paar Bäumen verschwand. Heute war also der große Tag. Seit Monaten planten sie ihre Flucht, heute war es so weit. Jameson brachte sie zu Wilcox an Bord, fest in der Meinung, dass der Schiffseigner eine gesamte Woche mit ihr in der

Kabine verbringen wollte. Nur Anne, David Wilcox und natürlich der Missionar wussten, was in den nächsten Tagen wirklich passieren sollte.

Verträumt ließ Anne eine Hand ins Wasser hängen, genoss die kühle Berührung. Heute würde sie heiraten. Wie weit entfernt war sie von ihren Träumen und Ideen als Mädchen in Dorset. Wie häufig hatte sie sich diesen Tag vorgestellt, davon geträumt, dass sie durch die Kirche auf ihren Gregory zugehen würde. Die Orgel sollte spielen, ihr Kleid hatte sie sich in manchen Nächten in jeder Einzelheit vorgestellt. Sogar ihren Brautstrauß hatte sie damals in ihrer Phantasie schon zusammengestellt. Heckenrosen, Efeu und kleine weiße Wiesenblumen, sie erinnerte sich genau. Ein verhaltenes, bitteres Lächeln spielte um ihre Lippen. Das Mädchen, das sie einst gewesen war, war schon lange gestorben. Jameson hatte dafür gesorgt, dass sie keine Träume mehr hatte und sich nur noch nach einer friedlichen Zukunft sehnte.

Mit einem dumpfen Geräusch schlug das kleine Boot gegen die Bordwand der *Cassandra*, eines der Schiffe von Wilcox. Genauer gesagt, eines seiner ehemaligen Schiffe. Noch wusste es niemand in Kororareka, aber er hatte vor drei Wochen alle seine Schiffe an einen Mann verkauft, der in Australien bereits eine große Flotte für den Walfang besaß. Die Schiffe waren zum Teil schon bei ihrem neuen Besitzer, die *Cassandra* sollte erst in zehn Tagen ablegen und Kurs auf Australien nehmen. Aber die Neuigkeiten vom Verkauf der Wilcox-Schiffe waren noch nicht hier angekommen. Anne stieg langsam die schmale Strickleiter nach oben. Und wenn dieser Verkauf schließlich in den Klatsch des Ortes vordringen würde, dann war es nicht mehr das Wichtigste. Sie wusste schon jetzt, was die Menschen wirklich bewegen würde: die Flucht des großen Walfängers David Wilcox mit seiner Hure.

Wilcox nahm sie an der Reling in Empfang, küsste ihr galant die Hand und winkte Jameson zu, der in seinem Ruderboot geblieben war. »In einer Woche könnt Ihr sie wieder abholen. Danke für die Lieferung!«

»Viel Spaß!« Mit einem letzten anzüglichen Grinsen griff Jameson wieder zu den Rudern, wendete und machte sich auf den Rückweg ans Ufer. Anne sah ihm keine Sekunde hinterher. Wenn es nach ihr ging, dann wäre sie mehr als zufrieden, wenn sie diesen Mann nie mehr wiedersehen musste.

Sie wandte sich um. David Wilcox griff mit beiden Händen nach ihren und strahlte sie an. »Komm, ich habe alles vorbereitet!« Er führte sie in die Kajüte des Kapitäns, die er an Bord seiner Schiffe für sich beanspruchte. Kein großartiger Raum, aber doch der größte an Bord. Zu ihrer Überraschung sah sie einen Zuber mit Wasser, und auf dem schmalen Bett lag ein ausgebreitetes Leinenkleid bereit. Sie drehte sich überrascht um. »Dafür haben wir genügend Zeit? Das ist wunderbar!«

Er breitete die Hände aus. »Ich habe mir überlegt, dass heute unser Hochzeitstag ist, der Beginn eines neuen Lebens. Da ist es doch nur angemessen, wenn du frisch gebadet und in einem neuen Kleid erscheinst.« Er deutete mit einem leichten Schulterzucken auf ihren bunten Rock. »Und wenn ich ehrlich bin, dann möchte ich auch keiner Frau das Jawort geben, die einen dieser

Röcke trägt, die alle Frauen von Jameson tragen müssen. Und die Bluse finde ich auch etwas knapp für eine schickliche Gattin …« Mit einer leichten Verbeugung wandte er sich zum Gehen. »Ich lass dich für einen Augenblick alleine. Die Zeit sollten wir uns einfach nehmen – im Moment verfolgt uns ja noch niemand!«

Damit schloss er die Tür hinter sich. Mit einem kleinen Freudenschrei schlüpfte Anne aus ihrer abgetragenen, verhassten Kleidung. Ohne lange nachzudenken, öffnete sie die Luke und warf die dreckigen, schmierigen Stofffetzen einfach ins Meer. Nie mehr wieder wollte sie diese Dinge tragen, die sie für jeden Menschen als ein käufliches Mädchen kennzeichneten.

Dann stieg sie in den Zuber. Zu klein, um ein wirkliches Bad nehmen zu können – aber mit ein bisschen Mühe konnte sie sich hineinknien und sich von Kopf bis Fuß einseifen. Sie genoss den einfachen, sauberen Geruch der Seife, die sogar mit ein paar Tropfen Manukaöl parfümiert war. Sogar ihre Haare konnte sie waschen und flocht sie in einen Zopf, den sie ohne Probleme hochstecken konnte. Dann griff sie zu dem kleinen Beutel, in dem sie ihre Habseligkeiten für eine ganze Woche an Bord mitgebracht hatte. Darin hatte nicht viel Platz – nur eine Bürste, ein Band für die Haare, ein frisch gewaschenes Kleid aus ihrem Seekoffer, den sie aus Dorset mitgebracht hatte. Aber das Wichtigste konnte sie am Grund des Beutels ertasten: eine schmale Kette mit einem kleinen Hufeisen. Sie betrachtete den glitzernden Stein an dem Hufeisen. »Wird Zeit, dass du mir endlich mal Glück bringst«, murmelte sie und hängte sich die Kette entschlossen um den Hals. Zuletzt zog sie das Leinenkleid über und genoss es, die Knöpfe bis hoch zu dem kleinen Halsausschnitt zu schließen. Der weit schwingende Rock reichte ihr bis an die Knöchel. Anne fühlte sich wie neu geboren, als sie aus der Kabine trat.

Auf dem Deck fand sie David Wilcox bereits in ein Gespräch mit dem Missionar vertieft. Sie ging zu den beiden Männern, deutete vor dem Geistlichen einen kleinen Knicks an und lächelte über sein erstauntes Gesicht. »Ich bin es wirklich, Master Marsden, keine Sorge. Sie sehen nur den Beweis dafür, was ein Bad und ordentliche Kleidung aus einem Menschen machen können.«

Verlegen knetete der dickliche Schotte seine Finger. »Verzeiht, Mistress Anne. Für einen Moment habe ich Euch wirklich nicht erkannt. Aber jetzt muss ich sagen, dass ich dich mit diesem Auftreten doppelt gerne Master Wilcox zur Frau gebe …« Er sah das Paar fragend an. »Sollen wir sofort zur Tat schreiten?«

Anne nickte. Der Missionar hatte seine Hilfe bei ihrer Flucht unumstößlich an eine Bedingung geknüpft: Er konnte die kleinen Lügen, die er in den nächsten Tagen verkünden würde, nur dann mit seinem Gewissen vereinbaren, wenn er wusste, dass David Wilcox und Anne Courtenay ein ordentlich verheiratetes Paar waren. Nur so würde Annes Seele vor der ewigen Sünde bewahrt. Weder Wilcox noch Anne hatten gegen diese Bedingung etwas einzuwenden. Eher im Gegenteil: Später, wenn sie sich irgendwo in der Wildnis niederließen, würde es doppelt schwer sein, einen Geistlichen für eine Trauung zu finden.

Anne stellte sich neben ihrem künftigen Gatten auf, während einer der Matrosen mit seinem Akkordeon einen Kirchenchoral anstimmte. Die langsame Melodie und die zarte Dämmerung, die allmählich über der Bucht heraufzog, ließen eine fast feierliche Stimmung entstehen. Anne schloss für einen Augenblick die Augen. Jetzt nur nicht an Gregory denken, ermahnte sie sich selber. Er war eine halbe Welt entfernt, und eine Frau mit ihrer Geschichte würde er ganz sicher nicht heiraten. Nein. Neben ihr stand dieser aufrechte und gute Mann, der nur von einem gemeinsamen Leben träumte und der dafür bereit war, alles zu vergessen, was er von ihr bisher wusste. In ihrem Unglück hatte sie Glück gehabt. Und das wollte sie jetzt mit beiden Händen ergreifen und nicht mehr loslassen.

Sie öffnete die Augen, und Samuel Marsden begann mit seiner kurzen, schnörkellosen Ansprache. Es ging dabei viel um den rechten Pfad der Tugend und die gottesfürchtigen Kinder, die dieses wilde Land dereinst bevölkern würden. Aber dann kam er zum eigentlichen Kern.

»Willst du, David Wilcox, die hier anwesende Anne Courtenay zu deiner rechtmäßigen Frau nehmen, sie lieben und ehren, bis der Tod euch scheidet?«

Wilcox' Stimme war laut und fest, als er antwortete: »Ja, mit Gottes Hilfe.«

Dann wandte sich der Geistliche Anne zu. »Und du, Anne Courtenay, willst du den hier anwesenden David Wilcox zu deinem rechtmäßigen Mann nehmen, ihn lieben und ehren, bis der Tod euch scheidet?«

»Ja.« Da Anne sich nicht allzu sicher war, welche Rolle Gott bei diesem Versprechen wirklich spielte, fügte sie dieser Aussage lieber nichts hinzu. Sie wollte ihr Leben mit diesem Mann teilen – schon einfach deswegen, weil sie auf nichts Besseres mehr hoffen konnte. Ganz bestimmt nicht auf einen Gregory Mallory, der inzwischen sicher längst eine der hässlichen Marcheston-Schwestern geheiratet und womöglich auch schon geschwängert hatte. Wahrscheinlich blieb das Baby mit seiner Nase bei der Geburt hängen. Geschah ihm recht. Gregory, nicht dem Baby.

Marsden strahlte sie mit einem fast kindlichen Lächeln an und riss sie aus ihren Gedanken. »Dann erkläre ich euch zu Mann und Frau. Ihr dürft euch jetzt küssen.«

Anne konnte sich ein Lächeln nicht verkneifen – aber sie beugte sich pflichtschuldig zu Wilcox hinüber und küsste ihn auf den Mund. Erst vorsichtig, dann erlaubte sie ihm ein wenig mehr Leidenschaft. Der erste Mann, der ihre Lippen berühren durfte, seit sie Gregory verloren hatte. Sie verfluchte sich, dass sich an ihrem Hochzeitstag immer wieder Gedanken an Gregory einschlichen. Für einen Augenblick hielt Wilcox sie fest im Arm, dann richtete er sich auf und winkte einem der Matrosen zu.

»Ich weiß, wir haben nur wenig Zeit, trotzdem sollten wir wenigstens für einen Augenblick innehalten und auf diesen wunderbaren Moment anstoßen. Für diesen Tag habe ich schon seit einigen Jahren einen ganz besonderen Tropfen aufbewahrt!«

Der Matrose brachte eine bauchige Flasche, deren Etikett von einem französischen Weingut kündete, und dazu drei Gläser. Die untergehende Sonne sorgte für eine fast unwirkliche Beleuchtung, als Anne ihr Glas hob und auf ihre eigene Ehe anstieß. Verheiratet in Neuseeland, das war doch das Ziel vor achtzehn Monaten gewesen. Sie sah noch einmal zum Festland, bevor sie das Glas zu den Lippen hob. Hauptsache, sie musste diesen verfluchten Ort nie mehr wiedersehen. Der Wein schmeckte fruchtig und war einfach köstlich. Anne leckte sich die Lippen. Nicht als Einzige. Marsden bediente sich ebenfalls ein zweites Mal aus der Flasche, lächelte und deutete auf einen großen Sack, der an der Bordwand lehnte.

»Passend zu diesem herrlichen Getränk habe ich auch ein Geschenk zu eurer Hochzeit.« Er nestelte am Verschluss, und es traten einige Zweige und Blätter zutage. »Es ist ein weißer Wein, von dem ich angenommen habe, er könnte mit dem hiesigen Klima gut zurechtkommen. In meinem Garten hat er allerdings eher ein kränkliches Dasein geführt, ich fürchte, es ist für diesen Wein doch etwas zu warm. Aber ihr plant einen Aufbruch in den Süden, wer weiß: Vielleicht ist das die richtige Umgebung für meine Reben? Auf jeden Fall wollte ich sie euch schenken – meine Gespräche mit Anne machten mich sicher, dass es ein passendes Geschenk für euch ist.« Er lächelte Anne zu, während er die widerspenstigen Reben wieder zurück in den Sack zwang. »Keine Sorge, ich habe eure Begehrlichkeit durchaus bemerkt. Und auch Master Wilcox hat mir erzählt, dass ihr euch eine Zukunft mit etwas Wein gut vorstellen könnt.«

Strahlend sah Anne den Sack an. »Das ist ein großartiges Geschenk. Ich weiß, wie viel es Euch bedeutet hat, diese Pflanzen den ganzen weiten Weg aus Europa mitzubringen. Es ist ein wundervolles Geschenk, und ich weiß einfach nicht, wie ich Euch danken soll!«

»Es reicht mir, wenn ich euch gottesfürchtig und nicht mehr in Sünde lebend weiß«, erklärte der Missionar. Er warf einen Blick in Richtung Horizont. Die Sonne ging in diesem Moment unter und schickte ihre letzten Strahlen über das Wasser. »Es wird allerdings allmählich auch Zeit, dass ihr verschwindet. Wie abgesprochen, werde ich in den nächsten Tagen fleißig erzählen, dass ich euch eben erst gesehen hätte – und ich denke, die Mannschaft der *Cassandra* wird auch nichts verlauten lassen. Wir können nur hoffen, dass Jameson einige Tage auf unsere Posse hereinfällt und nichts von dem Verschwinden seiner besten Einnahmequelle ahnt.«

Wilcox nickte. »Alles ist vorbereitet …«

Er half Anne wieder über die Reling – dieses Mal allerdings an der vom Ufer abgewandten Seite. Einer der Seeleute, es war derjenige, der während der Trauung die wehmütige Melodie gespielt hatte, kletterte mit ihnen gemeinsam die schmale Leiter nach unten. Wieder wartete ein Boot auf sie, aber dieses Mal saß kein winkender dicker Jameson darin. Es war leer. Anne und ihr frischgebackener Ehemann ließen sich auf einer Bank nieder, während der Seemann sich kräftig in die Riemen legte. Schnell entfernte sich das Boot von der *Cassandra*, die bald nur noch ein Schemen gegen den sternenübersäten Nachthimmel war.

Anne sah gedankenverloren nach oben. Seit ihrer Ankunft faszinierten sie die merkwürdig fremdartigen Sterne. Sie hätte zu Hause nie auch nur ein einziges Sternbild benennen können – hier war die Anordnung am Himmel komplett anders als der vertraute Himmel ihrer Kindheit.

Sie konnte dieses Mal allerdings nicht lange im Anblick der Sterne versinken. Wilcox legte ihr den Arm um die Schultern. »Glücklich?«, fragte er leise.

Sie nickte, ohne eine wirkliche Ahnung davon zu haben, was echtes Glück wohl bedeuten mochte. Langsam bewegte sich das Ruderboot um die Festlandsnase herum und erreichte die etwas unruhigere See, die nicht von der Bucht geschützt wurde. Hier hatte Wilcox ein weiteres Schiff ankern lassen. Das hatte allerdings erst vor wenigen Stunden seinen Anker geworfen – und die Mannschaft hatte die Anweisung, noch in dieser Nacht wieder die Segel zu setzen. Richtung Süden, das war alles, was Anne wusste. Kororareka lag am nördlichen Ende von Neuseeland, hier lebten fast alle weißen Siedler. Aber im Süden warteten Hunderte von Kilometern an unentdeckten Küsten, Bergen, Wiesen und Fjorden auf sie. Orte, an denen noch kein weißer Mensch gewesen war und an denen sie niemals jemand suchen würde. Sie und ihr Mann würden einfach von der Bildfläche verschwinden und an einem einsamen Ort ihren Frieden genießen. Sicher, hin und wieder würden sie wohl eine Ansiedlung besuchen, um sich Tiere, Stoffe, Decken und Ähnliches zu kaufen. Aber den größten Teil des Jahres würden sie nur zu zweit sein.

Endlich erreichten sie ihr Schiff. Wilcox kletterte für einen Mann seines Alters erstaunlich behände an Bord und reichte Anne eine Hand, um ihr über die Reling zu helfen. Wieder hielt er ihre Hand einen Augenblick länger, als es wirklich nötig gewesen wäre, und lächelte ihr zu. »Jetzt brechen wir in eine wunderbare Zukunft auf«, flüsterte er ihr zu.

Dann winkte er seinen Seeleuten herrisch zu. »Segel setzen! Kurs Süd!« Und während sich die Segel allmählich entfalteten und in der leichten Nachtbrise blähten, drehte sich die Nase des Schiffes in Richtung Kreuz des Südens, das Zeichen für jeden Seemann in dieser Gegend der Welt, dass er gen Süden unterwegs war.

Wilcox griff nach ihrer Hand. »Komm«, sagte er und lächelte sie mit zärtlichem Besitzerstolz an. »Meine Männer wissen, wo es hingeht, wir können es uns in meiner Kajüte bequem machen.«

Sie folgte ihm die Treppen nach unten, und als er sie in seine Arme schloss, verdrängte sie alle bösen Erinnerungen und Gefühle. Dieser Mann war gut für sie und gut zu ihr. Auch wenn sie ihn nie lieben würde: Sie würden ein angenehmes Leben führen.

Als sie später neben ihm auf dem engen Bett lag und sein freundliches schlafendes Gesicht sah, schwor sie sich: Diesen Mann wollte sie nie verletzen – egal, was da in der Zukunft passieren sollte. Er hatte sie aus dem Schmutz geholt und liebte sie aufrichtig, trotz all der Dinge, die ihr schon widerfahren waren. Mit einem leisen Seufzer legte sie ihren Kopf an seine Schulter. Er lächelte im Schlaf, legte einen Arm um sie und zog sie etwas näher an sich. Und Anne wagte es endlich, ihre Augen zu schließen und sich auszuruhen.

TEIL II

Dorset, 1831

14.

»Egal, was du anstellst: Ich werde sie nicht heiraten!« Gregory sah seinen Vater mit funkelnden Augen an. »Es mag sein, dass es dir gelungen ist, die eine Frau, die ich aufrichtig geliebt habe, aus meinem Leben zu verbannen. Aber es wird dir nicht gelingen, dass ich dieses kinn- und hirnlose Wesen vor den Altar ziehe. Ich möchte nicht jede Nacht das Gefühl haben, dass ich wie ein Preisbulle einer bezahlten Tätigkeit nachgehe!«

Mallory hob eine Augenbraue und musterte seinen Sohn von oben bis unten. »Ich habe eingesehen, dass du erst einmal über diese unglückselige Liaison mit diesem Courtenay-Mädchen hinwegkommen musstest. Habe dir Zeit gelassen, dich nicht bedrängt. Aber jetzt ist es ein Jahr her, dass sie Dorset verlassen hat. Als Verlobte eines Kapitäns, wenn ich dich erinnern darf! Das Mädchen hatte offensichtlich keine Probleme, sich neu zu verbinden. Wenn du mich fragst, lebt sie längst glücklich am anderen Ende der Welt – hat wahrscheinlich sogar schon einen Balg an der Brust hängen. Und du weinst ihr immer noch nach? Eine Treue, die dir keiner dankt!«

Gregory schüttelte den Kopf. »Du willst es einfach nicht begreifen, oder? Anne musste mit diesem Kapitän gehen, weil weder du noch ihre Eltern ihr eine andere Chance gelassen haben! Dir geht es doch immer nur ums Geld …«

»Weil es das Einzige ist, was wirklich zählt. Was hätte deine Anne denn mitgebracht? Die Liebe erlischt nach ein paar Jahren, aber ein Leben im Wohlstand ist auch dann noch schön, wenn man sich für ein paar nette Stunden eine Frau in London suchen muss … Du bist ein Träumer, mein Sohn!« George Mallory sah seinen Erstgeborenen zornig an. »Und es wird Zeit, dass du endlich Vernunft annimmst. Morgen wirst du die kleine Catherine Marcheston auf diesen Ball begleiten, ob es dir passt oder nicht. Und deine Mutter und ich werden mitkommen und jede deiner Bewegungen beobachten. Und wehe, ich sollte sehen, dass du dieses Mädchen schlecht behandelst.« Seine Stimme wurde leise und drohend, als er weiterredete. »Hör endlich auf, nur nach den äußeren Schönheiten zu suchen. Auch die schöne Anne hätte in dreißig Jahren nur noch dünne graue Locken, Falten und einen Bauch. Catherine mag unansehnlich sein – aber die ist wenigstens für immer dankbar, wenn sie einen Mann wie dich ergattert. Und macht dir sicher keine Szene, wenn du mal einem anderen Rock nachsiehst …«

Gregory senkte den Kopf. »Ich kann nicht glauben, wie wenig dir am Glück deines einzigen Sohnes liegt«, murmelte er. Er wusste, wann er einen Streit mit seinem Vater verloren geben musste.

»Und du hast keine Ahnung, wie sehr es mir gerade daran liegt. Mit meiner Lebenserfahrung weiß ich nur, dass Glück oft etwas anderes ist, als man in deinem Alter glaubt. Vertrau mir, mein Sohn.« George Mallory sah, wie sein Sohn langsam nickte, und wandte sich befriedigt ab. »Wir sehen uns später zum Abendessen. Dann können wir auch besprechen, was es Neues auf dem Courtenay-Gut gibt. Wie ich höre, ist einer der Jährlinge sehr vielversprechend ...«

Das war er. Aber Gregory fühlte in diesem Augenblick kein Verlangen, über die schnellen Beine eines Pferdes zu sprechen. »Wir reden beim Abendessen darüber«, sagte er nur und machte sich auf den Weg in sein Zimmer. Es war ein großer Raum in einem der oberen Stockwerke, aus dem man einen weiten Blick über die sanft geschwungenen Weiden hatte. Normalerweise beruhigte ihn der Anblick von grasenden Stuten, spielenden Fohlen und vor übermütiger Kraft strotzenden Jährlingen. Heute nahm er nichts wahr, sah mit blinden Augen in die Ferne.

Zehn Monate war es her, dass Anne mit diesem Ardroy verschwunden war. Er hatte nichts von ihr gehört, natürlich nicht. Selbst wenn sie ihm einen Brief schreiben würde – woran er wirklich nicht glaubte –, dann würde das Schreiben frühestens nach drei oder vier Monaten hier in England sein. Und warum sollte sie ihm schreiben? Anne war zu feinfühlig, um ihm von ihrem Glück zu berichten, das sie hoffentlich gefunden hatte. Sollte es ihr allerdings schlecht gehen … dann war sie sicher zu stolz, darüber zu klagen. Was hatte sie von ihm schon zu erhoffen? Ganz sicher keine Rettung, er taugte nicht zum Ritter in schimmernder Rüstung.

Aber warum ging ihm dieses Mädchen nicht aus dem Kopf? Egal, wo er hinkam, immer ertappte er sich dabei, dass er nach dem Kopf mit den schwarzen Locken suchte. Manchmal stockte ihm der Atem, wenn eine besonders dünne und große Frau irgendwo vorbeilief, so sicher war er sich dann, dass er Anne entdeckt hatte. Aber natürlich war jedes dieser »Wiedersehen« nur eine Sinnestäuschung, nur ein Wunschdenken von seiner Seite. Er fuhr sich durch seine halblangen Haare. Sein Vater hatte recht. Es wurde Zeit, dass er aufhörte, hier in England seiner vergangenen Liebe nachzutrauern. Die Zukunft, das war die einzige Zeit, die wirklich zählte – und die sollte er allmählich in beide Hände nehmen.

Was würde denn sein, wenn er seine Anne noch einmal sah? Entweder es ging ihr gut, sie war glücklich, und er konnte sich einer neuen Frau zuwenden. Oder es ging ihr schlecht. Dann konnte er dafür sorgen, dass sie ihrem schlimmen Schicksal entkommen konnte. Mit einem Schlag wurde ihm klar, dass er dieses Wissen allerdings brauchte – und sei es nur, damit er wieder unbeschwert an sein eigenes Leben denken konnte. Er musste seine große Liebe wiedertreffen, koste es, was es wolle. Jahrelang war er sich ihrer Liebe und ihrer gemeinsamen Zukunft viel zu sicher gewesen, ihm war nie im Entferntesten der Gedanke gekommen, dass er um sie kämpfen müsste. Aber jetzt ahnte er, dass das der einzige Weg war, den er einschlagen konnte.

Das klang allerdings einfacher, als es wirklich war. Er wusste von Anne nur, dass sie »irgendwo in Neuseeland« war. Zwei große Inseln im Pazifik. Die waren allerdings, nach allem, was er gehört hatte, so dünn besiedelt, dass er nur lange genug herumfragen musste, um Anne zu finden. Sie war schließlich eine auffallende Erscheinung, daran änderte auch eine exotische Umgebung nichts. Dieses Problem würde sich also lösen lassen.

Schwieriger war die Sache mit der Überfahrt. Sein Vater würde ihm wohl kaum ein Billett lösen, das eine bequeme Reise ermöglichte. Und seine eigenen Ersparnisse waren mehr als übersichtlich – warum sollte er als alleiniger Erbe dieses Anwesens auch Reichtümer anhäufen? Ihm würde ohnehin eines Tages alles gehören. Nachdenklich sah Gregory auf seine Hände. Sie waren gewohnt, Zügel zu halten – aber das war auch schon alles. Ansonsten zeigten seine langen Finger und die gepflegten Fingernägel keine Spuren von harter Arbeit.

Er seufzte leise. Seine Fähigkeiten im Umgang mit Pferden und sein Wissen über die Zucht von Vollblütern würden ihm also kaum etwas einbringen. Sein Wissen über die Seefahrt war gering. Nicht vorhanden, wenn er ehrlich war. Es gab Himmelsrichtungen, Winde, Strömungen und Stürme. Niemand würde ihn auf einem Handelsschiff als Offizier anstellen.

Aber womöglich gab es einen Weg, wenn er sich um eine Anstellung in der Marine Ihrer Majestät bemühte? Die Flotte war umfangreich, und mit den ständig zahlreicher werdenden Kolonien war die königliche Marine auf allen Weltmeeren unterwegs. Mit seinem Namen sollte es ihm doch möglich sein, eine Aufnahme in die Marine zu erreichen. Das war auf jeden Fall bequemer als die Reise auf einem Handelsschiff oder gar auf einem Walfänger, das war sicher.

Er sah sich suchend in seinem Zimmer um. Sein Entschluss stand fest, er hatte schon viel zu lange in Selbstmitleid gebadet und dabei wertvolle Zeit vertan. Bevor er sich in eine unglückliche Zweckehe mit einer Catherine Marcheston stürzte, wollte er wenigstens sicher sein, dass nicht irgendwo ein größeres Glück auf ihn wartete. Was wollte er also mitnehmen? Sein Blick fiel als Erstes auf ein kleines Medaillon, das Anne ihm in glücklicheren Tagen geschenkt hatte. Es zeigte auf der einen Seite ihr Gesicht – vom Maler recht gut getroffen mit den Locken, den Sommersprossen auf der hellen Haut und den dunkelgrünen Augen. Nur das angriffslustige Glitzern fehlte, ebenso wie das beständige Lächeln, das normalerweise ihre Lippen umspielte. Außer bei ihrem letzten Treffen, im Stall. Da war das Lächeln einem bitteren Zug um ihren Mund gewichen. Und die Augen blickten damals matt und ohne Leben. Warum nur hatte er nicht darauf bestanden, mit ihr zu fliehen? Stattdessen hatte er sie ziehen lassen, direkt in die Arme dieses wildfremden Kapitäns.

»Weil ich ein Idiot bin«, sagte er leise vor sich hin. »Ein gewaltiger Idiot. Aber jetzt sorge ich dafür, dass alles wieder gut wird, das verspreche ich.«

Entschlossen öffnete er seinen großen Schrank und

fuhr mit dem Finger über die gebügelten und gestärkten Hemden, die das Dienstmädchen ordentlich zusammengelegt hatte. Dazu die Westen, zum Teil wattiert, damit er an den kühleren Wintertagen nicht fror. Sicher sinnvoll, wenn man im nördlichen Atlantik unterwegs war. Ein Mantel aus dicker Wolle, mehrere Hosen aus starkem Stoff, stabile Lederschuhe. Er musste nur noch einen Weg finden, das Anwesen seiner Eltern mit einem großen Reisekoffer unbemerkt zu verlassen. Gregory lächelte zuversichtlich. Er hatte genügend Freunde unter den Adeligen in der Gegend, die für jeden Streich zu haben waren. Nicht wenige davon waren am nächsten Tag auf diesem unseligen Ball, zu dem er das Marcheston-Mädchen begleiten musste. Sein Vater hatte keine Ahnung, wie gut er diesen Abend für seine Zukunft nutzen würde. Pfeifend zog Gregory sich eine Wolljacke für das Abendessen über. Ab sofort würde er jedem Streit mit seinem Vater aus dem Weg gehen. Zumindest bis zu dem Augenblick, an dem er einfach aus seinem bisherigen Leben verschwinden würde …

»Was hast du vor?« Cedric beugte sich mit leuchtenden Augen nach vorne. »Habe ich das richtig verstanden? Du willst zur Marine?«

»Klar. Ich habe keine Lust mehr, mich von meinem Vater herumkommandieren zu lassen. Er behandelt mich nicht besser als einen Pferdeknecht. Und weißt du, was seine neueste Idee ist?« Gregory senkte seine Stimme zu einem verschwörerischen Flüstern. »Ich soll die da heiraten!« Er sah vielsagend zu Catherine Marcheston hin, die in diesem Augenblick nervös an ihren sorgfältig ondulierten Locken zupfte und sich bemühte, möglichst gelassen in die Runde zu sehen. Ein Unterfangen, das ihr gründlich misslang. Sie bemerkte Gregorys Blick und winkte ihm hektisch zu – dabei erwischte sie das Weinglas, das vor ihr stand, und schleuderte den Inhalt ihrer Mutter in den Schoß.

Gregory hatte fast Mitleid mit diesem Ungeschick. Allerdings bei Weitem nicht genug, um sie doch noch zu heiraten.

Cedric wurde von einem Lachanfall geschüttelt. »Das ist alles, was er dir bieten will? Das ist nach deiner Anne wahrlich ein Abstieg! Was wurde eigentlich aus ihr? Ich dachte immer, dass du sie eines Tages vor den Altar führst!«

»Lange Geschichte. Im Kern hat mein Vater dafür gesorgt, dass ihre Familie bankrott geht, und hat mir dann verboten, Anne zu heiraten, weil sie kein Geld hat. Üble Geschichte. Wie gesagt: Ich will mir das nicht mehr bieten lassen, ich muss zur Marine. Hilfst du mir?«

»Klar, ich bin dabei. Ein Vetter von mir kann dir helfen, der rekrutiert immer wieder Nachwuchs für seine Offiziere. Musst dich halt für ein paar Jahre verpflichten – aber dann steht dir die große weite Welt offen. Darfst du überhaupt schon selber unterzeichnen?« Auf Cedric war einfach Verlass. Als Sechsjähriger hatte er bereits die Kutschpferde seines Vaters »aus Spaß« in einen Fluss getrieben, zehnjährig dafür gesorgt, dass eine der Mägde sich plötzlich nackt im Waschzuber mit zehn Knechten wiederfand … nicht ganz Gregorys Humor, aber heute war Cedric genau der Mann, den er brauchte.

Rücksichtslos und von nicht allzu vielen Zweifeln geplagt. »Ich schreibe meinem Vetter ein Empfehlungsschreiben, dann sollte deiner Militärlaufbahn nichts im Wege stehen. Hast du denn keine Angst, dass du womöglich in Kampfeshandlungen verstrickt wirst?« Er sah ihn neugierig an. »Nicht, dass du mit einem Bein oder gar deinem Leben für dieses Abenteuer zahlen musst!«

»Ich doch nicht!«, winkte Gregory ab. »Du weißt doch: Die Offiziere stehen immer nur in zweiter Reihe. Es sind die Bauernjungen, die vorne stehen und als Kanonenfutter dienen.« Nicht nett, aber immerhin die Wahrheit. Er schlug Cedric auf den Rücken. »Ich passe schon auf mich auf, da mach dir mal keine Sorgen.« Außerdem wollte er die Offiziersjacke ausziehen, sobald er in Neuseeland war. Oder zumindest in Australien, da es reichlich unwahrscheinlich war, dass die Krone schon im nächsten Jahr in Neuseeland die Herrschaft übernahm. Aber in seiner Vorstellung war es von Australien nach Neuseeland nur ein Katzensprung.

Cedric schlug ihm auf den Arm. »Ausgerechnet von dir hätte ich das wirklich nicht erwartet. Sag meinem Vetter einen Gruß.« Er erhob sich und strich sich die Rockschöße glatt. »Und jetzt musst du mich entschuldigen, ich habe meine Verpflichtungen bei der jungen Lady Pendergast, ich hoffe, du verstehst …« Er zwinkerte Gregory zu und verschwand dann in Richtung eines sehr blonden, sehr jungen Mädchens, das etwas verloren auf einem Stuhl saß und Cedric erwartungsvoll entgegenblickte.

Gregory seufzte. Cedrics Ruf in der Damenwelt war

einfach überwältigend – dabei war er einfach nur rücksichtslos und auf seinen eigenen Spaß bedacht. Aber genau deswegen konnte er sich auf ihn verlassen. Cedric würde ganz sicher morgen früh nicht von Zweifeln gequält werden und Gregorys Mutter vorwarnen.

Wenige Tage später fand Gregory sich in dem engen Raum wieder, in dem Cedrics Vetter die jungen Offiziersanwärter in Augenschein nahm. Stirnrunzelnd sah er auf das Schreiben, das Gregory ihm in die Hand gedrückt hatte. »Ich verstehe das richtig: Ihr wünscht nicht, in die Kavallerie einzutreten, obwohl Ihr Euer ganzes Leben mit Pferden verbracht habt – aber es soll unbedingt die Navy sein. Und das, obwohl Ihr noch nie einen Fuß auf ein Schiff gesetzt habt. Darf ich fragen, warum?« Er sah ihn mit hochgezogenen Augenbrauen an.

Auf diese Frage war Gregory vorbereitet. Er bemühte sich um ein harmlos-begeistertes Gesicht. »Die Pferdezucht gehört meinem Vater, aber ich konnte mich nie wirklich für die Vollblüter erwärmen. Kleine, leichte Pferde, die nichts können außer schnell im Kreis rennen – das ist doch keine Beschäftigung für einen Mann, findet Ihr nicht? Ich habe von klein auf eine Liebe für das Meer in mir gespürt. Jetzt bin ich endlich älter als einundzwanzig und kann mein Leben in die eigene Hand nehmen. Das will ich tun – und zwar auf See. So wie ich es mir immer erträumt habe.«

Verstehend nickte Cedrics Vetter. »Ja, das kommt vor. Entweder man hört den Ruf der See, oder man hasst die Vorstellung, auf einer kleinen hölzernen Nussschale über die Weltmeere zu segeln. In der Tat benötigt Ihre

Majestät Offiziere. Nur so können wir die Kolonien beherrschen – und es werden immer mehr!«

»Ja«, nickte Gregory eifrig. »Darauf freue ich mich besonders. England ist wunderschön, aber ich kann es gar nicht erwarten, endlich all die anderen Länder zu sehen, die zur Krone gehören!«

Sein Gegenüber sah ihn mit einem mitleidigen Lächeln an. »Sir, Ihr werdet schnell genug merken, dass es sich meistens um zu heiße Orte handelt, die lediglich von Wilden und waghalsigen Abenteurern bevölkert werden, die wenig von Gesetzen halten. Es plagt einen das Wechselfieber und quält einen das unverträgliche Essen. Ich kann nicht verstehen, was daran erstrebenswert sein sollte – aber das ist ja auch nicht meine Aufgabe. Ich freue mich, wenn es so begeisterte junge Männer gibt, wie Ihr einer seid.« Er blickte auf das Papier, das vor ihm lag. Dann sah er Gregory noch einmal prüfend an. »Gesund sind Sie also?«

Gregory nickte.

»Dann«, der Mann tropfte ein wenig Wachs auf ein Schriftstück, drückte sein Siegel darauf und reichte Gregory das Papier, »heiße ich Euch herzlich willkommen in der Navy Ihrer Majestät. Meldet Euch beim Kapitän der *HMS Mercury*. Sie liegt im Augenblick am Pier in Plymouth und wird in wenigen Tagen in See stechen. Der Kapitän wird Euch einweisen und unterrichten. Und Ihr wisst ja: Es dauert mindestens zwei Jahre, bis Ihr selbst ein Kapitänspatent Euer Eigen nennen könnt.«

»Wohin soll die *Mercury* denn segeln?« Gregory konnte seine Aufregung nicht unterdrücken. Zum ersten Mal in seinem Leben wagte er wirklich etwas – ganz ohne die Sicherheit, seinen Vater im Rücken zu haben. Der war im Moment der Meinung, dass sein Sohn mit seinem Freund Cedric einen Ausflug nach London unternahm, von dem er erst in ein paar Tagen zurückkehren würde. Dafür hatte ihm der alte Herr sogar einige Münzen in die Hand gedrückt und verschwörerisch geblinzelt, während er etwas von den willigen Mädchen in der großen Stadt murmelte. Bis ihm auffiel, dass sein Sohn wohl eher an der weiten Welt als an dem Rock einer Londoner Dirne interessiert war, würde Gregory schon unerreichbar auf offener See in Richtung Zukunft segeln.

»Die Kolonien im südlichen Afrika. Die Neger machen uns Ärger, und die Siedler am Kap brauchen vielleicht unsere Hilfe. Wilde. Womöglich bleibt uns doch nichts übrig, als einfach alle zu töten.« Dazu machte er eine Geste an seinem Hals, die keine Missverständnisse aufkommen ließ, dass er die Ausrottung einer Bevölkerung für eine abgemachte Sache hielt.

Gregory schluckte. Afrika. Damit hatte er eigentlich nicht gerechnet.

Die Küste vor Südafrika, 1831

15.

Land. Gregory sah dem grünen Streifen am Horizont mit einem nahezu unstillbaren Verlangen entgegen. Seit zehn Wochen war er an Bord der *HMS Mercury*, die ersten drei Wochen an Bord erinnerte er sich nur an eine alle anderen Empfindungen auslöschende Übelkeit. Nicht einmal ein Schluck Wasser war in seinem Magen geblieben, er hatte mehrere Male damit gerechnet, die Nacht nicht zu überstehen. Da halfen die wohlmeinenden Ratschläge seiner Kameraden wenig. Die reichten vom kräftigen Alkoholgenuss über rohe Eier – die es an Bord allerdings nicht gab – bis hin zum Trinken des eigenen Urins. Gregory hatte keines davon ausprobiert, sich nur auf seine Koje gelegt und einfach gehofft, dass es vorbeigehen würde.

Und das war es auch. An einem Tag mit ruhigem Seegang und wenig Wind hatte er plötzlich ein wenig Brot essen können – und alle Seeleute versprachen ihm, dass es nie wieder so schlimm werden würde. »Wir haben alle am Anfang gelitten«, versicherten sie ihm, und doch fürchtete Gregory jeden Morgen, dass sein Magen wieder rebellieren könnte. Der Mann, der an diesem Morgen die näher kommende Küste begutachtete, war um einiges dünner als der sorglose junge Mann, der sich in London dem Kapitän der *Mercury* vorgestellt hatte. Dabei war es ihm vergleichsweise gut ergangen. Die einfachen Matrosen mussten hart arbeiten und bekamen nur Schiffszwieback und ranzigen Speck als tägliche Ration. Für die Offiziere und auch die Offiziersanwärter sah die Speisekarte schon etwas abwechslungsreicher aus. Und am Schrubben des Decks oder an den Ausbesserungsarbeiten an den Segeln irgendwo hoch oben in der Takelage musste er sich ohnehin nicht beteiligen.

Stattdessen erklärte der Kapitän seinem jüngsten Anwärter mit großer Geduld das korrekte Navigieren, die Richtungsbestimmung in sternlosen Nächten und das Segeln bei Sturm, Regen oder ungünstigen Winden. Und von denen hatten sie reichlich genossen – die Überfahrt hatte fast drei Wochen länger gedauert, als ursprünglich geplant war. Aber jetzt: der Süden von Afrika. Schon ein paar Tage lang hatten sie das Land in Sichtweite. Anfangs ein gelber Streifen, nichts als dürre Wüste. Jetzt wurde es allmählich grüner, es war nicht mehr weit zum Kap der Guten Hoffnung. In Kapstadt sollte die *HMS Mercury* anlegen und schon allein durch ihre Präsenz deutlich machen, dass die Krone sich nicht von irgendwelchen aufständischen Einheimischen erpressen lassen würde. Wenn Gregory seine Mannschaftskameraden richtig verstanden hatte, dann würden sie nach dem Anlegen erst einmal ein Weilchen bleiben, hin und wieder vor der Küste auf und ab segeln – aber eigentlich nur ein bisschen »Flagge zeigen«. Das klang immerhin relativ ungefährlich.

Hoheitsvoll glitt die *HMS Mercury* unter vollen Segeln in die malerische Bucht von Kapstadt. Mit weiten Augen bestaunte Gregory den Berg, der über der Stadt wachte und aussah, als hätten Riesen seinen Gipfel abgeschlagen und glatt geschliffen, um einen Tisch für ihre Familienfeiern zu haben. Wolken hingen wie ein gigantisches Tischtuch an seinem Gipfelplateau. Der Tafelberg gehörte für ihn zu den wunderbarsten Dingen, die er je gesehen hatte. Gemeinsam mit einem anderen Offiziersanwärter sah er sich die ganze Stadt an, freute sich über die klare und frische Luft, die beständig wehte – und genoss das reichliche frische Essen. Er kam zu Kräften und fühlte sich nach wenigen Tagen wieder wohl in seiner Haut. So machte die Sache mit der Royal Navy wirklich Spaß.

Diese Freude am Beobachten der fremdartigen Menschen, an der Landschaft und am Essen verließ ihn im Lauf der nächsten Wochen. Zu seinem Entsetzen machte niemand auch nur Anstalten weiterzusegeln. Alle hielten sich bereit für den Moment, an dem der Krieg der Schwarzen mit den Buren tatsächlich ausbrach. Aber solange es sich nur um vereinzelte Scharmützel und ab und zu einen Anschlag auf das Haus eines Siedlers handelte, konnte die Armee auch nicht eingreifen. Sie mussten abwarten und genossen die Stadt, bis wirklich jeder der Bars und Kaschemmen überdrüssig wurde.

Gregory konnte seine Unruhe mit jedem Tag schlechter verbergen. Das südliche Afrika war wunderschön – aber er wollte weiter nach Neuseeland. Vorsichtig stellte er sich eines Abends neben seinen Kapitän, der in diesem Augenblick mit nachdenklicher Miene die betriebsame Menge im Hafen begutachtete. »Sir, wie lange bleiben wir noch hier?«, fragte er möglichst beiläufig.

Ein Schulterzucken war die Antwort. »Wieso fragt Ihr? Es gibt doch wahrlich schlechtere Orte, um den Rest des Jahres zu verbringen. Und das ist es wohl, was wir tun. Seid Ihr so versessen auf einen Krieg oder einen weiteren Sturm auf hoher See? Gemach, junger Mann. Ihr müsst erst noch lernen, dass man diese ruhigen Stunden und Tage in der Navy genießen muss. Wir haben Frieden – und damit einen der schönsten Berufe der Welt. Das könnt Ihr mir glauben.«

»Aber wenn wir doch wieder in See stechen«, beharrte er. »Wohin würde es dann gehen?«

»Das kommt darauf an«, erklärte der alte Kapitän mit einem Schulterzucken. »Es kann sein, dass mich die Order erreicht, dass wir zurück nach England müssen. Oder dass wir weiter nach Indien oder gar Australien segeln. Das werden wir abwarten müssen.« Er sah Gregory aus seinen kleinen schwarzen Augen lauernd an. »Was wäre Euch denn lieber, mein Sohn?«

»Eigentlich ist es mir egal«, bemühte sich Gregory um einen möglichst lockeren Ton. »Aber ich habe wahre Wunderdinge von Indien gehört. Und Australien – es soll Tiere geben, die ihre Jungen in einem Beutel durch die Wüste tragen!«

»Ihr werdet alles noch sehen. Wenn Ihr nur lange genug bei der Navy bleibt, dann werdet Ihr irgendwann in jedem Hafen die beste Ankerstelle kennen, ohne auch nur eine Sekunde nachzudenken, glaubt mir. Aber es ist immer etwas Besonderes, wenn es wieder nach Hause geht ...« Das wettergegerbte Gesicht des Kapitäns hatte bei diesen Worten tatsächlich etwas Sehnsüchtiges. Gregory seufzte. Es würde also noch länger dauern, bis er auch nur in die Nähe seiner Anne käme. Womöglich hatte sein Vater recht, und er würde ihr nur zu den zahlreichen Kindern gratulieren können ...

Es sollte noch ein Monat vergehen, bis eines Morgens ein weiteres Schiff der Royal Navy unter vollen Segeln in den geschützten Hafen von Kapstadt einfuhr. Der Kapitän sah dem anderen Schiff mit seinem Fernrohr entgegen. »Endlich! Unsere Ablösung ist da! Ich frage mich nur, welche Order sie für unsere weitere Reise an Bord haben«, murmelte er dabei leise vor sich hin.

Die Frage blieb nicht lange unbeantwortet. Noch am selben Nachmittag trafen sich die beiden Kapitäne auf festem Grund, wenig später rief der Herr der *HMS Mercury* seine Offiziere – und damit auch den Offiziersanwärter – zu sich. Mit unbewegter Miene hob er einen Brief auf, dessen Siegel gebrochen war. »Mein Kollege von der *HMS Arrowhead* hat mir dieses Schreiben übergeben. Wir sollen die Fracht des Schiffes übernehmen: zwei Dutzend Straffällige, die wir in die Kolonien nach Australien bringen sollen. Auf dem Weg dahin werden wir in Indien, in Bombay, landen und einige Schriftstücke an den Gouverneur überbringen. Es sieht also nicht so aus, als ob wir in absehbarer Zeit auch nur in die Nähe unserer Heimat kommen. Es tut mir leid.« Er wollte wohl noch etwas sagen, zuckte nach einem Blick in die Runde aber nur noch einmal mit den Schultern. »So ist es eben, wenn man sich bei uns verpflichtet. Ich muss Euch alle bitten, in den kommenden Wochen ein wachsames Auge auf die Sträflinge zu haben. Es sind allesamt verurteilte Verbrecher!«

Gregory spürte, wie sich unbändiges Glück in ihm ausbreitete. Australien. Nicht mehr lange, und er würde endgültig in die Nähe seiner Anne kommen. Erst dann musste er einen Plan finden, der es ihm erlaubte, sich von der Truppe zu entfernen, ohne dass er gleich als Deserteur angesehen wurde. Aber ihm würde schon etwas einfallen, auch wenn er im Moment noch keine Ahnung hatte, was.

Schon am nächsten Tag kamen die Gefangenen an Bord. Zweiundzwanzig verdreckte, stinkende Männer, die mit gesenktem Blick an ihm vorbei in das Unterdeck der *Mercury* kletterten. Männer, die ihre gerechte Strafe irgendwo in der Wildnis Australiens abdienen mussten. Gregory hatte wenig Mitleid mit diesen Männern. Zu seiner gewaltigen Überraschung kamen allerdings am Schluss auch noch zwei Frauen an ihm vorbei. Ihre Blusen waren fadenscheinig, verschwitzt und verdreckt, die Röcke entblößten mehr von ihren Beinen, als sie verdeckten. Verächtlich schnaubte Gregory durch die Nase. Wahrscheinlich hatte man diese liederlichen Weiber in den Straßen von London als leichte Mädchen aufgegriffen. Wenn er es richtig sah, dann wartete in Australien genau das gleiche Schicksal auf sie. Mit diesen Menschen wollte die Krone also das riesige Land bevölkern. Auf wirklich treue Untertanen konnte man so allerdings kaum hoffen.

Kopfschüttelnd sah er zu, wie die Gefangenen sich auf dem viel zu engen Raum einrichteten. »Mit dieser Art Menschen hatte ich noch nie zu tun«, sagte er leise zu einem der Offiziere, der gerade neben ihm stand.

Der lächelte ihn belustigt an. »Diese Art Mensch? Was für eine Art soll das sein – die Art, die für nichts taugt? Ihr dürft nicht alles glauben, was der Kapitän sagt. Oder was Euch Euer Auge vorgaukelt.«

Dann machten sich beide wieder an ihr Tagewerk, bereiteten die baldige Abreise der *Mercury* aus Afrika vor. Womöglich sogar eine gute Sache, denn der Krieg der Buren mit den Negern wurde immer wahrscheinlicher – und Gregory wollte nun wirklich nicht in irgendeinen ernsthafteren Kampf als den um die besten Schlafplätze verwickelt werden.

Zwei Tage später liefen sie aus Kapstadt aus. Die *Mercury* nahm schnell an Fahrt auf, als sie den engen Hafen verlassen hatte, und nahm mit geblähten Segeln Kurs nach Süden. Das Kap der Guten Hoffnung markierte den Übergang vom Atlantik zum Indischen Ozean, und tatsächlich trafen an dieser steinigen Landzunge zwei Strömungen aufeinander, die die gesamte Aufmerksamkeit der Besatzung forderten. Danach segelten sie immer dicht an der afrikanischen Küste entlang, konnten zum Teil die Siedlungen der Schwarzen sogar sehen. In einer besonders klaren Nacht hörte Gregory den Klang der

Trommeln, der über das Wasser schallte. Er spürte, wie sich ihm die Härchen auf dem Unterarm aufstellten. Ein gefährliches Geräusch, das gleichzeitig allen Zauber dieses Kontinents ausdrückte. Er nahm sich fest vor, irgendwann einmal eine längere Zeit hier zu verbringen. Wie lebte es sich bei diesen Wilden, die noch ihrem kindischen Aberglauben an die Mächte der Natur anhingen?

Danach schwenkte die *Mercury* auf einen Kurs in Richtung Osten. Das Meer wechselte seine Farbe zu einem dunklen Türkis, und die Inseln, die sie hin und wieder passierten, wirkten so wie aus dem Fiebertraum eines Mannes, der vom Paradies phantasierte: schneeweiße Strände, Palmen, fröhlich winkende Menschen.

Sie gingen nirgends an Land, sondern hielten strikten Kurs gen Indien. Die Botschaften des Königs mussten so schnell wie möglich überbracht werden. Von ihrer lebenden Fracht unter Deck bekamen sie selten etwas zu sehen. Nur an den völlig ruhigen Tagen ihrer Überfahrt durften sich einige von ihnen an Deck bewegen. Schon bald bemerkte Gregory allerdings eine schmale rothaarige Frau, die sich immer nur an die Reling klammerte und mit verzweifelter Miene die Wellen ansah. Dabei bewegten sich unablässig ihre Lippen, so als ob sie ohne Unterlass betete oder einen fernen Gott verfluchte. Gregory ertappte sich schon nach kurzer Zeit bei dem Wunsch, wenigstens einmal zu hören, was sie da so beständig vor sich hin brabbelte.

Die Chance ergab sich, als sie sich Bombay näherten. Der Kapitän hatte Gregory damit beauftragt, die Unterkünfte der Gefangenen zu inspizieren. »Wir wollen ja nicht, dass da unten irgendwelche Seuchen ausbrechen«, hatte er erklärt.

Als Gregory die Treppe herunterkam, wurde ihm klar, was der Kapitän damit gemeint hatte. Es stank nach Schweiß, Fäkalien und irgendwie auch nach verrottetem Gemüse oder Fäulnis. Seine Nase blähte sich, während sein Magen gegen diesen Angriff rebellierte. Er sah sich um. Die Gefangenen saßen eng aneinandergedrängt, ein Eimer in der Ecke diente wohl als Behältnis für ihre Notdurft. Aber dieses verrottete Zeug? Entschlossen machte er sich auf, um mit einem der höheren Offiziere zu sprechen.

»Wir sollten sie alle auf Deck setzen und dann mit einem Eimer ihre Unterkünfte durchspülen. Bei der Hitze ist das schnell wieder trocken – und ich denke, wir können so Seuchen und Ähnliches verhindern!«

Der Offizier sah ihn abschätzig an. »Eine Fahrt in die Gefangenschaft ist keine Luxusreise. Ein bisschen Dreck müssen die schon verkraften.«

»Ich dachte eher an Eure Gesundheit – und damit auch an unsere«, versuchte Gregory sich zu verteidigen. »Es macht doch keinen Sinn, wenn wir kranke Menschen abliefern. Sie sollen schließlich helfen, diese Kolonie zu bevölkern.«

»Macht doch, was Ihr wollt«, winkte der Ofizier ab. »Wenn ich mir dabei die Hände nicht schmutzig machen muss, habt Ihr meinen Segen.«

Bevor er es sich anders überlegen konnte, ging Gregory nach unten. »Wir wollen hier unten mal gründlich sauber machen. Geht an Deck und setzt euch alle um den Hauptmast. Wer sich rührt, muss mit einer Prügelstrafe rechnen. Habt ihr das verstanden?«

Einer wie der andere nickte und erklomm langsam die Leiter in Richtung Deck. Die zwei Kräftigsten hielt Gregory bei sich, damit sie die Arbeit erledigen konnten. Die beiden Frauen verließen das Gefangenendeck wieder als Letzte. Die Rothaarige ging mit abwesendem Blick an Gregory vorbei. »Nur einmal noch will ich sie sehen, einmal noch mein Baby, einmal noch. Bitte, lasst sie mich doch sehen, dann will ich auch nie wieder klagen, aber einmal noch mein Mädchen. Oh, seid doch nicht so …« Damit verschwand sie nach oben.

Er sah ihr überrascht hinterher. Hatte man wirklich eine Mutter von ihrem Kind getrennt? Oder hatte er sich geirrt, und sie redete von einem ihrer Liebhaber? Mit einem Kopfschütteln vertrieb er die Gedanken an das geisterhafte, eintönige Geplapper der Frau. Stattdessen deutete er auf zwei Eimer. »Ihr leert jetzt euren Eimer mit dem Unrat aus und holt euch Seewasser. Damit wischt ihr das Deck gründlich aus. Alles, was ihr an Unflat, Unrat und Verdorbenem seht, sollte weggeworfen werden. Habt ihr mich verstanden?«

Einer der beiden deutete auf die kleinen Bündel, die an den Wänden standen. »Und was machen wir damit? Das sind die wenigen Habseligkeiten, die uns gehören. Das sollte nicht nass werden, bei keinem von uns.« Seine Sprache war fast ohne einen Dialekt und wirkte für einen Verbrecher fast gebildet.

»Dann heb es auf, und leg es auf die Treppe.« Er sah

ihn neugierig an. »Darf ich fragen, was dich auf diesen Transport gebracht hat?«

Der Mann zuckte mit den Schultern. »Dürft Ihr, ist nichts, was einem Mann peinlich sein muss. Ich hab ein Reh geschossen, das eigentlich dem König gehört. Aber der hat doch genug, und meine Familie hatte Hunger … so haben sie zum ersten Mal seit einer Ewigkeit wieder Fleisch bekommen. Mein kleiner Junge hatte richtig rosige Wangen …« Seine Stimme brach ab.

»Wer kümmert sich jetzt um die Wangen deines Jungen?« Die Frage rutschte Gregory heraus, bevor er länger nachdachte.

Sein Gegenüber zuckte mit den Achseln, griff nach den ersten Beuteln und fing an, sie auf die Stiege nach oben zu räumen. »Weiß ich nicht. Meine Peggy kümmert sich schon um ihre Kinder, und dieser Jimmy von gegenüber hat ihr schon immer schöne Augen gemacht. Der wird sich jetzt um sie kümmern. Kann ja auch nicht acht Jahre lang auf mich warten … und es kommen nicht viele heim aus Van-Diemens-Land.«

Mit einer energischen Bewegung kippte er das salzige Wasser auf den Boden und fing an zu schrubben. Das Wasser wurde innerhalb von Sekunden brackig braun. Aus einer Ecke hinter einem Balken löste sich ein Klumpen, so groß wie ein Braten für eine sechsköpfige Familie. Er wurde mit dem Wasser direkt vor Gregorys Füße gespült. Vorsichtig stieß er den Klumpen mit seiner Schuhspitze an. Das Ding drehte sich, und Gregory entfuhr ein Entsetzensschrei.

Ein winziges menschliches Gesicht sah ihn an, vertrocknete kleine Arme mit geballten Fäusten, die sich niemals mehr öffnen würden. Die Beine hatte das braune, trockene Kind ganz eng vor den Bauch gezogen, sodass man das Geschlecht nicht mehr feststellen konnte. Das Baby war wohl auch die Ursache des Gestanks nach Verwesung und Fäulnis. Jetzt, nachdem Feuchtigkeit an die trockene Haut gekommen war, hatte sich der Geruch noch verstärkt.

Sein Magen krampfte sich zusammen. Er nahm sich das helle Tuch vom Hals, das er seit Wochen trug. Es war ursprünglich einmal weiß gewesen, jetzt hatte es schwarze Ränder und einen kräftigen Grauschleier. Trotzdem – es war das Einzige, das er gerade zur Hand hatte. Vorsichtig hob er das kleine Wesen auf, das sicher schon tot auf die Welt gekommen war oder nur wenige Minuten gelebt hatte. Wenn er die Größe richtig einschätzte und mit den Neugeborenen verglich, die er in der Verwandtschaft schon bewundert hatte, dann war es auch noch nicht groß genug gewesen, um zu überleben. Oder lag das daran, dass es hier in der tropischen Hitze vertrocknet war? Als er es in das Tuch gewickelt hatte, fiel ihm auf, dass er eigentlich kein Gewicht in der Hand hatte.

Vorsichtig trug er es an die frische Luft, trat an die Bordwand, holte aus und warf es in das dunkle Wasser. Dabei senkte er für einen Augenblick den Kopf und sprach ein leises Gebet – auch wenn er nicht wusste, wie irgendein Gott so einen frühen, sinnlosen Tod zulassen konnte. Noch ein Moment des Innehaltens – dann stieg er wieder unter Deck und überwachte weiter die Reinigungsarbeiten. Es dauerte nicht lange, dann konnten die Gefangenen auch schon zurückkehren. Widerstrebend gab jeder Einzelne von ihnen seinen Platz an der frischen Luft auf und begab sich unter Deck. Immerhin war jetzt der Boden sauber, eine Luke geöffnet, und die Luft war deutlich besser.

Gregory war stolz auf seinen Einsatz – bis von unten ein Geheul aufstieg, als würde eine Bestie dort hausen.

»Sie haben es gestohlen! Mein Baby!« Die Rothaarige stürmte die Treppe nach oben, schüttelte anscheinend mühelos zwei ihrer Mitgefangenen ab und stürzte auf ihn zu. Sie legte ihre knochigen Hände um seinen Hals und sah ihn aus ihren irren Augen an. »Was habt Ihr getan?! Wo habt Ihr mein Baby hingetan? Es braucht doch seine Mummy, es kann ohne mich nicht sein!«

Er roch ihren üblen Atem und wich einen Schritt zurück, während er versuchte, ihre Finger von seinem Hals zu lösen. Aber sie hatte die Kraft der Wahnsinnigen. Er trat ihr gegen das Schienbein, um sie loszuwerden. Ohne Erfolg.

Während ihm fast schwarz vor Augen wurde, sprangen ihm einige der anderen Offiziere zur Seite, rissen ihm die Frau vom Leib und hielten sie fest. Sie wehrte sich mit allen Kräften, die ihr magerer Leib hergab. »Er hat mein Kind! Er ist ein Mörder!«, kreischte sie dabei in einem fort.

»Aber Lady, das Kind war doch schon lange tot, es ist sicherlich schon seit Monaten tot. Ich habe keine Ahnung, wie es gelungen sein kann, dieses Wesen von der *Arrowhead* an Bord der *Mercury* zu bringen – aber totes Fleisch hat nichts an Bord eines Segelschiffes verloren ...« Er schluckte.

»Wo hast du es hingetan? Gestehe!« Sie wehrte sich weiter wie eine Furie gegen den festen Griff, mit dem die beiden Offiziere sie festhielten.

Er deutete auf das Meer. »Ich habe ihm eine Seebestattung gegeben, dabei ein Gebet gesprochen. Unser Herr wird sich um seine Seele kümmern.« Er hoffte auf eine besänftigende Wirkung, als er von Trost und Gebeten sprach.

Das Gegenteil war das Ergebnis.

»Dieser Gott hat sich noch nie um mich gekümmert! Nur ich kann mein Kind beschützen vor allem, was ihm in dieser Welt widerfahren kann. Ich muss zu ihm!« Mit einem letzten energischen Ruck riss sie sich von den beiden Männern los, rannte auf die Bordwand zu, raffte ihre Röcke im Lauf nach oben und sprang mit einem einzigen Satz auf die Reling. Hier verharrte sie für einen Augenblick, so als ob sie sich nicht entscheiden könnte, jetzt tatsächlich zu springen. Dann wandte sie sich in den Wind, breitete die Arme aus und ließ sich in die Fluten fallen. Mit einem einzigen satten Klatschen verschluckte der Ozean ihren blassen, mageren Körper.

Gregory stand wie vom Donner gerührt und sah nach unten. Sie musste doch einfach wieder auftauchen!

»Na, diese Reinigungsaktion war mal ein voller Erfolg«, erklärte der Offizier, der die Säuberung des Decks genehmigt hatte, neben ihm. »Jetzt haben wir nur noch dreiundzwanzig Gefangene – und Frauen sind besonders wertvoll. Die fehlen da unten, angeblich behelfen die

Männer sich sogar schon mit den schwarzen Frauen. Ekelhaft. Da wäre so eine Frau wie diese hier sicher eine Bereicherung gewesen. Egal, wie wahnsinnig sie war.« Er drehte sich um und verschwand in Richtung Kapitänskajüte. »Ich erzähle dem alten Herrn mal, was hier passiert ist. Aber macht Euch keine Sorgen: Euch trifft keine Schuld. Wir wollen schließlich kein totes Kind an Bord. Das wird dann womöglich zu einem Klabautermann, weiß man ja nicht. So ein Schiff kann schnell zu einem verfluchten Kahn, einem Geisterschiff werden.«

Auch die anderen wandten sich wieder ihren Tätigkeiten zu, nur eine Minute später wirkte es so, als sei die Rothaarige nie von Bord gesprungen. Nur in Gregorys Gedächtnis hatte sich das Bild der schwankenden, taumelnden, fallenden Frau auf der Bordwand für immer eingeprägt. Wie weit war das Mutterliebe, was daran der reine Wahnsinn – und welcher Richter hatte eine schwangere Frau dazu verurteilt, nach Australien zu segeln? Wer war nur der Vater dieses unglückseligen Kindes – und war es womöglich ein Fehler gewesen, es einfach über Bord zu werfen wie einen lästigen Sack voller Abfall?

Langsam ließ er sich auf einen Stapel Taue sinken und vergrub sein Gesicht in den Händen. Er hatte gewusst, dass seine Suche nach Anne mit vielen Abenteuern verbunden sein würde – aber er hatte nicht so sehr damit gerechnet, in die Abgründe der menschlichen Seele zu blicken. Er seufzte. Wohin würde ihn diese Reise nur führen?

Tasmanien, Hobart. 1832

16.

Dies war der Ort, an dem er die *Mercury* verlassen musste. Das Schiff würde nicht weiter nach Neuseeland reisen, da war er sich sicher. König Wilhelm hatte in den letzten Jahren immer wieder deutlich gemacht, dass er nicht an einer weiteren Kolonie interessiert war, die nur Geld kostete und sicher erst nach Jahrzehnten einen Gewinn abwerfen würde. Und – welcher Gewinn war schon von einem Land zu erwarten, das bis jetzt nur Waltran und Robbenfelle exportierte?

Immerhin war das Glück auf Gregorys Seite gewesen. In Neusüdwales hatten sie erfahren, dass die Gefangenen nach Tasmanien verbracht werden sollten – Van-Diemens-Land: die Männer mit den schweren Vergehen in das Lager bei Port Arthur, die Frau als Haushälterin in einen der Offiziershaushalte in Hobart. Sie würde das Leben einer Gefangenen nie kennenlernen – allerdings war ihr die Umwandlung der Gefängnisstrafe nur gegen einen sehr viel länger währenden Vertrag als Haushälterin angeboten worden. Es war genauso, wie es der Offizier nach dem Selbstmord der Rothaarigen erklärt hatte: Frauen waren Mangelware in den Kolonien am anderen Ende der Welt. Da war es dann ziemlich egal, wenn sie ein paar Groschen oder Brote gestohlen hatten. Viel wichtiger war ihre Fähigkeit, in einem männlichen Haushalt die Versorgung zu schaffen. »Hier kann sich jeder Mann glücklich schätzen, wenn er eine Frau aus der Heimat findet, mit der er eine Familie gründen kann«, hatte der Kapitän erklärt.

Jetzt war das Deck mit den Gefangenen verwaist, sie ankerten im Hafen von Hobart, füllten ihren Proviant auf, die Mannschaft freute sich darauf, dass es dann wohl endlich zurück in die Heimat ging. Nur Gregory sah nachdenklich vor sich hin. Nach mehr als einem Jahr in den Diensten der Navy waren ihm seine Kameraden ans Herz gewachsen, das Leben an Bord war ihm so vertraut wie einst das Leben in einem Gestüt. Auf der *Mercury* gab es keine Planke, kein Segel, kein Tau, das ihm nicht vertraut war. Aus ihm war ein echter Seemann geworden – und der Abschied von der *Mercury* fiel ihm schwer. Mal abgesehen davon, dass er keine Ahnung hatte, wie er das schaffen sollte, ohne als Deserteur gesucht zu werden.

Der Verlust eines Armes oder eines Beines – oder auch nur einer Hand – war ein ausreichender Grund, um erst einmal nicht den Heimweg anzutreten. Aber wie sollte er sich selber so eine Verletzung zufügen. Und wenn ihm das gelingen würde und er nicht an einer Blutvergiftung starb – konnte man als Invalide wirklich in einer wilden Kolonie Fuß fassen? Wohl kaum. Er verwarf die Idee fast noch im gleichen Moment, in dem er sie das erste Mal gedacht hatte.

Also eine Krankheit, die ohne Spuren verschwinden würde, nachdem die *Mercury* hinter dem Horizont verschwunden war. Nachdenklich fuhr Gregory sich durch seine wilden Locken, die er inzwischen in einem Zopf trug. Das ewige Lachen seiner Jugend war längst aus seinem Gesicht gewichen, seine Züge waren härter geworden, die Haut braun gebrannt. Der Mann, der einst England verlassen hatte, existierte nicht mehr. Nur seine Liebe zu Anne, die war immer noch da. Und deswegen musste er sich überlegen, wie er sich eine schwere Influenza holen konnte, ohne sein Leben in Gefahr zu bringen.

Ob er die Symptome vortäuschen konnte? Sich benehmen wie ein schwer kranker Mann, eine Krankenschwester oder einen Bader ein wenig bestechen – und auf diese Weise gefahrlos den Dienst quittieren? Das klang ihm wie die passende Idee, die er am besten sofort angehen sollte.

Leicht hüstelnd machte er sich auf den Weg in das Zimmer der Offiziere. Nicht zu aufdringlich, nur so, dass es alle bemerkten. Keiner beachtete ihn. Drei oder vier der Offiziere saßen an dem langen Tisch zusammen und unterhielten sich aufgeregt. Gregory nickte ihnen zu und setzte sich an den Tisch.

Ein junger Maat drehte sich zu ihm um. »Stell dir vor – es geht immer noch nicht nach Hause. Morgen kommt James Busby an Bord, wir sollen ihn nach Neuseeland bringen. Er wird der erste offizielle britische Resident der Krone in dem Land werden. Die Wahnsinnigen wollen sich doch engagieren – am Ende der Welt. Noch ein Land, in dem die Einheimischen nur auf unsere Waffen gieren, die sie dann im Krieg gegen uns richten. Und was haben wir von dort zu erwarten? Nur Flachs, Felle, Fischbein …«

»Wir segeln nach Neuseeland?« Gregory bemühte sich, nicht allzu begeistert zu klingen. Seinen Husten stellte er sofort ein. Den musste er erst dann wieder vortäuschen, wenn sie vor neuseeländischer Küste lagen.

Seine Kameraden sahen ihn misstrauisch an. »Ja. Nichts, worüber wir uns freuen müssen. Die See ist so weit im Süden wild und unberechenbar. Selbst du musst inzwischen von den ›Roaring Forties‹ und den ›Stormy Fifties‹ gehört haben. Und der Ort, an dem wir anlegen werden, hat wahrlich einen üblen Ruf.«

Offensichtlich war es ihm nicht gelungen, seine freudige Überraschung völlig zu verbergen. Er hob abwehrend seine Hände. »Im Gegensatz zu euch wartet in England kein Mädchen auf mich. Ich liebe es, neue Länder und neue Orte zu sehen. Deswegen verzeiht mir, wenn ich einen Abstecher nach Neuseeland nicht allzu schlimm finde. Es ist doch nicht allzu weit, auch wenn die See unruhig sein sollte. Oder?«

»Nein. Drei oder vier Tage, und wir werfen schon wieder Anker. Mit ein bisschen Glück bleiben wir nur wenige Tage und segeln dann endlich Richtung Heimat.« Der Maat lachte auf. »Wobei man sagen muss, dass von Neuseeland aus jede Richtung nach Hause führt –

weiter weg von zu Hause kann man nicht mehr sein. Unheimlicher Gedanke. Aber wir werden vor 1834 nicht in der Heimat sein … dann kann mein Sohn nicht nur laufen, sondern auch reden. An mich wird er sich nicht erinnern.« Ein bitterer Zug um seine Mundwinkel war nicht zu übersehen.

Gregory schlug ihm aufmunternd auf die Schultern. »Er wird dich schnell wiedererkennen. Und bevor du wieder in See stichst, sorgst du für einen kleinen Bruder, nicht wahr?«

Die Männer lachten und ergingen sich in detaillierten Beschreibungen über den Spaß, den die Erzeugung dieses Brüderchens sicher machen würde. Das Thema Neuseeland oder James Busby war erst einmal beendet.

Fröhlich pfeifend sah Gregory zu, wie am nächsten Tag James Busby am Kai auftauchte und über den schmalen Steg an Bord der *Mercury* kam. Dieser Mann sollte also die Ankunft der zivilisierten Welt in Neuseeland verkörpern. Er wirkte allerdings eher wie einer der Sträflinge auf einer Expedition in ein Land, in das er nur unter Androhung schwerer Sanktionen reiste. Zwei wuchtige Kisten begleiteten ihn, sie wurden von zwei finster aussehenden Gesellen hinter ihm her getragen. Offensichtlich rechnete Busby nicht mit einem kurzen Aufenthalt.

Noch bevor die *Mercury* in See stechen konnte, hatte auch Gregory seine erste Gelegenheit für ein Gespräch mit dem Politiker.

Busby tauchte schwer atmend neben ihm auf und sah mit sorgenvoller Miene zum Horizont. »Was denkt Ihr, wie das Wetter wird, mein Junge?« Er klang, als ob ihn Sorgen drückten.

Gregory zuckte mit den Achseln. »Ich bin noch nie in diesen Regionen gesegelt. Aber was ich so von meinen Kameraden höre, sind die Gewässer zwischen Tasmanien und Neuseeland recht unruhig. Selbst bei bestem Wetter müssen wir wohl mit einigem Seegang rechnen.«

Busby stöhnte und wischte sich den Schweiß von der Stirn. »Entsetzlich. Ich vertrage die See nicht so gut, müsst Ihr wissen. Jedes Mal schwöre ich mir erneut, dass ich nie wieder einen Fuß auf ein Schiff setze. Und immer wieder entsendet mich Seine Majestät in ein Land, das noch weiter entfernt liegt.« Er seufzte noch einmal. »Verzeiht, wenn ich so offen spreche – aber habt Ihr hier an Bord einen kleinen Vorrat an Rum oder etwas Ähnlichem? Ich habe die Erfahrung gemacht, dass man berauscht sehr viel leichter die Übelkeit vergessen kann.«

Gregory deutete in Richtung des Kapitäns. »Da müsst Ihr Euch an diesen Mann halten. Für uns ist meist nur ein dünnes Bier vorgesehen, das reicht sicher nicht für einen ordentlichen Rausch. Sagt mir, wo genau in Neuseeland werdet Ihr denn Eure Residenz wählen?«

»Kororareka heißt das Kaff. Besteht wohl nur aus Barbesitzern und leichten Mädchen, wie ich gehört habe. Da ist ein Leben oft weniger wert als ein Humpen Bier. Was jetzt nicht heißt, dass ich ein Bier nicht schätzen würde …« Er strich sich nervös über seine schütter werdenden Haare und zeigte zum Kapitän. »Da muss ich also hin?«

Gregory nickte, während seine Gedanken sich überschlugen. Kororareka, das war der Ort, an dem dieser Ardroy und Anne leben wollten. Zumindest glaubte Gregory, sich an diesen Namen zu erinnern. Aber es konnte doch nicht sein, dass ein Mann eine anständige junge Frau dazu zwang, an so einem Ort zu leben? Es war bestimmt nicht das erste Mal, dass er von diesem Kororareka gehört hatte. Aber den Worten der meisten Matrosen sollte man nicht allzu viel Glauben schenken. Da wurde aus einem lauen Lüftchen schnell mal ein Sturm, oder eine einzige Frau im bunten Rock sorgte dafür, dass sie von einem ganzen Nest an leichten Mädchen zu träumen begannen. Aber jetzt war auch noch der Vertreter des englischen Königs der Meinung, in einem Kaff der Sünde zu enden.

Busby nickte unterdessen dankbar und verschwand zum Kapitän. Hoffentlich zeigte er auf dem Festland mehr Standfestigkeit, sonst würden es Gesetz und Ordnung in Neuseeland sicher schwer haben. Gregory sah ihm nachdenklich hinterher. Was, wenn es in diesem Ort mit dem zungenbrecherischen Namen tatsächlich so gesetzlos zuging? Dann war dieser Busby doch völlig hilflos ohne eine Armee. Gregory war sich nicht einmal sicher, ob der Mann eine Pistole zu seiner eigenen Sicherheit am Gürtel trug.

Er konnte seinen Gedanken nicht allzu lange nachhängen. Ein paar Befehle reichten, um die Mannschaft der *Mercury* aufzuscheuchen. Der Anker wurde gelichtet, die Segel gesetzt, und die *Mercury* drehte ihre Nase in Richtung Südosten. Gregory atmete tief durch und schloss für einen kurzen Moment die Augen. Nur noch wenige Tage auf dem Meer, und er hatte sein Ziel erreicht. Nach so vielen Monaten war es jetzt nur noch eine Frage von wenigen Tagen, bis er vor seiner Anne stehen konnte. Immer wieder hatte er sich das Wiedersehen ausgemalt, sich vorgestellt, wie er vor Anne auftauchen würde. Ihr lässig zunicken würde. »Ich wollte mal nach dir sehen« oder etwas Ähnliches sagen – um klarzumachen, dass es für ihn eine Selbstverständlichkeit war, einfach um die ganze Welt zu reisen, nur um eine Frau noch einmal zu sehen. Das würde ihr schon beibringen, dass er alles andere als ein verwöhnter Knabe war, der sich nur ein Leben im Wohlstand vorstellen konnte.

Er atmete tief durch. Ein einziger Blick in ihre Augen, und er wüsste, wie es ihr ging. Wenn er erkennen würde, dass sie mit diesem Ardroy ihr großes Glück gefunden hatte, dann wollte er ohne Zögern zurückstehen. Sich über ihr Leben mit ihr gemeinsam freuen, vielleicht einen kleinen Sohn oder eine wunderschöne Tochter bewundern. Aber sie sollte wissen, dass er für sie sein ganzes Leben über den Haufen geworfen hätte, dass sie völlig zu Unrecht sein Angebot ausgeschlagen hatte. Fast freute er sich über die Aussicht, ihr verblüfftes Gesicht zu sehen. Er würde Anne zeigen, was es bedeutete, seine Angebote abzulehnen …

Doch tief in seinem Herzen wusste er, dass all seine Vorsätze nur Schall und Rauch waren. Er liebte Anne zu sehr, um sie einem anderen zu lassen. Und er liebte sie zu sehr, um ihr Unglück zu wünschen. Eine Zwickmühle, aus der ihn wohl nur Anne selber befreien konnte.

Die Reise über die Tasmanische See war schrecklich. Die Breitengrade waren zu Recht dafür berühmt, es den Seefahrern nicht leicht zu machen. Kaum waren sie auch nur wenige Meilen von der Küste entfernt, türmten sich haushohe Wellen vor der *Mercury* auf. Mehr als einmal hatte Gregory das Gefühl, dass das Schiff nur der Spielball einer mächtigen Natur war – und die Mannschaft lediglich über Gebete Einfluss auf ihre Geschicke nehmen konnte. Der Einzige, der bei diesem Sturm gelassen blieb, war der Kapitän. Der zuckte nur mit den Achseln, erklärte, dass man an diesen Bedingungen nichts ändern könne und er auch nicht verstehen würde, warum Seine Majestät nun auch noch in dieser Gegend der Welt ein Interesse anmeldete. »Hier verschwinden allmählich sogar die Wale«, erklärte er noch – dann zog er sich in seine Kajüte zurück, um möglichst genau auszurechnen, wie sie den Norden Neuseelands erreichen konnten.

Busby war die ganze Überfahrt nicht zu sehen. Als Gregory einmal nach seinem Befinden fragte, verdrehte der zweite Maat nur die Augen. »Dieser Jammerlappen behauptet, dass er nur noch sterben will. Wenn das die Zukunft von Neuseeland sein soll, dann sieht es in der Tat düster aus.«

Die Zukunft von Neuseeland war Gregory in diesem Augenblick herzlich egal. Er hielt bereits Ausschau nach den ersten Anzeichen für das nahende Festland und malte sich immer neue Varianten seines Wiedersehens mit Anne aus.

Als endlich die ersten Vögel zeigten, dass es nicht mehr weit sein konnte, beruhigte sich auch der wütende

Sturm. Das Meer veränderte seine Farbe, zeigte ein tiefes Türkis, am Horizont tauchte ein schmaler Streifen Land auf. Als er näher kam, erkannte Gregory Sand, in sich verdrehte einzelne Bäume und kein Anzeichen einer Menschenseele. Sie segelten noch einmal einen kompletten Tag an der Küste entlang in den Süden, ohne auch nur die Spur einer Siedlung zu sehen.

Das änderte sich schlagartig, als die *Mercury* schließlich um eine kleine Landzunge in eine weit geschwungene Bucht segelte. In einer Senke zwischen zwei Hügeln erkannte Gregory einzelne Häuser mit kleinen Fenstern, die auf das Meer hinausblickten. Sie drängten sich zusammen, als ob sie sich gegenseitig Trost vor so viel Landschaft geben mussten.

Sehr viel beeindruckender war die Flotte, die in dieser Bucht ankerte: Mehr als zwanzig Schiffe mit unterschiedlichster Takelage und Größe wiegten sich gemächlich auf den Wellen, schienen sich hier von den Strapazen auf hoher See auszuruhen. So winzig dieses Kororareka war – es schien eine ungeheure Anziehungskraft auf die Walfänger in diesem Teil der Welt zu haben. Gregory wurde nervös. Offensichtlich lebte Anne weniger abgeschieden, als er sich das immer vorgestellt hatte. Womöglich gefiel ihr der Trubel in dieser kleinen, lebendigen Hafenstadt?

Für seinen Geschmack dauerte es viel zu lange, bis endlich der Anker geworfen war, die Segel und Taue verstaut – und natürlich James Busby in das kleine Boot stieg, um als Erster das Festland zu betreten. Der Mann sah leichenblass aus, seine Haare klebten mit getrocknetem Schweiß an seinen Schläfen, die Hände zitterten. Es war leicht zu sehen, dass er auf der Überfahrt ein ordentliches Maß an Leid erfahren hatte. Von der *Mercury* aus konnte Gregory erkennen, dass der Vertreter der britischen Krone von nur wenigen Männern am Strand empfangen wurde. Offensichtlich maß niemand dieser Ankunft allzu große Bedeutung bei – sonst wären sicherlich mehr Einwohner der Stadt zu Busbys Empfang erschienen.

Kororareka, 1832

17.

Es dauerte nicht lange, und auch Gregory betrat zum ersten Mal den festen Boden von Neuseeland. Neugierig schaute er sich um. Auf den ersten Blick sah dieser Ort nach dem Paradies aus. Die Luft war warm, ohne irgendwie drückend schwül oder heiß zu sein, wie er es in den letzten Monaten in den Tropen erlebt hatte. Die Bucht bot perfekten Schutz vor jeder Art Wetter, Wälder bedeckten die umliegenden Hügel – hier konnte man sicher sein Dasein auf angenehme Weise fristen. Er lächelte.

Und nur einen Augenblick später gefror ihm genau dieses Lächeln im Gesicht. Zwischen zwei Häusern kamen zwei Männer und zwei Frauen hervor, die sich zielstrebig in Richtung eines der Schiffe aufmachten. Ganz offensichtlich ging es den Männern aber nicht schnell genug. Einer von ihnen griff der Frau an seiner Seite immer wieder unter den Rock, die Bewegungen machten deutlich, dass er ihr nicht nur den Schenkel streichelte. Der Frau schien das alles andere als unangenehm zu sein. Sie lachte unentwegt schrill auf, machte anzügliche Witze und zeigte dabei die vielen Zahnlücken in ihrem Mund. Angeekelt machte Gregory einen Schritt nach hinten. Er hatte inzwischen längst auf seinen Reisen erfahren, dass Hafenstädte allerlei zwielichtiges Gesindel anzogen. Aber in den meisten Fällen – sogar in Afrika oder in Indien – war dieses gottlose Gebaren auf die Nacht beschränkt gewesen. Hier schien es niemand zu kümmern, wenn am helllichten Tag fast in aller Öffentlichkeit Unzucht getrieben wurde. Oder zumindest überaus unziemliche Berührungen stattfanden.

Verächtlich schnaubte er durch die Nase und machte sich auf, um das kleine Städtchen zu erforschen und womöglich auch schon Erkundigungen über Anne einzuholen. Es könnte ja sein, dass er der Zeuge einer einmaligen Entgleisung gewesen war und dieser Ort seinen zweifelhaften Ruf völlig zu Unrecht trug.

Diese Hoffnung musste er nach wenigen Metern fahren lassen. Erst sah er ein weiteres Paar, das sich, an eine Holzwand gelehnt, heftig küsste. Die beiden schienen ihn nicht zu sehen – und wenn er den etwas unsteten Blick des Mannes richtig deutete, dann hatte der auch genug getrunken, um noch für einige Zeit nichts von der Welt mitzubekommen. Gregory war sich nicht einmal sicher, ob dieser Mann überhaupt merkte, wie viel Mühe sich die Frau inzwischen mit seiner entblößten Männlichkeit machte.

Kopfschüttelnd ging er weiter, betrat einen etwas

breiteren Weg, der offensichtlich als eine Art Hauptstraße diente. Er sah Männer im freundschaftlichen Gespräch beieinanderstehen, eine Prügelei, an der mindestens vier Männer beteiligt waren – und vor mehr als einem Haus lungerten Frauen in zerrissenen, fadenscheinigen Blusen herum. Ihre Röcke waren zu kurz und zu bunt, und der aufreizende Schwung der Hüften machte mehr als klar, zu welcher Profession sie zu rechnen waren. Gab es in diesem Kaff denn kein Viertel oder einen Straßenzug, der anständiger war?

Gregory musste sich eingestehen, dass er für die Beantwortung dieser Frage wohl jemanden fragen musste. Er räusperte sich und trat zu einem Mann, der ein merkwürdig riechendes, schmal gerolltes Blatt rauchte und dem Treiben nur zusah.

»Verzeiht, könnt Ihr mir sagen, wo sich die anständigen Bürger von Kororareka aufhalten? In welche Richtung muss ich gehen?«

Der Mann sah ihn über die Glut seines qualmenden Blattes hinweg belustigt an. »Dieser Ort hat keine anständigen Bürger. Huren, Barbesitzer, Säufer, Diebe und Mörder, die findet Ihr hier zuhauf. Mal abgesehen von ein paar Missionaren, die ständig gegen die Sünde anpredigen – hier gibt es niemanden, der reinen Herzens wäre.«

»Aber …« Gregory war verwirrt. In dieses Bild passte seine Anne nicht hinein. »Ich suche die Frau des Kapitäns Nathan Ardroy. Das sollten doch anständige Leute sein.«

»Ardroy? Nie gehört. Wenn es sich um einen aufrechten Kerl handelt – was ich in einem Ort wie diesem bezweifle –, dann hält er sich gut versteckt. Aber vielleicht weiß ja irgendeiner der Kerle in dieser Kneipe etwas von einem Ardroy.« Er deutete lässig über seine Schulter in das Halbdunkel eines Schankraumes hinter ihm. »Eigentlich ist dieser Ort so klein, dass niemand lange verborgen bleibt.«

»Und Euer Name ist …?« Gregory wollte nur höflich sein, bevor er weiter nach Anne suchte.

»Das tut nichts zur Sache. Jeder nennt mich nur den trockenen Wirt. Aber keine Sorge. Das liegt nur daran, dass ich selber nichts trinke. Meine Gäste bekommen reichlich von allem, was sie wünschen. Tretet nur ein.« Er deutete eine Verbeugung an, wies noch einmal auf den Eingang zum Schankraum und widmete sich dann wieder seinem glühenden Blatt. Es war deutlich, dass er keinerlei Verlangen danach hatte, diese Unterhaltung fortzusetzen.

Neugierig betrat Gregory den halbdunklen Raum. An fast jedem Tisch saßen zwei oder drei Männer vor ihrem Becher. Manche Gruppen schwiegen sich an, andere redeten laut und lebhaft mit fuchtelnden Händen. Irgendwo in der Nähe der Bar sah Gregory auf einem Tisch einen Würfel und ein paar Karten. Eine Kneipe wie in jeder anderen Hafenstadt der Welt auch. Erleichtert ließ er sich auf einen Stuhl fallen. An dem Tisch saß nur ein einzelner Mann, der schweigend in sein Bier starrte.

Augenblicke später trank auch Gregory einen Schluck von dem bitter schmeckenden Gebräu, das ziemlich sicher auch in Neuseeland produziert worden war. Zumindest schmeckte es weniger kultiviert als ein Bier in England. Er nahm einen langen Schluck und sah dann den einsamen Trinker fragend an. »Seid Ihr schon länger hier in Kororareka?«

»Länger, als mir lieb ist«, brummte der Mann.

»Dann könnt Ihr mir sicher behilflich sein. Ich suche einen Mann. Nathan Ardroy und seine Frau.« Der Mann sah ihn an, ohne auch nur erkennen zu lassen, dass er die Frage verstanden oder begriffen hatte. »Anne heißt sie«, erklärte Gregory in der Hoffnung, die Erinnerung dieses Mannes etwas aufzufrischen. »Groß, schwarze Locken, grüne Augen, Sommersprossen.«

»Der kann sich keine Frau leisten. Höchstens für eine Nacht, nicht für länger.« Der Mann schien sich seiner Sache sicher zu sein.

Gregory runzelte die Stirn. Das klang nicht nach dem erfolgreichen Kapitän, der Ardroy doch eigentlich war. Dieser Mann musste einen anderen Ardroy meinen. »Der Kapitän«, versuchte er dessen Gedächtnis auf die Sprünge zu helfen.

»Kapitän, ja, das ist er wohl«, erklärte der einsame Trinker. »Aber keiner, der es jemals geschafft hätte, ein eigenes Schiff zu steuern. Der fährt immer nur für den, der ihn gerade zahlt. Meistens mit einer wild gemischten Mannschaft, die ständig wechselt. Keine guten Leute.«

»Er soll aber hier in Kororareka wohnen«, beharrte Gregory. »Mit Anne!«

»Tut er aber nicht, habe ich doch gesagt. Was wollt Ihr überhaupt von dem? Kein guter Umgang.« Der Trinker leerte mit einem langen Zug seinen Becher und sah Gregory auffordernd an.

Der seufzte. Es war klar, was dieser Mann wollte, damit er mehr von seiner Erinnerung preisgab. Ungeduldig winkte Gregory nach dem jungen, kräftigen Mädchen, das hier bediente. »Noch ein Becher von dem Bier, bitte.«

Erst als sie es auf den Tisch gestellt hatte, redete der Mann weiter. »Ardroy kommt nur alle paar Monate hierher. Hin und wieder auch mal ein Jahr lang nicht, kommt darauf an, wohin er unterwegs war.« Er sah ihn genauer an und beugte sich etwas vor, so als würde er jetzt ein großes Geheimnis enthüllen. Gregory roch den sauren Atem, der verriet, dass dieser Mann heute schon mehr als genug Bier getrunken hatte. »Wenn er ein Mädchen dabei hatte, dann hat er es ganz bestimmt nicht geheiratet. Was soll Ardroy auch mit einer Frau? Kostet nur Geld, wenn sie halbwegs ordentlich leben will. Und Ardroy ist ja nie zu Hause, dass er es genießen könnte, wenn jemand auf ihn wartet.«

Er zögerte, bevor er weiterredete. Dabei beugte er sich noch mehr nach vorne. Als er die nächsten Worte flüsterte, spürte Gregory seine feuchte Aussprache.

»Ardroy bringt die Mädchen zu Jameson. Zu dem müsst Ihr gehen, wenn Ihr wissen wollt, was aus ihr geworden ist. Der lässt sich seine Mädchen von Ardroy herbeischaffen – deswegen hat er auch immer wieder frische Ware. Ich bin mir sicher, dass es so läuft.« Er nickte noch einmal, so als müsste er seine eigenen Worte bekräftigen.

Angeekelt lehnte sich Gregory nach hinten und wischte sich die Spucke ab. »Das habt Ihr falsch verstanden. Ich habe nach einer anständigen Frau gefragt, nicht nach einem dieser Flittchen, für die dieser Ort wohl berühmt ist.«

Der Trinker griff nach seinem Bier und zuckte mit den Schultern. »Vielleicht habe ich unrecht. Aber ich denke, dass schon eine Menge Mädchen anständig angefangen haben und heute nur noch mit bunten Röcken herumlaufen und die Männer an der Nase herumführen. Das kann schnell gehen. Vor allem hier.«

»Nicht meine Anne!« Empört stand Gregory auf. Diese Informationsquelle gab nichts her. Er ärgerte sich, dass er ein Bier bezahlt hatte, das er besser selbst getrunken hätte. Mit wenigen Schritten erreichte er die Tür und blinzelte einen Augenblick lang verwirrt in die grelle Sonne. Es war immer noch heller Vormittag, das konnte man in der fensterlosen Dämmerung dieser Kaschemme leicht vergessen. Entschlossen bog er in die Richtung ab, in der die meisten Häuser lagen. Es dauerte nicht lange, und er traf auf eine weitere Hauptstraße, auf der noch mehr Männer herumliefen. Matrosen auf der Suche nach etwas Zerstreuung, bevor sie erneut in See stechen mussten – das war ihm mittlerweile klar. Ob er wohl zu diesem Jameson gehen und nach Anne fragen sollte? Immerhin bis jetzt seine einzige Spur – und wenn dieser Mann sich nicht an die Schönheit aus England erinnerte, dann konnte Gregory diesen Verdacht wenigstens wieder fallen lassen.

Der nächste Mann, den er fragte, wies ihm den Weg.

»Immer geradeaus, dann rechts der Bau mit dem tief hängenden Dach und der schmalen Veranda. Stehen ein paar Mädchen davor – aber du musst vor allem eine der Pasteten essen, die sind wirklich ein Gedicht!«

Gregory nickte und ging in die Richtung, die ihm der Mann gezeigt hatte. Er musste nicht lange laufen, dann sah er das Haus. Im Gegensatz zu den meisten anderen hatte es offensichtlich noch ein paar Räume unter dem Dach. Zwei Mädchen standen davor, hielten ihre Gesichter in die Sonne und schienen den warmen Tag zu genießen. Keine von beiden war Anne, stellte er beruhigt fest. Wahrscheinlich wollte der Säufer aus der anderen Kneipe nur eine gute Geschichte erzählen, um an sein Bier zu kommen. War ihm ja auch gelungen.

Entschlossen ging Gregory an den beiden Frauen vorbei und schob die Tür zum Innenraum auf. Sofort stieg ihm ein köstlicher Geruch nach frisch gebackenem Teig und würzigem Fleisch in die Nase. Kein Wunder, es war bald Mittagszeit, und sicher wollten all die hungrigen Seeleute hier im Raum dann auch etwas essen. Gregory ließ sich auf einen der wenigen freien Plätze fallen und nickte den anderen Männern am Tisch zur Begrüßung freundlich zu.

Augenblicke später stand eine Frau mit einem Ausschnitt, der entschieden zu viel verriet, vor ihm. »Schwein oder Fisch?«, fragte sie ihn, während sie ungefragt einen großen Becher Bier vor ihm abstellte. Wenn er weiter so viel trinken musste, um seine Anne wiederzufinden, würde er noch vor Sonnenuntergang betrunken unter einem Strauch liegen. Er bestellte eine Pastete mit

Schweinefleich – so wie fast jeder am Tisch. Seeleute machten sich meistens recht wenig aus Fisch, das hatte er schon öfter festgestellt.

Außerdem war die Pastete mit Schweinefleisch und Kräutern unglaublich lecker. Noch während der ersten Bissen beschloss Gregory, mindestens noch eine zweite zu essen. Allein für diesen Geschmack hatte sich der Ausflug in diese Kneipe schon gelohnt – kein Wunder, dass kaum noch ein Tisch frei war. Zufrieden kauend wandte er sich an den Mann, der neben ihm saß.

»Ich suche ein Mädchen, das vor etwa zwei Jahren hier nach Kororareka gekommen ist. Sehr groß, sehr dünn, schwarze Locken. Heißt Anne. Ihr kennt sie nicht zufällig?« Er beobachtete sein Gegenüber genau, um zu sehen, ob sich irgendeine Form von Wiedererkennen in dessen Gesicht abzeichnete.

Nichts. Der Mann biss in seine Pastete, wischte ein wenig Bratensaft ab, der ihm über das Kinn lief, und schüttelte den Kopf. »Bin das erste Mal hier, tut mir leid. Aber ich bin mir sicher, dass ich nachher noch eine der Frauen hier näher kennenlernen werde …« Dabei lachte er gutmütig.

Die anderen Männer am Tisch stimmten ein. Einer von ihnen, ein älterer Mann mit grauen Haaren, die er sorgfältig zu einem Pferdeschwanz gebunden trug, beugte sich allerdings vor und erklärte: »Aber das Mädchen, das der Gentleman da eben beschrieben hat – das hättest du leider nie kennengelernt. Das war das beste Pferd hier in Jamesons Stall, die war nicht für die einfachen Kerle, so wie wir es sind.«

»Anne?«, fragte Gregory verblüfft nach. »Sie war hier? Das kann nicht sein!«

»Groß, dünn, immer von oben herab und dann diese Locken … Ich denke, es gibt nicht viele Frauen, auf die so eine Beschreibung passt. Es könnte also schon sein, dass Euer Mädchen hier gearbeitet hat. Wir haben sie nur die ›hochmütige Anne‹ genannt. Hat immer getan, als ob sie etwas Besseres wäre. Sicher, sie sah gut aus …« Er zuckte mit den Schultern. »Aber Jameson hat sie auch nur für gutes Geld hergegeben. War sein Goldesel, diese Anne.« Er schnalzte mit der Zunge, um noch einmal deutlich zu machen, was für ein Mädchen diese Anne war.

Gregory spürte, wie sich Kälte in ihm ausbreitete. Das konnte nicht wahr sein. Anne an diesem Ort – das war einfach unmöglich. Seine Verlobte mit den wilden Locken und dem unbeugsamen Willen würde doch nicht einfach hier in diesem Ort irgendwelche Männer gegen Geld an sich heranlassen. Er schluckte. »Was heißt denn war? Ist sie nicht mehr hier?«

Der Grauhaarige nickte. »Vor ein paar Monaten ist sie durchgebrannt. Mit einem reichen Walfänger. Hat ihn angeblich sogar geheiratet – das hat zumindest einer der Missionare dann behauptet. Kann mir allerdings nicht vorstellen, dass so ein Mann ein leichtes Mädchen heiraten würde. Weiß man ja nicht, wer an der schon alles dran war, vielleicht ist so ein Mädchen auch nicht mehr ganz gesund. Von den Matrosen kann man viele Krankheiten bekommen … Egal: Jameson hat getobt. Belohnungen ausgesetzt, wenn ihm irgendjemand seine Anne wieder zurückbringt. Aber bis heute ist sie weg. Wie in Luft aufgelöst.«

Das klang schon eher nach der Anne, die er kannte. Wenn sie es denn wirklich war. Das musste er herausfinden. »Woher kam diese Anne denn?«

Einen Moment lang spielte der Mann nachdenklich an seinem Pferdeschwanz und sah ins Leere. Dann zuckte er mit den Schultern. »Das hat sie nie gesagt. Hat überhaupt nie viel geredet. Deswegen haben wir sie ja ›hochmütige Anne‹ genannt. Hat sich immer so aufgeführt, als ob sie aus einem ganz besonderen Stall ist. Wenn ich ihren Akzent allerdings richtig gedeutet habe, dann kam sie aus dem Süden Englands. Woher genau, kann ich allerdings nicht sagen, da kenne ich mich nicht so gut aus.«

»Aber … wieso landet so ein Mädchen ausgerechnet an einem Ort wie diesem?« Gregory machte dazu eine Handbewegung, die alles einschloss. Den Ort Kororareka im Allgemeinen und diese Kneipe von Jameson im Besonderen.

»Falsche Gesellschaft«, erklärte der Alte. »Sie ist auf einen Kapitän reingefallen, der ihr die wahre Liebe versprochen hat. Alles, was sie dann lernen musste, war die Einsicht, dass Liebe eine wahre Ware ist.«

Ardroy. In Gregory stieg der blanke Zorn auf. Es war also tatsächlich dieser Windhund gewesen, der Anne in jene unmögliche Situation gebracht hatte. Er ballte seine Fäuste. Wenn er den Mann zwischen die Finger bekommen würde …

»Ist dieser Kapitän im Moment in Kororareka?«, fragte er möglichst beiläufig nach.

Mit einer Kopfbewegung deutete der Zopfträger in die Ecke. »Da sitzt er und plant mit Jameson seinen nächsten Coup. Hat erst vor ein paar Tagen Anker geworfen und Jameson wieder ein neues Mädchen gebracht.« Er sah suchend durch den Raum. »Ich kann die Kleine allerdings gerade nirgends sehen. Ist vielleicht in ihrem Zimmer, um ihre Wunden zu lecken. Oder nach der Auktion noch auf einem der Schiffe, kann auch sein.«

»Auktion?« Gregory war sich nicht sicher, ob er die Antwort auf diese Frage überhaupt kennen wollte. Mit jeder Sekunde, die er hier saß, verwandelte sich der freundliche Gastraum mit dem Duft nach Pasteten in eine wahre Hölle.

»Sicher! Es geht schließlich um die erste Nacht mit einem neuen Mädchen! Das lässt sich Jameson gut bezahlen. Ist ja auch eine einmalige Sache. Obwohl ich es nicht einmal haben wollte, wenn ich es mir leisten könnte – wer hat schon Spaß mit einem Mädchen, das in einem fort heult oder sich wehrt? Das machen doch nur Männer, die auch Spaß daran haben, einen Matrosen auszupeitschen, oder?«

Gregory hörte ihm kaum noch zu. Er sah möglichst unauffällig in die Ecke, die ihm der Mann gezeigt hatte. Da saß ein sehr fetter Mann mit selbstgefälliger Miene und an fast jedem Finger einen Goldring. Offensichtlich der Besitzer dieses Ladens. Neben ihm ein dünner Mann mit rötlichem Haar, der viel von einem gehetzten Fuchs hatte. Jameson schenkte dem Rothaarigen immer wieder aus einer Flasche nach, die sicher etwas Hochprozentigeres enthielt als das dünne Bier, das zu den Pasteten serviert wurde. Langsam stand Gregory auf. Er wusste noch nicht, was er zu diesen beiden Männern sagen wollte, die hier so offensichtlich ihre Freundschaft pflegten. Aber er wollte sie nicht sitzen lassen, ohne ihnen wenigstens einmal gründlich die Meinung gesagt zu haben.

Der Zopfträger hielt ihn am Ärmel fest. »Was wollt Ihr denn mit den beiden? Das bedeutet immer nur Ärger, wenn man sich mit einem von denen anlegt. Könnt Ihr mir glauben, lohnt einfach nicht! Auch nicht dann, wenn Ihr Anne kennt.«

»Das mag ja sein. Aber wenn ich nicht sage, was ich von dieser Art Handel mit unschuldigen Mädchen halte, dann kann ich mir heute Abend im Spiegel nicht mehr in die Augen sehen. Das ist ein Verbrechen!« Gregory konnte selbst hören, dass seine Stimme vor Wut bebte.

»Und das interessiert in dieser Gegend der Welt niemanden. Glaubt mir: Ist besser, Ihr setzt Euch wieder hin und trinkt noch ein Bier. Hier drinnen sind viel zu viele Männer, die Spaß mit den Mädchen haben wollen, die Ardroy hierherbringt. Die anderen werden kaum helfen, die freuen sich über die leckeren Pasteten und wollen ansonsten in Ruhe gelassen werden.« Der Mann versuchte doch tatsächlich, Gregory am Ärmel wieder auf seinen Stuhl zu ziehen.

Gregory schüttelte ihn mit einer unwirschen Bewegung ab. »Lasst mich. Aber vielen Dank für den sicherlich sehr wohlmeinenden Rat.« Damit ging Gregory an den Tisch der beiden Männer, die sich immer noch angeregt unterhielten. Er baute sich vor ihnen auf.

»Na, geht es darum, wer das nächste Mädchen sein soll, das Ardroy aus der Alten Welt mitbringt und hier ins Unglück verkauft?« Er sah die beiden finster an.

»Nein, ich mache keine Bestellungen. Nathans Geschmack reicht mir voll und ganz. Er bringt mir immer hübsche Mädels, die zur Zierde meiner Einrichtung werden.« Jameson grinste breit. »Solltet Ihr allerdings bald wieder auf eine Auktion hoffen: Da muss ich Euch leider enttäuschen. Wir hatten die letzte Versteigerung erst vor ein paar Tagen, das nächste Mal findet also erst in einem Jahr statt. Wenn nicht noch länger – es ist schließlich nie sicher, ob so ein zartes Wesen die Überfahrt auch wirklich übersteht.«

»Aber vor zwei Jahren, da kam die Lieferung doch unversehrt an, oder etwa nicht?« Gregory unterdrückte den Wunsch, Jameson einfach kräftig ins Gesicht zu schlagen.

Der legte seine Stirn in nachdenkliche Falten. »Vor zwei Jahren? Das war doch diese Anne. Das Mädchen, das jedem Kunden klarmachte, dass sie etwas Besseres ist, das er garantiert nicht verdient hat. Aber die meisten sind ja auf diese Masche hereingefallen. Haben sie immer wieder haben wollen, obwohl sie ganz bestimmt nie Spaß an der Sache gehabt hat. So was merke ich ganz sicher, wenn ein Mädchen einfach zu fein ist fürs Bett. Die hätte als Ehefrau ganz bestimmt niemals gestattet, dass das Licht noch brennt, wenn sie ihrem Mann beiwohnt …« Er klatschte sich auf die Schenkel vor Lachen. Ein unangenehm lautes, überhebliches Geräusch. »Wilcox wird sich noch wundern, was er sich da eingefangen hat.«

»Er hat sich eine der feinsten jungen Frauen eingefangen, die ich kenne …«, begann Gregory.

Nun brachen beide Männer in schallendes Gelächter aus. Es dauerte ein Weilchen, bis sie wieder zu Atem kamen. »Junger Mann, für die Mädchen in diesem Haus stimmen alle möglichen Beschreibungen. Sie sind unterhaltsam, hübsch oder wenigstens eifrig bemüht, einem Herrn zu Gefallen zu sein. Fein ist keine Einzige von ihnen. Eine Hure ist nicht fein, egal, wie man die Sache betrachten mag.«

Mit ein paar tiefen Atemzügen versuchte Gregory sich zu beruhigen. Sie sind es nicht wert, dass du dir an ihnen die Finger dreckig machst, versuchte er immer wieder sich selbst zu überzeugen. Du kannst Annes Vergangenheit nicht mehr ändern, wie schrecklich sie auch gewesen sein mag. Viel wichtiger ist doch, dass du sie wiederfinden musst. Er bemühte sich um eine möglichst ruhige Stimme, als er fragte: »Wer ist denn dieser Wilcox, der so sehr um seinen Fang zu bedauern ist?«

»Ein reicher Mann. Walfänger. Hat immer gut gezahlt. Und dann leiht er sich Anne für ein paar Tage aus, heiratet sie und brennt mit ihr durch. Wenn ich den erwische, dann hilft ihm sein Reichtum auch nicht mehr. Einem Jameson klaut man nicht einfach eines seiner Mädchen! Vor allem nicht meinen Goldesel!«

»Wo können die beiden denn hin sein?« Gregory bemühte sich, diese Frage möglichst beiläufig zu stellen.

»Ist ja nur Wildnis um uns rum«, zuckte Jameson mit den Schultern. »Kann mir nicht vorstellen, dass die beiden immer noch in Neuseeland sind. Wahrscheinlich längst in Australien. Oder in Indien. Irgendwo, wo man als halbwegs ehrenhafter Engländer hoch angesehen wird und niemand die Vergangenheit von Anne kennt. Trotzdem: Ich bitte jeden Seemann, der mein Haus verlässt, nach Wilcox Ausschau zu halten. Verspreche sogar jedem eine Belohnung. Wer weiß, vielleicht finde ich die beiden noch – und dann gnade ihnen Gott! Denn ich werde es nicht tun.«

Wieder Gelächter. Ardroy nahm einen tiefen Schluck von dem Schnaps, den Jameson ihm eingeschenkt hatte. Dann mischte er sich mit etwas schwerer Zunge in das Gespräch ein. »Ich besorg dir wieder so eine. Verarmter Landadel, den gibt es in England wie Sand am Meer. Da wird sich immer ein dämlicher Vater finden, der froh ist, wenn er seine Tochter an einen echten Kapitän loskriegt, der nicht allzu lange nach einer Mitgift fragt.«

Gregory spürte den bitteren Geschmack von Galle im Mund. »Master Courtenay mag verzweifelt gewesen sein, dämlich ist er deswegen noch lange nicht!«, versuchte er eine Verteidigung von Annes Vater.

Ardroy stutzte kurz, dann machte er eine wegwerfende Handbewegung. »Courtenay oder sonst wer, die sind doch alle gleich. Tatsache ist, dass ich es immer wieder schaffe, diesen Männern ihre Töchter wegzunehmen, ohne vor den Traualtar zu treten. Sie glauben immer meiner Erzählung von der Eile und den unwägbaren

Winden, wenn wir nicht bald Segel setzen. Bisher hat sich nicht einer die Mühe gemacht, herauszufinden, wie das Wetter auf dem Weg nach Neuseeland wirklich ist. Stattdessen nicken sie verständnisvoll, und ich darf die kleinen Jungfern mit auf mein Schiff nehmen – bei dem, mit Verlaub, sich auch niemand die Mühe macht, den wahren Besitzer herauszufinden. Nein, diese Männer sind Jammergestalten, sonst nichts.« Ardroy grinste überlegen, während er das erklärte.

Gregory ballte die Faust in der Tasche, während er an das gutmütige Gesicht von William Courtenay dachte, der innerhalb so kurzer Zeit gleich auf zwei Männer hereingefallen war. Er hatte ganz offenbar zu sehr darauf vertraut, dass man ihn ehrenhaft behandeln würde. Eine Hoffnung, die sich in keinem Fall erfüllt hatte.

»Die wahren Jammergestalten sind doch Menschen wie Ihr«, erklärte er schließlich. »Euer magerer Reichtum ist mit dem Unglück von Mädchen erkauft, die nie wieder in ihr altes Leben zurückfinden werden. Ihr seid der Abschaum, der in der Gosse das aufleckt, was kein anderer Mensch auch nur ansehen würde.«

Ardroy sah ihn einen Moment lang aus seinen merkwürdig hellen Augen an. Er schien zu überlegen, ob er jetzt ernsthaft Streit anfangen wollte – oder ob dieser junge Offizier keiner wahren Antwort würdig war. Dann schien er eine Entscheidung gefällt zu haben, trank noch einen Schluck und wandte sich Jameson zu. Es war klar, dass er mit Gregory kein weiteres Wort wechseln wollte. Und auch Jameson wandte sich ab.

Einen Augenblick lang sah Gregory nur noch zwei

Rücken. Das Gespräch war beendet – aber seine Wut und seine Ohnmacht wuchsen ins Unermessliche. Langsam drehte er sich um und machte sich auf den Weg in Richtung Tür.

Kororareka, 1832

18.

Auf der staubigen Straße senkte sich die Dämmerung über Kororareka. Es wurde allmählich Zeit, zur *Mercury* zurückzukehren. In Gedanken versunken machte Gregory sich auf den Weg in Richtung Meer. Der Strand sah unverändert paradiesisch aus, verriet nichts von den Abgründen, die sich in der Stadt auftaten. Das passierte also, wenn es keine Gesetze gab, die die Menschen in ihre Schranken wiesen. Langsam setzte Gregory sich unter einen Baum und schloss die Augen. Und jetzt? Wo sollte er seine Anne finden? Wenn nicht einmal dieser Verbrecher Jameson eine Idee hatte, wo er sie suchen sollte.

Er hörte, wie sich jemand dem Strandstück näherte, an dem er saß. Eine schmale Silhouette, die leicht schwankte. Erst als der Mann nur wenige Meter vor Gregory an seiner Hose nestelte und gegen einen alten Baum pinkelte, wurde ihm klar, wen er da gerade wiedersah: Nathan Ardroy auf dem Weg zurück zu seinem Schiff.

Der magere Mann stützte sich stöhnend mit einer

Hand an dem Baum ab – offensichtlich hatte ihm Jameson kräftig von dem hochprozentigen Zeug eingeschenkt. Angeekelt wollte Gregory sich schon abwenden. Aber dann konnte er sich nicht beherrschen – eine Frage hatte er noch.

»Hast du sie wenigstens gut behandelt?«

Ardroy zuckte zusammen, als er die Stimme aus dem Dunklen hörte. Er schloss rasch seine Hose und richtete sich mühsam wieder auf. Angestrengt starrte er in den Schatten, aus dem die Stimme gekommen war. »Ich habe jedes Mädchen gut behandelt, das kannst du mir glauben«, sagte er schließlich. »Jameson hätte mir weniger Geld bezahlt, wenn er auch nur ein einziges blaues Fleckchen entdeckt hätte.« Offensichtlich dämmerte ihm allmählich, wer da mit ihm redete.

»Und deine Anne ist ja ein nettes Mädchen gewesen. Ich musste erst etwas strenger werden, nachdem sie versucht hatte wegzulaufen. Das dumme Ding. Irgendwo in Malaysien rennt sie los in Richtung Dschungel. Sie hätte ihr Leben verlieren können, wenn ich sie nicht so schnell wieder eingefangen hätte. Was will ein Mädchen wie sie denn unter lauter Wilden, deren Sprache sie nicht versteht?«

»Sie ist weggelaufen? Hat sie denn gewusst, was sie hier erwartet?« Gregory schnürte es den Hals zu.

Ardroy spürte, dass er jetzt Oberwasser hatte. Er richtete sich auf. »Ja, einer der Matrosen hatte wohl Mitleid mit ihr und hat ihr erklärt, dass sie am Ende unserer Reise auf keinen Fall als meine Frau endet – sondern nur als eines von Jamesons Mädchen im größten Puff der Südhalbkugel. Dummkopf. Er hat ihr damit nur Angst gemacht – und an ihrem Schicksal hat sich auch nichts geändert. Ich finde es leichter für die Mädchen, wenn sie erst in letzter Sekunde erfahren, welches Leben auf sie wartet.«

Gregory spürte, wie in ihm wieder der Zorn aufstieg. Dieser Mann redete von Frauen wie von widerspenstigen Pferden, die man sich irgendwie gefügig machen musste. Er trat aus dem Schatten und baute sich vor dem Kapitän auf. »Wahrscheinlich hast du nur Angst, dass es ihnen den Appetit verschlagen könnte, oder? Für zu magere Hühnchen zahlt dein Freund Jameson doch wahrscheinlich auch nichts, sehe ich das richtig?«

»Klar. Sie dürfen weder zu dick noch zu dünn sein. Diese Anne war ja sowieso so dürr. Und für meinen Geschmack war sie auch viel zu groß. Wer mag schon eine Frau, zu der er ständig hochblicken muss? Obwohl – wenn sie auf dem Rücken liegen, kann ich es eigentlich schon leiden.« Er lachte über seinen Witz, den er wahrscheinlich für besonders gelungen hielt.

Ohne eine weitere Sekunde nachzudenken, holte Gregory aus und schlug Ardroy mit der Faust ins Gesicht. Der betrunkene Kapitän taumelte ein paar Schritte nach hinten und fasste sich überrascht ans Kinn.

»Ach so – der feine Herr will also kämpfen!«, stellte er fest. Seine Stimme klang dabei eher belustigt. Dann zuckte seine Hand für seinen Zustand erstaunlich behände an das Messer, das er an seinem Gürtel trug. Sekunden später blinkte die Klinge im Mondschein.

Gregory fasste erschrocken an seine Seite. Er trug für

den heutigen Landgang nicht einmal eine Pistole. Er sah sich suchend nach irgendeinem Gegenstand um, der für einen Kampf geeignet war – Gregory hatte inzwischen genug gelernt, um zu wissen, dass die meisten Seeleute mit dem Messer gut umgehen konnten und es keineswegs nur für das Spleißen und Kappen von Tauen verwendeten. Sein Blick fiel auf ein Stück Treibholz, das gut einen Meter lang war und sich an einem Ende in einer Gabelung verdickte. Er griff zu. Es war überraschend schwer, noch vollgesogen vom Meerwasser, in dem es wahrscheinlich schon einige Zeit gelegen hatte. Gregory schickte ein Stoßgebet an wen auch immer, dass dieses Holz in der Zeit nicht auch noch morsch geworden war.

Noch während er es anhob, schnellte Ardroy nach vorne, schlitzte Gregory den Ärmel seines Hemdes auf und verletzte dabei die Haut mit einem langen Kratzer. Erschrocken ließ Gregory den Ast sinken und griff sich an die Wunde – da sprang Ardroy erneut nach vorne und versenkte sein Messer tief in Gregorys linkem Oberschenkel.

Mit einem Schrei sank Gregory in die Knie. Im Licht des Mondes sah er, wie Ardroy sofort zu einer weiteren Attacke ansetzte. Schlagartig wurde ihm klar, dass sein Leben auf dem Spiel stand. Niemand würde ihm in diesem gottlosen Kaff beistehen – und Ardroy konnte nach der Tat einfach Segel setzen, verschwinden und ihn sterbend oder tot hier am Strand zurücklassen. Er musste sich wehren, egal, wie sehr ihn das verletzte Bein schmerzte.

Entschlossen riss er das Stück Holz nach oben,

schwang es über seinem Kopf und schleuderte es gegen Ardroys Körper. Der Rothaarige wich zurück, um dann einen noch wütenderen Angriff auf den knienden Gregory zu machen. Der erhob sich in letzter Sekunde, wich zur Seite und schmetterte seinen Knüppel auf Ardroys Genick.

Ohne einen weiteren Ton von sich zu geben, sank Ardroy in sich zusammen und blieb liegen.

Gregory ließ sich wieder auf die Knie fallen und atmete schwer. Er musste weg. Schnell. Bevor dieser tollwütige, besoffene Kerl sich wieder erhob und mit seinem spitzen Messer auf ihn losging. Ardroy würde nicht aufhören, bis er, Gregory, tot im Sand lag.

Er sah sich seinen Gegner an.

Der rührte sich immer noch nicht.

Vorsichtig stand Gregory auf und humpelte ein wenig näher. Atmete der Kerl überhaupt noch? Er war sich nicht sicher, hüpfte ganz nah heran und beugte sich etwas hinunter. Täuschte er sich, oder zuckte da ein Muskel am Hals? Gregory zog die Brauen zusammen und wischte sich ungeduldig über die Augen, um die letzten Schweißtropfen loszuwerden.

Nein, er hatte sich getäuscht.

Da bewegte sich nichts mehr.

Er griff Ardroy an die Schulter, schüttelte ihn etwas. Der Mann fühlte sich wie eine leblose Puppe an, nur sein Kopf sank allmählich zur Seite – so weit, wie es die Natur niemals vorgesehen hatte.

Eine eisige Hand griff nach Gregorys Herz.

Er hatte einen Mann getötet. Das war ihm mit einem

Mal so klar wie selten etwas anderes in seinem Leben. Er, Gregory Mallory, der nie einem anderen etwas zuleide getan hatte, er war jetzt ein Mörder.

Vorsichtig legte er seinen Zeige- und Mittelfinger an den Hals des Kapitäns. Vielleicht ließ sich ja gegen alle Wahrscheinlichkeit doch noch ein Puls feststellen?

Nichts. Langsam zog Gregory seine Hand zurück und hinterließ einen blutigen Abdruck auf dem Hals des Toten. Der Kratzer am Arm blutete, und sein Oberschenkel fing an, hässlich zu schmerzen.

Aber das war ihm jetzt egal. Er war ein Mörder. Einer dieser Menschen, die man in die Provinzen schickt, vor denen man ausspuckt, schon wenn man von ihnen redet. Auch wenn sein Opfer zum Abschaum der Weltmeere zählte – es war ein britischer Bürger, ein Kapitän – wenn auch mit zweifelhaftem Ruf – und ganz sicher kein Niemand. Gregory wich einen Schritt zurück und sah sich zum ersten Mal um. Aber eine Prügelei oder Messerstecherei war in dieser Gegend der Welt viel zu häufig, als dass irgendeiner zugesehen hätte. Der Strand war menschenleer, an dem unweit gelegenen kleinen Steg war keine Menschenseele mehr zu sehen. Die Seeleute waren allesamt auf ihre Schiffe zurückgekehrt – oder sie hatten sich entschieden, die Nacht auf dem Festland zu verbringen. Die vielen kleinen Beiboote, die den ganzen Tag zwischen den Schiffen und dem Land hin und her gerudert wurden, waren jetzt alle fest vertäut. Eine etwas größere Welle schwappte über Gregorys Stiefel. Die Flut setzte allmählich ein.

Er runzelte die Stirn. Was, wenn der Kapitän jetzt einfach von den Wellen des Pazifiks davongetragen wurde? Wenn er nie wieder auftauchte – war es dann nicht möglich, dass auch niemand nach einem Täter suchte? Immerhin konnte hier viel passieren. Ein Betrunkener konnte auf dem Heimweg zu seinem Schiff einfach ins Meer fallen. Die meisten Seeleute konnten nicht schwimmen, würden also sogar in den friedlichen Gewässern hier in der Bucht schnell und ohne große Gegenwehr ertrinken.

Und die Maori galten auch als streitbar. Könnte es nicht sein, dass ein Stamm beschlossen hatte, sich ausgerechnet jetzt mit den Engländern anzulegen? Auf jeden Fall war es durchaus möglich, dass dieser schmierige rothaarige Kapitän auf die eine oder andere Weise verschwunden war, ohne dass Gregory etwas damit zu tun hatte.

Gregory dachte nicht mehr lange nach. Er griff Ardroy unter die Achseln und schleppte ihn einige Meter weit ins Meer. Als das Salzwasser in seine frische Wunde am Oberschenkel drang, wurde ihm für einen Augenblick schwarz vor Augen. Es brannte, als würde Ardroy diesmal ein glühendes Messer in die Wunde versenken. Er atmete tief durch und schluckte die aufsteigende Übelkeit hinunter. Dann zerrte er weiter an Ardroys Körper, bis das Wasser ihm endlich bis zum Bauchnabel reichte. Er gab Ardroy einen letzten Stoß in Richtung offenes Meer. Der Mann sank knapp unter die Wasseroberfläche. Im Mondschein sah Gregory ein letztes Mal die hellen Augen, die ihn durch das Wasser anblickten. Dann drehte Ardroy sich einmal um die eigene Achse, ein paar Luftbläschen blubberten noch durch seine Lippen, und trieb erstaunlich schnell mit der Flut weg.

Mühsam schleppte Gregory sich zurück an den Strand, hinkte noch ein paar Meter zu den ersten Bäumen und ließ sich hier fallen. Die Wunde an seinem Bein schmerzte fast unerträglich. Wenn er die Lider schloss, dann sah ihn Nathan Ardroy mit seinen hellblauen Augen anklagend an. Dazwischen mischten sich immer wieder Bilder von Anne, die irgendwo im Dschungel in Panik vor diesem Mann fliehen wollte und der es einfach nicht gelingen wollte, egal, wie schnell sie mit ihren langen Beinen auch rannte.

Irgendwann musste ihn der Schlaf übermannt haben – denn als er das nächste Mal die Augen aufschlug, strahlte ihm die Sonne ins Gesicht, und am Strand herrschte die Betriebsamkeit eines frühen Morgens. Seeleute, die noch an diesem Tag wieder lossegeln wollten, liefen laut rufend umher und ließen die letzten Vorräte an Bord bringen. Andere wanderten ziellos herum, ihr unsteter Blick zeigte, dass sie in der vorhergehenden Nacht mindestens ein Bier zu viel getrunken hatten. Gregory schloss stöhnend die Augen. Bis ihm einen Wimpernschlag später einfiel, was an diesem Strand in der Nacht geschehen war.

Er riss die Augen auf und ließ seinen Blick suchend über den Strand gleiten. War Ardroy irgendwo wieder angespült worden? Gregory kannte die Strömungen in dieser Bucht nicht, hatte keine Ahnung, ob sie hinaus ins offene Meer führten oder nur parallel zum Ufer liefen. Doch er konnte nirgendwo einen leblosen Körper oder eine Ansammlung neugieriger Menschen erkennen. Mit einem leisen Seufzer schloss er die Augen wieder. Vielleicht hatte er Glück gehabt. Die Szenen, die sich hier im Mondlicht der letzten Nacht abgespielt hatten, erschienen auch ihm fast schon unwirklich.

Das beharrliche Pochen in seinem Oberschenkel wirkte da schon sehr viel realer. Vorsichtig sah er nach unten und untersuchte den Schaden, den Ardroys scharfes Messer angerichtet hatte. Der Stich war an der Innenseite des Schenkels, relativ weit oben. Nicht viel, und der Mann hätte dafür gesorgt, dass Gregory für immer ohne Nachkommen geblieben wäre.

Vorsichtig untersuchte Gregory die Wunde durch den Schnitt in seiner Hose. Die Ränder waren schon dick angeschwollen, die leichte Berührung seiner Finger ließ Gregory scharf die Luft zwischen den Zähnen einsaugen. Er brauchte Hilfe, keine Frage. Aber wer in Kororareka würde wohl einem Seemann mit einer klaffenden, eiternden Wunde am Bein helfen? Mühsam erhob er sich und hinkte langsam zurück zur Hauptstraße. Noch waren hier nicht viele Menschen unterwegs – und die wenigen redeten zu seiner Beruhigung nicht über das plötzliche Verschwinden des Nathan Ardroy.

Er wandte sich an den ersten Mann mit einem vertrauenswürdigen Gesicht, der ihm entgegenkam.

»Könnt Ihr mir sagen, ob es hier einen Bader gibt? Oder einen anderen Heilkundigen, der mir helfen kann?«

Der Angesprochene dachte kurz nach und hob dann entschuldigend die Hände. »Ich glaube nicht. Vielleicht weiß einer der Missionare Rat, Samuel Marsden hat

Kontakte zu fast allen Menschen hier in der Gegend. Er kann Euch womöglich weiterhel…«

»Wo finde ich den Mann?« Gregory spürte, wie sich kalter Schweiß auf seiner Oberlippe sammelte und es ihm vor den Augen flimmerte. Der Eiter aus der Wunde breitete sich schneller in seinem Körper aus, als er es für möglich gehalten hatte.

Der Mann deutete in die Richtung von ein paar Hütten, die am Ortsrand zusammengedrängt standen. »Die Letzte gehört Marsden. Aber ich kann Euch keine große Hoffnung machen …«

»Danke. Ich versuche trotzdem mein Glück«, nickte Gregory und hinkte in die Richtung, in die der Mann gedeutet hatte. Es schien ihm, dass er erst eine Ewigkeit später an die Tür klopfte. Die Tür öffnete sich, und er sah sich einem massigen Mann gegenüber, der ihn prüfend musterte.

»Ein englischer Soldat«, stellte er schließlich fest und bedeutete ihm einzutreten. »Auf diesen Anblick habe ich in diesem Ort lange gewartet.«

»Und doch wird es weiterhin lange dauern, bis die englischen Soldaten hier die Interessen der Krone vertreten«, erklärte Gregory. »Ich fürchte, jetzt benötige ich erst einmal Eure Hilfe. Ich wurde verletzt, die Wunde hat sich entzündet, und ich suche einen Heilkundigen.«

Marsden schüttelte den Kopf. »Mit Heilkunde kann ich nicht dienen. Nur mit Gebeten. Aber setzt Euch doch.«

Eine Aufforderung, der Gregory zu gern nachkam. Er ließ sich auf einen der Stühle fallen und wartete, bis sich sein rasendes Herz etwas beruhigt hatte. Marsden betrachtete ihn mit ernster Miene.

»Zeigt mir die Wunde, Soldat. Vielleicht habe ich doch etwas in meiner kleinen Hausapotheke, mit dem ich hilfreich sein kann. Aber macht Euch nicht zu große Hoffnungen.« Marsden deutete auf eine schmale Liege an der Wand, die mit einer Wolldecke verhüllt war.

Bereitwillig hüpfte Gregory die wenigen Schritte zur Liege, nestelte an seiner Hose und zog sie so weit nach unten, dass die Wunde zum ersten Mal deutlich sichtbar war. Ihre Ränder sahen flammend rot aus, aus der Wunde selbst sickerte eine gelbliche Flüssigkeit. Der Missionar schüttelte den Kopf. »Da wird es kaum reichen, wenn ich das ein wenig mit heißem Wasser reinige. Ich gehe und hole Hilfe. Versucht ein wenig zu schlafen, bis ich wieder zurück bin.«

Gregory nickte nur und schloss die Augen. Er spürte wie ihn seine Kräfte schneller verließen, als ihm lieb war. Er konnte später nicht sagen, wie lange er so dahingedämmert war, bis Marsden mit einer gebeugten alten Frau mit langem grauem Haar an seiner Pritsche auftauchte. Sie warf nur einen Blick auf das Bein, dann griff sie in ihre Tasche und förderte ein Bündel an vertrocknet aussehenden Zweigen zutage. Dazu ein Fläschchen mit einer klaren Flüssigkeit, das sie ihm ohne Umschweife an die Lippen hielt und ihn mit ein paar Handbewegungen dazu aufforderte, doch zu trinken. Er gehorchte – und nahm von dieser Sekunde an alles nur noch verschwommen wahr: Die Alte, die ein scharf aussehendes kleines Messer über eine kleine Flamme hielt. Sich dann seinem

Bein mit diesem Messer näherte – täuschte er sich, oder glühte die Klinge noch? Und schließlich der schneidende, gleißende Schmerz, als sie ihm in die Wunde schnitt, sie noch größer machte. Gregory schrie auf und fiel in eine gnädige, tiefe Bewusstlosigkeit.

Kororareka, 1832

19.

Seine Augenlider flatterten. Eine Gestalt neben ihm bewegte sich, legte ihm eine Hand in den Nacken, stützte ihn, er spürte den Rand eines Bechers an seinen Lippen und trank gierig. Er wollte fragen, wo er eigentlich war – aber dann schlossen sich seine Augen wieder, und er sank erneut in einen tiefen Schlaf.

Als er das zweite Mal erwachte, konnte er klarer sehen. Den einfachen Raum mit dem Tisch, den Stühlen und dem Regal mit den Büchern – und er selber auf einem schmalen Bett an der Wand. Auf einem Schemel eine Frau, die ihn aus ihren dunklen Augen unverwandt ansah und zufrieden nickte, als er sich bemühte, sich etwas aufzurichten.

Sie drehte sich zu dem massigen Mann um, der hinter ihr stand. »Er wird es schaffen. Ich habe mich geirrt, als ich ihn verloren geben wollte. Ein Kämpfer, dieser Soldat …«

»Wo …«, begann Gregory. Doch die Frau legte einen Finger an ihre Lippen. »Schhh. Du musst dich jetzt erholen. Hier bist du sicher, deine Freunde nehmen dich auch nicht mehr mit in einen Krieg.«

»Meine Freunde? Nehmen mich nicht mit?« Jetzt versuchte Gregory endgültig, sich in seinem Bett aufzurichten. Immerhin konnte er sich auf seinem Ellbogen abstützen. Er sah die Frau fragend an. »Was soll das heißen, dass meine Freunde mich nicht mitnehmen? Wo bin ich überhaupt?«

Der Mann, der sich bisher im Hintergrund gehalten hatte, trat jetzt nach vorne. »Ihr seid mein Gast. Ich heiße Samuel Marsden, ich bin hier in Kororareka Missionar. Vor etwas mehr als einer Woche klopftet Ihr an meine Tür. Zum Glück konnte ich die alte Mairi dazu überreden, zu mir zu kommen. Sie hat den Wundbrand aus Eurem Oberschenkel geschnitten – aber ein paar Tage lang sah es nicht so aus, als ob Ihr überleben würdet. In dieser Zeit ist Euer Kapitän hier bei mir aufgetaucht. Wollte wissen, ob Ihr transportfähig seid, wieder einsatzfähig würdet. Beides musste ich verneinen – und dann ist Euer Schiff ohne Euch aus der Bucht gesegelt. Er meinte, er würde Nachricht hinterlassen, dass das nächste Schiff Seiner Majestät Euch wieder an Bord nehmen würde. Man wollte Master Busby schließlich nicht ewig hier in Neuseeland lassen. Was eigentlich schade ist, viele von uns hatten gehofft, dass sich die Krone hier dauerhaft zeigen würde.«

Gregory hob abwehrend die Hand. Sein benebelter Verstand ließ in diesem Augenblick keine politische Diskussion zu. Viel drängender war die andere Frage. »Das heißt, die *Mercury* ist schon weg? Ohne mich?«

Tröstend legte ihm der Missionar die Hand auf die Schulter. »Die Wahrscheinlichkeit, dass Ihr wieder genesen würdet, war gering. Welchen Sinn machte es da für Euren Kapitän, auf Euch zu warten? Er schien mir sehr begierig darauf, endlich wieder die Segel in Richtung Heimat setzen zu dürfen.«

Gregory schloss die Augen wieder. Wie lange hatte er darüber nachgedacht, mit welchem Trick oder welcher Unwahrheit er sich von seinem Schiff davonstehlen könnte, ohne als Fahnenflüchtiger gesucht zu werden? Und jetzt hatte ihm das Schicksal einen so einfachen Weg gezeigt. Er musste Anne finden, sein Zurückbleiben hier in Neuseeland konnte kein Zufall sein. Vorsichtig bewegte er sein Bein. Ein brennender Schmerz durchfuhr ihn. Stöhnend fasste er sich an den Oberschenkel und spürte nichts als dicke Verbände.

»Was …?« Er sah den Missionar und die alte Heilerin fragend an.

Sie hob die Hände. »Ich konnte dein Leben retten. Aber der Muskel in deinem Bein wird für immer so hart bleiben wie ein Stück Treibholz. Du wirst für den Rest deines Lebens hinken. Aber das ist besser, als hier unter der Erde zu liegen, nicht wahr?«

Ein Krüppel. Lebendig, aber dazu verdammt, für immer von allen bedauert zu werden. Gregory drehte seinen Kopf zur Seite und sah die Wand an. Die Alte sollte nicht sehen, dass ihm die Tränen über die Wangen liefen. Denn sie hatte recht: Ein schwaches Bein war ein kleiner Preis für ein Leben. Und vielleicht sollte es so sein, damit er wenigstens ein bisschen Buße für den Mord an diesem Nathan Ardroy tun musste. Vielleicht hatte eine unbekannte Macht Gerechtigkeit gefordert.

»Was ich mich seit Tagen frage …«, unterbrach der Missionar seine Gedanken, »woher hattet Ihr diesen Messerstich? Die Klinge muss sehr scharf gewesen sein, solche Messer haben die Maori nicht. Also einer der Männer hier in Kororareka? Wer war es?«

»Keiner, der wichtig wäre«, versuchte Gregory auszuweichen.

»Und warum habe ich von keinem weiteren verletzten Mann gehört? Ihr seht mir nicht so aus, als ob Ihr Euch ohne Gegenwehr verletzen lassen würdet, Master Mallory.« Der Missionar sah ihn prüfend an.

Für einen Moment erschrak Gregory. Marsden kannte seinen Namen. Aber es dauerte nicht lange, bis ihm einfiel, dass der Kapitän der *Mercury* ihm sicher verraten hatte, wie er genannt wurde.

Er zuckte mit den Achseln. »Es kommt leicht zu Handgreiflichkeiten an diesem Ort, das muss ich Euch wohl kaum erklären. Ich habe im falschen Moment am falschen Ort mein Bier getrunken, das ist alles.« Er war selbst überrascht, wie leicht ihm die Lüge von den Lippen ging.

Marsden sah ihn prüfend an. »Wenn Ihr das sagt, dann wird das sicher so sein. Allein, es stimmt mich merkwürdig – hier in Kororareka prügeln sich die Männer häufig, zum Messer wird aber trotzdem nur selten gegriffen. Das tun nur wenige, die tollwütigen Hunden gleich beißen …«

»Dann muss ich wohl an einen dieser wenigen Messerstecher geraten sein.«

»… und einer von diesen Männern wurde seit dem Tag nicht mehr gesehen, an dem Ihr hier an meiner Schwelle aufgetaucht seid. Nathan Ardroy. Ihr kennt ihn nicht zufällig?« Jetzt hatten die Fragen des Missionars etwas Drängendes, der lockere Plauderton hatte sich verloren.

Eine Sekunde lang zögerte Gregory. Der Anblick von Ardroys blassen Augen, die ihn durch das Wasser im Mondlicht angesehen hatten, bevor sie endgültig im Meer verschwanden, verfolgte ihn. Dann schüttelte er entschlossen den Kopf. »Kann schon sein, dass ich ihn gesehen habe. Aber wenn er gerne mit seinem Messer gespielt hat, dann ist es sicher kein Verlust für diesen Ort, wenn er nicht mehr hier ist.«

»Der Herr möge mir meine Worte verzeihen«, murmelte Marsden, »aber ich muss Euch leider recht geben. Ardroy brachte nichts als Unglück über eine ganze Menge von Menschen …«

Die Heilerin legte ihre Hand auf Gregorys Stirn. »Er braucht jetzt Schlaf. Ihr müsst euch später weiter unterhalten!«, erklärte sie in einem Ton, der keinen Widerspruch zuließ. Marsden nickte und erhob sich. »Ich werde später nach Euch sehen. Jetzt erholt Euch.«

»Und noch einmal vielen Dank, dass …«, begann Gregory. Aber der massige Missionar war schon erstaunlich behände durch die Tür verschwunden, und Gregory blieb nichts anderes übrig, als seine Augen zu schließen und in einen tiefen Schlaf zu fallen.

In den nächsten Tagen machte er schnell Fortschritte. Er konnte sich erheben und auf einen Stock gestützt umhergehen. Die Heilerin verließ die Hütte und zog wieder in ihr Dorf, das einige Meilen südlich von Kororareka lag. Als Gregory sich bei ihr bedanken wollte, nickte sie nur. Sie sah ihn aus ihren dunklen Augen an. »Du hast ein gutes Herz und wirst in diesem Land sterben – aber bis dahin ist dir noch ein langes und glückliches Leben beschieden. Geh und such dieses Mädchen, von dem du in deinen Fieberträumen ständig geredet hast …«

Die Bemerkung machte Gregory einige Sorgen. Was hatte er noch gesagt, ohne dass er sich jetzt daran erinnern konnte? War Ardroy in seinem Gerede aufgetaucht, und der Missionar wusste längst, dass er einen Mörder gesund gepflegt hatte? Es gab keinen Weg, eine Antwort auf diese Frage zu erhalten.

Eine weitere Woche lang lief Gregory vorsichtig durch die Hütte, machte seine ersten Ausflüge in die Sonne und erledigte kleine Besorgungen für Marsden. Aus einem gerade gewachsenen, kräftigen Ast hatte er sich einen Gehstock geschnitzt, an den er sich schnell gewöhnte. Aber beiden Männern war klar, dass ihre Gemeinschaft nicht mehr lange dauern konnte.

»Wann werdet Ihr gehen?«, fragte der Missionar schließlich ohne Umschweife. Sie saßen auf ihren Stühlen am Tisch bei einer Tasse des Kräutertees, der hier viel getrunken wurde. »Es sind bald drei Wochen, dass Ihr hier bei mir aufgetaucht seid – und ich kann mir nicht vorstellen, dass Ihr jetzt für den Rest Eurer Tage mir Gesellschaft leisten wollt.«

Gregory lachte. »Keine Sorge, ich werde Euch schon bald nicht mehr belästigen. Ich habe Eure Gastfreundschaft schon viel zu lange ausgenutzt, dafür gebührt Euch mein ewiger Dank. Leider fehlt mir die Unterkunft, und da mein Schiff einfach ohne mich abgesegelt ist, fehlt mir auch alles Weitere …«

Mit einem leisen Ächzen erhob sich Marsden, ging an seinen Schrank und brachte einen dunkelbraunen Seesack zum Vorschein, den Gregory sofort erkannte. »Diesen hier hat Euer Kapitän für Euch hinterlassen. Ich habe ihn nur bisher nicht hervorgeholt, weil ich wollte, dass Ihr Euch erst einmal erholt, bevor Ihr wieder weiterzieht. Aber ich denke, Ihr findet alles darin, was Ihr benötigt.«

Dankbar griff Gregory nach dem vertrauten Stück, öffnete die Verschnürung und untersuchte den Inhalt. Tatsächlich war alles vorhanden. Hosen, Hemden, ein Halstuch und vor allem die kleine Lederbörse, in der er den Sold von fast zwei Jahren gesammelt hatte. Dieses Geld hatte er in den letzten Tagen bereits verloren gegeben. Er sah den Missionar dankbar an. »Tatsächlich ermöglichen mir diese Dinge, dass ich weiter meinen Plan verfolgen kann. Ihr werdet sicher schon gemerkt haben, dass ich meiner Zeit als Soldat nicht allzu betrübt hinterherweine …«

»Das habe ich an Euren ersten Worten bereits gemerkt. Schade, denn ich bin der Meinung, die britische Krone sollte sich wirklich um Neuseeland kümmern. Dieses Land braucht eine starke Hand, damit Männer wie dieser Ardroy in ihre Grenzen verwiesen werden. Er und andere dürfen hier ihrem gesetzlosen Treiben nachgehen, ohne dass sie auch nur das Mindeste befürchten müssten. Doch wenn wir Gesetze und Soldaten haben, die auch für die Einhaltung der Gesetze sorgen, dann wird aus unserem Neuseeland eine blühende Kolonie, da bin ich mir sicher. Aber ich habe Euch unterbrochen: Was sind denn Eure Pläne?« Er sah Gregory neugierig an. »Ihr werdet doch wohl kaum hier in Kororareka bleiben wollen?«

»Nein«, schüttelte sein Gast den Kopf. »Ich muss jemanden finden. Eine Frau. Sie ist unter schlimmen Umständen hierhergekommen, aber ich habe erfahren, dass ihr die Flucht gelungen ist. Vielleicht habt Ihr von ihr gehört? Ihr Name ist Anne Courtenay.«

Überrascht sah ihn der Missionar an. »Natürlich kenne ich Anne! Sie war häufig hier bei mir, hat mir ihre Geschichte erzählt. Ich wäre allerdings niemals auf den Gedanken gekommen, dass Ihr der Gregory aus ihren Erzählungen sein könntet. Wenn ich es richtig verstanden habe, dann seid Ihr ein netter Junge aus einer reichen Familie, der nie und nimmer seinen Luxus und sein schönes Leben aufgeben würde …«

»Anne scheint keine allzu hohe Meinung von mir zu haben«, versuchte Gregory einen Scherz. »Deswegen dachte ich mir, ich segele ihr um die halbe Welt nach und zeige ihr mal, dass ich ein echter Kerl bin – und nicht nur der verwöhnte Junge, mit dem sie in einer anderen Zeit verlobt war.«

Mit schief gelegtem Kopf runzelte Marsden die Stirn. »Mehr und mehr fällt es mir schwer zu glauben, dass

Eure Wunde nichts mit Ardroy zu tun hat. Nicht nur, dass er generell ein unangenehmer Zeitgenosse ist – aber er hat Eure Anne unter dem Vorwand, sie heiraten zu wollen, hierhergelockt. Und sie dann als leichtes Mädchen in eines der Hurenhäuser verkauft. Und das wusstet Ihr. Es kann also nicht sein, dass Ihr in einen Streit mit Ardroy geraten seid? Wenn ich eine Frau wie Anne an einen Verbrecher wie Ardroy verlieren würde – dann wäre dieser Mann ganz bestimmt nicht sicher vor mir …«

»Es war ein Unfall«, entfuhr es Gregory. Er biss sich auf die Lippen. Er wollte von dieser Nacht nicht reden, niemals.

Den Schotten schien diese Antwort allerdings nicht zu überraschen. Er nickte nur. »Das müsst Ihr mit Euch und Eurem Gewissen selber ausmachen. Die Welt ist ohne Ardroy sicher nicht ärmer, aber unser Herr spricht: ›Mein ist die Rache!‹ Wenn es Euch hilft, dann kann ich Euch die Beichte abnehmen.«

Aus irgendeinem Grund hatte Gregory damit gerechnet, dass sich die Tore der Hölle öffnen würden, wenn er sein Verbrechen zugab. Oder dass der Missionar wenigstens das Fegefeuer für ihn heraufbeschwören würde. Er war verwirrt und bekam fast nicht mit, dass der Schotte ihn interessiert ansah: »Was sind jetzt Eure Pläne?«

Gregory zuckte mit den Achseln. »Ich weiß es nicht. Ich werde nicht ruhen, bis ich Anne finde und sehen kann, ob es ihr gut geht. Aber ich habe keine Ahnung, wo ich sie finden kann.«

»Im Süden«, erklärte Marsden so selbstverständlich, als hätte Gregory ihn nach der Farbe des Himmels gefragt. »Ein sehr anständiger und nobler Mann hat sich in sie verliebt und ihr zur Flucht verholfen. Er hat aus ihr eine ehrbare Frau gemacht und sie geheiratet – das weiß ich, ich bin derjenige, der diesen Bund der Ehe höchstselbst gestiftet und geschlossen hat. Und dann haben die beiden die Segel in Richtung Süden gesetzt, um sich ein neues Leben aufzubauen. Jeden Abend schließe ich sie in meine Gebete ein und hoffe, dass sie ihr Glück gefunden haben.« Er hob entschuldigend die Hände. »Ihr könnt Eure noble Suche nach Anne jetzt einstellen, denn die Ehe ist eine heilige Angelegenheit und sollte von niemandem gefährdet werden. Ihr könnt nur Unruhe stiften, wenn Ihr plötzlich bei dem Paar auftaucht.«

Gregory konnte nicht fassen, was der Mann, der ihn seit Tagen wie einen Freund aufgenommen hatte, da so einfach sagte. Anne verheiratet? Immer noch in Neuseeland?

»Ihr seid Euch sicher, dass sie jetzt glücklich ist?«, fragte er nach.

»Unbedingt!«, bekundete Marsden und nickte dabei, um seinen eigenen Worten noch mehr Gewicht zu verleihen. »Und sie tat gut daran. Mit dieser Ehe kann sie den letzten beiden Jahren ihres Lebens entfliehen und ein neues Kapitel aufschlagen. Ich bin mir sicher, sie wird in ihrem Leben als Ehefrau aufblühen.«

Süden also. Da, wo Neuseeland noch unbesiedelt und jungfräulich auf die Menschen wartete, die sich niederlassen wollten. Gregory nahm sich fest vor, Anne zu suchen – trotz der Beteuerungen von Annes Glück wollte er sich mit eigenen Augen davon überzeugen. Es konnte immerhin sein, dass sie diesen Mann nur geheiratet hatte, weil er im Gegensatz zu ihrem Dasein in einem Hurenhaus das wesentlich kleinere Übel bedeutete. Und wenn das der Fall war, dann würde er, Gregory, sich ganz sicher nicht von einem kirchlichen Schwur davon abhalten lassen, Anne doch noch zu dem Glück zu verhelfen, das sie verdient hatte.

Marsden sah ihn an. »Ihr versprecht mir also, Anne in Frieden und in ihrem neuen Glück zu lassen?«

Gregory griff mit der einen Hand nach seinem Gehstock und mit der anderen nach dem Seesack. »Ganz sicher werde ich nicht an ihr Glück rühren.« Er machte eine Pause, bevor er fortfuhr. »So es denn echt ist und aus tiefstem Herzen von ihr empfunden wird.«

Noch bevor Marsden ihm widersprechen oder ihn an seinem Aufbruch hindern konnte, erhob er sich und humpelte zur Tür. Mit dem Knauf in der Hand drehte er sich noch einmal um. »Und besten Dank für Eure Hilfe. Ihr habt mein Leben gerettet und Annes Leben aus dem größten Unglück geholt. Aber verzeiht, wenn ich es jetzt mit eigenen Augen sehen will.«

Der Missionar nickte. »Wenn ich eine Frau wie Anne dazu gebracht hätte, mich zu lieben, würde ich mich auch nicht durch die Worte eines alternden Missionars davon abbringen lassen, nach ihr zu sehen.« Er lächelte und hob eine Hand. »Meinen Segen habt Ihr. Bestellt ihr meine Grüße und sagt ihr, dass ich ihre Gesellschaft und die Gespräche mit ihr vermisse.«

Mit einem letzten Winken verabschiedete sich Gregory endgültig. Schwer stützte er sich auf seinen Gehstock, als er die Straße hinunterging. Nach Süden also. Er würde sicher sofort spüren, ob seine Anne glücklich war …

TEIL III

Kororareka, 1832

20.

Anne schloss die Augen und genoss die Wärme der Sonne auf ihrem Gesicht. Eine leichte Brise strich ihr die Haare aus der Stirn, es fühlte sich an wie der perfekte Frieden. Im Hintergrund bellten sich die Matrosen irgendwelche Befehle zu. Sie machte sich nicht einmal die Mühe, ihnen zuzuhören. Unter diese Geräusche mischte sich das laute Schreien der Meeresvögel, die den Mast immer wieder umrundeten. Das Land zog in Sichtweite langsam vorbei – helle Sandstrände, an denen sich seit Jahrtausenden die Wellen brachen, ohne dass die Menschen sich darum gekümmert hätten. Dahinter das sanft hügelige Land, von Wäldern bedeckt, so weit das Auge reichte. Anne lächelte. Irgendwo in diesem Land würden sie und David ihr eigenes kleines Paradies finden. Sie waren jetzt seit zwei Tagen in Richtung Süden unterwegs. Tagsüber bemühte David sich darum, ihr jeden Wunsch von den Augen abzulesen. Und in der Nacht war er ein zärtlicher und aufmerksamer Liebhaber, der sich darum bemühte, sie all ihre Erlebnisse der Vergangenheit vergessen zu lassen. Aber sosehr Anne ihn auch schätzte und als Freund mochte: Wenn sie sich liebten, fühlte sie sich immer noch fremd in ihrem Körper. Sie ertappte sich selbst dabei, dass sie das Gleiche tat wie in den Monaten und Jahren in Kororareka: Sie dachte an etwas anderes, an ihre Vergangenheit oder ihre Zukunft, während David sich um sie und ihren Körper bemühte. Das kam ihr fast wie Verrat an seiner aufrichtigen Liebe und Zuneigung vor … Aber sie tröstete sich mit dem Gedanken, dass sie im Lauf der Jahre sicherlich mehr für ihn empfinden würde. Immerhin war die Hölle von Kororareka erst zwei Tage her. Da benötigte ihr Körper wohl etwas mehr Zeit, um wieder zu sich selbst zu finden und zu heilen.

Das Geschrei der Matrosen wurde lauter. Anne öffnete widerstrebend die Augen. Es war die Mittagszeit, wahrscheinlich würden die Seeleute schon bald eine Pause einlegen. Die See war ruhig, der Wind blies gleichmäßig – sie hatten also wirklich nicht übermäßig zu tun, soweit sie das beurteilen konnte. Und seit der langen Überfahrt aus England wusste sie mehr als nur ein bisschen über die Arbeit der Seeleute. Aus den Augenwinkeln sah sie, wie einer der jüngeren Matrosen einen anderen grob anrempelte. Sie drehte sich um und beobachtete das Geschehen genauer.

Der Angreifer war breitschultrig und recht hochgewachsen. Auf seinem Kinn wuchs ein struppiger Bart, sein Hemd – das wohl vor Urzeiten mal weiß gewesen sein musste – hatte herausgerissene Ärmel. Er sah verwegen aus – und boxte in diesem Augenblick seinem sehr viel schmächtigeren Gegenüber kräftig in die Seite. Der taumelte, wich aber einige Schritte zurück und versuchte den aufgebrachten Angreifer mit ein paar beschwichtigenden Gesten zu beruhigen.

Neugierig geworden, ging Anne etwas näher. Worum mochte es da gehen? Erst jetzt konnte sie verstehen, was die beiden Männer sprachen.

Der Angegriffene versuchte immer noch den Schwarzhaarigen zu beruhigen. »Du kannst ihm doch nicht vorwerfen, dass er Geld hat! Ich meine, wahrscheinlich hat er dafür hart gearbeitet …«

Der andere unterbrach ihn. »Da siehst du wohl was falsch! Wir waren diejenigen, die hart gearbeitet haben, nicht er. Der saß doch nur in seinem feinen Häuschen in Kororareka und hat uns monatelang auf See geschickt. So lange, bis die eigene Frau einen dicken Bauch von einem anderen hat – und Wilcox hat dazu gelächelt und das Geld eingestrichen.«

»Du kannst Wilcox doch nicht vorwerfen, dass deine Frau mit anderen Männern rumgemacht hat. Hättest dir halt eine bessere Frau aussuchen müssen! Eine, die nicht schon beim ersten Alleinsein wegrennt und sich einen Balg von deinem Nachbarn anhängen lässt.«

Der Schwarzhaarige schien für dieses Argument nicht sonderlich zugänglich zu sein. Er zückte ein langes, schmales Messer, mit dem normalerweise den Walen die dicke, feste Haut abgeschält wurde. »Wag es ja nicht, meine Frau zu beleidigen. Sie war einfach zu lange allein, hat geglaubt, dass ich schon tot bin. Es war seine Schuld!

Und jetzt soll er dafür bezahlen, ich habe schon alles klargemacht mit Oao… Oaoiti.« Er brachte den Namen nur mühsam heraus, und Anne fragte sich, wer dieser Oao… – wie auch immer er wirklich hieß – wohl war. Klang nach einem Maorinamen.

»Einem Menschen, dessen Namen man nicht problemlos aussprechen kann, sollte man vielleicht besser nicht sein Vertrauen schenken«, giftete sein Gegner. Um Augenblicke später mit einem Schrei in die Knie zu sinken. Der Schwarzhaarige hatte ihm mit einer kleinen Bewegung des Messers einen klaffenden Schnitt am Oberarm zugefügt.

Erst jetzt wurden die anderen Matrosen auf den Streit aufmerksam. Sie kamen langsam näher, während Anne sich vorsichtig ein paar Schritte von dem Geschehen entfernte. Der Schwarzhaarige giftete immer noch. »Und jetzt lässt er sich von uns irgendwo am Ende der Welt aussetzen – und dann dürfen wir dieses Schiff hier nach Australien bringen. Wir müssen es apportieren wie brave Hündchen, bevor wir mit unserer letzten Heuer von Bord gehen und nach einem neuen Schiff suchen müssen, auf dem wir anständig bezahlt und wie Menschen behandelt werden.«

Anne stellte sich unauffällig hinter eine große Tonne. Jetzt mussten die anderen Seeleute für David Wilcox eintreten. Es war doch kompletter Unsinn, was dieser schwarzhaarige Wicht da verkündete. Wenn dem Mann seine Frau abhandengekommen war, dann war es doch wirklich nur sein eigenes Problem.

Zu ihrer Überraschung stellten sich zwei oder drei

von den jungen Matrosen hinter den Schwarzhaarigen. »Er hat recht«, erklärte einer. »Er hat sich auf unsere Kosten bereichert. Jetzt wollen wir auch endlich mal was von seinem Reichtum holen. Hat sich jetzt tatsächlich eine Nutte für seinen Privatgebrauch gekauft – das zeigt doch nur, wie reich er eigentlich ist! Und das ist nicht irgendeine Nutte – die war die Königin von Kororareka, die war bestimmt nicht billig zu haben.«

Anne sah besorgt, dass einige der Männer bei diesen Sätzen zustimmend nickten. Was, wenn sich die Stimmung jetzt gegen David drehte? Der Mann, der seinen Kapitän am Anfang verteidigt hatte, hielt sich immer noch die Wunde am Oberarm. Sein Hemd war bis zum Ellenbogen von hellrotem Blut durchnässt. Er lehnte gegen die Reling und hielt seine Augen geschlossen. Mit wachsender Panik sah Anne den anderen Männern ins Gesicht. Sie alle sahen entschlossen aus. Und sehr einig in ihrer Absicht, David Wilcox etwas von seinem Vermögen abzunehmen. Was mochte das nur für ein Abkommen mit diesem Oao… sein? So ein Maori war doch kaum fähig zu einer ordentlichen Absprache, in der auch Geld eine Rolle spielte. Oder doch?

Zwei der Männer reckten ihre Faust gen Himmel. »Weg mit Wilcox!«, riefen sie. Das erste Mal noch leise flüsternd, so als sei es eine Art Versuch. Aber schon beim nächsten Mal wurden ihre Worte deutlicher, und weitere Männer stimmten ein. Noch viermal, und es dröhnte aus allen Kehlen über das Deck: »Weg mit Wilcox!«

Anne spürte, wie in ihr die kalte Panik aufstieg. Was würden diese entfesselten Männer mit ihrem Mann machen? Und noch schlimmer: Was hatten sie mit ihr vor? Seitdem sie in Kororareka den Anker gelichtet hatten, redeten die Männer über sie. Die Nutte von Wilcox, die er sich gekauft hatte. Anne hatte die Ohren vor diesem Geschwätz verschlossen. Wenn sie und David erst einmal auf ihrem eigenen Grund, fernab von allen Menschen, leben würden – dann war es bestimmt schon nach kürzester Zeit egal, wie sie zwei Jahre lang für ihr Überleben gesorgt hatte.

Aber jetzt sah die Sache anders aus. Diese wütenden, brüllenden Männer wollten David umbringen. Da war sie sich sicher. Und dann wäre sie Freiwild, ein Opfer für alle, die sich an ihrem Kapitän rächen wollten.

Anne drehte sich um und huschte, so schnell sie konnte, die wenigen Stufen in ihre Kajüte hinunter. Sie fand ihren Mann über eine Karte gebeugt, mit einem Kompass und einem Sextanten in der Hand. Offensichtlich hatte er noch nichts von den Unruhen vor seiner Tür gemerkt. Er sah auf, lächelte ihr zu – und bemerkte erst dann die Panik in ihrem Gesicht. Sein Lächeln erstarb. »Was ist passiert, Liebling?«

Sie deutete über ihre Schulter nach hinten. »Die Männer … sie planen eine Meuterei!«, brachte sie atemlos hervor. »Sie sind schon dabei! Sie wollen dein Geld! Sie wissen, dass du nach dem Verkauf deiner Walfänger Geld haben musst. Und sie sind überzeugt, dass es mit ihrer Arbeit verdient worden ist!«

»Diese Idioten!«, knurrte Wilcox. »Die haben so wenig Ahnung vom Walfang und von der Seefahrt, dass es einfach lächerlich ist, wenn sie etwas anderes behaupten. Ich werde sie zur Räson bringen, mach dir keine Sorgen.«

Damit warf er seine Instrumente auf den Kartentisch und stürmte aus dem Raum, noch bevor Anne ihn aufhalten konnte. Sie rannte hinter ihm her – und stieß an seinen Rücken, als er in der Tür plötzlich erstarrt stehen blieb. Mit diesem Anblick hatte er nicht gerechnet: Alle Matrosen riefen immer noch im Chor: »Weg mit Wilcox!« Dazu hatten sie eine Strohpuppe in die Takelage gehängt, die offensichtlich den unbeliebten Schiffseigner verkörpern sollte. Sie brannte.

Anne war fassungslos angesichts dieser unglaublichen Dummheit. Nach den Monaten, die sie inzwischen an Bord von Schiffen zugebracht hatte, wusste sie, dass ein erfahrener Kapitän nur eine Sache wirklich fürchtete: offenes Feuer. Wenn ein Schiff erst einmal Feuer fing, dann war es in der Regel nicht mehr zu retten. Obwohl es ständig im Wasser lag, war das geteerte Holz ein leichtes Opfer der Flammen.

Eine kräftige Bö fachte das Feuer in der Strohpuppe noch weiter an. Anne warf einen Blick in Richtung des Horizonts und musste noch einmal tief durchatmen. »David, ein Sturm kommt auf.«

Wilcox sah nur kurz zum Horizont, dann wieder auf seine entfesselte Mannschaft. »In jeder Beziehung, mein Liebling.« Seine Stimme klang gepresst, so wie ein Mann unter Druck sich anhören muss. Erst jetzt endeckte der Erste der Matrosen den Kapitän und Schiffseigentümer in der Tür.

»Da ist er!«, schrien sie. »Knüpft ihn auf!« Ein letzter

Rest Respekt hielt sie davon ab, sich nicht sofort auf Wilcox zu stürzen. Und der nutzte diesen kurzen Moment des Zögerns, um einen Schritt nach hinten zu machen, die schwere Tür zur Kabine hinter sich zuzuwerfen und den Riegel vorzulegen. Er drehte sich zu Anne um und hob hilflos die Hände. »Wir können nur hoffen, dass der Sturm sie dazu zwingt, mich wieder an das Ruder zu lassen. Für so eine Gefahr ist kein Einziger von ihnen ausgebildet, sie können mit einem Southerly nicht umgehen.«

Southerly, so nannte man hier in Neuseeland diese plötzlichen starken Stürme, die vom Süden her aus der Antarktis auftauchten und immer für verheerende Zerstörung und frostige Kälte sorgten. In Kororareka waren sie selten gewesen, Anne hatte überhaupt erst zweimal einen solchen Southerly miterlebt. Doch mit jeder Meile, die sie weiter in den Süden gesegelt waren, war die Wahrscheinlichkeit für diese Art Stürme gestiegen. Sie hatte erst vor wenigen Augenblicken das dunkle Band am Horizont entdeckt – aber bestimmt war jetzt bereits der halbe Himmel mit den schweren schwarzen Wolken bedeckt. Sie spürte unter ihren Füßen, wie das Schiff bebte, als eine kräftige Bö in die Segel fuhr.

»Sie müssen die Hauptsegel reffen«, murmelte Wilcox, der sie jetzt fest in seine Arme geschlossen hatte. »Wenigstens das müssen die Idioten doch hinkriegen.« Er ließ Anne für einen Moment los, um aus dem Fenster zu schauen. Kopfschüttelnd sah er auf die See, die jetzt schon mit Schaumkronen verziert war und eine bösartige schiefergraue Farbe angenommen hatte. Das Schiff legte sich bedrohlich zur Seite. Wilcox schüttelte den Kopf. »Ich fürchte, sie haben nicht daran gedacht!«

»Feurio!« Der Schrei vom Vorderdeck verriet ihnen, was passiert war.

Jetzt hielt Wilcox nichts mehr in seiner Kabine. »Die lassen das Schiff noch untergehen«, rief er. »Und halten sich dann immer noch für die genialen Seeleute, die sie leider niemals waren.«

Er riss den Riegel auf und rannte aufs Deck. Ihm bot sich das reine Chaos. Ein Teil der Seeleute rannte kopflos hin und her, ohne dass ein Plan oder ein Ziel hinter der Rennerei erkennbar war. Andere trugen Eimer und wollten den Brand löschen, der in der Nähe der Reling ausgebrochen war. Hier hatte sich die Wilcox-Strohpuppe in ein paar Tauen verfangen, die bereits lichterloh brannten. Dazu war der Himmel inzwischen tiefschwarz, der Wind pfiff über den Ozean und traf mit voller Kraft auf die Segel, von denen natürlich noch kein Einziges eingeholt worden war. Wie ein Blitz traf Anne, die Wilcox vorsichtig gefolgt war, die Erkenntnis, dass sie in wirklich ernster Gefahr waren. Sie warf einen abschätzenden Blick in Richtung des Ufers. Konnte man diese Strecke während eines Sturms schwimmen? Zu ihrer Überraschung war das Ufer näher, als es während der letzten zwei Tage jemals gewesen war. Und der Strand war nicht etwa leer – sondern von Dutzenden von Gestalten bevölkert, die alle gespannt zu ihrem Schiff herübersahen. Was hatte dieser Schreihals gemeint? »Ich habe mit Oao… alles klargemacht.« War das der Name dieses Maoristammes auf dem Strand?

Das Schiff legte sich bedrohlich auf die Seite, als die Wucht des Sturmes noch weiter zunahm. Wilcox stürzte zum Ruder und brüllte aus voller Lunge: »Die Segel reffen! Holt die Segel ein, und wenn es das Letzte ist, was ihr tut!« Keiner achtete darauf. Stattdessen nahm einer der Seeleute ein Stück Tau in die Hand und näherte sich Wilcox von hinten. »Pass auf!«, brüllte Anne gegen den Sturm.

Zu spät. Das Tau legte sich fest um Davids Hals, der Matrose zerrte Wilcox in Richtung des Mastes und band ihn einfach mit der Halsschlinge daran fest.

Zu ihrem Entsetzen sah Anne, wie sich das führerlose Ruder wild drehte. Das Schiff ächzte und fing an, sich quer zum Wind zu stellen. Anne war sofort klar, dass der nächste Windstoß oder die nächste große Welle das Schiff zum Kentern bringen würde. »Das Ruder!«, schrie sie. »Ihr müsst an das Ruder, ihr Holzköpfe!«

Ein Arm legte sich von hinten um ihre Taille. »Meine Kompassnadel hat gerade nur ein Ziel«, raunte ihr einer der Männer ins Ohr.

Anne wand sich aus seinem Griff und fuhr herum. »Deine Kompassnadel ist bald Fischfutter, wenn ihr nicht endlich anfangt, das Ruder in die Hand zu nehmen!«

Der Blick des Mannes wanderte zum Ruder. Er schüttelte den Kopf, so als ob erst diese Bewegung sein Gehirn arbeiten ließ. »Keine Ahnung, wer jetzt Kapitän ist … Paddy-Jay vielleicht?«

»Das ist ziemlich egal, wenn ihr nicht umgehend das

Schiff wieder in den Wind stellt und die Segel refft! Ein Wrack braucht keinen Kapitän!«

Als ob es ihr recht geben wollte, neigte sich das Schiff mit der nächsten Welle bedrohlich zur Seite. Fast erschien es Anne, als könnte sie mit der Hand ins Wasser greifen. Aus den Augenwinkeln sah sie, wie David sich verzweifelt am Mast festkrallte. Wenn er jetzt den Boden unter den Füßen verlor, würde ihn das Tau erdrosseln.

Sie hatten Glück. Der Wind ließ für einen Augenblick nach, und das Schiff richtete sich ächzend wieder auf. Es stand inzwischen komplett quer in den Wellen, der nächste hohe Brecher würde es unweigerlich zum Kentern bringen. Anne wandte sich halb um, holte mit ihrem Bein weit aus und trat dem Matrosen mit aller Kraft gegen das Schienbein. Insgeheim beglückwünschte sie sich, dass sie heute feste Lederschuhe trug und nicht wie in ihren Zeiten in Kororareka barfuß herumrannte. Der Mann stieß einen Schmerzensschrei aus und wich einen Schritt nach hinten.

»Du Biest«, murmelte er eher verwundert als verärgert. »Dabei macht es doch einer wie dir nichts aus, wenn man sie mal ein bisschen anpackt. Ist doch so.«

»Es ist vor allem unwichtig!«, schrie Anne ihn an. »Wichtig ist jetzt, durch diesen Sturm zu kommen, ohne das Schiff zu verlieren.« Sie nutzte ihre Freiheit, um die wenigen Schritte zum Ruder zu rennen und wie wild daran zu drehen. Unendlich langsam gehorchte ihr das Schiff. Zentimeter um Zentimeter drehte es sich wieder mit dem Bug gegen die Wellen. Unhörbar für alle anderen atmete Anne aus. Mit ein bisschen Glück mussten sie heute doch nicht schwimmen.

Das Ruder fest im Griff, sah sie sich vorsichtig um. Wahrscheinlich war der schlimmste Moment dieses Southerly bereits vorbei. Sie musste sich jetzt dringend um die Meuterei kümmern. Der Matrose, der eben noch seinen Herrn verteidigt hatte, schlich sich gerade von hinten an den Mast heran. Mit hastigen Bewegungen versuchte er, das Tau um Davids Hals zu lösen. Der Schwarzhaarige sah die kleine Bewegung, ahnte die Absicht und war in drei oder vier Schritten quer über das Deck bei Wilcox. Das Walmesser blitzte noch einmal auf – und der Mann, der David zu Hilfe geeilt war, brach, ohne einen weiteren Laut von sich zu geben, zusammen.

Der Schwarzhaarige griff nach dem Tau, das immer noch um Davids Hals lag, und riss daran. Ohne nachzudenken, ließ Anne das Ruder fahren, griff nach einem Haken, mit dem sonst die geschlachteten Wale längsseits an die Boote gezogen wurden, und zog dem Matrosen das Stück Eisen über den Kopf. Er schien einen Schädel aus Metall zu haben, denn er sackte nicht zusammen, sondern drehte sich nur mit einem verwunderten Ausdruck im Gesicht zu ihr um. »Wer …?«, wollte er wissen und sah sich suchend um. Offensichtlich konnte er sich nicht vorstellen, dass ihm eine Frau solche Schmerzen zugefügt hatte.

»Ich!«, verkündete Anne, hob den Haken und schlug erneut zu. Gleichzeitig spürte sie, wie das Schiff wieder zurück in die alte Position glitt. Das Ufer war inzwischen bedrohlich nahe gekommen. Der Schwarzhaarige verlor den Boden unter den Füßen, als ihn der Haken traf. Doch auch Anne schwankte, als das Boot mit einem schabenden Geräusch auf einen Felsen unter der Wasseroberfläche traf. Mit der nächsten Welle legte es sich bedrohlich auf die Seite, hielt noch einen Augenblick inne – um dann mit einem weiteren Brecher aufzugeben. Ächzend kippte es um, der Mast tauchte in die tobende See ein.

Anne ließ den Haken fahren, griff nach einem Tau und wandte sich zu David um. Der Schwarzhaarige glitt über Bord, David kämpfte gegen das Tau um seinen Hals. Anne kletterte mühsam zu ihm hinüber und nestelte mit fliegenden Fingern an dem Knoten, den die Seeleute in das Tau um seinen Hals gemacht hatten. Zu ihrem Glück ein echter Seemannsknoten, der sich leicht löste, wenn man nur am richtigen Ende zog. David griff sich an den Hals, um sich von seiner Freiheit zu überzeugen. Dann sah er sich um.

»Das Schiff ist verloren«, murmelte er. »Diese entsetzlichen Idioten, was haben die nur angerichtet?«

Entschlossen griff er Anne an die Schultern. »Ich gehe in unsere Kajüte und hole ein paar wichtige Dinge. Du wartest hier!«

Damit drehte er sich um und kletterte mühsam über das fast senkrecht stehende Deck zu der Tür, die in ihre Kajüte führte. Anne wusste, was er mit den »wichtigen Dingen« meinte: sein gesamtes Vermögen, das er für seine Flotte erhalten hatte. Ein kleiner Beutel, randvoll mit Goldstücken, ihre Versicherung auf eine gute Zukunft. Anne griff an ihren Hals. Der Anhänger ihrer Mutter war noch an seinem Platz, sie hatte sonst nichts von Wert.

Mit dem nächsten Brecher erzitterte das Schiff und verschob sich ein wenig. Sicher waren sie hier noch lange nicht. Anne sah sich um. Die meisten Matrosen konnten nicht schwimmen, deswegen klammerten sie sich an die Taue und die Reling und starrten mit weit aufgerissenen Augen in die tobende See. Einige von ihnen bewegten ihre Lippen, murmelten offensichtlich ein Vaterunser nach dem anderen. Oder sie riefen nach ihrer Mutter. Aber das war Anne in diesem Augenblick egal. Sie hatten sich das Unglück, in dem sie jetzt steckten, wahrlich selbst eingebrockt.

Ein Blick an das nahe Ufer zeigte ihr, dass sich dort inzwischen ein kompletter Maoristamm versammelt hatte. Die Wilden beobachteten genau, wie die Weißen um ihr Leben kämpften – aber sie rührten keinen Finger, als sich die ersten Gestalten durch die Brandung kämpften und sich auf das feste Land retteten. Einige der Männer, die über Bord gegangen waren, konnten wohl doch schwimmen. Zu ihrem Entsetzen erkannte Anne den Schwarzhaarigen, der sich schnell erhob und zu einem gedrungenen, etwas abseits stehenden Mann ging. Machte er Stimmung beim Anführer? War das dieser geheimnisvolle Oao… – wie auch immer er heißen mochte. Anne ballte ihre Faust. Sie hatte sich einen Zipfel vom Glück verdient, den würde sie jetzt nicht so einfach wieder loslassen. Sie sah über ihre Schulter zur Kajüte. Nichts von David. Brauchte er womöglich Hilfe?

Entschlossen kletterte sie dem Weg hinterher, den er zuvor gewählt hatte. Zum Glück war das Deck von einem wahren Gewirr an nassen Tauen bedeckt, es kostete nicht allzu viel Mühe, nach oben zu klettern. Nur wenige Atemzüge später sah sie in den Gang hinein, der zu ihrer Kajüte führte. Alles triefte und tropfte – aber es sah nicht so aus, als ob es lebensgefährlich wäre hineinzuklettern. Anne raffte ihre nassen Röcke und schob sich seitwärts in den Gang hinein. Dann krabbelte sie auf der Wand nach hinten. Aus der Kajüte drangen leise Flüche. »Ich komme!«, rief sie. »Brauchst du Hilfe?«

Ein Stöhnen drang aus der Tür. »Ja. Auf unseren Schiffskoffer ist ein Balken gefallen, ich kann ihn nicht öffnen.«

Anne sah durch die Türöffnung und erkannte das Problem. Der große Schiffskoffer ruhte verkeilt in einer Ecke. Ein Stück Holz lag darüber. David zerrte daran herum, um an die Klappe des Koffers zu kommen.

»So schaffen wir das nicht«, stellte Anne fest. Sie griff in ihr Haar und zog eine Nadel heraus, die ihre Locken im Nacken zu einem lockeren Knoten gehalten hatte. Ohne lange nachzudenken, setzte Anne diese Nadel an der Seite des Schiffskoffers an. Der war mit schwerem, geöltem Leinen bespannt. Sie konnte nur hoffen, dass das Ding schon etwas altersschwach war – und das Leinen im Moment unter viel Spannung stand. Sie ritzte mit der Nadel über das Leinen. Einmal, zweimal, dreimal. Kein Erfolg.

Anne unterdrückte einen Fluch und setzte ein letztes Mal die Nadel mit voller Kraft an. Ein leises Ratschen belohnte ihre Mühe. Mit einem Mal öffnete sich ein kleiner Riss, der sich unter dem Zug innerhalb von Sekunden zu einer breiten Lücke vergrößerte. David griff hinein und fischte mit triumphierender Miene den Beutel heraus, den er sich sofort an seinem Ledergürtel fest an den Leib band. Dann griff er nach Annes Hand.

»Schnell, wir müssen hier raus, bevor das Schiff endgültig vom Felsen rutscht und versinkt! Kannst du schwimmen?« Anne nickte, und Augenblicke später fanden sie sich auf Deck wieder.

»Komm. Wir müssen möglichst nahe ans Wasser, dann können wir springen und ans Ufer schwimmen. Bleib nahe bei mir!«, rief David. Sie kletterten an einigen Matrosen vorbei, die sich immmer noch an den Tauen festkrallten und wohl auf ein Wunder hofften – ein Teil von ihnen betete unablässig –, und erreichten die Reling, die bereits tief ins Wasser getaucht war.

Ohne zu zögern, stellte David sich darauf, versank dabei bis zu den Hüften im Wasser, nickte Anne noch einmal zu und verschwand in den Wellen. Sie folgte ihm. Wenn dieses Schiff wirklich abrutschen und untergehen sollte, dann wollte sie schon einige Meter entfernt sein.

Der kalte Pazifik schlug über ihrem Kopf zusammen, und ihre Füße prallten gegen irgendetwas Hartes, von dem sie sich mit einem kräftigen Tritt abstieß. Kaum war sie wieder an der Wasseroberfläche, fing sie an, in Richtung des Strandes zu schwimmen. Sie verfluchte sich selber, dass sie nicht den Leinenrock ausgezogen hatte, der sie jetzt an den Bewegungen hinderte und schwer nach unten zog. Immer wieder wurde sie von den Brechern in Richtung Strand überrollt, schluckte salziges Wasser und kam nach Luft ringend wieder hoch. Hin und wieder sah sie, dass David nur wenige Meter entfernt ebenso mit den Elementen kämpfte. Ihr erschien es wie eine Ewigkeit, bis sie endlich wieder festen Boden unter den Füßen spürte. Sie richtete sich auf und schleppte sich die letzten Meter durch die auslaufenden Wellen an den Strand. Erschöpft ließ sie sich auf die Knie fallen und rang nach Luft.

Es dauerte eine Weile, bis sie sah, dass David ebenfalls die Rettung aus dem Meer gelungen war. Auch er war an der Stelle, an der er aus dem Meer gekommen war, zusammengebrochen. Er blickte zu ihr herüber und warf ihr ein schwaches Lächeln zu. Noch bevor sie es erwidern konnte, hörte sie Schritte, die sich ihr näherten. Vor ihrem Gesicht tauchten nackte braune Füße auf.

Anne blickte nach oben und sah geradewegs in ein breites Gesicht mit einer Unzahl an spiralig gewundenen Tätowierungen am Kinn und auf den Wangen: der Maori, der die ganze Zeit reglos dem Treiben auf dem Schiff zugesehen und zur Rettung der Weißen keinen Finger gerührt hatte. Er sah nicht unfreundlich aus, eher wie ein neugieriges Kind, das einem Käfer zusieht, der auf dem Rücken liegt. Noch bevor sie etwas sagen konnte, tauchte der Schwarzhaarige neben dem Maori auf. Er lächelte ihr schmierig zu.

»Da ist ja mein hübsches Täubchen. Ich bin mir sicher, aus euch beiden kann man immer noch einiges holen. Und mein Freund Oaoiti freut sich auch, eure Bekanntschaft zu machen, nicht wahr?«

Der Maori nickte ernst.

Und Anne ließ den Kopf sinken. Dieser Tag stand ganz sicher unter keinem guten Stern, egal, wie friedlich er noch vor zwei Stunden ausgesehen hatte.

East Cape, 1832

21.

»Für mich hätte ja ein bisschen Geld gereicht«, erklärte Paddy-Jay salbungsvoll. Inzwischen hatte sich der Schwarzhaarige vorgestellt, der den ganzen Ärger angezettelt hatte. »Aber mein Freund besteht darauf, dass er ein paar Feuerwaffen bekommt. Ich habe ihm ursprünglich einen Teil der Gewehre versprochen, die wir an Bord hatten – aber die sind ja wohl unglücklicherweise verloren.«

Er deutete in Richtung des Felsens, bei dem jetzt nur noch ein Teil des einstmals stolzen Schiffes zu sehen war. Der Rest hatte schon vor ein paar Stunden der ständigen Brandung nachgegeben, war vom Felsen gerutscht, auf dem es gestrandet war – und dann endgültig zerbrochen. Die Ladung war sicher verloren. Und damit lagen auch die Waffen auf dem Meeresgrund.

Paddy-Jay und Oaoiti hatten Anne und Wilcox einfach am Strand gelassen. Es gab kaum eine Notwendigkeit, sie zu fesseln – wo sollten sie in der Wildnis schon hin? Erst jetzt, als sich ganz langsam die Dämmerung über das East Cape legte, hatten die beiden David und Anne zu sich holen lassen. Sie sollten über den »Preis für diese Gastfreundschaft« verhandeln. Und den hatten die beiden nicht zu gering angesetzt.

»Zwanzig Gewehre. Und Schwarzpulver für tausend Schuss«, erklärte Oaoiti in holprigem Englisch. »Sonst ...« Er machte eine unmissverständliche Bewegung am Hals.

Vorsichtig sah Anne zur Seite. Niemand wusste von dem Gold, das David an seinem Gürtel unter dem feuchten Mantel trug. Davon konnte er in Kororareka sicher einige Gewehre kaufen – aber wie lange dauerte die Rückreise zu Land? Auf dem Schiff waren sie nur drei Tage hierher unterwegs gewesen. Das war allerdings mit günstigen Winden und ruhiger See geschehen. Sie musste sich eingestehen, dass sie keine Ahnung hatte, wie viele Meilen sie in dieser Zeit wohl zurückgelegt hatten.

Wilcox war zu dem gleichen Schluss gekommen wie sie. »Dann muss ich nach Kororareka. Gewehre kaufen. Das dauert aber ein paar Wochen«, erklärte er. Er deutete auf Anne. »Und sie muss mit mir kommen.«

Anne spürte, wie ihr Hals eng wurde. Sie sollte zurück in dieses Höllenkaff? Wenn Jameson sie sah, würde er sie umbringen. Und sei es nur, damit seine anderen Mädchen nie wieder von einer Flucht träumten. Und auch Wilcox war seines Lebens nicht sicher. Es musste einfach einen anderen Ausweg als eine Rückkehr nach Kororareka geben.

Oaoiti schüttelte zu Wilcox' Vorschlag den Kopf. »Die Frau bleibt hier. Sonst kommst du nicht wieder. Bin nicht dumm.« Seine Stimme klang merkwürdig weich und freundlich für einen so heftig tätowierten Krieger. Aber er ließ trotzdem keinen Zweifel daran, dass er nicht einmal daran dachte, Anne mit ihrem Mann ziehen zu lassen.

Wilcox breitete bedauernd die Arme aus. »Dann kann ich nicht gehen. Ich lasse meine Frau nicht alleine in dieser Wildnis. Sonst komme ich wieder mit meinen Gewehren, und Anne ist nicht mehr hier.«

»Wir passen auf. Ihr passiert nichts.« Oaoiti nickte noch einmal zur Bekräftigung seiner Worte.

Panisch sah Anne sich um. Hatte sie wirklich nur die Wahl zwischen dieser Wildnis und Kororareka? Sie sah ein paar einfache Hütten, ein größerer Holzbau mit Schnitzereien – und jede Menge Wald und Busch darum herum. Das Dorf sah nicht einmal schrecklich aus. Es war nur unvorstellbar, hier ein paar Wochen oder gar Monate zu verbringen. Überall liefen dunkelhäutige Männer herum, trugen Tätowierungen und Speere – einige von ihnen sogar Feuerwaffen. Ohne darüber nachzudenken, deutete Anne darauf. »Woher habt ihr denn die hier?«, wollte sie wissen.

Oaoiti schüttelte nur abwehrend den Kopf. Er wollte ihre Frage nicht beantworten. Anne gestand sich ein, dass sie sich in den zwei Jahren in Kororareka keinen Deut um die Politik der Weißen gegenüber den Maori gekümmert hatte. Ihr eigenes Unglück hatte sie sehr viel mehr beschäftigt als ein paar dunkelhäutige Krieger, mit denen es hin und wieder Ärger gab oder die sich untereinander umbrachten. So hatte sie nur hin und wieder ein Fläschchen Manukaöl von den Frauen gekauft – und sie ansonsten mit dem gleichen Interesse behandelt wie die fremdartig aussehenden Pflanzen.

Merkwürdig, die Maori jetzt mit Waffen zu sehen. War es möglich, dass ein Krieg mit den Weißen nicht mehr weit entfernt war? Eine Wiederholung dieser Unruhen, die die Männer nur den »Krieg der Mädchen« nannten und der wohl zwei Jahre vor ihrer Ankunft passiert war? Damals hatten sich Hunderte von Maori untereinander eine Schlacht am Strand von Kororareka geliefert, am Ende lagen mehr als ein Dutzend Leichen im Sand. Wahrscheinlich eine große Übertreibung – aber Anne hatte diesen Erzählungen ohnehin nie großen Glauben geschenkt. Jetzt, da dieser Häuptling so energisch seine Gewehre verlangte, fragte sie sich aber doch, gegen wen er wohl die Läufe dieser Waffen anschließend richten wollte.

Oaoiti machte eine ungeduldige Handbewegung. »Morgen gehst du. Allein.«

Damit erhob er sich und verließ die Besprechung, während Anne verzweifelt nach einem Ausweg suchte. Sie legte David eine Hand auf den Arm. »Du kannst nicht zurück«, flüsterte sie. »Was, wenn Jameson dich sieht? Er wird dich umbringen! Sein Stolz lässt nicht zu, dass ihm jemand eine Frau stiehlt und er nichts dagegen unternimmt. Du darfst da nicht hin! Es muss einen anderen Weg geben, um an die Waffen zu kommen …« Ihre Stimme hatte etwas Flehendes.

Paddy-Jay sah Oaoiti einen Augenblick lang hinterher. Dann zeigte er sein schmieriges Grinsen. »Und über meine Vermittlerdienste haben wir noch nicht geredet. Ich will zwei Goldpfund. Für jeden von euch. Die kannst du auch gleich mitbringen, wenn du die Gewehre lieferst.«

»Das ist zu viel! Was glaubst du denn, was ihr faulen Hunde mit den paar Walen verdient habt!«, rief Wilcox.

»Genug. Ich kenne den Preis für eine Tonne voller Tran«, erklärte Paddy-Jay mit dem zufriedenen Gesicht eines Mannes, der sich nicht nur im Recht glaubt, sondern auch am längeren Hebel sitzt.

»Ich muss mit meiner Frau sprechen«, sagte Wilcox bestimmt. »Alleine.«

»Damit ihr irgendetwas Kluges aushecken könnt? Nein, nein. Wenn ihr etwas zu besprechen habt, dann vor mir. Oder gar nicht. Eure Entscheidung.« Er sah Wilcox herausfordernd an.

Anne hätte fast gelacht – wenn ihre Situation nicht so verzweifelt gewesen wäre. Dieser Paddy-Jay hielt sich wirklich für besonders klug – dabei hatte er erst vor wenigen Stunden ein wunderbares seetüchtiges Schiff zu Kleinholz verarbeitet. Und er benahm sich immer noch so, als sei ihm da etwas Großartiges gelungen. Aber er hatte sie unbestritten in der Hand. Und hatte die Macht, sie nicht nur zu trennen, sondern auch ihren frisch angetrauten Mann in das Unglück zu schicken. Sie beugte sich zu Wilcox hin. »Hast du eine Idee? Bitte, hab eine vernünftige Idee!«

Wilcox biss sich auf die Lippen. Die Narbe in seinem Gesicht leuchtete auf der blassen Haut, als er ihr leise antwortete: »Zu Fuß können wir keinen anderen Ort erreichen. In Australien wäre ich sicherer – aber wie soll ich da hinkommen? Ich muss los. Keine Sorge, ich werde in Kororareka auf mich aufpassen! Der Weg ist lang, da kann ich mir etwas einfallen lassen.«

Anne atmete tief durch. So sah also ihr Schicksal aus. Wieder einmal blieb ihr nichts anderes übrig, als das Beste daraus zu machen. Ihre Gedanken überschlugen sich. Wie konnte sie wenigstens ein bisschen Sicherheit für Wilcox und sich selbst herausschlagen?

Sie sah Paddy-Jay an: »Und wenn Ihr es wagt, mir auch nur ein Haar zu krümmen, dann erhaltet Ihr ein Goldpfund weniger. Ihr habt hier für meine Sicherheit unter den Wilden zu bürgen.«

Der Schwarzhaarige war für einen Augenblick verwirrt. »Bürgen?«

Anne nickte. »Sicher. Ich bleibe als Geisel hier, und Ihr sorgt dafür, dass mir nichts geschieht. Sollte mir trotz Eurer Mühen etwas zustoßen, erhaltet Ihr nur das halbe Geld. Sollte ich mein Leben verlieren, bekommt Ihr gar nichts. Das ist doch nur recht und billig, meint Ihr nicht?«

David Wilcox nickte zustimmend. »So verhalten sich Ehrenmänner und gute Geschäftemacher. Und das seid Ihr doch – oder etwa nicht?«

Paddy-Jay nickte. Der dümmliche Ausdruck in seinem Gesicht machte deutlich, dass er keine Ahnung hatte, worauf er sich eingelassen hatte. Aber mehr Sicherheit würde Anne aus diesem Holzkopf wohl nicht ziehen können. Wilcox reckte Paddy-Jay die Hand entgegen. »Dann wollen wir uns auf diese Vereinbarung den Handschlag geben. Es gilt!«

Die Männer schüttelten sich mit ernsten Mienen die Hände. Paddy-Jay überrumpelt, David Wilcox wenigstens mit einem winzigen Hauch Sicherheit für Anne ausgestattet. Sie saß dabei, blickte in die Gesichter und versuchte sich auszumalen, was wohl in den nächsten Wochen auf sie zukommen würde. Eine weiße Frau unter Wilden. Sie musste unbedingt die Sprache dieser Maori lernen, sonst war sie verloren. Eine leise Übelkeit machte sich in ihrer Magengrube breit. Entschlossen schluckte die den bitteren Geschmack nach Galle wieder herunter. Jetzt war der falsche Augenblick für Selbstmitleid!

Am nächsten Morgen brach David Wilcox auf – an seiner Seite der etwas schmächtige Matrose, der für ihn eingestanden war. Die Wunde an seinem Oberarm war von den Maori versorgt worden, der Angriff von Paddy-Jay hatte ihm nur für kurze Zeit das Bewusstsein geraubt, aber nicht ernstlich verletzt. Wilcox zog Anne an seine Brust und drückte sie fest an sich.

»Ich versuche, so schnell wie möglich wieder hier zu sein«, flüsterte er in ihr Haar. »Bitte pass auf dich auf. Ich weiß nicht, was ich machen würde, wenn dir etwas zustößt …« Seine Stimme brach.

Anne versuchte ihm Mut zu machen. »Das schaffst du. Und wenn ihr mit einem Schiff zurückkehrt, dann seid ihr wahrscheinlich wieder hier, bevor ich auch nur die

Ansätze der Sprache der Maori begriffen habe. Bitte, mach dir keine Sorgen. Ich komme zurecht, das solltest du doch wissen.«

Er sah sie zweifelnd an. »Als ich dich geheiratet habe, da habe ich geschworen, dass ich dich künftig von aller Unbill fernhalte. Jetzt sieht es nicht so aus, als ob mir das länger als drei Tage lang geglückt ist. Kein sehr tüchtiger Ehemann, den du dir da eingefangen hast.«

»Du kannst nichts dafür«, wollte Anne ihn noch einmal beruhigen.

»Doch, ich hätte merken müssen, dass meine Mannschaft unzufrieden war. Ein guter Kapitän muss so etwas spüren.«

Anne konnte nichts mehr erwidern. Tatsächlich hätte er etwas merken müssen. »Ich habe dich einfach zu sehr abgelenkt«, versuchte sie einen Scherz.

Mit einem traurigen Lächeln zuckte er die Achseln. »Gott behüte dich, mein Liebling!«

Dann wandte er sich um und machte sich auf den Weg. Er und sein Begleiter, der Matt genannt wurde, planten eine Reise entlang der Küste. Der größte Teil der Strecke war wohl sandiger Strand, einzig die vorgelagerte Halbinsel Coromandel würde sie zwingen, sich durch den Regenwald zu schlagen. Eine Strecke, die bisher kaum ein Weißer zurückgelegt hatte.

Anne sah den beiden Männern hinterher, bis sie um eine Biegung verschwanden. Es würde sicher einige Wochen, wenn nicht gar Monate dauern, Kororareka zu erreichen. Außerdem: Wie schnell ließen sich dann die Gewehre auftreiben? Was würde Jameson machen, wenn er erfuhr, dass Wilcox wieder im Ort war? Wie lange würde sie hier wohl warten müssen, bis sie ihren Mann endgültig aufgab? Was, wenn es ein Jahr dauerte? Musste sie dann fliehen? Und wohin nur konnte sie sich wenden?

Wieder machte sich ein übles Gefühl in der Magengrube breit. Wahrscheinlich war ihr der merkwürdige Brei, den die Maori zum Frühstück gereicht hatten, nicht bekommen. Sie drehte sich um und ärgerte sich über ihren Körper. Sie hatte jetzt keine Zeit für Schwächen. Sie musste sich hier möglichst gut einrichten und dafür sorgen, dass man sie respektierte.

David setzte mechanisch einen Schritt vor den anderen. Seine Stiefel sanken in den Sand ein und machten jeden Schritt anstrengend. Er drehte sich zu Matt um. »Sind wir uns sicher, dass es eine gute Idee ist, am Strand entlangzulaufen?«

Der Matrose hob die Schultern und sah in Richtung des dichten Waldes. »Nein. Aber ich denke, wir laufen keine Gefahr, uns zu verirren. Außerdem gibt es reichlich Nahrung im Wasser. Muscheln und Fische …«

Wilcox nickte. »Gut. Dann eben am Meer.«

Er näherte sich der Wasserlinie und lief dann direkt am Meer entlang. Hier war der Sand wenigstens nicht so unerträglich tief. Sie machten am ersten Tag keine Pause, bis sie sich abends neben einen kleinen Wasserlauf setzten, der hier in das Meer mündete. Die beiden Männer saßen noch keine Minute still, als sie anfingen, sich selbst ins Gesicht zu schlagen. Winzige schwarze Mücken umschwirrten sie in dichten Wolken. »Sandfliegen«, knurrte

Wilcox. »Wahrscheinlich unsere treuesten Begleiter in den nächsten Wochen!«

Sie schliefen erschöpft ein und wachten zerstochen und hungrig mit dem Sonnenaufgang wieder auf. Schweigend löffelten sie den Rest des Breis, den die Maori ihnen mitgegeben hatten. In den nächsten Tagen mussten sie sich von dem ernähren, was sie am Wegesrand fanden. Wilcox sah auf seinen Bauch hinunter. Bei seiner Ankunft in Kororareka würde ihn wahrscheinlich keiner mehr erkennen, so viel war sicher. Das verringerte immerhin die Gefahr, dass Jameson ihn sofort erschlug.

Sie redeten kaum ein Wort miteinander, wuschen sich ihre Gesichter in dem brackigen Wasser und tranken auch ein paar Schlucke davon, bevor sie sich wieder auf den Weg machten. Links die endlosen Wälder, rechts der Pazifik und dazwischen der Streifen Sand, der ins Unendliche führte. David Wilcox seufzte leise und setzte mechanisch einen Fuß vor den anderen. Sand im Schuh fing an, an seiner Ferse zu reiben. Anfangs nur ein wenig, dann mehr und schließlich mit jedem Schritt unerträglicher. Die Sonne stand hoch am Himmel, als er sich entnervt auf einen Stein setzte, seine Schuhe auszog, die Schnürsenkel aneinanderknotete und sie sich um den Hals hängte. Matt sah ihm nur schweigend zu.

»Wir müssen uns allmählich nach etwas Essbarem umsehen«, erklärte Wilcox dann. »Eine Idee?«

Statt zu antworten, ging Matt näher an das Wasser, bückte sich, grub mit seinen Fingern ein wenig im Sand und förderte eine zerfurcht aussehende Muschel zutage.

An seinem Gürtel hing ein kleines, stabiles Messer, dessen Klinge er in die Muschel steckte und dann vorsichtig drehte. Die Schale gab nach, und in der Muschel lag weißliches Fleisch mit einem dunklen Saum, dass leicht zuckte. Ungerührt setzte Matt die Schale an seine Lippen und schluckte ihr glibberiges Inneres herunter.

David runzelte die Stirn. »Wie schmeckt das?«

Matt zuckte die Schultern, während er schon wieder im Sand grub. »Nach Wasser, Algen, ein bisschen Meer. Du musst nur darauf achten, dass sie noch zuckt. Nur die Lebenden sind ungefährlich. Die anderen können dafür sorgen, dass du mit wahnsinnigen Krämpfen in den Gedärmen stirbst.«

»Ermutigend«, murmelte Wilcox. Er kniete sich nieder und grub mit den Fingern im Sand. Nichts. Fragend sah er seinen Begleiter an, der in diesem Moment schon die dritte Muschel herunterschluckte. »Wo verstecken sich die Biester?«

»Näher am Wasser, am besten in der Nähe von steilen Küsten. Hier, am flachen Strand, sind sie einfach nur im ständig umspülten Sand zu finden.« Matt war nicht der Freund großer Worte. Er grub einfach weiter.

David versuchte ebenfalls sein Glück – und tatsächlich fand er eine der schartigen, harten Schalen. Nach einigen Anläufen gelang es auch ihm, sie zu öffnen. Mit Todesverachtung führte er sie zum Mund und schluckte sie herunter. Und öffnete überrascht seine Augen. Es schmeckte nicht einmal unangenehm. Im Gegenteil. Zu einer anderen Zeit hätte er diesen Geschmack vorzüglich gefunden.

»Woher kennst du die Dinger?«, fragte er, während er nach einem weiteren Exemplar im Sand fahndete.

Matt machte eine unbestimmte Bewegung mit der Hand. »Musste mal ein paar Monate an so einem Strand überleben. Ein paar Maori hatten meinem Kapitän damals böse zugesetzt.« Damit war für ihn die Geschichte offensichtlich komplett erzählt. Er wandte Wilcox den Rücken zu und suchte weiter.

Seite an Seite suchten sie sich ihr Essen im Sand. Es dauerte Stunden, bis sie auch nur halbwegs satt waren und sich wieder auf den Weg nach Nordwesten machten. Und zum ersten Mal beschlich Wilcox der dumpfe Gedanke, dass der Weg nach Kororareka deutlich länger dauern könnte, als er es sich in seinen übelsten Träumen ausgemalt hatte. Allein die Tatsache, dass sie sich unterwegs auch ernähren mussten, würde sie jeden Tag ein paar Stunden aufhalten.

Seufzend ging er weiter. Die Muscheln waren durchaus genießbar gewesen, trotzdem musste er noch am Abend eine andere Möglichkeit finden, um sich zu sättigen. Die Vögel Neuseelands legten bekanntlich ihre Eier irgendwo am Boden ab. Wenn sie nur ein einziges Takahenest fanden, dann mussten sie am Abend keinen Hunger fürchten.

Er fing an, nicht nur auf den Boden vor sich zu sehen, sondern auch immer wieder den endlosen Wald neben sich zu mustern. Gab es ein Zeichen von Vögeln? Eine Spur von Leben, dass es auch lohnte, auf die Jagd zu gehen? Sie hatten zwar nur ihre Messer, aber die Vögel Neuseelands waren meist völlig ohne Scheu und ließen sich aus nächster Nähe bestaunen. Jahrhunderte ohne natürliche Feinde außer ein paar vereinzelten Maori hatten ihnen den Fluchtinstinkt geraubt.

Ohne Erfolg. An diesem Abend gruben sie wieder nach den Muscheln, bis die Sonne unterging und sie im Dunkeln das Abendessen beendeten. Seufzend legte Wilcox sich auf die Seite und lauschte auf das ewige Rauschen des Meeres. »Was denkst du, wie viele Meilen wir heute geschafft haben?«, fragte er schließlich ins Dunkel. Er war sich nicht sicher, ob ihm sein Begleiter noch zuhörte – aber er konnte tatsächlich die Strecke nicht abschätzen.

Die Antwort kam sofort und war deprimierend. »Drei oder vier, denke ich. Mehr ist einfach nicht drin, wenn wir so lange nach Essen suchen. Ist ein weiter Weg …« Matt schien sich daran nicht zu stören, so entspannt, wie er das sagte. Er hatte ja auch nicht seine Frau in den Händen der Maori zurückgelassen.

Die erste Dämmerung weckte Wilcox. Er schreckte auf und sah in die Dunkelheit. Hunger. In seinem Magen herrschte erschreckende Leere. Verzweifelt versuchte er sich daran zu erinnern, was die Maori denn zu sich nahmen. Die Frau, die sich um die Krankheiten der Siedler kümmerte, brachte oft Farnwurzeln mit. Bedeutete das, dass man alle Wurzeln von Farnen problemlos essen konnte? Er sah den Baumfarn nachdenklich an, der unweit ihres Schlafplatzes stand und dessen Umrisse sich gegen den heller werdenden Himmel abzeichneten. Er hatte einfach zu wenig Ahnung von diesem Land, gestand er sich schließlich ein.

Weil er nicht mehr schlafen konnte, stand er auf und ging zu dem Baum. Nachdenklich brach er die Spitze eines Blattes ab und kaute darauf herum. Süßlich, nicht schlecht. Er pflückte eine ganze Handvoll von diesen Trieben und steckte sie in den Mund. Wirklich nicht schlecht.

Er brach noch ein paar weitere Triebe ab und sah dann, dass sein Begleiter schon wieder am Meer stand. Es war Ebbe. Er stand knietief im Wasser und zog eine rote Pflanze heraus. Er winkte Wilcox zu, und der kam neugierig näher, während er seine Farntriebe schwenkte. »Das schmeckt gar nicht schlecht. Was hast du denn da?«

»Eine Alge, die die Maori Rehia nennen. Kann man essen. Schmeckt nicht gut, aber kann man runterwürgen und macht wirklich lange satt.«

Die nächsten Wochen kämpften sie sich unendlich langsam voran und testeten fast alles auf seine Genießbarkeit. So manches bereitete ihnen Magengrimmen, einmal lagen sie sogar zwei Tage lang mit Schmerzen und Krämpfen am Strand, bis sie sich endlich wieder erheben konnten. Das Einzige, was ihnen in dieser Zeit treu blieb, war das Wetter: ein wunderbarer Sommer, in dem ein Tag dem anderen glich und kein einziger Sturm ihnen das Leben schwer machte.

Doch die Tage wurden schon merklich kürzer und der Wind am Abend frischer, als die beiden Männer endlich Coromandel erreichten – die Halbinsel, die sie queren mussten, um dann schließlich die letzte Teilstrecke nach Kororareka anzutreten. Wilcox und Matt redeten auf der Wegstrecke durch den dichten Regenwald noch weniger miteinander. Sie hatten nichts miteinander gemein. Wilcox fürchtete um Anne und bemühte sich, nichts von dem Gold, das er am Leib trug, zu zeigen – dabei wog es mit jedem Tag, der verging, schwerer. Seine Kräfte ließen nach, und er war sich nicht sicher, was sein Begleiter mit ihm anstellen würde, wenn er einfach zusammenbrach. Matt war nur an seiner Seite, um der Gesellschaft der anderen Matrosen – und ihrem Zorn – zu entgehen.

So redeten sie an manchen Tagen, an denen sie sich durch den dichten Wald und den nahezu undurchdringlichen Busch schlugen, nichts miteinander. Wenn einer etwas Essbares fand, dann zeigte er es seinem Begleiter – und die Maori, sollten sie denn in ihrer Nähe sein, zeigten sich nicht.

Als sie schließlich den Dschungel verließen und wieder am Strand in Richtung Kororareka liefen, war es Winter. Hier, auf der Nordinsel, keine sehr ungemütliche Jahreszeit: Es war nur ein wenig windiger und die Nächte kühler. Endlich lag in der wohlbekannten weit geschwungenen Bucht Kororareka vor ihnen.

Sie tauschten nur einen Handschlag, als sie sich beim Anblick der Siedlung trennten. Keine sentimentalen Reden, kein Versprechen von Hilfe in der Zukunft. Die Gemeinschaft, die ihnen monatelang aufgezwungen worden war, hatte ein Ende gefunden – und keiner der Männer trauerte ihr nach.

Wilcox betrat die Stadt wie ein Fremder. Seit Monaten hatte er sich jetzt vorgestellt, wen er hier um Hilfe bitten könnte, bei wem er sein Gold in Gewehre für

Oaoiti tauschen könnte. Und wie er sich eine schnelle Rückfahrt zu seiner Anne sichern könnte – immer in der Hoffnung, dass sie noch am Leben war.

Entschlossen ging er die wichtigste Straße entlang – und erst als er die befremdeten Blicke der vielen Seeleute sah, wurde ihm klar, dass er wie ein Wilder aussehen musste. Der Bart lang und grau, die Haare verfilzt, während er mit seinen dreckigen Füßen, an denen ihn jetzt dicke Hornhäute schützten, durch den Schmutz ging. Die Hose aufgekrempelt und nur noch durch den eng geschnallten Gürtel gehalten – und sein Hemd war als solches nicht mehr zu bezeichnen.

Entschlossen drückte Wilcox trotz seines wilden Aufzugs die Tür zu einem abgelegenen Wohnhaus auf. Ein uniformierter Mann im Inneren sah ihm überrascht entgegen, seine Hand wanderte zu seinem Messer, während er ihn abschätzend musterte. Wilcox lächelte. »Ihr müsst Master Busby sein, der Vertreter der britischen Krone. Wir haben uns noch nicht kennengelernt, aber ich habe von Eurem baldigen Eintreffen vor ein paar Monaten gehört. Ich muss Euch eine Geschichte erzählen, die wahrlich nach einem Einschreiten der Krone schreit. Bitte schenkt mir Euer Gehör, sie ist unglaublich.«

Und der Vertreter der britischen Krone in Neuseeland brühte einen Tee auf, drückte seinem unerwarteten Besucher einen Becher davon in die Hand und ließ sich schließlich auf seinen Stuhl fallen. »Lasst hören, und nennt mir Euren Namen …«

East Cape, 1832

22.

Anne sah auf den hellbraunen Brei, den ihr eine der Frauen mit einer wortreichen Erklärung in die Hand gedrückt hatte. Sie hatte keine Ahnung, um was es da gegangen war – es war erst zwei Nächte her, dass David sich auf den Weg nach Kororareka gemacht hatte. Die anderen Frauen hatten ihr mit vielen Gesten und eindrucksvollen Grimassen klargemacht, dass sie sich gefälligst an den Pflichten der Frauen beteiligen sollte. Einer Aufforderung, der Anne gerne nachkam – sie wollte schließlich nicht die ganze Zeit nur auf das Meer starren und auf David warten. Außerdem hoffte sie auf irgendetwas Essbares, das nicht sofortige Übelkeit bei ihr hervorrief. Dieser Brei vielleicht – von dem sie sowieso nicht wusste, wo sie ihn hintragen sollte?

Die kräftige Frau, die ihr die Schüssel in die Hand gedrückt hatte, deutete mit viel Theatralik in die Richtung von Oaoitis Haus. Dazu machte sie eine Bewegung, die wohl bedeuten sollte, dass Anne sich beeilen musste.

Sie setzte sich in Bewegung und sah den Inhalt der Schüssel noch einmal genauer an. Auf dem Brei lagen ein paar Stücke Fisch, der offensichtlich einfach nur gedämpft worden war. Sie griff neugierig zu und steckte sich ein Stück in den Mund. Festes Fleisch, saftig und ganz frisch. Köstlicher Fisch, besser als alles, was sie in letzter Zeit gegessen hatte. Schnell steckte sie sich ein zweites Stück in den Mund. Und dann ein drittes. Noch bevor sie bei Oaoitis Haus angekommen war, hatte sie die Hälfte des Fisches verzehrt. Am Eingang des Hauses hielt sie ihm die Schüssel mit einer fragenden Miene entgegen, von der sie annahm, dass sie überall auf der Welt verstanden wurde.

Er sah auf die Speise, runzelte die Stirn, holte aus und schlug ihr die Schüssel in einer einzigen schnellen Bewegung aus der Hand. Sie landete im Dreck. Noch während sie dem Fisch mit bedauernder Miene hinterhersah und sich fragte, ob er wohl keinen Fisch mochte, traf sie ein zweiter harter Hieb an der Schläfe. Anne taumelte und hielt sich erschrocken die schmerzende Stelle.

»Was zum Teufel …?!«, rief sie halblaut.

Zwecklos. Er schlug noch einmal zu, griff ihr in die offenen schwarzen Locken und zerrte daran. Ohne auch nur einen Moment zu zögern, zog er sie an den Haaren auf den kleinen Platz vor seiner Hütte. Hier zwang er sie mit einer schnellen Drehung der Hand in die Knie und zückte ein Messer, mit dem er weit ausholte.

Vor Angst verschlug es Anne die Sprache. Sie war sich kaum einer Schuld bewusst, die diesen Ausbruch an Gewalt in geringster Weise rechtfertigte. Was war nur in den Häuptling gefahren, der bis zu diesem Augenblick einen ziemlich besonnenen Eindruck auf sie gemacht hatte? Die Klinge des Messers bewegte sich in die Richtung ihrer Kehle – und endlich gelang es ihr, ihre Stimme wieder zu benutzen. »Hilfe«, japste sie erst leise. Dann lauter: »Hilfe!« Und schließlich mit aller Kraft, die ihre Lunge hergab: »So hilf mir doch einer!«

Die umherstehenden Maori sahen sie nur aus ihren dunklen Augen an und rührten keinen Finger, um sie zu retten. Bis Anne aus dem Augenwinkel sah, wie sich eine helle, kräftige Gestalt näherte. Rote Haare. Rosa Haut, von der Sonne verbrannt. Aber Maorisprache, melodisch und in diesem Augenblick recht wütend. Die Frau sah aus wie eine Wilde, deren Vorfahren wohl Weiße waren. Während sie schimpfte und redete, ließ Oaoiti Annes Haar los und erlaubte ihr, dem Wortwechsel angespannt zu folgen. Nicht, dass sie etwas verstanden hätte. Aber die Wilde redete ohne Unterlass auf den Häuptling ein, und der nickte hin und wieder und ließ schließlich einfach komplett von Anne ab. Ohne ein weiteres Wort drehte er sich um, lief zu seiner Hütte und gab der Schüssel, die noch vor wenigen Minuten sein Essen enthalten hatte, einen kräftigen Tritt.

Dann herrschte Stille. Die Maori waren offensichtlich der Meinung, dass das Spektakel vorbei war, sie wandten sich ab und gingen wieder zu den Tätigkeiten zurück, die sie bis vor wenigen Minuten verrichtet hatten.

Anne lag immer noch im Staub und wagte es erst langsam, ihren Blick zu heben und ihre Retterin genauer zu mustern. Wenn es keine rothaarigen Maori gab, dann musste diese Frau eine Engländerin sein. Oder eine Irin. Oder Schottin. Sie hatte lange, blassrote Haare, die ihr in langen Locken über den Rücken hingen. Ihr enormer Bauch und die noch gewaltigeren Brüste wurden von einem einfachen Kleid, wie es die Maori trugen, nur notdürftig bedeckt. Ihre kräftigen Oberarme waren von Sommersprossen übersät, genauso wie ihr breites Gesicht. Blassgrüne Augen funkelten Anne an.

»Wie kann man nur so dämlich sein! Das Essen des Häuptlings ist natürlich tapu! Wie das Essen von jedem Ranghöheren natürlich auch. Aber ausgerechnet den Fisch von Oaoiti zu essen – wie dumm kann man denn nur sein!«, schimpfte sie. Der Dialekt machte klar, woher sie stammte: Irgendwo aus den schlechteren Vierteln von London, wenn Anne sich nicht irrte.

»Ich habe das doch nicht gewusst«, erklärte sie kleinlaut.

»Als ob die Maori sich vorstellen könnten, dass irgendjemand nicht weiß, was bei ihnen erlaubt ist und womit man ihre Götter, ihre Rangordnung oder ihr was auch immer verletzt. Merk's dir. Nicht das Essen vom Häuptling essen! In England hättest du ja auch nicht das Essen der Herrschaft gegessen!«

Anne hielt es in dieser Sekunde eher für unklug, der Frau zu sagen, dass sie Dienstmädchen gehabt hatte – und in der Tat ihnen verboten hätte, von ihrem Teller zu essen. Also nickte sie nur. »Ich werde es mir merken.« Dabei versuchte sie wenigstens, sich wieder auf die Knie aufzurichten.

Die Frau reichte ihr die Hand und zog sie ohne große Umschweife auf die Beine. »Dürres Ding, an dir ist ja nichts dran«, bemerkte sie dabei missbilligend. »Ich heiße Lotty.«

»Anne.« Die beiden Frauen schüttelten sich die Hände. »Und was hat dich hierher verschlagen? Ich habe dich in den letzten Tagen nicht gesehen, oder …?«, fragte Anne vorsichtig.

»Zu viele Engländer unterwegs. Ich will nicht, dass mich jemand sieht, der weiß, dass nach mir gesucht wird. Nein, macht nur Ärger. Ich wollte unsichtbar bleiben, bis ihr alle weg seid. Das habe ich bestimmt vorgehabt. Aber ich konnte doch nicht zusehen, wie der dich abmurkst. Konnte ich doch nicht. Und wenn ich etwas sage, dann gehorcht er. Meistens zumindest.« Sie zog hörbar die Nase hoch.

»Warum?« Anne merkte sofort, dass das irgendwie nicht sehr freundlich klang, und redete einfach weiter. »Ich meine, ich kenne diesen Oaoiti nicht, aber er macht auf mich nicht den Eindruck, als ob er auf irgendjemanden hören würde.«

»Ich habe einen Sohn von ihm. Die Mutter eines zukünftigen Häuptlings hat schon irgendwie Gewicht.« Lotty klang stolz.

Anne sah sich neugierig um. »Du hast einen Sohn hier? Wo steckt er denn?«

»Der? Ist irgendwo auf der Jagd mit ein paar Männern vom Stamm. Ich glaube, der kommt erst in ein paar Tagen zurück. Weiß man nie so genau. Männer machen, was sie wollen.« Sie zog eine Schulter ein wenig hoch.

»Auf der Jagd?« Anne hatte mit einem Kleinkind gerechnet. Nicht mit einem halbwüchsigen Mann. »Um Himmels willen, wie lange bist du denn schon hier?«

Ein raues, kehliges Lachen war die Antwort. »Lange. Ich zähle die Sommer nicht mehr. Hier gehöre ich her, hier habe ich meine Heimat.« Sie machte eine Handbewegung, die wohl das ganze Dorf einschließen sollte. »Das hier ist meine Familie. Taugt mehr als meine Familie zu Hause.«

Vorsichtig tastete Anne nach den schmerzenden Stellen, die ihr der Wutausbruch von Oaoiti eingebracht hatte. Sie zog eine Grimasse. »So weit bin ich wohl noch nicht.«

»Ging mir am Anfang nicht anders«, sagte Lotty. »Es ist schwierig, ihr tapu zu begreifen – oder wie das Dorfleben funktioniert. Und leider sind sie nicht sonderlich freundlich, wenn man irgendeine ihrer Regeln verletzt. Ich hatte ja auch niemanden, der sich bemüht hat, mir auch nur irgendetwas beizubringen.« Sie schenkte Anne ein Lächeln, bei dem auffiel, dass schon eine ganze Menge ihrer Zähne fehlten. Anne versuchte insgeheim ihr Alter zu schätzen. Vierzig. Oder doch älter?

Lotty deutete auf eine Hütte, die etwas abseits stand. »Da bin ich zu Hause. Komm erst einmal mit. Tut mir gut, mal wieder mit einer Frau aus meiner Heimat zu reden – das habe ich seit einer Ewigkeit nicht getan.« Ohne Annes Antwort abzuwarten, lief Lotty zur Hütte. Davor war eine Art Veranda, die sogar mit ein paar Blumen geschmückt war. »Setz dich!« Lotty zeigte auf die Veranda, auf der natürlich keine Stühle standen. Aber ein flacher Tisch, an den Anne sich mit untergeschlagenen Beinen setzte, während Lotty in der Hütte verschwand. Sie sah über den sandigen Platz direkt hinüber zu Oaoitis Haus. Dieser jähzornige Mann war der Vater von Lottys Sohn? Das konnte sie sich nicht vorstellen. Küssen Maori? Wie sahen Zärtlichkeiten aus?

Sie lächelte über ihre Gedanken. Die Zeit bei Jameson hatte sie gelehrt, dass Männer alle ähnlich sind. Wenn es darum ging, eine Frau zu besteigen, waren die Unterschiede nur noch gering. Wahrscheinlich traf das sogar auf Wilde am anderen Ende der Welt zu.

Lotty kam wieder auf die Veranda und stellte vor Anne einen Becher mit einer trüben Flüssigkeit ab. »Hier, das wird dir schmecken!«

Anne probierte vorsichtig. Es schmeckte frisch und herb. »Was ist das?«

»Ach, das ist eine Beere, die die Maori essen. Ich finde sie furchtbar, wenn sie roh ist – aber wenn man sie auspresst und damit eine Art Limonade macht, ist es ganz in Ordnung.« Sie sah Anne gespannt an. »Jetzt will ich aber unbedingt wissen, was dich hierher verschlagen hat. Wie kommt so eine feine Dame wie du auf die Idee, nach Neuseeland zu reisen. Und mach mir nichts vor: Du bist eine feine Dame, das merke ich genau!«

Anne lachte. »Fein? Das ist lange her …« Und sie erzählte ihre Geschichte. Ließ einiges aus – wen interessierten schon Gregory und seine großmäuligen Versprechungen von Hochzeit und Liebe? – und verkürzte die Geschichte von Jamesons Hurenhaus. Es gab zu viele Details, an die sie sich nie wieder erinnern wollte. Trotzdem stand die Sonne schon tief am Horizont, und den Becher mit der merkwürdigen Limonade hatte sie schon einige Male geleert, als sie schließlich zum Schluss kam. »Und jetzt sitze ich hier und warte darauf, dass mein Mann mit ein paar Gewehren für deinen Mann zurückkommt. Ich fürchte, das wird dauern.«

»Auf dem Landweg in den Norden? Du kannst von Glück sagen, wenn er es überhaupt schafft. Das ist sehr weit und ziemlich wild – und dein Walfänger wird keine Ahnung haben, wie man sich im neuseeländischen Busch durchschlägt. Immerhin – gefährliche Tiere haben wir nicht. Hier gibt es nur Vögel, und die sind höchstens aufdringlich.« Lotty schüttelte den Kopf.

»Was will dein Mann denn mit den Waffen? Die Maori haben doch bisher auch nicht mit Gewehren gekämpft?« Diese Frage hatte Anne sich schon einige Male gestellt.

»Ja, das mag sein. Aber das war in der Zeit vor der Ankunft der Pakeha. Die Maori haben diese Waffen gesehen und schnell begriffen, wie sehr ihre Macht und ihr Ansehen steigen, wenn sie so etwas in Händen halten. Also haben sie sich bemüht, mit den Pakeha zu verhandeln. Aber wir haben nicht viel zu bieten: Flachs. Und die tätowierten Schrumpfköpfe der Vorfahren – ekelhaftes, stinkendes Zeug. Und unheimlich noch dazu. Der Vorrat war auch schnell erschöpft, jeder Stamm muss jetzt nach einem anderen Weg suchen, um an mehr Gewehre zu kommen. Da ist so ein kleiner Überfall auf ein Pakehaschiff doch ganz hilfreich. Wäre euer Kahn nicht untergegangen, dann wären ja auch schon lange alle glücklich – mein Stamm hätte ein paar Gewehre, und euer Kapitän hätte das Schiff. Lief nur offensichtlich nicht so, wie er sich das ausgedacht hat. Ist eben nicht so richtig ein heller Kopf, dieser Paddy-Jay.«

Anne musterte die Frau, die ihr gegenübersaß. »Jetzt will ich es aber auch wissen. Woher kommt es, dass du hier in der Wildnis lebst. Keine Geisel, keine Gefangene, sondern eine geachtete Frau. Das verstehe ich nicht.«

Lotty lachte wieder. Die tiefen Fältchen um ihre Augen zeigten, dass sie das oft tat. »Das mache ich gerne – aber meine Geschichte ist so lang, dass wir lieber erst einmal etwas essen. Komm, wir gehen zu den anderen Frauen, und ich stelle dich endlich einmal ordentlich vor.«

An Lottys Seite fühlte Anne sich sehr viel sicherer, als sie wieder den Kochplatz betrat. Lotty erklärte etwas in der Sprache der Maori – und die anderen lachten herzlich und schlugen sich vor Vergnügen sogar auf die Schenkel. Als Nächstes bereiteten sie rötliche Knollen und fremdartige Wurzeln für die Mahlzeit vor. Lotty deutete auf die Knolle. »Das ist die Grundlage für den Brei, den du wahrscheinlich seit Tagen bekommst. Kumara. Schmeckt gar nicht schlecht, ist schön süß.« Sie zeigte noch ein paar andere Pflanzenteile. Sprösslinge von Farnen, unscheinbare Früchte, verknotete Wurzeln und sogar ein paar Blüten. Dazwischen ein Haufen Muscheln, deren Schalen im Inneren in allen Farben des Regenbogens schimmerten. »Paua. Superleckeres Fleisch. Dafür müssen wir felsigere Stellen an der Küste finden –

gibt es aber reichlich. Ich finde, der Geschmack schlägt jeden Fisch und jeden Krebs.«

Anne half, so gut sie konnte, bei der Zubereitung des Abendessens. Dieses Mal stand sie wenigstens nicht nutzlos herum, sondern durfte mit Lottys Anweisung tatkräftig helfen. Als sie schließlich mit den anderen gemeinsam das Abendessen servierte, fühlte sie sich nur noch halb so fremd. Und Lotty hatte keine Sekunde gelogen, als sie vom Geschmack der Paua geschwärmt hatte: Das feste Fleisch war wirklich eine echte Delikatesse! Sie aß mit Appetit und wurde zum ersten Mal seit Tagen richtig satt – und ihr wurde dabei nicht einmal übel.

Wenig später gingen alle in ihre Hütten zurück. Lotty winkte Anne, ihr zu folgen. »Du hast seit Tagen am Strand geschlafen, wenn ich das richtig gesehen habe. Wir wollen unsere Männer doch nicht weiter dieser Verführung aussetzen … Es ist besser, du schläfst erst einmal bei mir. Und morgen Abend erzähle ich dir dann die spannende Geschichte von Charlotte Beaver. Damit du weißt, wie man von einem braven Londoner Mädchen zu einer wilden Maoribraut im tiefen Busch von Neuseeland wird.«

23.

Lottys Geschichte

Meine Familie war arm. Damit meine ich nicht, dass wir ein bisschen zu wenig Geld hatten und ich mir nicht jedes Kleid kaufen konnte, das mir gefallen hat – sondern dass wir neun Kinder mit meinen Eltern in einer einzigen engen Kammer in einem dieser stinkenden Häuser direkt an der Themse gewohnt haben. Diese Häuser, die nie wirklich trocken im Keller sind, in denen es immer zu sehr nach dem schlammigen Ufer der Themse stinkt, nach faulem Holz und verwesenden Fischen. Mein Vater hat am Hafen als Tagelöhner gearbeitet. Wenn es etwas zu tun gab, hatten wir genug zu essen – und wenn nicht, dann hatten wir Hunger. Meine Mutter war meistens schwanger – und hat als Näherin gearbeitet. Nicht bei den feinen Damen. Nein, sie hat die einfachen Kleider für die Dienstboten geschneidert. Billige Stoffe, die sie für wenige Pennys an unserem einzigen Fenster zusammengenäht hat. Ihre Augen wurden schlechter, und von den Bälgern, die mein Vater ihr ständig angehängt hat, hat nicht einmal die Hälfte überlebt.

Ich hatte zwei ältere Brüder und eine ältere Schwester. Die Jungs sind schon bald an den Hafen gegangen und haben Säcke geschleppt. Meine Schwester hat eine Anstellung als Dienstmädchen gefunden – und mich dann auch in das Haus eingeführt. Da war ich dreizehn Jahre alt – und habe in der Küche das erste Mal in meinem Leben jeden Tag eine warme Suppe bekommen. Das Paradies. Die Arbeit war hart, Ausgang selten, und doch: Es war warm. Ich bekam zwei Kleider zum Wechseln für meine Arbeit. Und im Winter sogar einen Wollmantel, mit dem ich mich bei meinen Botengängen für die Herrschaften warm halten konnte. Ich war so glücklich wie noch nie. Die Herrschaften – das war ein Ehepaar und ihre beiden Töchter, die etwa in meinem Alter waren. Die beiden Mädchen waren damit beschäftigt, ihre Erziehung zu vervollkommnen, also mussten sie ständig am Klavier üben, zum Tanzunterricht, Französisch beim Hauslehrer lernen oder zum Kurs für perfektes Benehmen. Sie hatten wenig anderes im Kopf als die Frage, mit welchem Mann sie irgendwann einmal ihr nutzloses Dasein weiterführen konnten. Mir war das egal. Sie waren freundlich zu mir, verlangten nichts Außergewöhnliches. Hin und wieder um Mitternacht noch eine Tasse Tee – aber ich hatte von vielen anderen Dienstmädchen gehört, die oft die ganze Nacht bereitstehen mussten. Ich hingegen wurde einfach nur mit einer Klingel gerufen.

Dann wurde ich vierzehn, und es war Winter. Ein besonders harter, böser Winter, in dem die Themse einfror. Mein Vater und meine Brüder hatten keine Arbeit – einfach weil keine Schiffe mehr fahren konnten. Und meine Mutter hatte schon wieder ein Kind bekommen. Aber dieses Mal war es nicht so leicht wie sonst. Die Geburt hatte ewig gedauert – und als das Baby endlich da war, wurde sie krank. Wir waren uns nicht sicher, ob sie jemals aus dem Wochenbett wieder aufstehen würde. Ihre Arznei verbrauchte das Geld, das niemand verdiente – die wenigen Ersparnisse meiner Familie. Dann fing der Hunger an. Sicher, ich brachte mein ganzes Geld, das ich bekam, nach Hause. Aber ich sah, dass alle Hunger hatten. Vor allem meine Mutter, die immer dünner wurde …

Was soll ich sagen? Ich wusste, dass es Unrecht war. Aber in der Küche lag immer genügend Brot herum. Ich habe auch nicht das frische Brot für die Herrschaften genommen. Sondern das Altbackene. Das Brot, das wahrscheinlich sowieso in einem Auflauf enden würde. Anfangs habe ich nur ein paar Scheiben genommen, bin damit abends zu meinen Eltern gerannt und brachte es ihnen. Dann etwas mehr. Und nach drei Wochen war ich mir sicher, dass niemand auch nur einen Happen vermisste. Da habe ich einen ganzen Laib genommen und unter meinem Rock verborgen. Kaum hatte ich die Küche verlassen, stand die Köchin vor mir, deutete auf mich und schrie: »Das ist die Diebin!« Als ob es dieser dicken Kuh an irgendetwas mangelte, wenn ich ein paar Kanten Brot mitgehen ließ!

Aber sie bestand darauf, dass ich untersucht wurde. Rief die Polizei, als man das Brot bei mir fand. Und war glücklich, als ich direkt ins Gefängnis kam. Ich durfte mir nicht einmal Wäsche zum Umziehen holen, gerade noch meinen Wollmantel überwerfen – und dann war ich auch schon in Newgate. Ausgerechnet Newgate. Da hatte ein unschuldiges Dienstmädchen wie ich nun wirklich nichts verloren! Man hat mich mit anderen Frauen zusammengesperrt, in einem Raum ohne Fenster. Ein bisschen dreckiges Stroh war unser Bett, auf dem wir schlafen sollten. Kleine Kinder und Ratten krabbelten durch das Stroh. Es war kalt, dreckig und stank zum Himmel.

Aber ich hatte Glück. In all diesem Dreck lernte ich Kitty kennen. Sie war ein paar Jahre älter als ich und hatte vor nichts Angst. »Was sollen sie uns schon antun? Uns in die Verbannung schicken?«, erklärte sie immer wieder. Um dann zu lachen und zu sagen: »Da sind wir dann Dienstmädchen und müssen hart arbeiten. Das unterscheidet sich in nichts von dem, was wir hier in London machen mussten. Vielleicht ist das Wetter etwas wärmer, und die Sonne scheint öfter – aber damit hätte ich keine Probleme!«

Kitty war ein echter Lichtblick in diesem Loch. Blonde Locken, quirlig, voller Leben und mit Augen so blau wie eine Kornblume. So ganz anders als ich. Versteh mich nicht falsch – damals war ich nicht so kräftig wie heute. Ich war dürr wie eine Bohnenstange, und meine Haare waren genauso dünn und strähnig und rot, wie sie heute sind. Eine Schönheit war ich damals nicht und wäre ich wohl auch nie geworden, egal, was aus mir geworden wäre.

Kitty und ich haben wochenlang auf unseren Prozess gewartet. Sie war eine Taschendiebin, ich hatte meine Herrschaft bestohlen – wir rechneten fest damit, dass wir eine ähnliche Strafe zu erwarten hatten: Verbannung. Das taten damals alle Richter in diesen Fällen. Frauen waren in den Kolonen selten, also hat man möglichst oft welche verurteilt und dahin geschickt. Selbst Sträflinge sollten nicht für immer ohne Frauen bleiben.

Was soll's. Vor den Toren von Newgate taute die Themse wieder auf, es wurde Frühling und schließlich sogar Sommer. Wir kämpften mit dem Hunger und gegen Läuse – und die einzige Frau, die sich um uns kümmerte, war unsere Elizabeth Fry. Eine reiche Frau, die immer mal wieder in unsere Räume kam und sich vor allem um die Kinder kümmerte. Sie war eine gute Seele. Uns hat sie das Lesen beigebracht, damit wir wenigstens selber in der Bibel lesen konnten. Hin und wieder gab es sogar etwas zu essen von ihr. Eine Heilige war sie – ganz bestimmt. Ich habe gehört, auf Mistress Fry soll sogar der König gehört haben. Kann aber auch ein Gerücht sein. Auf jeden Fall haben wir sie Engel genannt. Das war sie. Ganz bestimmt.

Unser Gerichtsurteil wurde so schnell gesprochen, dass ich kaum etwas mitgekriegt habe. Der Richter hat nur mit gelangweiltem Gesicht zugehört, ein bisschen Dreck unter seinen Fingernägeln vorgeholt, ihn betrachtet und dabei ganz nebenbei jede von uns zu vier Jahren Verbannung mit Zwangsarbeit verdonnert. So, als ob es gar nichts wäre. Mein einziger Trost war damals, dass Kitty auf demselben Schiff nach Australien segeln sollte wie ich. Wir drängten uns also unter Deck aneinander. Es war nicht besser als Newgate: Zu viele Menschen auf zu wenig Raum, wieder Dreck, und die Läuse hatten wir dieses Mal sogar selber aus dem Gefängnis mitgebracht. Und dann waren auch noch Männer dabei, die seit Monaten keine Frau mehr gesehen hatten. Die grabschten in der Nacht nach uns, machten blöde Witze und boten sogar Geld, wenn wir uns nur mal ausziehen würden. Ekelhafte Kerle. Wir haben uns immer enger aneinandergedrängt und ihnen allen die kalte Schulter gezeigt. Oder bei der Grabscherei tüchtig auf die Finger geklopft. Viele von ihnen starben. Zu wenig zu essen – und dann brach auch der Typhus aus. Doch Kitty und ich, wir waren wie Unkraut. Uns konnte nichts kaputtmachen – wir kamen mager, aber gesund im Frühling 1806 in Australien an. Wurden mit einem kleineren Schiff noch den Fluss hochgefahren und landeten schließlich in Parramatta. Da war es: ein Frauengefängnis. Und eine Fabrik. Wir schliefen in einem riesigen Raum – und mussten froh sein, wenn wir einen Platz an der Wand ergatterten. Erst hier begriffen Kitty und ich, was so ein Frauengefängnis in Australien wirklich war: ein Markt für Frauen, bei dem sich die Offiziere, Bauern und Handwerker bedienen konnten, wenn sie ein Dienstmädchen, ein Kindermädchen oder etwas Warmes fürs Bett brauchten.

Meistens sollten die Frauen alles gleichzeitig sein. Wenn sie dann das Pech hatten, schwanger oder krank zu werden, dann wurden sie zum Teil wieder in der Fabrik abgegeben. Es sei denn, einer der Männer hatte genug Ehre im Leib, um die Mutter seines künftigen Sohnes oder seiner Tochter zu heiraten und damit auch zu einer ehrbaren Frau zu machen. Musste er aber gar nicht. Der Missionar, den wir damals in Parramatta hatten, hat uns einfach eingeteilt in Huren und Ehefrauen. Dazwischen gab es nichts für ihn. Dabei schwöre ich: Die meisten Frauen, die mit mir nach Australien kamen, waren noch Mädchen, als sie das Schiff nach Australien betraten. Sie wurden erst auf der Reise zu Frauen gemacht. Aber in seiner Welt musste man schon vor den Altar treten, um in seinen Augen ein lebenswertes Leben zu führen.

Kitty und ich, wir schlugen uns durch. Durften schon bald aus der Fabrik ausziehen und wohnten dann bei unseren Dienstherren. Meiner war ein Schafzüchter. Ein Mann, der ein Mädchen brauchte, das für ihn kochte, seine Wäsche wusch und nachts für ihn da war. Ich war fünfzehn, als ich lernen musste, dass so meine Zukunft aussah. Ich denke, ich hatte sogar Glück. Der Mann war freundlich, schlug mich nicht und bedankte sich sogar, wenn ihm mal ein Essen besonders gut geschmeckt hatte. Das ist besser, als so mancher Ehemann seine Frau behandelt, oder?

Er hatte mich ausgesucht, weil die hübscheren Mädchen von den Offizieren gewählt worden waren. Mädchen wie Kitty, mit einer schlanken Taille, blauen Augen und blonden Locken. Brachte ihr aber kein Glück, ihr Aussehen. Schon zwei Tage nach unserer Ankunft kam ein schneidiger junger Offizier. Fitzpatrick. Bart, schmale Nase, eng zusammenstehende Augen und fest davon überzeugt, dass er Gottes Geschenk an dieses neu entdeckte Land sein musste. Der stolzierte an den neu angekommenen Mädchen vorbei, musterte sie und griff ihnen sogar an den Hintern und an die Brust. Bis er bei Kitty stehen blieb. Sie begrabschte und dann sagte: »Du kommst mit.«

Das war's. Von Stund an wohnte Kitty bei ihm. Ein schönes Steinhaus, ein bösartiger Mann.

Wir wohnten nicht weit voneinander entfernt. Manchmal ist sie ausgerissen, während er bei seinen Männern war, und hat mich besucht. Mir ihre blauen Flecken und gebrochenen Finger gezeigt. Das hat er nur gemacht, weil es ihm Spaß machte – und niemand hat dieses Biest daran gehindert. Es dauerte kein Jahr, und Kitty wurde schwanger. Das hat ihn aber nicht etwa gefreut. Nein, er hat sie einfach in der Factory abgegeben und sich ein neues Mädchen ausgesucht, das er quälen konnte. Und Kitty blieb in dem großen Schlafsaal zurück. Musste arbeiten – Näharbeiten und andere Sachen –, bis die Wehen losgingen. Und brachte dann ein kleines Mädchen zur Welt. Hat es sofort in ihr Herz geschlossen, es Angel genannt und dem kleinen Wesen versprochen, dass es einmal ein besseres Leben führen würde. Auch wenn sie keine Ahnung hatte, wie sie dieses Versprechen jemals halten sollte.

Damals kam dann das Angebot, wir könnten frei sein: Wir müssten nur nach Tasmanien übersetzen und noch einmal zwei Jahre bei Familien als Dienstmädchen arbeiten. Ich zögerte ja, ob ich meinen Schafzüchter wirklich verlassen sollte. Immerhin kam es mir so vor, als ob ich es nicht schlecht getroffen hätte – er behandelte mich wirklich nicht übel. Hat sogar hin und wieder gesagt, dass er sich ein Kind von mir wünschen würde und dass er mich dann auf keinen Fall wieder zurückschicken würde. Ich hab ihm geglaubt.

Aber Kitty … sie wollte nicht, dass Angel jemals mitkriegt, wie ihre Mutter leben musste. Überredete mich, doch mitzukommen. Irgendwann habe ich Ja gesagt. Was für eine dämliche Idee. Heute denke ich hin und wieder, dass mich mein Schafzüchter bestimmt irgendwann geheiratet hätte. Der war viel zu ehrlich, der konnte doch gar nicht lügen. Dann wäre ich heute eine ehrbare Frau irgendwo in Port Jackson oder so. Sollte aber nicht sein. Damals bin ich los, habe mich noch für zwei Jahre in Tasmanien verpflichtet und bin dann mit Kitty und ihrer kleinen Angel wieder auf ein Schiff gestiegen. Mein Schafzüchter hat fast geweint, als wir uns verabschiedeten.

Nichts als Unglück hat uns das Schiff nach Tasmanien gebracht. Am Anfang sah das ganz und gar nicht so aus – aber heute weiß ich das. Nichts als Unglück.

Beim Ablegen sind uns sofort zwei Matrosen aufgefallen. Schneidige Jungs. Beide um die zwanzig Jahre alt, Freunde seit ihrer Kindheit. Jeremiah und Nick. Mir machte Jeremiah schöne Augen. Kam vorbei, erzählte mir, wie hübsch ich doch bin und wie ein so schönes Ding so weit ab von allem, was schön ist auf der Welt, unterwegs sein könnte. Dass ich es ja auf keinen Fall verdient hätte, jetzt bei irgendeinem alten Offizier die Pisspötte zu leeren. Es war das erste Mal in meinem Leben, dass einer mir sagte, ich sei ein hübsches Mädchen. Der sich benommen hat, als ob er es wirklich ernst meinen würde. Fing sogar an, sich Gedanken zu machen, wie wir dieser Tasmaniensache entgehen könnten. Aus seinem Mund kam das Wort Meuterei das erste Mal. Und ich konnte mein Glück nicht fassen: Da war ein Mann, der war für mich sogar bereit, etwas Verbotenes zu tun. Ich war so verliebt – und hab ihm gesagt, dass wir das tun sollten. Natürlich hab ich ihn in meine Arme genommen und ihn ein bisschen gewärmt in der Nacht. Er sollte ja nicht nur für ein paar Küsschen sein Leben aufs Spiel setzen – sondern spüren, dass ich was ganz Tolles für ihn bereithielt.

Nick machte sich in der Zwischenzeit an Kitty ran. Aber nicht so schlimm. Erst als Nick von Jeremiah von der Sache mit der Meuterei hörte, da wollte er das auch. Die beiden hatten wohl die Schnauze voll von ihrem Leben als einfache Seeleute. Wollten mal was erleben – und da kamen wir beide gerade richtig. Und wir wussten es nicht besser …

Was soll ich sagen? Die Überfahrt nach Tasmanien ist nicht sehr lang. Nach zwei Tagen mussten wir loslegen. Als das Land schon in Sicht war, haben wir beschlossen, dass wir bei einer Meuterei auf ihrer Seite sind. Nick und Jeremiah jubelten fast, als wir ihnen erklärten, dass wir mit von der Partie sind. Meuterei und Flucht.

Sie hetzten die ganze Besatzung auf, die Gefangenen waren sowieso dabei – es dauerte nicht einmal so lange, wie ein guter Tee zum Ziehen braucht, bis wir die Herren des Schiffes waren. Der Kapitän hat schnell eingesehen, dass es keinen Sinn hat, sich zu wehren. Er gab also auf, wurde an den Mast gebunden und dann an einem Strand in Tasmanien ausgesetzt. Ich habe mir damals nichts dabei gedacht – aber heute frage ich mich schon, ob der auch gesund wieder in der Siedlung angekommen ist? Ich meine, da waren doch nur Dschungel und Wildnis – ist wie bei deinem Wilcox, der sich nach Kororareka durchschlägt. Da weiß doch keiner, ob so ein Mann es überhaupt schafft. War uns aber egal, damals. Habe ich keinen einzigen Gedanken daran verschwendet.

Wir haben ihn auf jeden Fall da von Bord geschmissen und sind weiter nach Neuseeland. Die Matrosen waren sich sicher, dass da das ganz große Glück auf sie wartet. Ein Leben, bei dem sie kein Seegericht der Welt jemals verurteilen würde. Denn sie wussten allesamt, dass eine Meuterei schwer bestraft wird. Und Nick und Jeremiah hatten ja ihren Preis für die Meuterei – also Kitty und mich – fest im Arm. Aber die anderen mussten sich darum sorgen, wie wohl ihre Zukunft aussehen würde. Also haben die anderen sich überlegt, dass sie ja das Schiff behalten könnten. Mit ein bisschen Mühe konnte man es doch sicher auch als Walfänger verwenden. Oder als Handelsschiff … Mit einem anderen Namen würde ihnen vielleicht auch niemand auf die Spur kommen. Das haben sich diese Kinder überlegt. Als ob ein Schiff mit einem fremden Namen, das aus dem Nichts auftaucht, nicht doch auffallen würde. Zumindest dann, wenn der Hafen nur ein winziges bisschen mehr Menschen bieten würde als diese Bucht in Kororareka.

Wir aber träumten nur von der Liebe und dem freien Leben irgendwo auf einem friedlichen Stückchen Erde, wo wir tun könnten, was wir wollten. Keine Befehle mehr befolgen. Als wir Neuseeland erreichten, wussten unsere beiden Männer, dass sie keine Lust mehr auf Seefahrt hatten.

Und daher auch der Entschluss: An einem besonders schönen Fleckchen Erde wollten wir von Bord gehen. Mit Vorräten und Werkzeug – und dann würden wir uns schon darum kümmern, dass wir gut leben könnten. Hier, am East Cape, war es so weit. Es wirkte vom Meer aus so wunderbar friedlich. Das gewellte Land, die wenigen Felsen – es gab Süßwasser, und wir waren uns sicher, dass wir das Paradies gefunden hätten. Bis heute kann ich mich ohrfeigen, wenn ich daran denke. Wir hatten doch keine Ahnung von Landwirtschaft. Kitty und ich sowieso nicht – aber die beiden Männer auch nicht. Ihre Heimat war die See, von ihr hatten sie Ahnung. Und sonst von nichts. Zumindest ganz bestimmt nicht davon, was man mit ein bisschen Land in Neuseeland anstellen könnte.

Die anderen entließen uns mit einer ordentlichen Menge an Pökelfleisch, Zwieback, zwei Zimmermannsäxten und zwei Gewehren, dazu einiges an Munition. So standen wir am Strand und träumten von unserem neuen Leben.

Was soll ich sagen? Wir merkten schon bald, dass wir nicht alleine waren. Immer wieder tauchten Maori auf und beobachteten uns. Sie wollten uns nichts Böses, sie sahen nur nach, was wir machten. Sahen, wie wir uns Hütten bauten und eine Lichtung rodeten, die an einem kleinen Wasserlauf lag. Einmal brachten uns die Frauen sogar einen Korb voller Kumara. Heute weiß ich, dass wir sie hätten anbauen sollen. Oder danach fragen, woher diese Knolle kommt. Wir haben uns damals einfach gefreut und die Dinger aufgegessen – nachdem wir endlich rausgefunden hatten, wie man sie eigentlich essen kann. Wir haben auch Beeren, Muscheln, Vögel und Fische erlegt. Es ging uns nicht einmal schlecht. Selbst als der Winter kam, hatten wir noch genug.

Aber eines wurde uns allen klar: Wir hatten keine Stoffe für Kleidung – und auch keine Möglichkeit, an Wolle zu kommen. Noch trugen wir das, womit wir angekommen waren. An einem nicht mehr allzu fernen Tag würde uns das allerdings vom Leib fallen. Das Leder der Tiere war hart, wir hatten keine Ahnung, wie man es gerben könnte.

Dann wurde Angel krank. Sie war so schön und blond wie ihre Mutter – und als sie mit hochroten Wangen auf ihrem Bettchen lag, da sah sie aus wie ein Engel. Sie kämpfte so sehr um ihr Leben … Das kleine Ding wollte einfach nicht sterben. Rang nach Luft, wenn wir schon der festen Meinung waren, dass jetzt endgültig das Ende nahe war. Wieder tauchten Maori auf. Brachten warme Decken und einen Tee, der wirklich half. Nur mit ihrer Hilfe konnte Angel sich langsam wieder ins Leben zurückkämpfen. Es dauerte Wochen und Wochen – diese Zeit hat Kitty verändert. Sie hatte genug von der Wildnis und erklärte uns, dass in anderen Gegenden der Welt sicher mehr Glück auf sie warten würde als ausgerechnet hier an diesem gottverlassenen Ort im Pazifik.

Jetzt ist es natürlich nicht so wie in einem Hafen, an dem regelmäßig ein Schiff anlegt, das man um eine Passage bitten könnte. Im Gegenteil. An diesem Kap kamen damals im Jahr nur ein bis zwei Schiffe vorbei. In manchen Jahren auch gar keins. Und wie sollte man diesen Schiffen klarmachen, dass hier Schiffbrüchige darauf warteten, endlich wieder unter Menschen zu kommen? Kitty fasste aber einen Entschluss, von dem ich und mein Jeremiah nichts ahnten.

Bis sie eines Morgens nicht mehr da war. Nick, Kitty und Angel hatten sich davongemacht. Mit dem Rest unseres Proviants und den wenigen Dingen, die wir uns gesammelt hatten. Kein Wort hatte sie gesagt – und das nach allem, was wir zusammen erlebt hatten. Ich war so enttäuscht. Hatte sie so sehr Angst, dass ich sie zurückhalten würde? Ich weiß es nicht. Auch nicht, ob sie jemals da angekommen ist, wo sie immer hinwollte: Amerika. Wer weiß, vielleicht ist sie schon in der nächsten Bucht ausgerutscht und blieb dort für immer liegen.

Sie war vier Jahre lang meine einzige Vertraute, meine Freundin und meine Schicksalsgenossin. Keine Ahnung, warum sie mir nicht vertraut hat. Wir haben doch so oft davon gesprochen, was wir uns von unserem Leben in der Wildnis erhoffen. Wie sehr wir doch daran glauben, dass es uns gelingen könnte, Fuß zu fassen. Welche Möglichkeiten wir wohl hätten, um an ein paar Schafe und ein paar Meter Stoff zu kommen. Und immer wieder haben wir uns gegenseitig gesagt, dass ein Nachmittag, den wir am Strand verbrachten, bei dem uns der Wind durch die Haare fuhr und die Sonne die Haut wärmte – dass so ein Nachmittag alle Mühsal immer wieder wettmachte.

Heute weiß ich, wir hätten die Maori viel früher um Rat fragen sollen – aber was hilft mir das jetzt? Mit ihrer Hilfe hätten wir es wirklich geschafft. Auch so, dass Kitty und die Männer glücklich geworden wären.

Die Männer? Ja. Jeremiah wollte auch nicht bleiben. Hat er mir dann gesagt. Ist aber geblieben. Da hinten, unter dem Baum. Da liegt er jetzt bald zwanzig Jahre, mein Jeremiah. Hat sich ganz harmlos das Bein aufgekratzt. Er wollte mir ein paar Paua holen, von den Felsen am Kap. Und dann hat er nicht aufgepasst, ist ausgerutscht und hat sich das Schienbein blutig gemacht. Sah am Anfang gar nicht schlimm aus – und mein Jeremiah hat gelacht und gesagt, dass es gar nicht wehtut. Hauptsache, er sieht mich glücklich und satt.

Nach zwei Tagen ist dann gelber Eiter aus der Wunde gekommen. Hat sich wohl entzündet unter dem Schorf. Da haben wir uns auch noch nichts gedacht. Er hat ein bisschen dran rumgedrückt, bis der Eiter weg war. Normalerweise wird das dann doch gut, oder? Aber am nächsten Tag lief es ihm das Bein herunter und fing an, komisch zu riechen. Dann kam Fieber dazu. Er erzählte wirres Zeug. Dass er endlich weg wollte aus dieser Wildnis. Einen Pub in Kororareka eröffnen – davon hat er in seinen letzten Stunden immer wieder gefaselt. Ich habe ihm die Hand gehalten, ihn mit Meerwasser gekühlt, damit das Fieber weniger wird und ihn nicht von innen verbrennt. Aber es war, als ob ich das Wasser auf einen heißen Stein kippen würde. Er glühte. Rief nach seiner Mama, während sein Bein plötzlich schwarz wurde und so schrecklich stank, dass ich es kaum in der Hütte mit ihm ausgehalten habe. Ich habe gewusst, dass ich ihn verlieren würde. Es gibt kein Mittel gegen den Wundbrand. Hab zwar mal gehört, dass es helfen soll, wenn man das Bein einfach abschneidet. Aber wie hätte ich es dann verbinden sollen? Und mit unseren stumpfen Äxten auf sein Bein einzuschlagen – das hätte ich nicht geschafft. Mein Jeremiah hat gelitten wie ein Tier. Er war ein Kerl so stark wie ein Bär, sein Herz hat einfach nicht aufgehört zu schlagen. Am Schluss hat er nur noch gewimmert und nach seiner Mama gerufen.

Es hat noch drei Tage gebraucht, bis er in meinen Armen aufgehört hat zu atmen. Das war kurz vor Sonnenaufgang. Ich hab ihn nicht losgelassen, bis es wieder dunkel und wieder hell wurde. Saß einfach da, hab ihn festgehalten und nicht geschafft, einen einzigen klaren Gedanken zu fassen. Geweint habe ich nicht – mein Kopf war selbst dafür zu leer.

Am frühen Morgen hab ich ihn dann endlich hingelegt. Ich bin in die erste Dämmerung rausgegangen, habe mich am Strand ausgezogen und bin in das Wasser gegangen. Mich von oben bis unten gewaschen, so nackt, wie Gott mich schuf. So lange, bis ich meine Haut nicht mehr spüren konnte vor lauter Kälte und ich den Geruch von Jeremiahs Bein nicht mehr in der Nase hatte. Erst dann bin ich wieder an den Strand zurück – und stand vor Oaoiti. Der war damals noch nicht der Häuptling dieses Stammes, das war sein Vater. Ich hatte davon keine Ahnung. Wie ich schon gesagt habe: Wir wussten, dass sie uns beobachteten und hin und wieder freundlich zu uns waren. Aber wir haben sie nicht beachtet. Wir waren uns so sicher, dass wir diesen Wilden überlegen waren. Dass wir viel besser wussten, wie man sein Leben meistern kann. Wie lächerlich. Mit dem, was ich heute von den Maori gelernt habe, könnte ich meinen Jeremiah retten. Gar nicht schwierig, ein Absud von Manukablättern würde wahrscheinlich reichen. Aber ich Idiotin habe einfach nur Meerwasser über meinen Mann gekippt und gehofft, dass er schon irgendwie von selbst wieder auf sein faulendes Bein kommt. Dumm. So dumm.

Da stand ich auf jeden Fall vor Oaoiti. Nackt und nass. Und er hat einfach seine Hand ausgestreckt, mir über die Wange gestreichelt und hat mich dann an sich herangezogen und seine Nase an der meinen gerieben. An jedem anderen Tag wäre ich zurückgezuckt, hätte geschrien, dass ein Wilder es wagt, meine Haut zu berühren. An diesem Morgen sah ich uns zu, als ob ich gar nicht in meinem Körper wäre. Kennst du das? Es passiert etwas, und du gehst aus deinem Körper heraus und hast keinen Einfluss mehr auf das, was da geschieht. So war es auf jeden Fall an diesem Morgen. Ist ja auch sonst nichts passiert. Also nichts, was zwischen Mann und Frau unschicklich wäre.

Er hat mir nur zugenickt und ist gegangen.

Später habe ich dann mit einer der Äxte versucht,

ein Grab zu schaufeln. Der Boden ist an manchen Stellen sehr weich, ich hatte also am Ende des Tages eine flache Grube fertig. Aber ich wollte nicht, dass Jeremiah von einem wilden Tier oder von einem hungrigen Krebs aufgefressen wird. Also habe ich so lange weitergemacht, bis sein Grab tief genug war. Und dann habe ich mich einfach danebengelegt und bin eingeschlafen. Die Nächte, die ich bei ihm gesessen habe, und die Trauer … ich bin einfach umgekippt.

Am nächsten Morgen lag etwas zu essen neben mir. Oaoiti hat mir ein paar Früchte und ein wenig gekochte Kumara gebracht – und sich dann unter einen Baum gesetzt und über meinen Schlaf gewacht. Das hat in meinem Leben noch nie jemand gemacht. An diesem Tag habe ich Jeremiah begraben. In das Grab gezerrt, Sand und Erde draufgeschmissen und am Schluss noch ein paar schöne Blumen von irgendeinem Strauch draufgelegt. Noch ein Weilchen den Boden gestreichelt …

Und dann hat Oaoiti mich an die Hand genommen und in sein Dorf geführt. Hat wenig geredet, aber versucht, mir deutlich zu machen, wo man isst, wo seine Geschwister wohnen, wer seine Eltern sind … An diesem Tag habe ich die ersten Maoriwörter gelernt. Blieb mir ja auch nichts anderes übrig.

Sie haben mich nett aufgenommen. Eine Schwester von Oaoiti hat mir jeden Tag neue Wörter beigebracht. Auf etwas gedeutet und den Maorinamen dazu gesagt. Auf mich gedeutet und gesagt: »Maori-Pakeha«. So nennen sie die Weißen, wenn sie bei den Maori wohnen. Und genau das bin ich geworden.

Ich war so fasziniert von meinem neuen Leben, dass ich am Anfang gar nicht gemerkt habe, dass ich immer dicker geworden bin. Erst als ich Tritte spürte, wurde mir klar, dass Jeremiah nicht ohne Spuren gegangen ist. Ich denke, es war ein halbes Jahr nach seinem Tod, als ich Sarah zur Welt brachte. So habe ich sie genannt. Sarah.

Die Maori, die schon Kittys Angel gerettet hat, hat mir bei der Geburt geholfen. War ganz einfach, Sarah hat mir das Leben nicht schwer gemacht. Hat sie nie. Da ist ihr Bruder ein anderes Kaliber. Der kam ein Jahr nach ihr. Da habe ich schon lange die Sprache der Maori verstanden und auch begriffen, dass Oaoiti mit mir zusammen sein wollte. Ich habe mich umgesehen und erkannt, dass mein Leben gut ist. Gut, weil Oaoiti mich aus der Einsamkeit geholt hat. Aus der Verzweiflung. Ein paar Wochen nach Sarahs Geburt habe ich ihn an der Hand genommen und in den Busch geführt. Seine Haut roch nach Kräutern und Gras und Wind und Meer – und es war unendlich schöner als alles, was ich jemals zuvor erlebt hatte. Ich bin mit ihm zusammengeblieben, hab ihm auch ein wenig Englisch beigebracht. Freu mich heute noch, wenn er mich in meiner Hütte besucht. Kommt nicht mehr so oft vor, aber hin und wieder ist er noch hier bei mir.

Die hat er mir gebaut, als Amiri auf die Welt kam. Sein erster Sohn. Ein Maori, der seinem Vater wie aus dem Gesicht geschnitten ist – bis auf die Augen. Die hat er von mir. Ganz hell. Er wird irgendwann mal der Häuptling von diesem Stamm sein und sie in eine neue

Zukunft führen. Eine Zeit, in der Maori und Pakeha nicht mehr gegeneinander kämpfen. Aber vielleicht ist das ja nur die Hoffnung einer stolzen Mutter – ich weiß es nicht …

East Cape, 1832

24.

Lotty schwieg und sah in ihren Becher, der schon lange leer getrunken war. Es war später Abend, die Feuer in den anderen Hütten schon lange gelöscht. Ihre heisere Stimme, die ohne große Gefühlsregungen die lange Geschichte ihres Lebens erzählt hatte, war verstummt. Sie schien noch immer der Zeit damals mit Oaoiti nachzuhängen, Anne wagte nicht, das Schweigen zu unterbrechen. Im Stillen rechnete sie nach – und sagte schließlich: »Jeremiah ist vor über zwanzig Jahren gestorben – und seitdem warst du kein einziges Mal mit anderen Engländern zusammen außer diesen Seeleuten?«

Sie schien aus ihren Gedanken aufzuschrecken und lachte auf. »Habe es nicht vermisst, kannst du mir glauben. Mein Mädchen redet im Gegensatz zu Oaoiti Englisch mit mir, habe ich ihr beigebracht – sie weiß, dass irgendwann mehr Siedler hier in Neuseeland ankommen. Dann ist es wichtig für den Stamm und unseren Pa, wenn wir jemanden haben, der beide Kulturen versteht.«

»Deine Tochter versteht beide Kulturen? Sie war doch nie in England, sondern immer nur hier im Busch?« Anne sah die ältere Frau fragend an.

»Stimmt. Aber ich habe ihr so gut wie möglich erklärt, was London ist. Wer König Georg ist …«

»Wir haben inzwischen Wilhelm«, unterbrach Anne sie.

Lotty schien das nicht sonderlich zu stören. »Mag sein. Aber es geht darum, dass sie versteht: Auch Pakeha haben einen Häuptling, der ihre Gesetze macht. Du wirst schon noch sehen – sie kann dafür sorgen, dass unsere beiden Völker sich ein bisschen verstehen.«

»Wo steckt sie denn?« Anne war bisher noch kein englisches Mädchen aufgefallen. Oder eine junge Frau.

»Sie ist mit ihren Freundinnen im Pa. Dem Dorf der Maori hinter den Palisaden. Du wirst sie schon noch kennenlernen«, erklärte Lotty. Um dann mit einer entschlossenen Miene aufzustehen und die Becher ins Innere der Hütte zu tragen. »Komm, es wird Zeit für ein wenig Schlaf. Morgen erkläre ich dir mehr über unser Dorf. Wenn du hier einige Monate bleiben willst, dann musst du mehr wissen. Sonst wirst du immer wieder den Zorn der Älteren oder gar von Oaoiti auf dich ziehen. Das ist nicht gut, weder für dich noch für dein Kind.«

»Kind?« Anne spürte, wie ihr das Blut aus dem Gesicht wich.

»Sicher. Weißt du das etwa nicht? Das hat doch jeder auf den ersten Blick gesehen. Du hast diesen Gang, den nur Mütter kriegen. Und dann weichst du beim Essen manchmal aus, legst Leckerbissen mit einer Ausrede zurück. Das macht man nur, wenn man ein neues Leben in sich spürt. Du hast da noch keine Erfahrung – aber du kannst mir vertrauen.« Sie nickte noch einmal zur Bekräftigung. »Und jetzt wird geschlafen!«

Ihr Ton duldete keinen Widerspruch, und Anne legte sich in der Ecke der Hütte auf das duftende Heu, das Lotty gestern an die Stelle gestreut hatte. Sie zog eine warme Decke über ihre Schultern und strich vorsichtig mit einer Hand über ihren Bauch. Konnte Lotty wirklich recht haben? Und dann noch die viel grausamere Frage: Wer war wohl der Vater dieses Kindes? Einer der Kunden ihrer letzten Tage bei Jameson – oder schon ihr angetrauter Ehemann? Sie hatte die letzten zwei Jahre Glück gehabt und war einfach nicht schwanger geworden. Hin und wieder hatte sie sich leise gefragt, ob sie womöglich sogar unfruchtbar war – ohne Bedauern. Die Kinder der Huren von Kororareka waren zahlreich und tobten als eine Art menschlicher Abfall durch die Straßen. Da wollte man nicht noch ein Balg in die Welt setzen, das von Anfang an als Bastard eines leichten Mädchens galt.

Aber jetzt? In der Wildnis mit nichts als der Hoffnung, dass ihr Mann eines Tages wiederkehren würde? Ein Kind schien ihr immer noch wie das Verkehrteste, was man bekommen konnte. Sie streichelte mit ihrer Hand über den flachen Bauch und murmelte immer wieder: »Nein. Nicht jetzt. Bitte nicht!« Ein leises Gebet gegen das Leben.

Der nächste Morgen brachte nichts als eine leichte Übelkeit – und eine sehr resolute Lotty, die sie an die Hand nahm. »Es wird Zeit, dass du etwas über die Maori lernst. Und am besten fangen wir heute an!«

Sie führte sie wieder in das Dorf – und Anne fiel zum ersten Mal auf, dass es sogar eine Art Stadtmauer gab. Die bestand zwar nur aus einem umlaufenden Erdwall und einer Palisade, die obendrauf gesetzt war – aber immerhin sah es aus, als ob sie eine Art Schutz bieten könnte.

»Unser Dorf. So etwas wird Pa genannt, hier lebt die Gemeinschaft der Maori. Ich gehöre nicht dazu – deswegen ist meine Hütte auch außerhalb. Zum Glück etwas abseits im Busch, ich glaube nicht, dass ich bei einem Krieg wirklich in Gefahr wäre.« Lotty schritt weiter aus, sie hatte es offensichtlich eilig mit ihrer kleinen Besichtigung.

»Krieg?« Anne runzelte die Stirn. »Passiert das denn häufig?«

»Sicher. Die Maori sind keine friedliebenden Wilden, das kannst du mir glauben. Die klauen sich gegenseitig die Waffen, die Frauen, das Land … Allerdings nur im Sommer, im Winter ist es ihnen zu unbequem.« Ihren Spott über diese Form der Kriegsführung verhehlte Lotty nicht. Doch sie ließ sich in ihren Erklärungen nicht bremsen. Sie deutete auf ein Haus auf Stelzen. »Da findest du alle Vorräte des Dorfes. Getrockneter Fisch, gesammelte Kumara, der Zuckersirup vom Cabbage Tree, den sie hier Ti Kouka nennen – alles da drin. Du darfst dich im Pataka allerdings nicht einfach bedienen. Er stellt den Reichtum eines Dorfes dar, also wird er verteidigt.«

»Pataka. Ti Kouka«, wiederholte Anne brav. Sie musste die Sprache lernen, Lotty durfte nicht ihr einziges Sprachrohr in dieser Welt bleiben.

Sie kamen an ein besonders großes Haus, das ihr schon am Vortag aufgefallen war. Forsch ging Anne darauf zu, es schien ihr wie das Zentrum dieses Orts. Lotty hielt sie am Arm fest. »Das ist das Marae, das Versammlungshaus. Hier darfst du erst nach einer Zeremonie herein – dafür müssen ein paar von den älteren Mitgliedern des Stammes da sein. Einfach so reinrennen gehört sich nicht.«

Am Ende des Rundgangs schwirrte Anne der Kopf. Mit den vielen neuen Wörtern wäre sie ja noch zurechtgekommen – aber dazu die Verbote und Regeln, die ungeschriebenen Gesetze und die kleinen Stolperfallen, die sie sich alle merken musste. Sie wollte nicht noch einmal Oaoitis Zorn auf sich ziehen, dafür schmerzten ihr die Haarwurzeln immer noch zu sehr.

Lotty klopfte ihr aufmunternd auf den Rücken. »Das wird schon. Eigentlich ist alles ganz einfach: Du musst den Häuptling und die Älteren achten – und der Rest ergibt sich von ganz allein. Ich kümmere mich schon um dich. Jetzt kommst du erst einmal mit zu unseren Weberinnen. Es könnte ja ganz nützlich sein, wenn du hier auch etwas über unser Handwerk …«

Sie hatte den Satz noch nicht beendet, als plötzlich eine hellhäutige junge Frau auf sie zurannte. »Mama, ist es wahr? Sind hier wirklich Engländer?«

Das musste wohl Sarah sein. Anne trat hinter Lotty hervor und nickte ihr zu. Sarah musterte sie mit unverhohlener Neugier. Lotty mochte ihr die Sprache der Engländer beigebracht haben – sie hatte vergessen, ihr zu erklären, dass man fremde Menschen nicht einfach anstarrt. Anne spürte, wie sie sich unter dem Blick unwohlfühlte, und brach das Schweigen. »Du musst Sarah sein. Ich habe schon von dir gehört. Ich heiße Anne!« Sie reichte ihr die Hand, die Sarah so ratlos ansah, als hätte Anne ihr einen toten Fisch entgegengestreckt.

Lotty pufte ihre Tochter in die Seite. »Ich habe dir doch erklärt, dass Engländer sich die Hand geben, wenn sie sich treffen. Wenn du in London jemanden mit einem Hongi begrüßt, bekommst du nur eine Anzeige wegen unsittlicher Annäherung.«

»Hongi?« Anne sah ihre Lehrerin fragend an.

»Das ist dieses Reiben der Nasen, von dem ich dir erzählt habe. Geht eigentlich um den Austausch des Lebensatems – aber hat nicht mehr zu bedeuten, als wenn man sich eben die Hand gibt …« Sie zuckte mit den Schultern. »Man gewöhnt sich daran. Hier haben die Männer wenigstens keine Schnurrbärte – und es gibt bei diesem Wetter auch keine tropfenden Schniefnasen.«

Sarah sah Anne weiter unverwandt an. »Ich will unbedingt auch mal nach England. Sind da alle so groß wie du?«, platzte es aus ihr heraus.

»Nein«, versicherte Anne. »Aber die meisten Mädchen haben doch etwas mehr an als du.«

Sarah trug nur einen Rock, der aus hellem und dunklem Flachs gewebt war, um ihre Schulter noch einen

Umhang aus dem gleichen Stoff – und sonst nichts. Anne konnte ihr Grinsen kaum unterdrücken, als sie sich vorstellte, wie Sarah durch London lief. Barfuß, im kurzen Röckchen und mit diesen langen Haaren, die offensichtlich noch nicht allzu oft einen Kamm gesehen hatten.

»Wie unpraktisch«, lachte Sarah. »Man kann sich doch viel besser bewegen, wenn man nicht so viel mit sich herumschleppt.«

Anne hob nur eine Augenbraue und sah Lotty an. Die grinste entschuldigend. »Meine Sarah segelt doch nicht morgen nach England. Was hätte ich davon gehabt, hier eine kleine Engländerin zu erziehen, die das Leben im Busch nicht kennt? Nein, wenn meine Sarah nach London kommt, dann wird sie die Bräuche der Engländer eben lernen müssen, wie du jetzt die Bräuche der Maori lernst. Mit ein bisschen gutem Willen und Mühe geht das schon!«

Sie bedeutete ihrer Tochter und ihrem Gast, ihr zu folgen – doch in diesem Augenblick kamen zwei weitere Frauen, winkten und forderten alle drei dazu auf, ihnen zum Kochplatz zu folgen. Anne folgte nur zu bereitwillig – es roch köstlich nach gebratenem Fleisch. Hühnchen, wenn sie ihr Geruchssinn nicht trog. Und tatsächlich: Auf den heißen Steinen lagen Teile von Vögeln. »Titi«, erklärte Lotty. »Werden aus ihren Nestern genommen, kurz bevor sie fliegen können. Du hast Glück: Eine echte Leckerei ist das!« Damit hielt sie Anne auch schon auffordernd eine Keule entgegen. Anne griff zu – und musste in dem Augenblick, in dem sie das fettige Fleisch auf der Zunge spürte, auch schon würgen. Sie schaffte es gerade noch, Lotty das Fleisch zurückzugeben, bevor sie zum nächsten Baum rannte, hinter dem sie sich erbrach.

Als sie wiederkam, lachten alle Frauen. Mit ihren Händen deuteten sie an, was sie glaubten: einen dicken Bauch. Anne ließ sich langsam in einer Ecke nieder. Womöglich hatten sie doch recht.

In den nächsten Stunden wanderte ihr Blick immer wieder zu Sarah. War so ein Mädchen, weit weg von ihren Wurzeln, wirklich glücklich? Oder suchte sie ständig nach ihrer inneren Heimat, die wahrscheinlich weder in Neuseeland noch in England lag. Eine Heimatlose zwischen den Ländern. So wie das Kind, das sie zur Welt bringen würde. Sie seufzte. Was konnte sie schon tun? Einfach weiterleben, einen Tag nach dem anderen, und das Beste daraus machen. Das hatte sie in den letzten Jahren wahrlich gelernt.

Es sollte nicht lange dauern, bis auch Anne wusste, dass alle Frauen im Dorf recht hatten. Sie erwartete ein Kind. Auf Lottys Rat hin ging sie sogar zu der Frau, die in diesem Dorf als Hebamme und Heilerin arbeitete. Sie sah ihr in die Augen, untersuchte den Bauch und nickte dann zufrieden. Das Baby war gesund, daran gab es keinen Zweifel – zumindest, wenn es nach der Hebamme ging.

Ohne dass sie es merkte, liefen Anne Tränen über das Gesicht. Nun war es nicht mehr nur eine nebelhafte Idee von einem Kind – sondern ein Wesen, das schon seinen eigenen Kopf hatte. Mit einem Mal war sie sich sicher, dass sie es irgendwie schaffen würde. Leider hatte sie immer noch keine Ahnung, wie. Oder ob sie auch einen Vater für dieses Kind hatte.

Auf dem Rückweg hörte Anne Gesänge vom Marae in der Dorfmitte. Neugierig kam sie näher – und sah Lotty, die sie hektisch heranwinkte. »Komm! Mein Amiri wird heute tätowiert!«

Die grün-schwarzen Linien, die die meisten Männer der Maori im Gesicht trugen, waren kaum zu übersehen. Bis jetzt hatte Anne noch keinen einzigen Gedanken daran verschwendet, wie sie eigentlich entstanden. Immerhin trugen auch die meisten Seeleute irgendwelche Bilder von verzierten Ankern oder nackten Frauen auf dem Oberarm – und in Kororareka hatten nicht wenige der Frauen eine Liste ihrer Stammkunden in den Arm tätowiert. Das geschah mit einer Nadel oder einer feinen Feder, die in Tinte getaucht wurde. Aber was mochten die Maori verwenden, die Metall noch nie selber bearbeitet hatten? Sicher, ihnen gehörten ein paar Gewehre – aber sie hatten keine Ahnung davon, was man mit Metall tun musste, um daraus etwas herzustellen. Wie brachten sie sich also die kleinen Wunden bei, die für so eine Tätowierung nötig waren? Anne reckte neugierig den Hals, um zu sehen, was da vor sich ging.

Ein alter Mann hatte vor sich ein Tischchen, auf dem einige lange zugespitzte Knochen – oder waren es Federkiele? – zu sehen waren. Dazu eine schwärzliche Paste, die auf ein Blatt geschmiert war. Vor ihm kniete Amiri.

Lottys Sohn hatte Anne in den letzten Wochen nur

flüchtig kennengelernt. Er trieb sich meistens mit den anderen jungen Männern des Dorfes herum und machte jedem klar, dass er der künftige Anführer dieses Stammes war. Mit seinem dunklen Aussehen und den hellen Augen von Lotty war er eine auffallende Erscheinung, nach der man sich in jedem Land mindestens einmal umgedreht hätte. Leider war er dazu noch ein rechtes Großmaul, der andere Meinungen nur selten gelten ließ und schon jetzt immer mal wieder auf das »tapu« pochte, das jeden Häuptling umgab. Ziemlich lächerlich, wie Anne für sich selbst beschlossen hatte. Was sollte der Vorteil sein, wenn sich andere Mitglieder des Stammes ihm nicht nähern durften oder gar nur sprechen konnten, wenn Amiri sie dazu aufforderte? Aber jetzt hatte er offensichtlich entschieden, dass es an der Zeit war, richtig männliche Tätowierungen zu tragen.

Anne stellte sich neben Lotty, die aufgeregt auf ihrer Unterlippe kaute. »Was passiert jetzt?«, wisperte sie leise, um die Gesänge nicht zu stören.

»Er wird mit einem Zauber belegt, der gilt, bis seine Wunden verheilt sind. Er darf mit keinem Mädchen zusammenliegen, darf nichts essen … Jetzt wird er ein echter Mann!« Sie war zwischen Stolz und der Angst um ihren Sohn hin und her gerissen, das konnte man sehen.

Der Tätowierer gab Amiri noch etwas zu trinken, von dem Lotty behauptete, dass es die Kraft stärken sollte, um dem Schmerz zu widerstehen. Anne nahm eher an, dass es sich um ein kräftiges Betäubungsmittel oder irgendeinen vergorenen Fruchtsaft handelte … was Amiri auch dringend benötigte, wie sie in den nächsten Momenten merken sollte.

Der alte Mann tauchte seine Knochennadeln in die schwarze Paste und klopfte sie Amiri mit einem Hämmerchen in das Kinn, die Unterlippe, die Wange. Schon nach kürzester Zeit war sein komplettes Gesicht geschwollen und mit Blut verschmiert. Diese Tätowierungen ritzten nicht nur die Hautoberfläche ein wie bei den Matrosen. Sie reichten offensichtlich tiefer, bis auf den Knochen.

Angeekelt wandte Anne sich ab. An so ein Ritual wollte sie sich nun wirklich nicht gewöhnen. Ein Mann wurde ganz bestimmt weder schöner noch männlicher oder gar stärker durch diese Spiralen und Linien im Gesicht. Aber offensichtlich legten die Maori höchsten Wert darauf. Sie ging lieber zu ihrem Lieblingsplatz am Strand.

Hier setzte sie sich immer hin, wenn ihr der Rücken und die Finger vom Flachsweben schmerzten – und sie eine kleine Pause vom beständigen Lernen und Aufpassen brauchte. Sie konnte sich inzwischen halbwegs in Maori verständlich machen, wusste, wie man Barrakouta und Titi zubereitete. Aber von Zeit zu Zeit wurde das Heimweh übermächtig, die Sehnsucht nach einer verwandten Seele. Sie war sich nicht einmal sicher, ob diese verwandte Seele wirklich David war – doch sie sehnte sich nach jemandem, mit dem sie sich blind verstand, der sie noch aus einer Zeit kannte, in der ihr Leben nicht jeden Tag gefährdet war. Hin und wieder fragte sie sich auch, wie wohl ihre Eltern da oben an der schottischen

Küste heimisch geworden waren. Hoffentlich hatten sie ihre Briefe erhalten – auch wenn der Inhalt eine Lüge war, würden die Geschichten von einem schönen Leben in Neuseeland ihre Eltern doch beruhigen. In ein oder zwei Jahren würde den beiden vielleicht auffallen, dass sie nichts mehr von ihrer Tochter hörten. Was sie sich dann wohl ausmalten? Tod im Kindbett? Ein Unfall in den gefährlichen Weiten der Wildnis? Ob sie dann wohl versuchten, etwas über sie zu erfahren? Wie konnte sie ihren Eltern nur mitteilen, dass sie Großeltern wurden? Wenn auch nicht von diesem Nathan Ardroy.

Sie kam erst am frühen Abend in Lottys Haus zurück – und fand Amiri, der sich leise stöhnend in eine Ecke gelegt hatte. Seine attraktiven Gesichtszüge waren jetzt fast nicht mehr zu erkennen, so geschwollen waren seine Kinnpartie und die Wangen. Aber er schien glücklich zu sein, dass er diese schmerzhafte Prozedur mit Anstand und ohne zu jammern oder zurückzuzucken hinter sich gebracht hatte. Lotty saß bei ihm und strich ihm mit einem feuchten Blatt unermüdlich über das Gesicht. Sie lächelte Anne von unten an. »Wie ich schon gesagt habe: Heute weiß ich, womit man eine Entzündung verhindern kann – das hier ist ein Absud aus Manukablättern. Du wirst sehen, in ein paar Tagen wird er wieder essen dürfen.«

Anne grinste. »Bei deiner Pflege ganz bestimmt …«

Lotty hatte recht. Amiri ließ sich nach einer Woche von seinen Freunden feiern und verschwand mit einem der Mädchen in eine Hütte – der Zauber des Tätowierers war gebrochen. Und Amiri wurde ab sofort von den anderen Männern des Stammes wie einer von ihnen behandelt. Was bedeutete, dass er noch häufiger zu Jagdzügen und kleinen Plündereien bei den Nachbarstämmen aufbrach.

Während Anne unbeweglicher wurde, wurde aus dem Herbst ein Winter mit vielen Stürmen und windigen Tagen, an denen sie am liebsten Lottys Hütte überhaupt nicht mehr verlassen hätte. Die beiden Frauen erzählten sich noch mehr Geschichten aus ihrer Kindheit, träumten von einer Zukunft hier in Neuseeland und suchten nach einem passenden Namen für Annes Kind. Ihr Glaube an eine Rückkehr von David schwand, als die Tage wieder länger wurden und sie wieder häufiger auf der kleinen Veranda vor Lottys Hütte saßen. Es war ihr egal, dass Lotty immer wieder erklärte, dass David gar nicht schneller hätte sein können. Die Hebamme hatte Anne untersucht und erklärt, dass das Baby jetzt jederzeit kommen könnte. »Mach dir aber keine Sorgen, alles ist gut, du bist jung und gesund!«, hatte sie betont – und längst brauchte Anne keine Lotty mehr, um ihr diese Sätze zu erklären.

Einige Tage später lief sie abends den Strand entlang. Sie genoss die milde Brise und den süßen Duft nach den blühenden Bäumen in diesem Frühling im Oktober. Vögel strichen immer wieder durch die Wipfel, das Meer rauschte leise und war so ruhig wie nur selten in dieser Gegend am Kap. Anne summte leise vor sich hin und beschloss, dass sie trotz ihres gewaltigen Bauchs bis zu den Klippen laufen wollte, um noch ein paar Muscheln und ein paar Algenblätter für ein Abendessen zu sammeln. Zügig kletterte sie einen Felsen am Ende der

Bucht empor und löste mit einem kleinen Messer aus Knochen die ersten Muscheln. Die Anstrengung ließ ihr Schweißtropfen über die Schläfe laufen. Anne verfluchte wieder einmal ihre dicken schwarzen Haare und steckte sie entschlossen im Nacken zusammen. Dabei ließ sie ihren Blick über den Horizont gleiten – und zuckte zusammen. Zwei Schiffe!

Die beiden waren nicht einmal sehr weit entfernt, ein geübter Schwimmer würde ohne Probleme zu ihnen hinausgelangen können. Anne schirmte mit einer Hand ihre Augen von der Sonne ab, um genauer sehen zu können. Die Flagge verriet sofort die Herkunft der beiden Schiffe: England.

Anne hatte inzwischen genug gelernt, um die Typen zu erkennen. Das eine war ein Schoner, der Name an seinem Bug lautete *Isabella*. Den hatte sie noch nie zuvor gehört. Anders bei dem zweiten Schiff, der *Alligator*. Eine Man O'War, ein Kriegsschiff. Dieses Paar verfolgte keine friedlichen Absichten, das stand fest. Anne duckte sich unwillkürlich enger an ihren Felsen heran. Wenn diese Schiffe den Kampf mit den Maori suchten – wie sollte sie sich und ihr Baby dabei schützen? Konnte es sein, dass David diese Expedition auf den Weg gebracht hatte?

Vor allem musste sie aber die Maori warnen. Sie hatten sie gut behandelt – es wäre einfach unfair, wenn sie völlig unvorbereitet dem Kugelhagel der *Alligator* ausgeliefert würden.

Als Anne den Strand wieder erreichte, rannte sie los – so schnell es ihr dicker Bauch zuließ.

East Cape, 1832

25.

»Die Engländer! Sie kommen!«, schrie sie, als sie den Schutzwall erreichte. Ihr erschienen die Palisaden lächerlich angesichts der Kanonen auf der *Alligator*. »Achtung! Die Engländer kommen!«

Die Maori waren alle ihrem Tagesgeschäft nachgegangen. In der Werkstatt für den Flachs entstanden neue Decken, aus dem Kochhaus drangen leckere Gerüche. Und sie unterbrachen ihre Arbeit auch nicht wegen des schrillen Geschreis einer Schwangeren. Oaoiti stellte sich ihr in den Weg.

»Ja, sie kommen. Sie bringen Musketen für uns und wollen dich abholen. Da musst du nicht brüllend durch meinen Pa laufen. Siehst du böse Geister?«

»Du verstehst es nicht!«, keuchte Anne. »Die kommen ganz sicher nicht friedlich, um dir ein paar Gewehre zu geben. Die greifen an. Glaub mir, eine Man O'War schicken die Briten nicht, wenn es um ein kleines Gegengeschäft geht. Die wird nur dann aufgefahren, wenn es um einen Krieg geht. Ihr müsst zahlen für meine Gefangenschaft – und nach dem, was ich gesehen habe, ist der Preis hoch!« Sie rang erneut nach Luft. Die Aufregung und der kurze Spurt am Strand hatten sie an die Grenze ihrer Kräfte gebracht.

Oaoiti runzelte die Stirn. »Kriegsschiff? Ich denke, die Engländer lassen uns in Frieden? Das ist unser Land. Warum warnst du uns?«

»Ihr habt mich gut behandelt. Ein paar von euch sind fast meine Freunde. Ich möchte nicht, dass euch etwas passiert«, brachte sie atemlos hervor. »Und die Engländer kennen keine Gnade, wenn sie der Meinung sind, dass sie angegriffen wurden!«

Paddy-Jay trat neben Oaoiti. Seit Monaten hatten er und seine Männer sich im Hintergrund gehalten. Ihr Lager lag einige Hundert Meter entfernt in einer weiteren Bucht, Anne hatte sie fast vergessen. Aber heute war Paddy-Jay im Pa. Ein denkbar ungünstiger Tag für einen Besuch – aber er wusste wie immer alles besser. »Du willst sagen, die Krone greift uns an? Wie soll dein Mann das hingekriegt haben? Das glaube ich nie und nimmer! Die ist zu dumm, um einen Walfänger von einer Man O'War zu unterscheiden.«

»Dann geh doch mal zum Strand, du Idiot, und schau selber nach, was du angerichtet hast!«, schrie Anne. Sie deutete in Richtung Meer. »Und dann kannst du deine Freunde hier überzeugen, dass ein Schiff mit fünfzig Kanonen an Bord ganz sicher nur auf einer friedlichen Mission unterwegs ist! Ich habe keine Ahnung, wie du auf die Idee kommen kannst, dass man zwei Jahre in

Kororareka leben kann und nicht am Schluss jedes Schiff im Dunkeln bei Neumond erkennen könnte. Ihr solltet doch wissen, dass ich nicht zu den Mädchen zähle, die nicht weiter als bis zum nächsten Idioten zwischen ihren Beinen denken können.« Sie schüttelte den Kopf. »Aber ich hindere euch nicht daran, hier zu sitzen und darauf zu warten, dass man euch die Köpfe wegbläst. Ist ja nicht mein Problem ... Ich gehe dann ein bisschen Farnsprossen sammeln. Tief im Wald, damit ich euch nicht störe!«

Oaoiti hob die Hand, um ihren Redeschwall zum Verstummen zu bringen. Er winkte Amiri heran. »Geh und sieh, ob Anne wahre Kunde bringt.«

Während Lottys Sohn unterwegs war, um einen eigenen Blick auf die Bedrohung vom Meer zu werfen, schwiegen alle Männer des Stammes. Keiner wirkte auch nur im Geringsten beunruhigt. Sie führten viele Kriege mit anderen Stämmen, hatten aber keinerlei Erfahrung mit einer so massiven Begegnung mit Kanonen und Gewehren. Anne sah sie der Reihe nach an und konnte sich ein Seufzen nicht verkneifen. In dieser Beziehung war dieser Stamm wie kleine Kinder, die nicht wussten, dass man sich von Feuer besser fernhalten sollte.

Es dauerte nur wenige Minuten, bis auch Amiri vom Strand zurückkehrte. »Anne hat es richtig gesehen. Noch halten sie sich in der nächsten Bucht verborgen – aber es kann keinen Zweifel daran geben, dass sie uns angreifen werden. Das eine Schiff ist komplett mit Soldaten besetzt. Es sieht aus, als ob sie viele Gewehre dabeihaben – sehr, sehr große.«

Anne stöhnte auf. Ja. Und diese großen Gewehre

wurden in der Regel Kanonen genannt. Aber das würde dieser Stamm erst morgen Abend wissen …

Oaoiti nickte, als er Amiris Wort hörte. »Heute Abend tanzen wir den Haka. Dann sind wir bereit. Wir werden den Engländern zeigen, wie Maori kämpfen können!«

Alle nickten, und die Menge zerstreute sich schnell. Anne sah ihnen hinterher und schickte ein Stoßgebet in den Himmel, dass die englischen Soldaten keinen Angriff am Nachmittag wagten. Denn jetzt war zwar jeder mit seinen Kampfvorbereitungen beschäftigt – aber das Pa lag völlig schutzlos in der Nachmittagssonne.

Erst später bemerkte Anne, dass ständig Beobachter zwischen dem Strand und der Hütte von Oaoiti hin und her rannten. Offensichtlich hielt er sich doch über das Geschehen auf den englischen Schiffen auf dem Laufenden. Bisher hatte er Glück – es geschah nichts. Paddy-Jay und seine Männer hatten sich auf dem Versammlungsplatz in den Schatten gesetzt und nahmen an den Vorbereitungen nicht teil. Sie warteten wohl auf David Wilcox, der ihnen das Geld für Anne bringen würde. Idioten vom Scheitel bis zur Sohle.

Mit der Dämmerung trafen sich die Männer des Stammes vor dem Marae. Anne hatte den Haka, mit dem sie sich auf den Kampf vorbereiteten, schon öfter gesehen – immer wieder war sie von der Gewalt in dem Gesang und den furchteinflößenden Gestalten beeindruckt. Die Männer waren nackt bis auf einen einfachen Bastgürtel. Ihre Körper glänzten im Schein der letzten Sonnenstrahlen, als der Erste sich unter die Männer mischte und den Gesang anstimmte.

Tiki tonu mai
Tiki tonu mai
Ki ahau e noho nei
Tiki tonu mai I a hei ha!

Ihre Stimmen hallten dunkel und bedrohlich bis hinunter zum Strand. Anne war klar, dass die Soldaten in diesem Augenblick wussten, dass sie keinen Überraschungsangriff mehr starten konnten. Diese Klänge würde jeder Mensch auf der Welt als Kriegsgesänge verstehen, diese Sprache war weltweit gleich.

Die älteren Krieger deuteten in diesem Tanz an, dass sie jeden Einzelnen der jüngeren Krieger genau untersuchten – und dann auch den Tanz selber beobachteten. Anne wusste inzwischen, dass es auf die absolute Harmonie in dem Tanz ankam. Die Männer stampften, ließen immer wieder ihre Augen rollen und streckten ihre Zunge raus. Sie führten mit einer mehr als eindeutigen Bewegung ihre Hand an der Kehle vorbei und zeigten, was sie mit ihren Feinden vorhatten.

Und dazu immer wieder der Gesang. Anne wusste schon lange, was er bedeutete:

Komm nur her zu mir!
Komm nur her zu mir!
Trau dich nur.
Komm nur her zu mir!

Nach dem Tanz schworen die Männer ihre Treue zu Tumatauenga, dem Gott des Krieges. Einem bösen und rachsüchtigen Gott, wie Anne gelernt hatte. Maorikrieger machten keine Gefangenen, sondern töteten alle, die sie erwischen konnten – ihre Angst vor einem Rachefeldzug war viel zu groß. Normalerweise griffen sie immer in der Dämmerung an, tauchten wie Geister aus dem Busch auf, schlugen zu und verschwanden wieder. Lange Kriege waren nicht ihre Welt.

Dieses Mal war alles anders – die Schiffe draußen in der Bucht konnte niemand überraschen. Sie mussten sich auf einen Angriff direkt auf das Pa vorbereiten und hatten nur eine ungefähre Ahnung, wie stark der Feind sein würde. Anne schluckte. Was, wenn sie beschlossen, dass man sie jetzt opfern könnte. Immerhin schien ihre Anwesenheit die Engländer nicht an einem Angriff zu hindern. Musste sie sich jetzt vorsehen und im Busch verschwinden?

Unschlüssig sah Anne auf ihren gewaltigen Bauch hinunter. Das kleine Wesen darin rührte sich nicht. Hielt es vor dem drohenden Unglück still – oder schlief es einfach nur. Wer würde ihr helfen, wenn die Geburt nahe kam? Zu viele Entscheidungen auf einmal …

»Iss etwas!« Lotty tauchte neben ihr auf und streckte ihr eine Schüssel mit Gemüse, Kumara und etwas Fleisch entgegen. »Wir haben keine Ahnung, wann wir uns wieder ausruhen können, wir sollten uns lieber stärken. Das habe ich im Busch gelernt: Wenn es etwas zu essen gibt, greif zu. Keiner weiß, wann der nächste Hunger kommt.« Lottys Rundungen zeigten, dass sie sich diese Erkenntnis immer sehr zu Herzen genommen hatte.

Zögernd nahm Anne einen ersten Bissen und aß dann mit Appetit weiter. »Sollten wir uns nicht in den Wäldern verstecken? Wir beide wissen, wozu die Engländer mit ihren Gewehren fähig sind. Wir sollten hier nicht wie die Lämmer auf der Schlachtbank sitzen und warten, bis es losgeht.«

Kopfschüttelnd nahm Lotty ein weiteres Kumarastück aus ihrer Schale. »Nein, ich muss bei meinen Leuten bleiben. Nach so langer Zeit sind sie mein Stamm geworden. Mehr als diese Idioten in Uniform, die da draußen in unserer Bucht sind.«

»Sie werden sie niedermetzeln ...« Anne versagte die Stimme bei dieser Vorstellung.

Diese Nacht fand keiner im Pa Schlaf. Die Krieger bereiteten ihre Speere vor, schärften ihre Äxte sorgfältig im Schein der Feuer. Die Farnbäume glänzten im Mondlicht, als seien sie aus Silber. Anne sah ihnen zu und fühlte sich, als ob sie Menschen aus der Steinzeit beobachtete, die mit ihren ungenügenden Waffen gegen ein wildes Raubtier losrannten. Das ganze Dorf hatte nur sechs Gewehre. Was sollten Speere, Äxte und die wenigen Musketen gegen fünfzig Kanonen ausrichten? Immer wieder wünschte sie sich, dass einfach alle wegrannten. Aber das würde der Stolz eines guten Kriegers nie zulassen. Sie strich über ihren Bauch, noch immer unschlüssig, ob sie sich selbst und das ungeborene Leben in Sicherheit bringen sollte. Aber vielleicht konnte sie die englischen Soldaten aufhalten, irgendetwas sagen, was sie davon abhalten würde, den Stamm einfach niederzumetzeln? Also blieb sie sitzen und wartete auf die Morgendämmerung. So wie alle anderen im Pa auch.

Ganz allmählich färbte sich der Himmel zum Gesang der Vögel am Horizont erst grün, dann rötlich, dann gelb – und schließlich stieg die Sonne als gleißender Ball aus dem Pazifik auf. Sie war noch nicht voll erschienen, als auch schon das erste Krachen einer Kanone über die Bucht hallte. Und dann noch eine. Und noch eine. Die Kugeln reichten nicht bis in den Pa – aber sie sorgten dafür, dass keiner der Krieger am Strand den englischen Soldaten begegnen konnte. Einer nach dem anderen wich in dem Kanonendonner aus. Die Kugeln hinterließen tiefe Krater, Bäume splitterten und fielen krachend um.

So weit Anne sehen konnte, wurde in diesem Hagel keiner verletzt. Mit einem Mal wurde es wieder still – nur eine einzige unheimliche Sekunde lang. Dann rannten die am Strand im Schutz der Kanonenkugeln gelandeten Soldaten den Weg zum Pa empor – und schossen dabei auf alles, was sich bewegte. Es dauerte nur einen Wimpernschlag, bis Anne klar wurde, dass sie in diesem Lärm und Durcheinander auf kein offenes Ohr für ein paar vernünftige Worte stoßen würde. Das hier war ein Abschlachten, der heutige Kampf sollte allen anderen Maori eine Warnung sein, sich gegen die neue Macht im Land aufzulehnen. Sie rannte zu einem dicken Baum, unter dem sie hinter dichtem Gestrüpp verschwand. Hier drehte sie sich noch einmal um.

Sie erkannte Amiri, der mit hoch erhobener Axt und gebleckten Zähnen auf einen Soldaten zurannte. Der kämpfte gerade mit dem Zündschloss in seinem Gewehr, konnte nicht rechtzeitig laden – und musste dafür mit seinem Leben bezahlen. Triumphierend streckte Amiri seine Faust in die Höhe, als der Soldat mit gespaltenem Schädel niedersank. Ein Triumph, der nur kurz währte. Nur wenige Meter entfernt riss ein weiterer Soldat sein Gewehr hoch, zielte kurz und schoss Amiri mitten in die Brust. Der sah einen Augenblick lang verwundert nach unten auf die klaffende Wunde – und sank dann ohne einen weiteren Laut in die Knie. Lottys Sohn und Hoffnung auf die Zukunft war Vergangenheit.

Plötzlich raschelte es neben Anne. Schwer atmend tauchte einer der alten Krieger neben ihr auf. Er erkannte sie und spuckte vor ihr aus. »Das ist das Unglück, das du in unser Leben gebracht hast!«, zischte er sie an.

Sie hätte ihm entgegnen können, dass sie sehr gerne friedlich an dieser Küste vorbeigesegelt wäre – wenn man sie nur unbehelligt gelassen hätte. Aber dafür war kaum die Gelegenheit. Der alte Mann spähte zwischen den Blättern hindurch und wartete, bis ein weiterer Mann in Uniform nur wenige Meter von ihnen vorbeischlich, suchend um sich blickend und angespannt wie eine Feder. Lautlos sprang er zwischen den Ästen hervor, rammte seinen Speer in den Rücken des Soldaten, zog den Speer heraus, und schon stand er wieder neben Anne. Die ganze Aktion geschah in einem Atemzug. Anne roch den scharfen Geruch von Schweiß und den merkwürdig süßlichen Geruch des Blutes, das auf seine Hände gespritzt war. Ihr wurde mit einem Mal übel, sie drehte sich um und übergab sich, bevor sie stolpernd in den Wald verschwand. Sie wollte und konnte nicht mehr mit ansehen, wie diese Menschen sich gegenseitig das Leben brutal beendeten.

Sie lief ohne Pause und ohne innezuhalten den Hügel empor, bis sie nicht mehr konnte und das Knallen der Gewehre nur noch ein fernes Echo war. Erst dann ließ sie sich unter einen Busch fallen, zog die Knie nach oben und lauschte nur noch ihrem Herzschlag, ihrem rasselnden Atem und dem Rauschen des Pazifiks tief unter ihr. Diesen Tag wollte sie einfach für immer vergessen, egal, wie er enden würde. Sicher, sie hatte ständig von einer Rettung geträumt – aber doch nicht auf Kosten all der Menschen, die ihr teuer geworden waren. Sie kniff die Augen zu, fest entschlossen, sie erst wieder dann zu öffnen, wenn endlich kein Schlachtenlärm mehr an ihr Ohr dringen würde.

Anne hatte keine Ahnung, wie spät es eigentlich war, als sie ihre Augen wieder öffnete. Irgendwann musste sie vor Erschöpfung einfach eingeschlafen sein – ihr schwangerer Körper hatte seinen Tribut gefordert, egal, wie aufgewühlt ihr Geist sein mochte. Mühsam richtete sie sich etwas auf und lauschte ins Tal. Nichts. Keine einzige Muskete wurde mehr abgefeuert, die Kanonen schwiegen. Langsam stand Anne auf und machte sich auf den Weg nach unten. Es war ein heißer Tag, Fliegen summten, Vögel zwitscherten, und es roch nach den süßen Blüten der Büsche, so wie am Vortag, als sie noch den friedlichen Strand entlanggewandert war. Ein Paradies, wenn sie nicht so sehr gefürchtet hätte, was sie wohl im Pa erwarten würde.

Als Erstes entdeckte sie Paddy-Jay. Er lag ausgestreckt auf dem Weg, in seinem Rücken steckte ein Speer. Offensichtlich wollte er sich vor der Schlacht in Sicherheit bringen – und einer der Maori hatte diesen Plan nicht gutgeheißen. Sie ging ohne Bedauern an dem reglosen Körper vorbei. Seine Geldgier und Dummheit hatten nichts als Unheil gebracht. Nicht nur in ihr Leben, sondern auch in das Leben der Maori. Ein Taugenichts, dessen Tod die Welt nicht ärmer machte.

Dann trat sie auf den schmalen Weg, der vom Meer hoch zum Pa führte. Er war übersät von Menschenleibern, die sich nicht mehr rührten. Einige in Uniform, aber die meisten nur mit einem Gürtel aus geflochtenem Flachs bekleidet. Sie ging an Amiri vorbei, bückte sich und schloss ihm die Augen. Einige Schritte weiter lag der alte Mann, der neben ihr im Busch gestanden hatte. Auch Oaoiti – reglos. Sie rannte an ihm vorbei, wollte nur noch weg von den geschundenen Gestalten. Als der Pa schon fast in Sichtweite war, hörte sie aus einem Gebüsch ein lautes Stöhnen. Das Stöhnen einer Frau. Anne näherte sich vorsichtig – und sah zu ihrem Entsetzen Lotty, den Kopf im Schoß von Sarah gebettet. An ihrem Bauch klaffte eine hässliche Wunde, die ohne Unterlass blutete und die sie vergeblich mit ihren blutverschmierten Fingern zu schließen suchte.

Anne ließ sich neben ihnen auf die Knie fallen und griff nach Lottys Schulter. »Was ist passiert?«

Sarah schüttelte den Kopf. »Wir Frauen haben uns alle im Pa verborgen. Aber Mama hat es nicht ausgehalten, sie hatte so sehr Angst, dass Amiri etwas zugestoßen sein könnte. Also ist sie los – und gleich dem ersten Soldaten vor den Lauf gerannt. Den Engländern war es völlig egal, ob sie Männer, Frauen oder Kinder erschießen – sie haben immer abgedrückt. Wie bei meiner Mutter. Ich habe sie vor zwei Stunden hier gefunden …«

»Wo ist die Heilerin?« Anne sah in Panik in Richtung Pa.

Wieder ein Kopfschütteln. »Weg. Als den Frauen klar wurde, dass kein einziger Krieger diesen Tag überleben würde, sind sie in die Wälder geflüchtet. Dort halten sie sich versteckt – und ich bin mir sicher, sie werden erst wieder auftauchen, wenn die Schiffe aus der Bucht verschwinden. Von uns glaubt doch keiner mehr an irgendeine friedliche Absicht! Du hattest recht, wir hätten alle auf dich hören sollen!«

»Wir sind hier ganz alleine?« Anne konnte es nicht glauben.

»Bis auf ein paar Verwundete, die sich in unsere Hütten geschleppt haben. In die Hütten, die von den Engländern nicht in Brand gesteckt worden sind!« Sarah streichelte dabei unablässig mit einer ebenso fahrigen wie nutzlosen Bewegung die Stirn ihrer Mutter.

»Gibt es nicht irgendetwas, das wir tun können?« Anne spürte, wie nackte Panik in ihr aufstieg.

»Nichts. Wir können einfach nur warten, bis sie einschläft.« Über Sarahs Gesicht liefen Tränen.

»Das lasse ich nicht zu. Auf den Schiffen der Engländer muss ein Arzt sein. Oder wenigstens ein Bader. Irgendjemand! Ich gehe hin und finde jemanden, der uns hilft!«

Entschlossen stand sie auf und machte sich auf den Weg hinunter zum Strand. Schon von Weitem konnte sie die Engländer hören. Sie hatten mehrere kleine Feuer entfacht, um die sie sich versammelt hatten. Als Anne näher kam, sprang eine Wache hinter einem Baum hervor.

»Wer da?« Der Junge war wirklich noch sehr jung, auf seiner Oberlippe spross gerade der erste Flaum.

Anne richtete sich zu voller Größe auf. »Mein Name ist Anne Courtenay. Ich wünsche den Befehlshabenden zu sprechen!«

»Anne Courtenay? Die entführte Frau, wegen der wir überhaupt hier sind?« Er starrte sie mit weit aufgerissenen Augen an. Dann glitt sein Blick auf ihren angeschwollenen Leib. »Um Himmels willen! Hat einer dieser Wilden …?«

»Natürlich nicht, Dummkopf!«, wies Anne ihn zurecht. »Mein Mann war nur sieben Monate weg, in der Zeit kann man auch mal ordentlich schwanger werden. Aber ich brauche einen Feldscher! Eine Frau, eine Engländerin, liegt dahinten im Sterben. Sie braucht Hilfe! Sofort!«

»Noch eine Engländerin? Wir wussten die ganze Zeit nur von einer …«, stammelte der Jüngling, ohne sich von der Stelle zu bewegen.

»Hilfe. Wir brauchen Hilfe!«, unterbrach ihn Anne. Sie hatte keine Zeit für ihn.

Endlich drehte er sich um und rief nach hinten: »Master Fraser! Kommt hierher!«

Eine bullige Gestalt erhob sich. Er hatte sich um einen verwundeten Soldaten gekümmert, der vor ihm auf einer Trage lag. Anne lief ihm entgegen und fasste ihn am Arm. »Kommt schnell mit, dahinten liegt eine Engländerin, die dringend Eure Hilfe braucht! Schnell!«

Der kleine weißhaarige Mann war offensichtlich kein Freund großer Worte. Er nickte nur, drehte sich um, griff nach seiner abgeschabten alten Tasche und machte sich auf den Weg, so schnell es seine kurzen Beine zuließen. Es dauerte nur wenige Minuten, bis sie Lotty sahen. Immer noch im Arm von Sarah, die ihre Mutter sanft wiegte.

Fraser ließ sich neben den Frauen auf die Knie fallen und zog Lottys Hände behutsam zur Seite, um die Wunde zu untersuchen. Mit gerunzelter Stirn sah er sich alles an, legte seine Finger an Lottys Hals, um den Puls zu spüren, und stand dann kopfschüttelnd auf. »Hier kann meine Kunst nichts mehr ausrichten. Diese Frau wird bereits von Gevatter Tod umarmt. Ich bin mir sicher, dass sie die Sonne nicht mehr am Horizont untergehen sehen wird.« Er nickte noch einmal zur Bekräftigung seiner Worte und drehte sich um. Anne versuchte ihn zurückzuhalten. »Ihr könnt doch nicht einfach gehen und sie so liegen lassen! Tut doch irgendwas!«

Er machte sich unbeirrt auf den Weg. »Wir würden dieser Frau nur Schmerzen zufügen, wenn wir sie an den Strand bringen. Und es würde nichts bringen, sie würde uns trotzdem unter den Händen wegsterben. Ich gehe lieber zu meinen verletzten Männern. Denen kann ich noch helfen.« Damit verschwand er auf dem Weg, den er noch vor wenigen Augenblicken hochgekeucht war.

Anne sah ihm einen Moment lang fassungslos hinterher, dann setzte sie sich wieder zu Lotty und griff nach ihrer blutverschmierten Hand, die sie behutsam drückte.

Kaum wahrnehmbar reagierte Lotty mit einer leichten Bewegung der Hand. Ihre Augenlider flatterten. »Finde deinen eigenen Weg, Sarah«, flüsterte sie mit rauer Stimme. Sarah beugte sich weit nach vorne, damit sie die Worte verstehen konnte. Und Lotty wiederholte es noch einmal, eindringlicher: »Für dich gibt es keinen Weg, der vorgezeichnet ist, du musst dir einen eigenen suchen, der dich zur Wahrheit führt. Deinen … eigenen …«

Die wenigen Worte schienen das letzte bisschen Energie, das sie noch hatte, verbraucht zu haben. Sie schloss die Augen wieder, stöhnte noch einmal leise – dann sank ihr Kopf langsam und friedlich zur Seite.

Ihr Atem versiegte. Lotty war tot.

Sarah liefen die Tränen über die Wangen, während sie ihrer Mutter immer wieder über die Stirn streichelte. »Was soll ich ohne dich nur tun? Ich bin doch ganz alleine! Mama, komm zurück! Was soll ich …«, jammerte sie endlos. Irgendwann wurde sie leiser und wimmerte nur noch vor sich hin.

Anne richtete sich langsam auf und sah sich noch einmal um. Das qualmende Pa, die Toten auf dem Weg – das Paradies, das hier noch am frühen Morgen eine Heimat hatte, war vernichtet. Sie strich Sarah noch einmal über den Scheitel, als sie plötzlich eine Gestalt auf dem Weg sah, die ihr merkwürdig vertraut vorkam. Dieser Schritt, die grauen Haare … David Wilcox. Der Mann, der dafür gesorgt hatte, dass sich an einem einzigen Tag ein Paradies in die Hölle verwandelt hatte. Weil er sie retten wollte, wieder einmal. Das Kriegsschiff vor der Küste und die Soldaten – die hatte sicher er mitgebracht.

Sie sah ihm schweigend entgegen, zu keiner anderen Regung fähig. So lange hatte sie auf seine Rückkehr gehofft – und so viel Blut war jetzt damit verbunden. Allen voran das Blut der Frau, die ihr in den letzten Monaten eine gute Freundin geworden war.

Der Mann auf dem Weg blieb stehen und sah sich suchend um, bis sein Blick auf Lotty, die jammernde Sarah und Anne fiel, die ihm mit leichenblassem Gesicht entgegenblickte. Er fing an zu rennen. Anne registrierte überrascht, dass ihr Mann seinen Bauch verloren hatte und um einiges kraftvoller und jugendlicher wirkte als noch vor sieben Monaten. Die Wanderung nach Kororareka schien ihn verändert zu haben.

Bevor sie darüber nachdenken konnte, kam er schon bei ihr an, schloss sie in die Arme – und wich erschrocken zurück, als er ihren Bauch spürte. »Du erwartest ein Kind!«, rief er aus. Und nach einem zweiten Blick fügte er etwas überrascht hinzu: »Und zwar bald …« Es war nicht zu erkennen, ob er sich freute oder ob er entsetzt war.

Anne blieb nichts anderes übrig, als unschlüssig zu nicken. »Ja, es kann jeden Tag so weit sein.« Sie deutete auf ihn, in Richtung Strand, auf das Meer zu den Schiffen – eine hilflose Bewegung, die einfach den ganzen Vormittag und alle Menschen umfasste. »Was hast du gemacht? Um Himmels willen, was hast du gemacht?!«

»Ich habe eine Ewigkeit nach Kororareka gebraucht,

mein Liebling. Aber wir haben es geschafft, wir sind gekommen. Ich bin sofort zu Master Busby, habe ihm erzählt, was sich hier abgespielt hat …«

»Busby? Wer ist das?«, unterbrach ihn Anne. »Ich dachte, ich würde jeden Mann in Kororareka kennen!«

»Ich hatte vor unserer Abreise schon gehört, dass bald ein Vertreter der britischen Krone nach Neuseeland kommen würde – ebenjener Master Busby. Es war schon klar, in welchem Haus er leben würde – und dass er auch nur eine sehr begrenzte Macht mit nach Neuseeland brachte. Aber wenigstens ein paar Soldaten und eine Man O'War würde er wohl zu seiner Verfügung haben, so hieß es zumindest damals, als uns seine Ankunft angekündigt wurde. Deswegen habe ich mich sofort an ihn gewandt – ich wollte nicht einfach hierherkommen, den Maori eine Handvoll Musketen aushändigen und dann meines Weges ziehen. Sie haben mir Unrecht getan, das musste gesühnt werden.«

Anne schüttelte traurig den Kopf. »Es waren gute Menschen, David. Sie sind von Paddy-Jay und seinen Freunden in Versuchung geführt worden. Aber sie haben sich gut um mich gekümmert, sie haben hier ein gutes Leben geführt. Ein Leben, das für die meisten von ihnen für immer vorbei ist … Das war nicht gerecht.«

David ließ sich in seiner Erzählung nur kurz unterbrechen. Noch hatte er keinen Gedanken frei für das Entsetzen über die Geschehnisse des Vormittags. »Busby hatte natürlich weder Soldaten noch eine Man O'War. Er konnte nur einen Brief nach Australien schicken und hoffen, dass ihm die dort stationierten Kräfte unter die

Arme greifen würden. Und so war es auch. Nach ein paar Wochen tauchte die *Alligator* auf, ich hatte bis dahin die *Isabella* organisiert – und wir sind endlich hierher gesegelt, um dich zu retten, mein Liebling.«

»Was ist mit Jameson?«, wollte sie wissen. »Er muss doch vor Zorn geschäumt haben, nachdem du mich entführt hast. Warum hat er nicht dafür gesorgt, dass du einen Dolch in den Rücken bekommen hast, als du wieder in Kororareka aufgetaucht bist?«

»Er hat mich nicht gesehen«, erklärte David mit einem Schulterzucken. »Busby hat mich einfach als einen Verwandten aus Australien vorgestellt – und ich habe so viel abgenommen, dass niemand gemerkt hat, dass ich eigentlich der alte, dicke Walfänger Wilcox bin. Ich habe Jameson allerdings auch keinen Besuch abgestattet und mich ohnehin von den Menschen ferngehalten. Seit der Zeit im Busch kann ich Menschenansammlungen auch nicht mehr so gut ertragen.« Er musterte sie noch einmal. »Das ist meine Geschichte, aber jetzt muss ich unbedingt wissen: Wie ist es dir ergangen? Was ist hier passiert?«

Anne schüttelte den Kopf. »Nicht viel. Ich habe mich mit den Menschen hier angefreundet, ihre Sprache und ihre Bräuche gelernt und auf dich gewartet. Irgendwann wurde mir klar, dass ich ein Kind erwarte.«

Sie sah seinem Gesicht an, dass er versuchte, die Möglichkeit seiner Vaterschaft zu errechnen, und legte ihm begütigend eine Hand auf den Arm. »Ja, es könnte dein Kind sein. Aber sicher wirst du dir nie sein können. Ich wünschte, es wäre anders – aber das ist die Wahrheit.«

Er zögerte nur einen winzigen Augenblick, bevor er seinen Arm um ihre Schultern legte und sie an sich zog. »Ich werde es immer als mein Kind betrachten, da kannst du dir sicher sein. Wichtig ist mir nur, dass du und das Kind gesund seid und wir mit der *Isabella* weiter nach Süden fahren können.«

Anne legte ihren Kopf an seine Schulter und atmete für einen Moment tief durch. Jetzt würde endlich alles wieder gut werden. Sie würde diesen Albtraum in diesem Ort hinter sich lassen und diesen Vormittag des Grauens vergessen. Allmählich sank um sie herum die Dämmerung herab. Und noch während sie sich in Davids Armen warm und sicher fühlte, spürte sie ein Ziehen in ihrem dicken Bauch, das sich anders als alles anfühlte, was sie jemals erlebt hatte.

East Cape, 1832

26.

Es war tiefe Nacht. Sie drückte ihren Kopf immer wieder in das weiche Moos und biss sich auf die Lippen, um nicht laut zu schreien. Nur Sarah war an ihrer Seite – wobei sie nicht mehr tun konnte, als ihr die Hand zu halten und ihr hin und wieder mit einem feuchten Tuch über die Stirn zu wischen. David hatten sie fortgeschickt, er sollte am Strand auf Nachricht von Sarah warten. Er schien dankbar, als er sich entfernen durfte – dass seine starke Anne plötzlich stöhnte, hatte ihn erschreckt.

Irgendwann untersuchte Sarah sie, so gut es ging, und verkündete: »Ich glaube, jetzt kann man den Kopf schon sehen!« Anne stöhnte auf, als die nächste Wehe wie eine schmerzhafte Welle über sie hinwegging.

»Die Maori liegen bei der Geburt nicht«, erklärte Sarah vorsichtig. »Sie hocken sich hin oder stellen sich auf und umklammern dabei einen Baum. Sieh her, ungefähr so …«

Sie zeigte Anne eine Haltung, die wenig damenhaft

aussah. Anne war das egal – Hauptsache, sie wurde diesen unbarmherzigen Schmerz so schnell wie möglich los. Mühselig erhob sie sich von ihrem Lager und umklammerte den nächsten Baum, als schon die nächste Wehe ihr den Atem raubte. Und tatsächlich: Mit einem Mal spürte sie, wie sich etwas in ihrem Inneren löste und mit einer einzigen geschmeidigen Bewegung in Sarahs wartende Hände glitt. Den Bruchteil einer Sekunde schien der Himmel den Atem anzuhalten, es war nichts zu hören als das Schnaufen von Anne – und dann wurde die Stille der Nacht von einem kräftigen, durchdringenden Babyschrei durchbrochen.

»Ein Mädchen«, stellte Sarah fest. Das Geschrei wurde lauter und fordernder. »Und wenn ich mich nicht täusche, ein gesundes und hungriges Mädchen!«

Langsam ließ Anne sich an dem Baum nach unten gleiten. Sie scheute noch einen Moment lang den Anblick ihrer kleinen Tochter. Was, wenn sie einem der brutalen und verhassten Freier ähnelte? Endlich wagte Anne einen Blick. Und sie sah ein knallrotes Gesicht mit empört aufgerissenem Mund, der seinen Protest gegen die Welt oder auch nur die plötzliche Geburt mit aller Kraft in die Welt hinausschrie. Auf ihrem Kopf war ein gewaltiger Schopf an schwarzen Haaren zu sehen, ihre winzigen Hände ballten sich zu Fäusten, die in die Luft schlugen. Anne spürte, wie sich in ihrem Inneren ein Tor zu Gefühlen öffnete, die sie bisher nicht gekannt hatte. Sie fühlte sich diesem kleinen Wesen tief verbunden.

Langsam streckte sie die Hände aus und nahm das

kleine nackte Wesen Sarah aus den Händen. Sie fühlte den zerbrechlichen Körper und drückte ihn unendlich zärtlich an ihre Brust. Instinkiv legte das kleine Mädchen den Kopf zur Seite, erwischte einen Blusenzipfel und fing an, energisch zu saugen. Sarah lachte. »Ich fürchte, sie will etwas ganz anderes …«

Schnell befreite Anne ihre Brust von der ohnehin nur locker sitzenden Bluse und spürte schon wenig später, wie sich weiche Lippen schmatzend um ihre Brustwarze schlossen. Für einige kostbare Augenblicke schloss sie die Augen und genoss das Gefühl. Wenige Atemzüge lang waren der Angriff auf das Pa und der Tod so vieler Freunde aus dem Stamm eine Ewigkeit weit entfernt.

Da unterbrach Sarah den Frieden. »Wie wirst du sie nennen?«

Anne sah auf das friedlich nuckelnde Gesicht hinunter und dann zu Sarah. »Ich denke, sie sollte Charlotte heißen. Das wäre doch nur recht, nach all dem, was deine Mutter für mich getan hat. Oder?«

Ein Lächeln ging über Sarahs Gesicht. »Ich bin mir sicher, meine Mutter wäre über diese Namenswahl sehr glücklich.« Sie erhob sich. »Ich hole den Vater, kommst du einen Augenblick alleine zurecht?«

Anne nickte und genoss die ruhigen Augenblicke allein mit ihrer kleinen Tochter, bis Sarah mit dem Walfänger im Schlepptau auftauchte. Er sah sich das kleine Mädchen mit verzückter Miene an. Dann hörte Anne einen begeisterten Aufschrei. »Sie trägt den Wilcox-Leberfleck! Sieh nur! Es gibt keinen Zweifel, sie ist eine echte Wilcox!«

Anne lächelte ihn an. »Ich werde sie Charlotte nennen!«

Wilcox runzelte überrascht die Stirn. »Da ich der Vater bin, wäre ich glücklich, wenn ich auch gefragt werden würde. Aber es sieht so aus, als ob meine Stimme nicht zählt. Trotzdem wäre ich glücklich, wenn die kleine Charlotte als zweiten Vornamen den Namen meiner Mutter tragen würde: Victoria!«

»Dann sei es so«, verkündete Anne. »Ihr Name ist Charlotte Victoria!«

Sie blieben den Rest der Nacht nahe beieinander sitzen. Irgendwann besorgte David Brot aus dem Proviant der beiden Schiffe, damit sie ihren Hunger stillen konnten. Erst als allmählich die Dämmerung den Horizont erhellte, konnte Anne wieder an die Zukunft denken. Sie hörten die Rufe der Soldaten, die durch das schmale Tal bis zu ihnen drangen.

»Nicht mehr lange, und sie legen wieder ab und kehren erst nach Kororareka und dann nach Australien zurück«, stellte Wilcox fest. Seiner Stimme war nicht anzumerken, was er davon hielt.

»Möchtest du mit ihnen segeln?«, fragte Anne vorsichtig.

Er schüttelte den Kopf. »Nein. Was sollte ich da? In Kororareka etwa wieder an mein altes Leben anknüpfen? Ich möchte doch nicht, dass unsere Tochter in diesem schrecklichen Ort aufwächst. Nein, wir segeln mit der *Isabella* weiter nach Süden, so wie wir es schon so lange geplant haben.«

Anne sah aus dem Augenwinkel, wie Sarah nachdenklich mit dem Finger Muster in den sandigen Boden malte. »Und was machst du, Sarah?«, fragte sie vorsichtig. »Möchtest du mit uns kommen? Oder mit den Soldaten nach Kororareka fahren?«

Sie seufzte. »Nein. Ihr seid sehr gütig, dass ihr mich mitnehmen wollt. Aber ich kann mir nicht vorstellen, dass ich auf Dauer irgendwo im Süden glücklich werde. Ebenso wenig wie in einer Stadt der Weißen. Nein, ich werde mich mit den Überlebenden meines Stammes wiedertreffen. Mein ganzes Leben habe ich unter Maori verbracht. Es war ein glückliches Leben – also warum sollte ich daran etwas ändern? Ich gehöre hier in den Busch, das ist meine Heimat.«

»Dann bleib doch wenigstens die nächsten Tage bei uns«, bat Anne. »Wir werden sicher nicht sofort segeln. Ein paar Tage lang sollte ich wohl Kräfte sammeln, bevor ich ein neues Abenteuer in Angriff nehme. Es wäre schön, wenn wir so lange noch deine Freundlichkeit genießen könnten.«

Sarah lachte. »So höflich hat mich noch nie jemand gebeten, doch noch ein bisschen zu bleiben … Tatsächlich ist es egal, ob ich jetzt oder erst in ein paar Wochen einen neuen Stamm suche. Oder bis sich mein alter Stamm wieder zu neuer Stärke zusammenfindet.«

Anne deutete in Richtung des Pa. »Was wird denn aus den anderen Frauen? Den Alten – und den Männern, die überlebt haben?«

»Wer weiß? Im Moment hat ja keiner eine Ahnung, wie viele es sind. Wenn das Kriegsschiff ablegt, dann werden sie wohl aus den Wäldern kommen. Erst dann hat es Sinn, zu entscheiden, ob wir wieder ein starker Stamm werden können – dann bleibe ich bei ihnen – oder ob wir uns besser einem unserer Nachbarn anschließen.« Sarah hob die Hände. »Unser Schicksal ist noch ungewiss.«

Wilcox hatte dem Gespräch der beiden gelauscht, ohne auch nur ein Wort zu verstehen. Sie redeten in Maori. Er sah seine Frau bewundernd an. »Ich habe geahnt, dass du aus dieser Zeit das Beste machst. Deine Fertigkeiten in dieser Sprache werden uns sicher nützlich sein!« Er sah von Sarah zu Anne. »Ich werde nach unten gehen und mich von Busby verabschieden. Außerdem habe ich noch einige Habseligkeiten auf der *Alligator*, ohne die ich nicht weiterziehen möchte. Und ich habe das Gefühl, dass ich hier überflüssig bin.«

Er lächelte und strich Anne über den Scheitel, bevor er die beiden Frauen allein ließ.

Sarah sah ihm mit zusammengezogenen Augenbrauen hinterher. »Bist du glücklich mit ihm?«, fragte sie ohne Umschweife.

Mit einem Schulterzucken wandte Anne sich ihrer kleinen Tochter zu. »Er sorgt für mich und hat mich aus einer düsteren Zeit befreit. Dafür schulde ich ihm einiges.«

»Das war nicht meine Frage.« Offensichtlich wollte Sarah nicht lockerlassen. »Ich habe mein ganzes Leben lang gesehen, wie Oaoiti sich um meine Mutter gekümmert hat. Ich glaube, sie haben sich wirklich und aufrichtig geliebt. Es ist gut, dass sie am selben Tag gestorben sind, so können sich ihre Seelen vereinigen.

Bei dir und diesem Mann spüre ich nicht das Gleiche.«

»Bist du dir sicher, dass er gestorben ist?« Anne konnte sich nur noch schemenhaft erinnern, Oaoiti reglos gesehen zu haben, aber sie war weggerannt, um den hingestreckten Leibern zu entfliehen.

Sarah lächelte wehmütig. »Ich wünsche es ihm. Ich kann mir nicht vorstellen, dass er in die Wälder geflüchtet ist oder von einem englischen Soldaten gefangen wurde. Aber das ist vielleicht nur ein Wunschtraum …« Sie sah in die Richtung, in der Lottys Körper immer noch unter dem Baum lag, unter dem sie gestorben war. Sie hatten am Vortag nur ein Tuch über ihren Oberkörper gebreitet. »Es wäre nett, wenn ihr mir helfen würdet, meine Mutter zu begraben …« Ihre Stimme versagte. Offensichtlich hatte sie den Tod ihrer Mutter noch nicht vollständig begriffen.

Anne sah auf das kleine Bündel in ihrem Schoß. Der Tod war womöglich wirklich der einzige Weg, die enge Verbindung zwischen Mutter und Tochter zu kappen. Sie war sich jetzt schon sicher, dass sie die kleine Charlotte niemals alleinlassen wollte.

Sarah wandte sich ihr noch einmal zu. »Du hast meine Frage nach der Liebe nicht beantwortet!«

»Weil ich keine Antwort habe. Ich weiß nicht, was dieses Wort bedeuten soll, und wenn ich die Antwort einst gewusst habe, dann bin ich mir heute nicht mehr sicher. Als ich ein Mädchen war, habe ich geliebt wie ein Mädchen. Heute bin ich eine Frau und glaube mehr an Achtung und Freundschaft als an Liebe. Und ich bin mir sicher, davon haben David Wilcox und ich mehr als genug.«

Sarah nickte und schien dieses Thema damit abgehakt zu haben.

Sehr viel später am Tag kehrte David Wilcox zurück, dieses Mal mit James Busby im Schlepptau, der sich wenigstens einmal von der Unversehrtheit der befreiten Frau überzeugen wollte. Der dickliche Mann reichte Anne die Hand, gratulierte förmlich zur Geburt einer gesunden Tochter und bedauerte im Namen des Königs, dass sie so viele Monate unter Wilden zubringen musste. Anne verkniff sich die Bemerkung, dass die Männer in Kororareka wohl eher den Begriff »Wilde« verdient hätten – das hätte Busby nun wirklich nicht verstanden.

»Habt Ihr den Häuptling in Gewahrsam genommen?«, wollte sie nur wissen.

Stolz nickte Busby. »Er ist verletzt, aber er sollte überleben. Ich werde ihn nach London bringen. Der König soll selber sehen, mit welcher Art Wilden wir es zu tun haben.«

»Aber er wird ohne seinen Stamm keinen Sinn im Leben sehen! Es ist doch unmenschlich, einen Mann aus seinem Leben zu reißen!«, rief Anne aus. »Und was soll sein Stamm ohne einen Anführer nur tun?«

Busby zuckte mit den Achseln. »Es ist nicht brutaler als das, was die Wilden Euch angetan haben, liebe Mistress Wilcox. Auch Ihr musstet ohne Eure Familie ausharren … Und seien wir ehrlich: Dieser Stamm wird ohne einen Häuptling niemanden mehr gefährden. Das ist doch ein Sieg für unser Land, meint Ihr nicht?«

»Das mag sein, aber ich wusste immer, dass mein Mann mich eines Tages befreien würde. Eine Fahrt nach England, das ist eine lange Zeit ohne Hoffnung darauf, jemals den Busch wiederzusehen …« Sie brach mitten im Satz ab. Es hatte keinen Sinn, Busby von der Brutalität seiner Geiselnahme zu überzeugen. Sie konnte nur hoffen, dass Oaoiti möglichst bald die Flucht gelang. Oder er seinen Verletzungen erlag. So oder so – der Häuptling der Maori würde ohne seine Freiheit nicht leben können. Und so tauschte sie mit Busby nur noch einige Höflichkeiten aus und verabschiedete sich schließlich von ihm. Sogar ein paar Dankesworte über ihre Rettung kamen ihr über die Lippen – auch wenn sie nichts als leere Hülsen waren.

Am späten Nachmittag setzte die *Alligator* mit der beginnenden Flut die Segel und verließ die Bucht am East Cape. Der Auftrag der Krone war erledigt, jetzt sollte die menschliche Beute zurück an die Themse geschleppt werden. Hoffentlich machte sich wenigstens jemand die Mühe, Oaoiti die Grundlagen der englischen Lebensweise nahezubringen …

Kaum war das Segel hinter dem Horizont verschwunden, tauchten auch schon die ersten Stammesmitglieder aus dem Busch auf. Erst vereinzelt, dann zu zweit oder in Grüppchen. Sie wirkten wie erstarrt, liefen durch das Pa, als seien sie nur die Geister der Menschen, die sie früher waren. Es kamen fast alle Frauen des Stammes und auch einige alte Männer. Doch von den jungen Kriegern hatten nur drei den Angriff der Engländer überlebt.

Die Heilerin kümmerte sich um kleine Wunden und sah auch nach Anne. Aber hier konnte sie nur zufrieden nicken. »Ihr beide seid stark!«, erklärte sie – und machte sich wieder auf den Weg, um bei den Beerdigungen zu helfen.

David half, so gut er konnte, und Anne hoffte, dass ihre Tochter nichts von allem um sie herum mitbekam – die ersten Tage ihres jungen Lebens waren beherrscht vom Wehklagen der Frauen und den Gesängen und Tänzen zur Beerdigung der vielen Toten.

Als Anne spürte, dass ihr Körper wieder bei Kräften war, hatte sie nur noch einen Wunsch: Sie wollte weiterziehen, diesen Ort des Todes hinter sich lassen. Und so verabschiedete sie sich an einem sonnigen Frühlingstag von all denen, die von »ihrem« Stamm übrig waren. Sie wanderte mit Charlotte im Arm ein letztes Mal durch den Pa und besuchte all die Stellen, die für so viele Monate die wichtigsten Orte in ihrem Leben waren. Die Küche, Lottys Hütte, der Strand … Sie konnte sich nicht vorstellen, hier auch nur ein einziges Mal zurückzukehren.

Schließlich ging sie zu dem kleinen Boot, an dem David schon wartete, um sie endlich an Bord der *Isabella* nach Süden zu bringen. Anne schloss Sarah in ihre Arme. »Pass gut auf dich auf!«, flüsterte sie ihr noch zu.

Dann wandte sie sich um und brach auf, mit ihrer kleinen Tochter im Arm. Die sichere und helle Zukunft konnte jetzt nicht mehr weit sein. Das hoffte sie aus tiefstem Herzen.

TEIL IV

East Cape, 1833

27.

Die kleine Schaluppe bohrte ihren Bug in den feinen Sand. Ein schmaler Mann in einer abgeschabten Uniform der britischen Krone sprang heraus, zerrte an einem Tau und holte sie so die letzten Meter auf den Strand. Sein Begleiter kletterte sehr viel schwerfälliger über die Bordwand, machte einige mühsame Schritte und sah sich dann in der malerischen Bucht neugierig um.

»Und du bist dir sicher, dass es hier ist?« Seine Stimme verriet mehr als nur ein paar Zweifel.

»Sicher. Ich habe es mir genau auf einer Karte eingezeichnet, wo wir das Paar zurückgelassen haben. Hier direkt am östlichen Kap soll es gewesen sein. Ist natürlich inzwischen ein Weilchen her … Aber ich kann mir nicht vorstellen, dass die sehr weit gekommen sind. Wo soll man in dieser Gegend schon hin?« Er deutete auf den dichten dunkelgrünen Busch, der die Hügel wie ein Teppich bedeckte.

»Sie hatten ein Schiff, schon vergessen?«, knurrte der Hinkende.

»Trotzdem … Ich bin mir sicher, dass Wilcox und seine Frau immer noch hier in der Gegend sind! Die hat immerhin ein Baby bekommen. Frauen reisen dann nicht mehr gerne, hab ich gehört.« Der Soldat suchte sorgfältig das Ufer ab und entdeckte einen schmalen Pfad, der in ein kleines Tal führte. »Hier muss es sein. Kommt.«

Gregory folgte ihm sehr langsam, fest auf seinen dunklen Gehstock gestützt. Der geplante Aufbruch in den Süden hatte sehr viel länger gedauert, als er jemals angenommen hätte. Niemand hatte von den beiden Flüchtlingen etwas gewusst. Gregory war ungeduldig auf eigene Faust mit dem kleinen Schiff und einem angeheuerten Matrosen in den Süden aufgebrochen. Immer die Westküste der Südinsel entlang, bis er auf unwegsame Fjorde gestoßen war, an denen nun wirklich kein Siedler, der auch nur einen Funken Verstand besaß, sein Haus bauen würde. Egal, wie unglaublich großartig diese Landschaft war – sie wirkte auch unnahbar und menschenfeindlich. Als dann auch noch ein gewaltiger Gletscher fast bis an das Meer reichte, war klar geworden: Er suchte an der falschen Stelle. Er musste mit seiner kleinen Schaluppe wieder zurück nach Kororareka und sich damit abfinden, dass er Monate mit der Reise in die falsche Richtung vertan hatte.

Hier hatte er durch einen Zufall diesen jungen Soldaten getroffen. Der hatte ihm von einer Rettungsaktion erzählt – es ging um eine junge Frau, die von den Maori als Geisel festgehalten worden war. Ein schneller Einsatz, die Maori waren von den englischen Soldaten niedergemetzelt worden, die Frau war wohlauf. »Hatte aber einen dicken Bauch. Ich bin mir sicher, von einem der Wilden, auch wenn sie das Gegenteil behauptet hat. Das Baby hatte schwarze Haare. Hat der Kapitän erzählt, habe ich selber gehört!«

Offensichtlich hatte sonst kaum jemand in Kororareka etwas von dieser Rettungsaktion mitbekommen – der britische Regierungsvertreter Busby wollte das friedliche Miteinander mit den Maori in Kororareka nicht gefährden und hatte deswegen diesen Einsatz nicht an die große Glocke gehängt.

Mit seinem wenigen Geld hatte Gregory seinen Begleiter als Führer in diese Bucht angeheuert – auch wenn er sich eigentlich nicht vorstellen konnte, dass seine Anne wochenlang an ein und demselben Fleck saß und auf bessere Zeiten wartete. Aber er wollte die Hoffnung nicht aufgeben, dass er hier einen Hinweis darauf finden würde, wohin sie weitergezogen war.

Er hinkte mühsam den Weg entlang. Sein Begleiter wartete nicht auf ihn – warum auch. Dieser Mick hatte den Auftrag, ihm als Führer zu dienen, nur angenommen, um seine Schulden in Kororareka zu bezahlen – jetzt wollte er ihn nur schnell hinter sich bringen.

Gregorys Blick fiel auf ein kleines Kreuz über einem frischen Grab am Wegesrand. Es lag unter einem mächtigen Pohutukawabaum. Eigentlich nicht ungewöhnlich nach einem Kampf – wenn es nicht mit einem schlichten Kreuz geschmückt wäre. Kein Zeichen eines

Maorigrabes. Gregory ließ sich auf die Knie fallen, um die Zeichen in dem kleinen Kreuz entziffern zu können.

Charlotte Beaver

Die einzelnen Zeichen waren kunstvoll geschnitzt und mit den Spiralen und Linien verziert, die für die Schnitzkunst der Maori so typisch war.

Er erhob sich wieder. Anne war hier wohl nicht die einzige Engländerin gewesen, die die Gastfreundschaft der Maori genießen durfte. Hoffentlich war ihr wenigstens nichts passiert – Charlotte Beaver hatte das Abenteuer offensichtlich mit ihrem Leben bezahlt. Oder hatte dieser Mick sich getäuscht – und es handelte sich bei der Engländerin nicht um Anne, sondern um diese Charlotte? Das konnte doch durchaus möglich sein.

In diesem Augenblick kam Mick auch schon den Weg wieder herunter. Er schüttelte bedauernd den Kopf. »Da hinten liegen die Überreste von einem Dorf, aber es sieht nicht sonderlich bewohnt aus. Vielleicht haben wir damals wirklich alle erwischt, wer weiß?«

Gregory deutete auf das Grab. »Kann es sein, dass die Engländerin, die ihr befreit habt, gestorben ist? Und sie auch nicht Anne, sondern Charlotte hieß?«

Ein lässiges Schulterzucken war die Antwort. »Den Namen kann ich schon verwechselt haben. Und im Kindbett verliert eine Frau schnell ihr Leben, das wissen wir alle … Ja, sicher, vielleicht stehen wir auf dem Boden, in dem Euer Mädchen seine letzte Ruhe gefunden hat. Möglich wär's.« Er runzelte die Stirn. »Dabei meinte der Kapitän, dass es ein zähes Luder sei, wenn es so viele Wochen unter den Wilden gelebt hat.«

Damit war für ihn die Sache erledigt. Er wandte sich mit einer bedauernden Handbewegung ab und ging den Weg zurück in Richtung Strand. Gregory brach eine der flammend roten Blüten des Baumes ab und legte sie sorgfältig auf das Grab. Wer immer diese Frau war – niemand hatte es verdient, so weit weg von seiner Heimat und ohne irgendeinen Trost durch einen anderen Menschen zu sterben. Er neigte sein Haupt, schloss die Augen und sprach ein Gebet, bevor er seinem Begleiter in gemächlichem Tempo hinterherhumpelte.

In seinem Kopf kreisten die Gedanken. War diese Charlotte Beaver womöglich seine Anne? Lag sie hier im sandigen Boden begraben? Oder war sie längst weitergezogen von diesem Ort? Aber mit einem Kind in der Wildnis – das erschien ihm doch ein sehr großes Wagnis. Eines, das eine Frau kurz nach der Geburt sicher nicht eingehen würde. Er schüttelte unwirsch den Kopf. Sollte er diese Suche endlich beenden? Nach England zurückkehren, sich mit seinem Vater aussöhnen und das Gestüt übernehmen? Unter der Sonne Neuseelands war diese Zukunft so exotisch wie ein künftiges Leben hinter dem Mond. Und – nach allem, was er erlebt hatte: Konnte und wollte er wirklich seinem Vater verzeihen? Der Mann, der dafür gesorgt hatte, dass hier im Busch das Grab einer Frau lag, die viel zu früh aus dem Leben gerissen wurde.

Er ließ sich schwer in den Sand fallen und starrte ratlos auf das offene Meer hinaus.

Aus den Augenwinkeln nahm er eine winzige Bewegung wahr, fast wie ein Vogel, der sich flatternd auf einem Ast niederließ. Gregory drehte den Kopf und versuchte im dichten Buschwerk zu erkennen, was seine Aufmerksamkeit geweckt hatte. Kein Blatt rührte sich. Gregory wollte schon wieder seinen eigenen Gedanken nachhängen, als er plötzlich mitten im dunklen Grün zwei helle Augen sah, die ihn aus nur wenigen Metern Entfernung anstarrten. Erschrocken klatschte er in die Hände – und hörte im gleichen Moment, wie jemand hinter der dichten Reihe Büsche die Flucht ergriff. Ein Mensch. Oder ein großes Tier. Schnelle, gehetzte Schritte, die durch Blätter und Zweige brachen und nur Augenblicke später verebbten. Gregory sah mit einem Seufzer auf sein Bein. Früher wäre er hinter diesem Wesen hergerannt – und es war mehr als wahrscheinlich, dass er es erwischt hätte. Jetzt … mit seinem Bein konnte er sich nur noch im Schneckentempo fortbewegen. Er durfte froh sein, dass er problemlos umherhinken konnte und sein Bein nicht vollständig verloren hatte.

In seine Überlegungen platzte Mick hinein. »Was war das?«, flüsterte er, als er wie ein Gespenst neben Gregory auftauchte.

»Keine Ahnung«, bekannte er. »Ich hätte schwören können, dass mich ein paar Augen angestarrt haben. Aber bevor ich noch genauer nachsehen konnte, waren sie weg.«

»Augen von den Wilden? Maoriaugen?«, fragte Mick verzagt.

Innerlich zuckte Gregory zusammen. Seit die gütige Maoriheilerin sich um sein Bein gekümmert hatte, wollte er von dem Volk nicht mehr als »Wilde« reden oder denken. Aber er kannte die Soldaten aus Kororareka gut genug, um zu wissen, dass sie wenig Unterschiede zwischen den Einheimischen der verschiedensten Länder machten. Die Ureinwohner der Kolonien waren wenig mehr wert als die Tiere, die in dem jeweiligen Land lebten.

»Nein. Blaue Augen. Meines Wissens eher selten unter den Maori«, sagte er also möglichst gleichgültig.

Jetzt war Mick allerdings wie elektrisiert. »Blau? Ein Engländer?«

»Ich weiß nicht mal, ob es ein Mensch war!«, erklärte Gregory.

Noch bevor er weiterreden konnte, griff Mick nach einem scharfen Messer, hielt es griffbereit und verschwand im Unterholz. »Ich sehe mir das mal an!«, verkündete er noch, bevor die Äste hinter ihm zusammenschlugen.

Gregory blieb mit seinen Gedanken und seinem lahmen Bein allein am Strand zurück. Wer auch immer es war, der ihn da beobachtet hatte – es war ganz sicher nicht seine Anne mit den grünen Augen. Er schloss die Lider und hörte dem leisen Auslaufen der Wellen am Strand zu, um sich ein wenig von seinen wirren Gedanken abzulenken. Die warme Sonne im Gesicht tat ein Übriges: Ganz allmählich machte sich ein warmes, schläfriges Gefühl in ihm breit.

Nicht für lange. Aus dem Unterholz unweit des Strandes erklangen laute Flüche, die Mick in einem fort ausstieß. »Wirst du wohl stillhalten, du widerwärtiges Biest?

Ich muss dir noch wehtun, wenn du … Hörst du auf, mich zu schlagen? Kannst du mich überhaupt verstehen, du Hexe?«

Gregory erhob sich und ließ die letzten Erinnerungen an einen Traum fahren, den er gerade angefangen hatte. Neugierig humpelte er näher – aber was genau geschah, erkannte er erst, als er auf eine kleine Lichtung blickte: Mick hielt ein rothaariges Mädchen fest am Oberarm. Sie prügelte mit ihrer freien Faust unablässig auf sein Gesicht und seinen Nacken ein, dazu strampelte sie wie wild und versuchte immer wieder, ihn an den Schienbeinen und zwischen die Beine zu treffen. Das magere Mädchen trug die Tracht der Maori, viel zu knapp und unschicklich für ein weißes Mädchen. Da Mick ernsthaft in Bedrängnis war, trat Gregory von hinten an das kämpfende Kind heran und hielt ihm mit einem einzigen Griff beide Oberarme fest. Die Schwäche seines Beines hatte dafür gesorgt, dass seine Hände stärker als jemals zuvor waren. Das wilde Ding, das Mick gefunden hatte, konnte sich dagegen nicht wehren. Es strampelte zwar noch – aber Mick trat aus seiner Reichweite und nickte Gregory zu.

»Danke. Die Kleine fing allmählich an, mich an empfindlichen Teilen zu treffen.«

Zu ihrer Überraschung fauchte das Mädchen: »Ja – und ich hätte dafür gesorgt, dass du niemals einen Nachkommen gezeugt hättest. Wie kannst du es wagen, mich anzurühren!?«

Sie sprach einen breiten Akzent, der direkt aus dem Hafenviertel Londons zu stammen schien. Verblüfft sah

Gregory sie an. »Wer bist du? Was machst du hier in der Wildnis? Bist du allein?«

»Mein Name geht dich überhaupt nichts an. Was soll ich hier schon tun – ich lebe hier! Und ob ich alleine bin oder nicht, geht dich überhaupt nichts an!« Ihr Gesichtsausdruck erinnerte bei den wenigen Sätzen an den einer Wildkatze, die von großen Angreifern in die Ecke getrieben wurde.

Er lockerte seinen festen Griff. »Wir wollen dir doch nichts tun. Komm doch erst einmal mit uns an den Strand, vielleicht hast du ja Hunger …«

»Ich kann mich hervorragend selbst ernähren«, unterbrach sie ihn. »Ich habe einen kompletten Wald und ein Meer zu meiner Verfügung. Wer bei so einem Angebot hungert, muss sehr dumm sein!«

Bei sich dachte Gregory, dass er hier weit und breit nichts Essbares sehen konnte – aber er musste sich eingestehen, dass die Maori womöglich einen anderen Geschmack hatten als er. Er bemühte sich weiter um eine ruhige Stimme. »Komm jetzt doch erst einmal mit uns. Ich kann mir beim besten Willen nicht vorstellen, was dich hier in die Wildnis verschlagen hat – und warum niemand wusste, dass du hier lebst. Du bist doch Engländerin, oder etwa nicht?«

»Ich stamme aus Neuseeland!«, erklärte sie mit einem unnachahmlichen Stolz in der Stimme.

»Es gibt keine rothaarigen Maori!«, schaltete sich Mick ein. »Und auch keine mit blauen Augen. Du musst eine Engländerin sein, egal, was du versuchst uns zu erzählen.«

Sie verdrehte die Augen. »Meine Mutter ist Engländerin, du stinkender Uniformträger. Ich glaube aber nicht, dass sie mit ihrem Land sehr glücklich war. Zumindest hat sie die letzten zwanzig Jahre nichts unternommen, um zurückzukehren!«

»Wer war denn deine Mutter?«, fragte Gregory nach, der allmählich eine Idee hatte, wen er hier vor sich hatte. »Ist es womöglich die Frau in dem Grab am Weg? Charlotte Beaver?«

Plötzlich wirkte das Mädchen betroffen, ihr Zorn verpuffte in einem einzigen Augenblick. Sie senkte den Kopf, biss sich auf die Unterlippe und musste sich räuspern, bevor sie antworten konnte. »Charlotte Beaver. Ja, das ist … war meine Mutter. Ich habe in meinem Leben keine mutigere und stärkere Frau kennengelernt!«

»Woran ist sie denn gestorben?« In Gregorys Stimme lag ehrliches Mitgefühl. Außerdem wollte er wirklich gerne wissen, woher dieses Mädchen kam. Das, wenn er sie sich genauer ansah, eigentlich eher eine junge Frau war. Die Kleidung der Maori verdeckte ihre Brüste nur notdürftig.

»An dem Überfall der Soldaten der Krone. Ihr ganzes Leben lang hatte sie Angst, dass die Engländer sie finden. Ihr draufkommen, wohin sie sich zurückgezogen hat. Und dann kommt eine ganze Horde auf einem Schiff, und einer von ihnen schießt meine Mutter in den Bauch. Einfach so. Der wusste nicht einmal, wer da vor ihm stand. War ihm egal, dem Schwein. Hat abgedrückt und ist weitergegangen …«

Gregory hielt die Luft an. Wenn das hier die Tochter

von Charlotte Beaver war, dann gab es keinen Zweifel daran, dass Anne nicht in diesem Grab am Wegesrand lag. Dieses Mädchen war vielleicht achtzehn Jahre alt, Anne mit ihren zwanzig Jahren war ganz bestimmt nicht ihre Mutter.

»War da etwa noch eine Engländerin bei deinem Stamm?«, hakte er nach. Er musste sich sehr anstrengen, um nicht zu aufgeregt zu klingen.

Sie musterte ihn. Dann legte sie den Kopf schief und entblößte ihre makellos weißen Zähne. »Ich denke, dafür, dass ich das erzähle, musst du mich loslassen. Ich verspreche auch, dass ich nicht weglaufe. So schrecklich seid ihr beide schließlich auch nicht.«

Ohne zu zögern, ließ Gregory sie los. Das Mädchen fuhr sich mit beiden Händen über die Oberarme und rieb die Stellen, an denen Gregorys Finger ihre Spuren hinterlassen hatten. »Ja, die letzten Monate hatten wir eine weitere Engländerin bei uns. Anne. Wieso willst du das wissen?«

»Ich bin auf der Suche nach ihr«, gab Gregory ohne Umschweife zu.

»Sie ist nicht alleine«, erklärte das Mädchen. »Was willst du von ihr? Außerdem hat sie jetzt ein Baby!« Es wirkte fast so, als ob sie Anne verteidigen wollte.

»Ich bin ein Freund aus Kinderzeiten«, erklärte Gregory und lächelte verlegen. »Ich möchte sie wiedersehen.«

»Und dafür reist du um die halbe Welt? Es mag sein, dass ich im Busch lebe – aber so eine Geschichte glaube ich trotzdem nicht. Also noch mal: Was willst du von ihr? Anne hat genug erlebt, sie sollte endlich ihre Ruhe haben.« Sie zog die Nase trotzig hoch. »Du hast etwas von Essen gesagt. Wenn du mehr von mir wissen willst, dann musst du mir etwas von eurem englischen Essen geben!«

»Komm mit zum Strand«, mischte sich Mick in die Unterhaltung ein. »Da haben wir unsere Vorräte. Vielleicht kann ich uns auch noch etwas schießen. Dann können wir ein Feuer machen und uns etwas Leckeres rösten. Wie klingt das?«

»Gut.« Das Mädchen leckte sich die Lippen in Vorfreude auf das englische Mahl.

Mick schien seine Freundlichkeit noch weitertreiben zu wollen. »Es wird jetzt aber auch Zeit, dass du uns endlich deinen Namen sagst«, erklärte er und streckte ihr seine dreckige Hand entgegen. »Ich bin Mick!«

»Sarah«, erklärte sie und starrte die dargebotene Hand an. Sie kannte den unter Engländern üblichen Handschlag inzwischen durch ihre Mutter, aber er war ihr immer noch nicht geläufig.

»Gregory«, stellte Gregory sich schnell noch vor. Aber er sah an dem Lächeln, das Sarah Mick zuwarf, dass er in diesem Augenblick wohl den Anschluss an das Gespräch verpasst hatte. Verwirrt sah er von Sarah zu Mick. Der hatte sein breitestes Lächeln aufgelegt und strahlte die junge Frau unverdrossen an. »Wenn du jemals den Busch verlässt, dann musst du lernen, dass wir uns die Hand zur Begrüßung geben.«

Zaghaft gab Sarah ihm die Hand. Mick nahm sie, führte sie mit einer raschen Bewegung an seine Lippen und drückte einen schmatzenden Kuss darauf. Sarah zog erschrocken ihre Hand zurück – und Mick brach in Gelächter aus. »Wenn wir einer Frau unsere besondere Wertschätzung mitteilen wollen – dann gibt es so einen Handkuss. Er ist nicht gefährlich, und ich wollte dich auch nicht beißen.«

Verlegen strich Sarah sich eine Strähne ihres rotblonden Haares aus dem Gesicht. »Bei den Maori drückt man die Nase aneinander – aber das wisst ihr womöglich schon. Keine Sorge, ich werde mich vielleicht auch noch an die Bräuche der Weißen gewöhnen.«

»Das solltest du«, erklärte Mick trocken. »Immerhin bist du eine von uns.«

Die junge Frau wiegte bedächtig ihren Kopf. »Da bin ich mir nicht sicher.« Sie sah sich suchend um. »Was ist jetzt mit dem Essen?«

Mick griff zu seinem Gewehr. »Ich bin gleich wieder da!« Zu Gregory gewandt fügte er hinzu: »Könntet Ihr wohl das Feuer anzünden? Dann können wir den Vogel gleich braten, wenn ich zurückkomme!«

Er hatte ihm zwar eigentlich keine Anweisungen zu geben – aber Gregory fing trotzdem an, ein paar trockene Äste und etwas Treibholz zu sammeln. Er konnte mit seinem Bein nur schwer auf Jagd gehen, und das Versprechen eines saftigen Stücks von einem Vogel war einfach zu verlockend.

Sarah sah ihm einen Moment lang zu, dann half sie ihm. Ohne Scheu deutete sie auf seinen Oberschenkel. »Von einem Kampf mit einem anderen Stamm?«

»So könnte man es auch nennen«, grinste Gregory.

»Tatsächlich war es ein Mann von meinem eigenen Stamm, ein Engländer. Aber nicht alle Männer, die im Namen der Krone unterwegs sind, sind auch Ehrenmänner. Das wirst du auch noch feststellen müssen, fürchte ich.«

»Das habe ich schon gesehen«, sagte Sarah, während sie ein paar trockene Gräser unter den Holzstapel schob. »Unter den Männern von Oaoiti konnte ich jedem vertrauen.«

»Das solltest du dir abgewöhnen«, wollte Gregory gerade eine längere Erklärung beginnen, als Mick auch schon wieder zwischen den Bäumen auftauchte. Er trug drei dicke Jungvögel in der Hand. »Die sind mir irgendwie zugelaufen – kein Wunder, dass diese Teile von den Engländern Fleischvögel genannt werden. Bei denen ist die Jagd ein reines Kinderspiel.«

»Das sind Tiki«, erklärte Sarah. »Wir sammeln sie immer um diese Jahreszeit. Ich hole noch ein paar Kumara und Kräuter dazu.«

Nur wenig später saßen sie zu dritt um das Feuer und beobachteten, wie das Fett der großen Jungvögel in die Flammen tropfte. Langsam machte sich ein wunderbarer Geruch breit. In der Glut garten Kumara, die Sarah einfach in ein paar Lagen Algen gewickelt hatte. Gregory hatte seine Zweifel, ob dieses Mädchen beim Essen wirklich auf sie angewiesen war. Offensichtlich war es ihr eher um die Gesellschaft gegangen. Oder die Neugier auf englische Männer, die so ganz anders waren als ihre bisherigen Maorifreunde.

Aus den Augenwinkeln beobachtete er, wie Sarah

und Mick ohne Scheu Nettigkeiten austauschten, sich gegenseitig wegen der verbrannten Stellen an den fettigen Vögeln hänselten – und Sarah schließlich recht freimütig von ihrem bisherigen Leben erzählte. Nichts erinnerte mehr an das misstrauische Mädchen, das sich mit Händen und Füßen gegen sie wehrte. Mick ließ allerdings auch keine Möglichkeit ungenutzt, Sarah davon zu überzeugen, dass sie ein Mädchen sei, das unter ihresgleichen sicherlich sehr viel glücklicher werden würde. Gregory wurde erst hellhörig, als Mick schließlich davon schwärmte, wie schön das Leben in Kororareka sei.

Das mochte ganz bestimmt für einen jungen Soldaten oder einen Matrosen oder einen Seemann zutreffen – aber ganz sicher nicht für ein Mädchen von siebzehn oder achtzehn Jahren. Für sie gab es nur einen Ort, an dem sie in Kororareka enden konnte: in einem der zahlreichen Hurenhäuser.

»Komm doch mit mir, du wirst dort ganz bestimmt viele wunderbare Männer kennenlernen – du gehörst an so einen Ort, das kann ich spüren«, erklärte Mick in dieser Sekunde.

Fast wäre Gregory protestierend aufgesprungen. Doch dann fiel ihm ein, dass er noch viele Dinge von Anne wissen wollte, die nur Sarah ihm erzählen konnte. Es war vielleicht geschickter, wenn er sie erst morgen zur Seite nahm und über die wahre Natur von Kororareka aufklärte. Jetzt könnte sie womöglich der Meinung sein, dass er ihr den netten Umgang mit Mick nicht gönnte. Mit diesem Gedanken nagte er die letzten Fleischreste von seinem Vogelgerippe und legte sich schließlich in der kleinen Schaluppe zum Schlafen nieder.

Er hoffte, dass Mick als Ehrenmann sich nicht an Sarah vergriff – aber er hatte auch keine Ahnung, welche Art des Umgangs unter den Maori gepflegt wurde. Nur wenige Augenblicke später schlief er ein.

Nachts wurde er für einen Moment wach, weil er glaubte, Schritte und unterdrücktes Gelächter zu hören. Nachdem er in die Dunkelheit gelauscht hatte, schloss er mit einem leichten Kopfschütteln wieder die Augen. Wahrscheinlich war es nur ein Vogel gewesen, der sich in den Ästen bewegt hatte. Oder Mick war in den Genuss der lockeren Sitten der Maori gekommen. So genau wollte Gregory das überhaupt nicht wissen.

East Cape, 1833

28.

Das nächste Mal wachte er auf, als die Sonne bereits über dem Horizont stand. Er streckte sich ausgiebig, spürte, wie immer, den leichten Schmerz in seinem Oberschenkel – und wunderte sich dann darüber, dass er nichts hörte außer dem Rauschen des Pazifiks. Waren Sarah und Mick etwa Langschläfer? Irgendetwas stimmte nicht. Mit einem Ruck richtete er sich auf und blickte über die Seitenwand der Schaluppe.

Der Strand erstreckte sich menschenleer in beide Richtungen bis zum Ende der Bucht. Hatten Sarah und Mick sich tatsächlich in den Busch zurückgezogen? Gregory kletterte in den Sand und musterte die Spuren, die vom Feuer wegführten. Langsam folgte er ihnen am Rand des Wassers entlang. Erst als er die Klippen erreichte, die das Ende der Bucht markierten, wurde ihm allmählich klar, was da wohl geschehen war. Mühselig erklomm er sie, bis er in die nächste Bucht sehen konnte – und er konnte die Spuren sehen, die nebeneinander weiter zum Horizont führten. Die beiden hatten offensichtlich beschlossen, zu Fuß nach Kororareka aufzubrechen.

Mit einem Seufzer machte sich Gregory an den Abstieg und ließ sich wieder zurück auf den Strand fallen, auf dem seine Schaluppe lag. Wahrscheinlich sollte er froh sein, dass sie ihn nicht im Schlaf den Kopf eingeschlagen hatten, um an seine Habseligkeiten oder sein Boot zu kommen. Er hatte sich viel zu sicher gefühlt, war überzeugt gewesen, dass Mick ihm für sein Geld auch seine Arbeitskraft zur Verfügung stellen würde. Und jetzt das – er hatte sich einfach mit dem jungen Mädchen auf den Weg nach Norden gemacht.

Und welches Schicksal Sarah in diesem Sündenpfuhl erwarten würde, war ihm mehr als klar. Mick würde sie kaum vor den Altar führen. Sondern in eines der Freudenhäuser verkaufen, womöglich sogar an Jameson. Wer weiß, vielleicht hatte er ja in den letzten Wochen schon in Jamesons Sold gestanden. Immerhin hatten sie berechtigte Hoffnung gehabt, Anne zu finden. Dann wäre der Auftrag »Bring mir meinen Goldesel zurück!« von Jameson mehr als verständlich gewesen. Gregory hatte Mick nie vertraut – aber sein Verständnis von Ehre hatte es ihm unmöglich gemacht, ein doppeltes Spiel von einem Mann, der in seinen Diensten stand, vorauszusehen. Er verfluchte seine eigene Naivität, während er langsam zu seinem Lagerplatz der letzten Nacht zurückhumpelte. Ein Mädchen wie Sarah war natürlich schnell zu beeindrucken und zu überreden – sie hatte ja noch keine Lebenserfahrung in der Welt außerhalb dieser Bucht und des Schutzes ihres Stammes.

Als Gregory vor seiner Schaluppe stand, kamen ihm weitere Flüche über die Lippen. Mit seinem verkrüppelten Bein war es eine wahre Herkulesaufgabe, das kleine Boot wieder zurück in das Wasser zu schieben. Die Navigation in den Norden traute er sich problemlos zu – er war lange genug an Bord der *Mercury* gewesen, um das Handwerk der Seefahrerei inzwischen sicher zu beherrschen. Aber beim Versuch, die Schaluppe zu bewegen, musste er einsehen, dass er auf die Flut warten musste – und die würde erst am frühen Nachmittag einsetzen. Ohne die Hilfe des Wassers reichte seine Kraft nicht aus.

Er ließ sich in den Sand fallen und starrte wütend auf den Horizont. Warum nur hatte er diesem nichtsnutzigen Soldaten vertraut? Zumindest würde er ihn sicher einholen – die Strecke am Strand entlang dauerte Wochen, wenn nicht gar Monate. Er konnte jetzt nur ein kurzes Stoßgebet sprechen, dass Sarah nichts passierte. Egal, was Jameson für eine unversehrte Jungfrau zahlte – Mick war doch nur ein Kerl, den während der Nächte auch männliche Gelüste heimsuchten …

Es schien ihm eine Ewigkeit, bis die Flut einsetzte und das Wasser rasch näher kam. Endlich leckte es am Holz seiner kleinen Schaluppe. Gregory stemmte sich mit aller Macht gegen den Bug, um das Boot ins Meer zu schieben. Zentimeter um Zentimeter gab es nach – und mit einer großen Welle war es mit einem Schlag wieder im Wasser. Gregory zog sich über die Bordwand und ließ sich ins Innere plumpsen. Der Schweiß lief ihm in Strömen übers Gesicht und seinen Rücken hinunter.

Schnell und geschickt setzte er das Segel und lenkte das Boot hinaus auf die offene See und dann am Ufer entlang nach Norden – die Strecke, die er erst vor zwei Tagen in die entgegengesetzte Richtung gesegelt war. Unablässig sah er dabei auf die Küste, aber er konnte kein Zeichen von zwei Wanderern in Richtung Kororareka entdecken. Am späten Nachmittag musste er sich eingestehen, dass er Sarah und Mick wohl nicht mehr einholen würde. Vorsichtig lenkte er sein Boot in Ufernähe und warf den Anker – er hatte keine Lust, am nächsten Morgen wieder auf die Flut warten zu müssen.

Das sanfte Wiegen des Bootes ließ ihn schnell einschlafen. Um Mitternacht wachte er auf und betrachtete lange den hellen Mond über dem Horizont. Hoffentlich war Sarah wohlauf. Er machte sich wirklich Sorgen um dieses ungebändigte Mädchen, das sich so perfekt mit dem Überleben in der Wildnis auskannte – und so wenig Ahnung von den Ränken der Weißen hatte.

Irgendwann musste er wohl eingeschlafen sein, denn als er die Augen wieder öffnete, stand die Sonne schon über dem Horizont. Mit einem leisen Fluch richtete er sich auf – er hatte gehofft, noch in der Dämmerung wieder Segel setzen zu können. Nur wenig später blähten sie sich über seinem Kopf, und er war wieder unterwegs.

Am Nachmittag fingen seine Augen an zu tränen. Das beständige Starren über die glitzernde Wasserfläche an den weißen Strand, immer in der Hoffnung, zwei Gestalten zu sehen, hatte sie ermüdet. Gregory wollte schon aufgeben, als er plötzlich eine kleine Rauchfahne sah.

Sie war so schwach, dass er mehrmals blinzeln musste, um sich sicher zu sein – dann riss er sein Ruder herum und hielt einfach auf den Sandstrand in der Mitte der Bucht zu. Für sein Gefühl dauerte es eine Ewigkeit, bis der Bug am Strand auflief. Er nahm sich kaum die Zeit, die kleine Schaluppe ordentlich zu sichern, sondern sprang über die Bordwand und hinkte, so schnell es ging, in Richtung des kleinen Feuers hinter den Bäumen.

Hinter der letzten Baumreihe konnte er eine Gestalt sehen – und hielt inne. Es war Sarah, wie er an den roten Strähnen, die ihr über den Rücken fielen, ohne Probleme erkennen konnte. Sie saß am Feuer, stocherte in der Glut und schlang dann beide Arme fest um ihren Oberkörper. So sah sie wie ein komplett verlorener, einsamer Mensch ohne jede Hoffnung aus. Gregory räusperte sich lautstark, bevor er aus dem Schutz des Buschwerks trat.

Sie fuhr erschrocken herum und wollte schon aufspringen, die Hand am Messer, das sie griffbereit in ihrem Gürtel trug. Einen Augenblick lang sah es so aus, als ob sie ihm an die Kehle gehen wollte – dann entspannte sie sich.

»Ach, du bist es«, murmelte sie und wischte sich rasch eine Träne aus dem Augenwinkel. Offensichtlich hatte sie gerade geweint. »Was willst du?«

Gregory musste den Wunsch unterdrücken, sie zu umarmen. »Ich wollte dich nicht alleine mit diesem Mann nach Kororareka laufen lassen. Mick ist kein guter Mann …« Er sah sich suchend um – er wollte sich schließlich nicht hinterrücks von seinem ehemaligen

Begleiter abstechen lassen. Und inzwischen traute er diesem Mann wirklich alles zu.

»Ich weiß«, nickte Sarah. Sie deutete in die Richtung von ein paar Bäumen. »Ich habe ihn erschlagen. Letzte Nacht.«

Unwillkürlich machte Gregory einen Schritt nach hinten. »Er… erschlagen?« In seiner Welt konnten Frauen so etwas nicht. Sie erduldeten einfach alles, neigten den Kopf und hofften darauf, dass man sie verschonte. »Warum?«

»Er hat es verdient.« Offensichtlich sah Sarah keine Notwendigkeit, ihr Tun ausführlicher zu erklären. Sie wandte sich wieder ihrem Feuer zu und stocherte weiter in der Glut. Gregory erkannte einige Kumaras und Päckchen aus Algen, die sie an die Glut gelegt hatte. Sarah benötigte ganz bestimmt keinen Ernährer in dieser Wildnis.

»Willst du mir sagen, wie?«, fragte Gregory vorsichtig nach.

»Er hat sich mir genähert. So wie kein Mann das mit einer Frau tun sollte, die nicht seine ist.« Sie nickte noch einmal trotzig, um ihre Worte zu bekräftigen. »Ich habe einen Stein genommen und ihm auf den Kopf geschlagen. Ich wollte ihn nur fern von mir halten – aber er brach zusammen und lag dann im Mondschein mit seinen offenen Augen und seinem nackten Speer vor mir. Ich habe ihn liegen gelassen und mir hier einfach ein Feuer gemacht und etwas zu essen gesammelt. Ich habe gehofft, ich würde eine Idee haben, was ich jetzt als Nächstes tun soll – aber mir fällt nichts mehr ein … Ich gehöre nicht in diese Welt. Und in die der Weißen auch nicht.« Wieder begannen die Tränen zu fließen.

»Nun, nicht alle Weißen haben so unredliche Absichten wie Mick. Er wollte dich nach Kororareka bringen – aber das ist eine Stadt, in die wirklich keine Frau gehen sollte, die etwas auf ihre Ehre hält.« Er zögerte, war sich nicht sicher, was er Sarah darüber erzählen sollte. Aber dann redete er einfach weiter. »In diesem Ort verkaufen Frauen ihren Körper an Männer – für ein paar Stunden oder ein paar Tage. Nicht alle Frauen sind freiwillig dort, so manche wird gefangen gehalten und kann sich nicht gegen die Männer wehren. Und die Männer sind üble Gesellen …«

»Und du bist anders?« Sie sah ihn unter ihren tränennassen Wimpern an. In ihrer hellen Haut schienen die Sommersprossen regelrecht zu leuchten, und das Blau ihrer Augen brachte ihn für einen Augenblick fast zum Schweigen. Er konnte nur nicken. »Ja. Ich mache mir nichts aus käuflicher Liebe. Ich bin sogar romantisch genug, an die eine wahre Liebe zu glauben, die einfach alles überdauert.«

Sie fiel ihm um den Hals und schluchzte jetzt hemmungslos. »Ich habe gedacht, Mick wäre so ein Mann. Jemand, der mir die Welt der Weißen zeigt und mir beibringt, wie ich mich darin zurechtfinden kann. Der vielleicht auch Liebe für mich hat und es nicht schlimm findet, dass ich in meinem Leben noch nie Schuhe getragen habe.«

Unbeholfen klopfte Gregory ihr auf den Rücken, so wie er es bei Müttern und ihren Säuglingen schon öfter gesehen hatte. Und tatsächlich – ihr Atem beruhigte sich etwas und sie schluchzte weniger heftig. Trotzdem lockerte sie den Griff ihrer Arme um seinen Hals kein bisschen. Vorsichtig versuchte Gregory sich zu befreien – aber sie drückte ihn nur umso fester an sich. Wie eine Ertrinkende in einer Welt, die keinen Halt mehr bietet. Irrte er sich, oder war das ein Kuss, den sie ihm in die Halsbeuge drückte? Verwirrt wich er zurück.

Sarah sah ihm in die Augen und versuchte ein Lächeln. »Du musst keine Angst haben. Dich bringe ich nicht um.«

»Beruhigend, da kann ich mich entspa …«, versuchte Gregory einen Scherz. Der allerdings unterging, da Sarah ihre Arme wieder um ihn schlang und ihm einen Kuss mitten auf den Mund drückte. Erst noch keusch, mit geschlossenen Lippen – dann spürte er, wie sie sich ihm öffnete und ihn mit aller Verzweiflung und Wildheit küsste, die in ihr wohnte. Er erwiderte den Kuss erst vorsichtig, dann mit immer größer werdender Leidenschaft.

Er hatte seine Zeit als Matrose nicht als Mönch verbracht. Warum auch? Seine große Liebe war weit weg, er liebte das Leben und sah auch keine Sekunde ein, warum er sich für Anne aufheben sollte. Sicher, sie war seine große Liebe – aber die körperliche Liebe und die echte, tiefe Liebe, das waren schließlich zwei völlig verschiedene Gefühle.

Jetzt, in dieser Sekunde, verführte ihn der Geschmack von wilden Kräutern und der Rauch des Feuers auf

Sarahs Lippen, ihre kräftigen Hände und die muskulösen Arme, die ihn umschlangen. Bei ihr wirkte alles so natürlich, wie er es noch nie bei einer Frau erlebt hatte. Er wehrte sich nur noch einen kurzen Moment, dann gab er sich voll und ganz der Leidenschaft dieser jungen, wilden Frau hin.

Sie fielen übereinander her mit dem Hunger derjenigen, die dem Tod viel zu tief ins Auge gesehen hatten. Die in diesem Augenblick das Leben und die Wiedergeburt einer Zukunft feiern wollten. Und als Gregory sich endlich mit ihr vereinigte, kam es ihm zum ersten Mal seit Monaten so vor, als ob er doch am richtigen Ort sein könnte.

Sie liebten sich, bis es rings um sie dunkel wurde und die Sterne am Himmel blinkten. Gregory sah, wie es auch auf Sarahs Gesicht glitzerte – und er war sich nicht sicher, ob es getrocknete Tränen oder ein Rest von dem Schweiß war, den sie eben erst auf der Erde vergossen hatten. Vorsichtig strich er Sarah mit dem Zeigefinger über die Wange. »Immer noch traurig?«

Sie nahm seinen Zeigefinger und küsste die Spitze. »Ja. Ich denke, das wird auch nicht mehr aufhören. Immer wenn ich an dieses Land denke, dann werde ich meine sterbende Mutter und meinen leidenden Stamm in meinem Geist vor mir sehen.« Sie küsste ihn noch einmal sanft auf die Hand. »Aber dank dir kann ich mir vorstellen, dass ich doch irgendwann wieder ein echtes Leben führe. Dass ich irgendwann auch wieder nach vorn blicke und mich die Trauer nicht mehr auffrisst … Bestimmt nicht hier, unter diesen Sternen – aber ich bin mir sicher, es wird sich der richtige Ort für mich finden. Du hast mir neue Zuversicht gegeben.«

Gregory war überrascht. Diese Frau hatte ihn in den letzten Stunden so sehr benutzt, um ihre Traurigkeit zu vertreiben, wie er durch sie angefangen hatte, dieses Land doch zu mögen. So etwas hatte er bei den feinen Mädchen in England – oder den weniger feinen Mädchen in den Hafenstädten – noch nie erlebt. »So jemanden wie dich habe ich noch nie kennengelernt«, sagte er schließlich.

Sie lachte leise. »Kein Wunder. Ich benehme mich mehr wie ein Maorimädchen und sicher nicht wie eine dieser englischen Frauen.«

Sie beugte sich nach vorn und schob mit einem Stock die Kumara und Algenpakete aus der Glut. Nach den letzten Stunden mussten sie schon längst gar sein. »Ich nehme an, sie waren etwas zu lange im Feuer – aber ich habe trotzdem Hunger! Du auch?«

Gregory musste zugeben, dass ihm noch nie in seinem Leben etwas so gut geschmeckt hatte wie dieses Essen aus der Wildnis Neuseelands. Vielleicht war das Land wirklich nicht so menschenfeindlich, wie er immer gedacht hatte.

Die nächsten Tage redeten sie weder über die Vergangenheit noch über die Zukunft. Sie zerrten Micks Leiche einfach nur ins Meer, als die einsetzende Ebbe alles mit aufs Meer zog, was nicht ordentlich festgeleint war. Sie warfen ihm keinen Blick hinterher – und Gregory verbot sich, daran zu denken, dass dieser Mann schon die zweite Leiche war, die er dem Pazifik überließ.

Sarah drehte sich ohne einen weiteren Kommentar um und verschwand zwischen den Bäumen. Mit zorniger Miene sammelte sie Äste, Treibholz und trockene Gräser, um wieder ein Feuer vorzubereiten. Erst dann wühlte sie in der Glut des Vorabends nach ein wenig Hitze und ließ einen Span daran aufflammen. Gregory setzte sich auf einen alten Baumstamm und sah ihr einfach nur zu. Er versuchte sich vorzustellen, wie Sarah sich jemals in eine englische Gesellschaft einfügen sollte. Unmöglich. Sie gehörte in die Wildnis.

Als das Feuer endlich brannte, drehte sie sich zu ihm um und musterte ihn. Dann lächelte sie. »Was denkst du – sollen wir ein wenig Schwimmen gehen und dann nach etwas Essbarem suchen? Ich hätte Lust auf Muscheln.«

Damit waren seine Grübeleien beendet. Wenn Sarah sich schon keine weiteren Sorgen um ihre Zukunft machte – warum sollte er jetzt anfangen, sich Gedanken zu machen? Und damit begann eine Zeit, in der sie lebten wie einst Adam und Eva im Paradies.

Schon nach zwei weiteren Tagen hörten sie auf, sich wieder in Kleidung zu hüllen. Es war kein Mensch zu sehen, sie liebten sich jede Nacht so, als ob es kein Morgen geben würde – was gab es also zu verbergen? Sie schwammen im Meer, tauchten nach Langusten und sammelten Muscheln an den unweit gelegenen Felsen. Dazu die fetten jungen Vögel, die sich ohne Probleme von ihnen fangen ließen. Gregory ertappte sich bei dem Gedanken, ob er nicht den Rest seines Lebens so sorglos an der Seite von Sarah verbringen sollte.

Bis er eines Morgens unter Sarahs prüfendem Blick aufwachte. »Du musst weiter!«, stellte sie fest. »Heute Nacht hast du in einem fort ihren Namen gerufen und dich dabei an mir festgekrallt, als ob ich dich retten müsste. Und ich denke, ich muss dich wirklich retten – indem ich dich wegschicke!«

Er runzelte die Stirn. »Aber ... was wird dann aus dir?«

»Ich komme alleine zurecht«, erklärte sie mit selbstbewusster Miene. »Mach dir keine Sorgen!«

»Hier in der Wildnis? Keine Frage! Hier bist du jedem Mann mit einem Gewehr weit überlegen. Aber ich habe Angst, dass du noch einmal einem Mann wie Mick Glauben schenkst.« Gregory lächelte sie an und strich mit dem Daumen die Linie ihres Kinns nach. »In diesem Land gibt es zu viele Männer und nur sehr wenige Frauen. Das macht dich zu einem begehrten Siegespreis!«

Sie lachte. »Ich fürchte, die meisten Männer haben doch Angst vor mir – ich bin kein Preis, den man sich einfach an die Jacke stecken kann!«

»Nein, ganz bestimmt nicht, du Schöne.«

Sie griff in ihre Haarsträhnen und drehte sie zu einem festen Zopf zusammen, den sie mit einem schmalen, langen Ästchen feststeckte. Oder war das etwa ein Knochen? »Was weißt du über Amerika?«, fragte sie unvermittelt.

»Amerika?« Gregory war überrascht. »Weit weg. Wie kommst du denn darauf?«

Sie zuckte mit den Achseln. »Meine Mutter hat immer gesagt, dass sie vielleicht eines Tages weiter nach Amerika ziehen würde. Wenn Oaoiti sie nicht mehr liebt oder dem Stamm etwas zustößt. Ich habe das nie wirklich ernst genommen. Aber vielleicht war die Idee gar nicht so schlecht. Was meinst du?«

»Amerika …« Gregory durchforstete seine Erinnerung nach allem, was ihm zu diesem Land einfiel. Ein freier, großer Kontinent, in dem jeder Mann nach seiner eigenen Auffassung von Glück leben konnte, hieß es. Aber was mochte das für Frauen bedeuten? »Auf jeden Fall ist es ein junges, freies Land«, meinte er vorsichtig. »Ich kann mir nicht vorstellen, dass es dort einen so schrecklichen Ort wie Kororareka gibt – aber das Dasein wird trotzdem rau sein. Orte an der Grenze zur Zivilisation sind nun einmal nicht besonders friedlich. Wer ein Gewehr hat, hat recht. Und wer zwei Gewehre hat, hat noch mehr recht.«

»Vielleicht sollte ich dorthin gehen. Ich denke, ich passe besser zu einem neuen Land als zum alten Europa.« Sie musterte ihn mit unbeweglicher Miene. »Und wann wirst du endlich deine Suche nach Anne fortsetzen? Du hast ja wohl kaum vor, für immer hier an diesem Strand zu leben, oder?«

Gregory war fassungslos. Sie legte ihren Finger ungeniert in seine Wunde, und es schien ihr auch nicht viel auszumachen, dass sie seit Tagen ihr Lager mit ihm teilte – aber nicht zu seinen Plänen von der Zukunft gehörte. Als er nichts erwiderte, lachte sie auf.

»Jetzt sei nicht so – ich habe nie geglaubt, dass du bei mir bleibst. So ein Mann bist du nicht … und ich auch nicht die passende Frau.«

Unwillkürlich strich sich Gregory über seinen verletzten Oberschenkel. »Ich weiß ja nicht, wo sie steckt. Oder ob sie mich überhaupt noch haben will. Oder ob sie mich so, wie ich jetzt bin, haben will …«

All diese Zweifel waren ihm noch nie über die Lippen gekommen – er hatte ja kaum gewagt, sie sich selbst einzugestehen.

Sarah musterte ihn mit einem spöttischen Grinsen. »Doch, das weißt du. Sie ist ja auch nicht mehr so unversehrt wie du bei eurer ersten Begegnung. Sie hat Kratzer auf der Seele und Narben auf dem Körper, an denen sie sicher den Rest ihres Lebens leidet – das kannst du mir glauben. Da passt du mit deinem Hinkebein ganz gut dazu. Um mich solltest du dir wirklich keine Sorgen machen. Ich werde mich durchschlagen, egal, was ich mache.«

Er breitete die Hände aus und versuchte die letzten Tage, den Strand und den Busch damit zusammenzufassen. »Das hier. Das, was wir erlebt haben und was wir getan haben – das hat keine Bedeutung für dich?«

»Doch«, nickte Sarah. »Aber jetzt wird es Zeit, dass wir uns trennen und in ein neues Leben aufbrechen. Du in diese Richtung …«, sie deutete nach Süden, »… und ich in diese!« Jetzt zeigte ihr Finger in den Norden. »Die Zeit, in der wir uns gutgetan haben, ist vorbei.«

Gregory wollte schon widersprechen, sich gegen die Endgültigkeit in ihren Worten wehren. Er holte tief Luft, setzte zu einer großen Rede an – und atmete dann doch ohne ein Wort wieder aus.

Die letzten Tage waren wie eine Pause vom richtigen

Leben gewesen. Eine Zeit, in der sie beide ihre Wunden heilen lassen konnten und sich selbst wieder gespürt hatten. Jetzt war es an der Zeit, wieder in eine neue Zukunft zu starten. Er streckte seine Hand aus und strich Sarah über die sommersprossigen Wangen. »Es ist wirklich so, nicht wahr?«, murmelte er. »Unsere Wege trennen sich, und wir werden uns nie wiedersehen ...«

»Ich werde immer die Erinnerung an diese Tage in meinem Herzen tragen«, erklärte Sarah ernst. »Aber ich möchte nicht mit jemandem leben, der immer einer anderen Frau nachtrauert und in Wirklichkeit alles dafür tun würde, um an ihrer Seite zu sein. Nein, ich tauge nicht zum ... wie nennt ihr das bei euren Rennpferden? Zweiter Sieger?«

»Das warst du nie, und das wirst du auch niemals sein!«, lachte Gregory. »Und ich muss zugeben, dass ich den Mann beneide, dem du irgendwann einmal gestattest, für immer an deiner Seite zu bleiben und deine Kinder zu zeugen. Ich hoffe, er weiß, wie viel Glück er mit dir hat!«

»Dafür sorge ich dann schon – er soll jeden Tag seinen Göttern auf Knien danken, dass es mich gibt!« Sie grinste selbstbewusst.

»Es ist also vorbei?« Irgendwie konnte er das immer noch nicht glauben.

»Ja. Jetzt ist Sommer – und ich werde mich schon bis zu diesem Kororareka durchschlagen können. Ich werde ein Schiff finden, das mich mit nach Amerika nimmt, noch bevor der Herbst mit seinen Stürmen einsetzt. Und ich bin mir sicher, dass ich dort mein Glück finde.«

Sie beugte sich vor und küsste ihn noch einmal auf die Lippen. Erst vorsichtig, dann fordernder – dann mit all der Wildheit, zu der sie fähig war.

Und zum letzten Mal wehrte Gregory sich nicht, ließ sich von ihrer Leidenschaft anstecken. Sie liebten sich den Rest des Vormittags, so lange, bis sie erschöpft, nassgeschwitzt und glücklich im Schatten einschliefen.

Als Gregory dieses Mal aufwachte und der Stand der Sonne ihm sagte, dass es schon später Nachmittag war, überraschte es ihn kaum, dass Sarah nicht mehr bei ihm war. Die Liebe, die sie ihm am Vormittag geschenkt hatte, war ihre Art gewesen, sich von ihm zu verabschieden.

Mit einem halben Lächeln richtete er sich auf und hinkte langsam zu dem Lagerplatz, an dem sie ihre gemeinsame Zeit verbracht hatten. Langsam kleidete er sich wieder an, wunderte sich für einen Augenblick, wie ungewohnt und fremd sich die wollene Kleidung auf seiner Haut anfühlte. Einen Moment lang hielt er inne, lauschte auf das Meer und die Geräusche der Vögel, die ihm so vertraut geworden waren. Dann zuckte er mit den Achseln, nahm seinen Stock und machte sich auf den Rückweg zu seiner Schaluppe, die in der Bucht lag und auf ihn wartete.

Sarah hatte recht. Es war an der Zeit, endlich seine Anne wiederzufinden und mit ihr sein Glück zu suchen. Oder sich für immer von ihr zu verabschieden und in eine neue Zukunft zu reisen. Wer weiß – womöglich nach Amerika.

Marlborough, 1833

29.

Leise quäkte es. Die kleine Charlotte hatte die komplette Überfahrt von der Nord- auf die Südinsel verschlafen – und erst jetzt, als die *Isabella* endlich in die ruhigeren Gewässer der Marlborough Sounds einfuhr, wurde sie wach. Anne lächelte ihr zu. »Na, ist es jetzt nicht mehr wild genug für dich?«

Die Überfahrt war unruhig gewesen, die Meeresstraße zwischen den Inseln war zu Recht berüchtigt. Anne und David hatten wirklich alle Hände voll zu tun gehabt, um wohlbehalten auf der anderen Seite anzukommen. Nach den ersten Erfahrungen mit einer kompletten Crew auf einem Schiff hatte David sich entschieden, nur mit zwei Matrosen die Überfahrt mit der *Isabella* zu wagen.

»Lieber ein paar Hände zu wenig als die falschen Hände an Bord«, hatte er geknurrt, und Anne konnte ihn verstehen. Ihr stand auch nicht der Sinn nach einem zweiten Abenteuer irgendwo im Busch von Neuseeland.

Jetzt lagen die Gefahren allerdings hinter ihnen. Sie fuhren durch einen schmalen Meeresarm, der sich langsam ins Innere des Landes schlängelte. An der Seite erhoben sich steile Hügel, unzählige Buchten säumten den Fjord. Es sah unendlich friedlich und vor allem unglaublich einsam aus.

Anne drückte ihre Tochter enger an sich. »Was ist hier die nächste Ortschaft?«, wollte sie von ihrem Mann wissen. »Oder gibt es hier nichts, was diesen Namen verdienen würde?«

Der deutete nach vorn. »Dort liegt Picton. Wurde vor ein paar Jahren gegründet und ist wohl nicht mehr als ein Laden, um die wichtigsten Dinge einzukaufen – und natürlich eine Kneipe. Mehr finden wir dort sicher nicht. Keine Sorge – ein zweites Kororareka werden wir hier im Süden nicht antreffen. Auch wenn hier einige der Walfänger ihre Basis haben.« Er deutete zur Seite in eine der Buchten, die sich zu dem Fjord hin öffnete. »Wir sollten irgendwo hier bleiben. Uns abseits der Menschen einen Platz zum Leben suchen. Was denkst du darüber?«

»Das klingt wunderbar. Ich hatte mehr als genug Menschen um mich herum für den Rest meines Lebens – ich werde es genießen, wenn ich nicht ständig neue Gesichter sehen muss.« Sie lachte und deutete in eine der Buchten. »Sollen wir uns diese da nicht näher ansehen? Das sieht besonders schön aus!«

Wilcox nickte und winkte den Matrosen, in die Bucht hineinzusegeln. Als sie die enge Öffnung passiert hatten, erwartete sie eine weitere Überraschung: Die Bucht bestand aus zahlreichen weiteren kleinen Buchten, deren kleinen Strände sich wie eine Perlenkette aneinanderreihten. Wilcox strahlte. »Die Bucht der vielen Strände, wie mir scheint!« Er segelte nah an das Ufer und ließ dann Anker werfen.

Es dauerte nicht lange, und sie hatten festen Boden unter den Füßen. Die Hügel stiegen hier nur sanft an und waren mit einem dichten dunkelgrünen Teppich aus Buschwerk bedeckt. Der schmale Strand wirkte friedlich. Keine Spuren, die auf einen Menschen hinwiesen, nur wenig weißes Treibholz, das hier schon seit mehreren Menschengenerationen verwitterte. Anne drehte sich um ihre eigene Achse, um diese traumhafte Gegend genauer in Augenschein zu nehmen. Kurz entschlossen übergab sie Charlotte einem Matrosen, näherte sich vorsichtig dem Busch, drückte ein paar Äste auseinander und stapfte durchs Gestrüpp etwa hundert Meter nach oben zu einer Art Sattel zwischen zwei höheren Hügeln, den sie schon vom Meer aus gesehen hatte.

Dort angekommen, wandte sie sich um und verharrte, um den Anblick der Bucht und der Hügelketten, die sich bis an den Horizont hintereinanderreihten, zu genießen. Sie atmete langsam aus. Endlich. Hier konnte man ein Zuhause aufbauen und die Welt hinter sich lassen.

Als Wilcox sich langsam den Hügel emporgekämpft hatte, strahlte sie ihm entgegen. »Hier. Lass uns genau hier ein Stück Busch roden und ein Haus bauen. Es liegt weit genug vom Meer entfernt und auch hoch genug, um bei Springfluten und Winterstürmen nicht in Gefahr zu geraten. Und es liegt nah genug am Meer, um jeden Tag am Ufer zu sein und das Rauschen der Wellen zu genießen.« Sie deutete hinter sich in ein flaches Tal. »Und hier können wir roden und uns auf dem Stück Land eine echte Zukunft aufbauen! Was denkst du?«

Wilcox drehte sich um, sah auf das Meer hinunter und breitete dann seine Arme aus. »Wenn es dir hier gefällt, dann soll es hier sein. In der ›Bucht der vielen Strände‹ …« Er nahm sie in den Arm. »Wir müssen uns so schnell wie möglich eine Unterkunft bauen – vor dem Winter muss das Meiste schon stehen!«

Sie gingen wieder an den Strand, an dem die beiden zurückgebliebenen Matrosen mit Charlotte auf sie warteten. Sie sahen das Paar fragend an. Wilcox nickte ihnen zu. »Wir bleiben hier. Ich schlage vor, wir segeln noch gemeinsam nach Picton, ich kaufe ein wenig Verpflegung für uns ein – und ihr könnt dort bleiben und nach einem neuen Schiff schauen. Wir brechen sofort auf!«

Gemeinsam segelten sie die wenigen verbliebenen Meilen nach Picton, das sich tatsächlich als verschlafener kleiner Ort entpuppte. Weit entfernt von dem Trubel, der so typisch für Kororareka gewesen war, lagen hier nur vier Häuser in der Sonne – und das Einlaufen der *Isabella* sorgte für einigen Wirbel.

Als Anne in dem Kolonialwarenladen ihre Einkäufe zusammensuchte, wurde sie von dem Besitzer misstrauisch beäugt. »Weibsvolk haben wir hier im Süden eigentlich nicht!«, platzte es schließlich aus ihm heraus.

»Jetzt schon!«, grinste Anne und legte eine weitere

Decke auf die Theke. »Wir wollen uns hier im Fjord ansiedeln. Aber keine Sorge – wir suchen keine Händel und wollen mit niemandem Streit.«

»Darum geht es nicht.« Der Mann schien nach den richtigen Worten zu suchen. »Für die meisten Frauen ist das Leben hier einfach zu hart. Und es gibt keine anderen Frauen, mit denen Ihr reden könnt. Es ist einsam hier. Vor allem im Winter. Kennt Ihr unsere Winter?«

»Noch nicht«, erklärte Anne, während sie einen schweren Kessel zu den anderen Dingen auf die Theke wuchtete. »Aber da werde ich wohl kaum drumherum kommen, oder? Und keine Sorge: Vor Einsamkeit habe ich keine Furcht.«

Er sah ihr weiter neugierig zu. Kernseife. Ein Sack Linsen. Salz. Petroleum. Feuersteine. Eine Pfanne. Die junge Frau mit den vielen Locken und dem etwas strengen Zug um den Mund schien sich tatsächlich häuslich niederlassen zu wollen.

»Wo wollt Ihr denn bleiben?«, fragte er nach. »Hier in Picton?«

Sie schüttelte den Kopf. »Nein – wie ich gerade eben schon gesagt habe: weiter draußen am Fjord, in einer Bucht. Gibt es hier viel Ärger mit Maori?«

Der Ladenbesitzer zuckte mit den Achseln. »Nein. Sie sind freundlich – aber Ihr werdet ihnen das Land, auf dem Ihr siedeln wollt, schon abkaufen müssen. Aber dann sollte es keine Probleme geben. Die werden nur unfreundlich, wenn man ihnen was rauben will.«

»Das unterscheidet sie wohl nicht von den meisten zivilisierten Menschen«, bemerkte Anne, wählte einen

Sack mit Mehl und stellte ihn zu den vielen anderen Dingen, die sie schon auf die Theke gehäuft hatte. Prüfend sah sie alles an und ging im Kopf noch einmal durch, was sie wohl für die erste Zeit in dieser einsamen Bucht alles benötigen würden. Die Fahrt nach Picton dauerte lange – und sie würden vor dem Winter höchstens noch einmal hierherkommen. Entschlossen nahm sie noch zwei scharfe Messer – und blieb dann nachdenklich vor ein paar Stoffen stehen. Ihre Finger glitten über einen leuchtend roten Stoff, in den feine weiße Streifen eingewebt waren. Der Händler sah ihr wohlgefällig zu. Jetzt verhielt sich diese Frau endlich einmal so, wie man es von einer Vertreterin ihres Geschlechtes erwartete. »Der kommt aus Schottland, eine besonders warme und weiche Qualität – mit dem werdet Ihr auch in den Winterstürmen in unserer Gegend nicht frieren.«

»Ich dachte nicht unbedingt an mich …«, murmelte Anne.

Erst jetzt bemerkte der Ladenbesitzer, dass sie unter ihrem weiten Mantel ein winziges Baby eng an ihren Körper gebunden trug – so wie es die Frauen der Eingeborenen taten. Das Kind schien zu spüren, dass es gemeint war, denn es meldete sich mit einem leichten Gurgeln zu Wort. Anne streichelte ihm über den Kopf und lächelte dem Ladenbesitzer zu. »Schneidet mir doch ein paar Ellen ab und legt es zu den Einkäufen, seid Ihr so freundlich?«

Eilfertig machte der Mann sich ans Werk, als die Tür aufging und ein fremder Mann den Laden betrat. Er lächelte der lockigen Frau zu und stellte sich dann dem Ladenbesitzer vor. »David Wilcox mein Name! Meine Frau Anne, unsere Tochter Charlotte und ich gedenken hier in der Gegend zu siedeln. Da werden wir uns in Zukunft sicherlich häufiger sehen.«

Die Männer begrüßten sich mit einem festen Händedruck. Anne lächelte David zu und machte eine Handbewegung, die all ihre Einkäufe auf der Theke einschließen sollte. »Ich habe versucht, alles, was wir benötigen könnten, zu finden. Der einzige Luxus ist der Stoff für Charlotte – wir können sie wohl nicht ewig in einen alten Rock von mir hüllen, oder was denkst du?«

Wilcox lachte gutmütig und zückte seine Geldkatze, die er am Gürtel trug. »Nein, das geht nicht. Aber ich finde, du solltest dir auch ein neues Kleid nähen. Immerhin kannst du jetzt nicht mehr wie unter den Wilden herumlaufen.« Er deutete auf einen weiteren Stoff, der schlicht und dunkelbraun war. »Packt davon noch etwas ein, dazu Leinen für eine neue Bluse und ein Hemd für meine Tochter.«

Anne sah ohne Widerspruch zu, wie der Kolonialwarenhändler ihr den tristen braunen Stoff abschnitt. Nach dem bunten Rock von Kororareka war es kein Wunder, dass David ihr jetzt eher die gedeckten und dunklen Farben zudachte. So konnte wenigstens jeder sehen, dass sie eine ehrbare Frau war.

Ein kleiner Junge, der offenbar als Gehilfe des Ladenbesitzers arbeitete, half ihnen dabei, die Einkäufe hinunter zur *Isabella* zu tragen. Am Wasser angekommen, sah er den Schoner mit großen Augen an. »Und das ist ganz allein Euer Schiff, Sir? Könnt Ihr das denn alleine segeln?«

»Sicher kann ich das!«, lachte Wilcox. »Aber nur mit der Hilfe meiner Frau – und schlafen dürfen wir dann auch nicht. Wenn wir also auf eine größere Fahrt gehen, dann werde ich dich wohl anheuern müssen …«

»Das könnt Ihr, mein Herr. Das könnt Ihr wirklich!«, strahlte der Junge und half mit noch größerem Eifer, die vielen Dinge in dem kleinen Beiboot zu verstauen, das sie zurück zur *Isabella* bringen sollte.

Nur wenig später waren sie wieder unterwegs in »ihre« Bucht – ohne die beiden Matrosen, die sie in Picton zurückgelassen hatten. Anne fühlte, wie sich ein tiefer Frieden in ihr breitmachte, als sie erneut durch den schmalen Einschnitt in der Hügelkette in ihr verstecktes Paradies hineinsegelten. Irgendwie fühlte sich dieser Ort schon jetzt fast wie eine Art Heimat an.

Sie warfen Anker und brachten alle ihre Habseligkeiten ans Ufer. Anne betrachtete die Kisten, die ihr Mann in Picton beim Schmied gekauft hatte. »Was ist das?«

»Nägel, um ein stabiles Haus zu bauen. Ein Hammer, eine zweite Axt, Munition für mein Gewehr … alles, was wir in der nächsten Zeit brauchen können!«

Am Strand begannen sie sofort, aus ein paar geölten Planen und einem großen Stück Segeltuch eine Art Unterkunft zu bauen. Noch bevor es an diesem Tag dunkel wurde, hatte Anne das Gefühl, dass sie auch einem kleinen Sommerregen ohne Probleme trotzen würden.

Schon am nächsten Morgen machten sie sich auf zu

dem kleinen Sattel zwischen den beiden Hügeln. Hier wollten sie ein Stück Land roden, um Gemüse anzubauen, und vor allem: um sich ein stabiles Haus zu errichten – am besten noch, bevor es Winter wurde. Anne sah einen Moment lang besorgt in den Busch, der hier oben zum Glück nicht sonderlich dicht wuchs.

»Wir sollten zuerst die Maori um Erlaubnis bitten, uns hier anzusiedeln – und ihnen dieses Stück Land abkaufen«, erklärte sie. »Wenn wir hier ein Feuer legen, um möglichst schnell einen Teil des Waldes loszuwerden, dann werden sie sich übergangen fühlen und womöglich angreifen. Das sollten wir unbedingt vermeiden.«

»Aber wo mögen sie stecken? Meinst du, sie beobachten uns schon?« Er sah sich jetzt ebenfalls aufmerksam um, so als ob er jeden Augenblick mit einem aufgebrachten Maori mit rollenden Augen rechnete, der direkt aus dem Wald heraussprang.

»So gerne ich noch heute anfangen würde … ich denke, es ist klüger, wir machen durch ein Feuer mit viel grünem Holz auf uns aufmerksam und warten dann auf einen Besuch der Maori. Hoffentlich ist ihre Sprache hier nicht völlig anders als auf der Nordinsel – aber wenn das so ist, dann rede ich mit ihnen. Dann können wir eine lange Zeit der Freundschaft und der Eintracht mit dem Stamm beginnen, der hier lebt. Es könnte uns immerhin von Nutzen sein, wenn wir auch einmal ihre Heilerin befragen dürfen. Oder in einem harten Winter ein wenig von ihren Vorräten erstehen können.«

»Ist das wirklich nötig?« David wiegte seine Axt in

der Hand. »Wir sollten eigentlich jeden Tag nutzen, bevor das Wetter rau wird. Es ist schon Januar, Ende April wird sich die Witterung leider ändern.«

Anne lachte. »Wenn du hier ein bisschen Grund freischlägst und wir mit dem Bau eines kleinen Hauses anfangen, dann haben nicht einmal die Maori etwas dagegen, da bin ich mir sicher.«

Beruhigt griff David nach seiner Axt, während Anne vor ihrem Zelt unten am Strand mit ihrem neu erworbenen Feuerstein ein kleines Feuer entzündete. Mit reichlich grünen Blättern und Zweigen sorgte sie für ein gerüttelt Maß an Qualm, der weithin sichtbar war. Dann machte sie sich auf den Weg, um ihre neue Heimat ein wenig zu erforschen. Mit Charlotte in ihrem Tuch fest an den Körper gebunden, wanderte sie gemächlich bis an das Ende der Bucht. Sah sich nach den Spuren anderer Menschen um – oder auch nach etwas Essbarem. Alte Feuer oder verlassene Lagerplätze fand sie nicht. Aber ein wenig Farn, Muscheln und sogar Kumara entdeckte ihr geübtes Auge an einem einzigen Nachmittag. Als David in der Dämmerung zu ihrem Lagerplatz zurückkehrte, köchelte in dem neu gekauften Topf bereits eine dicke Suppe mit all den Köstlichkeiten, die Anne im Laufe des Tages in die Hand gefallen waren. Er löffelte begeistert seine Schale leer. »Was immer das ist – daran kann ich mich gewöhnen.«

»Das musst du auch«, erklärte Anne mit einem schiefen Grinsen. »Denn das ist genau das Angebot, dass ich ohne Probleme und vor allem ohne auch nur eine Kugel zu verschwenden besorgen kann.«

»Damit bin ich bestens bedient.« Wilcox sah ihr zufrieden zu, wie sie ihre kleine Tochter stillte. Charlotte hatte sich bis jetzt als ein friedliches kleines Mädchen gezeigt, das nur selten schrie und richtig fröhlich war, wenn ihre Mutter mit ihr schäkerte.

Wenig später lagen sie in ihrem Zelt, und Anne lauschte noch lange auf die Laute der Natur. Es rauschten die Blätter der Bäume, die Wellen schlugen an den Strand, und von Zeit zu Zeit knackte ein Ast. Selten hörte man den Ruf eines Nachtvogels – es herrschte ein wunderbarer Frieden.

Als sie am nächsten Morgen Wasser an der Feuerstelle zum Kochen brachte, um mit ein paar aromatisch duftenden Blättern, die sie am Vortag gepflückt hatte, einen Tee zu machen, hielt Anne mit einem Mal mitten in der Bewegung inne. David war schon am frühen Morgen wieder zu dem Sattel aufgebrochen, sie war also mit Charlotte allein am Strand. Sie konnte sich trotzdem des Gefühls nicht erwehren, dass sich Blicke in ihren Rücken bohrten. Nicht unbedingt freundliche Blicke. Vorsichtig drehte sie sich um – und sah direkt in ein paar dunkle Augen. Dicht hinter dem ersten Mann stand noch ein zweiter, beide mit wachsamem Blick und der Hand an den Waffen.

Sie kannte die Maori inzwischen genug, um zu wissen, dass man keine Furcht zeigen durfte. Sie senkte ihren Kopf zur Begrüßung.

Sie taten es ihr gleich, sprachen aber kein Wort.

»Ihr habt mein Feuer gesehen, mit dem ich euch gerufen habe«, erklärte sie dann in der Sprache der Maori.

Die beiden Männer konnten ihre Überraschung nur schwer verbergen. »Du sprichst Maori?«, fragte der eine verdutzt.

»Ich habe auf der Insel im Norden eine Zeit lang bei einem Stamm der Maori gelebt. Eine Frau war so freundlich, mir ein paar Wörter eurer Sprache zu erklären«, sagte sie. Ihr fiel ein Stein vom Herzen. Offensichtlich hatte nicht jeder Stamm eine ganz eigene Version dieser Sprache – sondern nur unterschiedliche Dialekte. Es war ihnen also möglich, miteinander zu sprechen – und so konnte auch sie sich mit diesen beiden Kriegern austauschen, die mit ihren Speeren und Tätowierungen so unfriedlich wirkten.

Der Ältere der beiden, offensichtlich der Wortführer, nickte. Mehr wollte er nicht zu diesem Gespräch beitragen.

Anne musterte beide mit unbewegtem Gesicht – sie wusste, dass bei den Maori das freundliche Lächeln der Europäer als bösartiges Zähnefletschen ausgelegt wurde. Dann fing sie an zu reden.

»Mein Mann, meine Tochter und ich würden gerne hier in dieser Bucht leben. Aber ich habe vernommen, dass dieser Grund euch gehört. Was können wir tun, damit ihr unserem Wunsch mit Wohlwollen entgegenseht?« Sie sah die beiden fragend an.

Keine Antwort. Vielleicht hatte sie sich ja etwas zu geheimnisvoll ausgedrückt.

Sie räusperte sich und machte ihr Anliegen noch einmal klar. »Was verlangt ihr für diese Bucht?« Ohne lange nachzudenken, wedelte sie in Richtung der nächsten Hügelkette, die sich hinter dem Sattel abzeichnete, auf dem David gerade arbeitete. »Bis zu diesen Hügeln hin?«

Jetzt kam Leben in die beiden Gesichter ihr gegenüber. Einer der Männer sah sich um. Sein Blick fiel auf die Pfanne, dann das Gewehr. »Das da. Wenn ihr uns das gebt, dann könnt ihr dieses Land haben. Aber wir dürfen weiter darauf jagen, weiter über das Land ziehen, wann immer wir das Verlangen danach spüren.« Anne wusste, dass David ein zweites Gewehr mit sich führte – und sie wusste auch, dass ein Gewehr einen fast unbezahlbaren Wert hier in der Wildnis darstellte. Deswegen schüttelte sie den Kopf.

»Das Gewehr ohne die Pfanne. Und das heilige Versprechen, dass ihr diese Waffe niemals gegen ihren alten Eigentümer wendet. Das muss mit einem tapu belegt werden.« Sie bemühte sich, ihrer Stimme einen energischen Klang zu geben.

Ein solches tapu war für die Maori eine wichtige Sache. Es konnte nicht ohne Weiteres gebrochen werden und hatte einen höheren Wert als jedes Versprechen oder jeder Vertrag. Es war ein Versprechen direkt an die Götter.

Der Ältere runzelte die Stirn. Dann wandte er sich an seinen Begleiter. »Für dieses Land ist das Gewehr ein guter Preis. Die Frau scheint das zu wissen. Lassen wir ihr also die Pfanne und nehmen das Gewehr. Und wir belegen das Gewehr mit dem tapu, wie sie es wünscht.«

Der andere nickte nur. Damit war der Handel besiegelt.

Anne wusste, dass bei den Maori so etwas nur selten schriftlich lief – nämlich nur dann, wenn die Missionare bereits erfolgreich die Kunst des Schreibens gelehrt hatten. Doch ein Vertrag mit den Maori war auch durch schlichtes Nicken gültig.

Sie deutete auf das Feuer. »Wollt ihr mit mir etwas essen, um unsere Vereinbarung zu besiegeln? Ich koche etwas, damit ihr euch stärkt, bevor ihr zu euren Familien zurückkehrt.«

Beide nickten wieder, um ihr Einverständnis zu zeigen. Anne nahm also den Rest der Kumara des Vortages, Kräuter und Muscheln und fing an, unter den wachsamen Augen der Maori etwas zu kochen. Sie schwiegen. Alles Entscheidende war ja bereits verhandelt. Erst als Charlotte mit einem eindringlichen Geheul aufwachte und damit verkündete, dass sie umgehend Hunger hatte, entspannten sich die Gesichter der beiden Männer. Sie kicherten, kitzelten das kleine Mädchen am Bauch und unterhielten sich über ihre dunklen Haare, während sie gierig an Annes Brust saugte.

Als David Wilcox zu diesem friedlichen Bild am Lager zurückkehrte, rang er einen Augenblick lang um Fassung. Zu merkwürdig war der Anblick seiner stillenden Frau, die gleichzeitig mit zwei Wilden redete, als wäre es das Normalste der Welt, wenn man vor Publikum seinem Kind die Brust gab. Doch er beherrschte sich, nickte ernst und ließ sich den beiden Maori vorstellen.

Auch als Anne ihm erklärte, dass sie eines seiner Gewehre gegen die Bucht und die umliegenden Hügelketten getauscht hatte, schaffte er es, ein gleichmütiges Gesicht zu behalten und zu nicken. Nicht einmal Anne war sich sicher, ob er diesem Handel zustimmte oder nicht. Sie speisten gemeinsam und tauschten Freundlichkeiten aus. Wenn Anne es richtig verstanden hatte, dann lag der Pa dieses Stammes einen etwa achtstündigen Fußmarsch von ihnen entfernt.

David erklärte sein Vorhaben, den Sattel des Hügels von Buschwerk und Bäumen zu befreien – und überraschenderweise boten sie ihm Hilfe an. Für ein paar Kugeln des neuen Gewehrs wollten sie helfen, die größten und schwersten Bäume zu fällen. Noch bevor Anne lange widersprechen konnte, zogen alle drei Männer hoch zu dem Sattel, um gemeinsam den Kampf gegen die Natur aufzunehmen. Anne blieb zurück, lehnte sich an einen Baum und atmete erst einmal tief durch. Geschafft!

Sie hatten völlig friedlich ein großes Stück Land erstanden, mussten allerdings darauf vertrauen, dass dieses Eigentum ihnen auch von niemandem streitig gemacht werden konnte. Immerhin: Sie wollte nicht in die Situation kommen, in der sie irgendeinem verbohrten englischen Landvermesser sagen musste, wie die Grenzen dieses Grundstückes denn nun genau verliefen. Aber auch dieser Tag würde kommen. Nicht heute, nicht morgen – aber irgendwann in der Zukunft – und vielleicht musste sich auch erst Charlotte mit diesem Problem beschäftigen …

Anne lehnte ihren Kopf wieder an den warmen Baum hinter sich. Die Sache mit den Ansprüchen und den Fragen der Landvermesser lag noch in ferner Zukunft – und sie weigerte sich in diesem Moment, so weit zu denken. Jetzt war alles gut und alles friedlich, jetzt wollte sie einfach nur genau dieses Gefühl von Harmonie genießen.

Marlborough, 1833

30.

Hammerschläge hallten durch den Busch. Hin und wieder ertönte der empörte Schrei eines Vogels, der sich beim Nisten gestört fühlte. Anne drückte Charlotte fest an sich, während sie den Weg zu dem kleinen Sattel emporlief. Seit Wochen arbeitete David an dem einfachen kleinen Haus, während sie sich tagsüber um die kleine Charlotte und das Essen kümmerte.

Am Rand der kleinen Lichtung, auf der schon bald das Haus stehen sollte, blieb sie für einen Moment stehen. David hatte sein Hemd ausgezogen und arbeitete mit nacktem Oberkörper. Er glänzte vor Schweiß, die Sommersonne brannte vom Himmel – aber es war nicht mehr lange bis Ostern. Das Wetter würde schon bald umschlagen. David schälte im Augenblick einen kräftigen Baumstamm, dessen Holz ihnen als einer der Eckpfeiler dienen sollte. Anne sah ihm zu, ohne dass er ihre Anwesenheit bemerkte. Auf seinem Rücken zeichnete sich ein großer Wal mit einem kleinen Kalb an seiner

Seite ab, der von einem geschickten Tätowierkünstler im Augenblick des Abtauchens gezeichnet worden war. Sie kannte diese Tätowierung, noch in Kororareka war sie oft mit den Fingern darübergefahren und hatte ihn nach der Geschichte hinter diesem Bild gefragt. Er hatte immer nur gelächelt, den Kopf geschüttelt und nie etwas erzählt. Im grellen Sonnenlicht fiel ihr diese Tätowierung wieder auf. Erst jetzt glaubte sie, dass in dem Bildnis des kleinen Kalbs neben dem Leib des Wals eine Sehnsucht nach einem eigenen Kind zu erkennen war. Eine Hoffnung auf eine andere Zukunft.

Jede Nacht hielt er sie in seinen Armen, erzählte ihr von der wunderbaren Zeit, die auf sie beide in ihrer »Bucht der vielen Strände« auf sie wartete.

Jetzt legte er die Balken sorgfältig auf den Boden und sah ihre Anordnung mit einem Stirnrunzeln an. Sie kam langsam näher und sah ihm über die Schulter. »Über was denkst du nach?«

Er drehte sich zu ihr um und strahlte ihr entgegen. Sein Gesicht war in den letzten Wochen von der Sonne noch tiefer gegerbt worden. Schon der Marsch vom Ostkap nach Kororareka hatte jedes überflüssige Gramm Fett von seinen Rippen verschwinden lassen. Eigentlich sah er fast verwegen aus. Der behäbige Besitzer einer Walfängerflotte war ihm kaum noch anzusehen. Nur seine grauer werdenden Schläfen zeigten, dass er einige Jahre älter als Anne war und die dreißig schon lange überschritten hatte.

David deutete auf die Balken. »So stelle ich mir den Grundriss vor. Ich kann mich allerdings nicht entscheiden: Wollen wir von unserem Schlafzimmer aus das Meer oder den Busch sehen? Und müssen wir womöglich schon ein Zimmer für einen kleinen Bruder oder eine Schwester von Charlotte einplanen? Was meinst du?«

»Ich finde ein weiteres Zimmer für diesen Winter überflüssig. Sollte Charlotte Geschwister bekommen, können wir immer noch anbauen. Und das Schlafzimmer – ich würde wirklich gerne jeden Morgen aufs Meer schauen. Wir haben einen so wunderschönen Blick von hier oben, den würde ich gerne immer beim Aufwachen vor mir haben.«

Statt einer Antwort nahm er sie in die Arme. »Dein Wunsch ist mir Befehl! Und mach dir mal keine Gedanken wegen der Geschwister. Ich werde schon dafür sorgen, dass Charlotte nicht alleine spielen muss!« Er zog sie fester an sich, gab ihr einen liebevollen Kuss und sah ihr tief in die Augen. »Mich hat noch nie ein Mensch so glücklich gemacht wie du. Mit dir erscheint mir dieses Abenteuer hier wie das einzig Richtige, was ich tun kann!«

Anne lächelte ihn an – und fühlte sich tief in ihrem Inneren schuldig. Warum nur konnte sie diesen großzügigen Mann nicht richtig lieben? Er legte ihr einfach alles, was er hatte, zu Füßen, und sie brachte ihm nicht mehr als herzliche Zuneigung entgegen. Dabei hatte David so viel Besseres verdient. Sie wandte sich mit einem Ruck dem Grundriss ihres Hauses zu – und deutete auf den zweiten großen Raum, der in Richtung Meer zeigte. »Und was planst du hier?«

Er musterte sie kurz, bemerkte ihre ausgebliebene Erwiderung auf seine Liebeserklärung und deutete dann auf den Grundriss. »Hier habe ich die Küche und den Essplatz geplant. Mit einer Veranda, damit wir an den schönen Sommertagen draußen essen können. Du sagst jeden Abend, wie gut dir unser Leben im Zelt und im Freien gefällt, dass ich mir überlegt habe, auch ein wenig in der Zukunft davon zu bewahren. Nach hinten gehen dann die Vorratskammer und Charlottes Zimmer.« Er sah sie an. »Passt dir das so?«

»Sicher!« Sie nickte und blickte sich auf dem Rest der Lichtung um. Innerhalb der wenigen Wochen, seitdem die Fläche freilag, hatten sich wieder niedriges Gestrüpp und einige Gräser breitgemacht. Sie hatten beschlossen, noch vor dem Winter einige Schafe und Hühner zu kaufen. Die Hühner für den Eigenbedarf und die Schafe, um eine kleine, bescheidene Zucht aufzubauen. Dafür müsste auf dieser Lichtung allerdings noch etwas nahrhafteres Grünzeug wachsen. Regelmäßig lief sie mit reifen Gräsern herum, die sie an anderen Stellen sammelte, und hoffte, dass sich die Samen irgendwie festsetzen und vermehren würden.

Mit einem Mal fiel ihr ein kleiner Zaun auf, der unweit des Hauses an einem sonnigen Platz stand. Den hatte sie bisher nicht bemerkt – oder hatte David diesen Zaun erst vor ein paar Tagen errichtet? Immerhin war sie eine Weile nicht mehr hier oben gewesen. Neugierig ging sie näher heran und hörte, wie David ihr auf dem Fuß folgte.

Der Zaun war aus biegsamen Ruten geflochten und

etwa einen halben Meter hoch. Sie sah auf ein paar Reihen mit dürren Ästchen, die im Boden steckten. Und erst jetzt erkannte sie die Blätter. Sie erinnerte sich im gleichen Augenblick an lange vergangene Gespräche mit Samuel Marsden, dem Missionar in Kororareka. »Wein …«, murmelte sie und drehte sich ungläubig zu ihrem Mann um.

»Wie um alles in der Welt hast du das geschafft? Die Reben von Marsden sind doch mit unserem ersten Schiff untergegangen? Da bin ich mir völlig sicher!«

»Sind sie«, nickte er mit verschmitztem Lächeln. »Als ich in Kororareka war, um deine Rettung zu organisieren, habe ich Marsden von dem unersetzlichen Verlust berichtet. Und er hat mir zugehört, hat genickt – und mir dann erzählt, dass er schon vor Monaten eine weitere Ladung Reben geordert hätte. Sie waren nicht lange vor mir angekommen. Und für einen kleinen Aufpreis hat er sie mir dann überlassen. Du und Marsden – ihr beide seid euch doch so unglaublich sicher, dass aus Wein in der Zukunft ein lohnendes Geschäft entstehen wird. Ich bin eurer Meinung – und hier sind sie: die Pflanzen, die bisher an Bord der *Isabella* lagerten. Ich habe sie eingepflanzt, bevor sie darunter leiden, dass sie zu lange eingesperrt waren. Und jetzt sehe ich jeden Tag nach ihnen und achte darauf, dass sie immer ausreichend Wasser haben. So wie es aussieht, schlagen nur zwei oder drei der Weinstöcke nicht aus. Wir haben Glück!«

»Unglaublich!« Anne schüttelte den Kopf beim Anblick der wenigen dürren Pflänzchen. »Hast du irgendeine Ahnung vom Weinmachen?«

»Nein«, grinste David. »Aber bis diese Dinger hier Trauben tragen, werden wohl noch einige Jahre ins Land gehen. Bis dahin finde ich jemanden, der sich damit auskennt. Oder wenigstens ein Buch, in dem ich alles Wichtige nachlesen kann. Das hat Zeit. Fürs Erste werden wir Schafe züchten müssen, so wie die meisten anderen Siedler eben auch.«

Anne sah das dichte Buschwerk am Rande der Lichtung an und seufzte. »Bis dahin werden wir noch viele Bäume fällen müssen …«

Wieder fühlte sie seine Arme um ihre Schulter. »Das schaffen wir. Für den Anfang brauchen wir ja nicht viel …« Er sah auf seine kleine Tochter hinunter, die selig in ihrem Tragetuch schlummerte. Ihre Lippen standen leicht offen, ihre Wangen waren rosig, und das schwarze Haar auf ihrem Kopf fing schon an, sich etwas zu locken. Er streichelte ihr über die Wange. »Und sie wird diejenige sein, die von uns etwas wirklich Wertvolles erben wird: Eine Bucht, in der wir alles aus eigener Kraft erarbeitet und geschaffen haben!«

Sie setzten sich genau an den Ort, an dem in nicht allzu ferner Zukunft einmal die Veranda stehen würde. Anne holte aus einem zweiten Tragetuch die Leckereien, die sie unten an ihrem Zeltplatz vorbereitet hatte: ein paar gebratene Tikivögel, weich gekochte Wurzeln, deren Namen sie nicht kannte, und natürlich die Kumara.

Sie deutete auf die rötlichen Knollen. »Auch die werden wir anbauen müssen. Sonst bin ich jeden Tag länger beschäftigt, die wild wachsenden zu finden.«

Er nickte. »Sicher. Wir sollten schließlich so wenig wie möglich dazukaufen müssen. Nachdem ich Marsden die Reben abgekauft habe – und wir eine kleine Herde Schafe erstehen wollen –, wird mein Geld aus dem Verkauf der Flotte wohl nicht mehr ewig reichen.«

»Wenigstens gibt es hier keine Verlockung, es für Alkohol oder Pasteten in Master Jamesons Haus auszugeben.«

David legte ihr die Hand über den Mund. »Dieser Name sollte uns an diesem Ort nicht mehr über die Lippen kommen. Es war eine düstere und böse Vergangenheit, die wir am besten vergessen sollten, meinst du nicht?«

Anne sah ihn an. Wie sollte sie ihm erklären, dass sie die Albträume von diesem Ort für immer heimsuchen würden? Dass sie in vielen Nächten nachts aufschreckte und nass vor Angstschweiß in die Dunkelheit starrte – immer in der Furcht, dass sich gleich eine Hand an ihrem Körper zu schaffen machte, die da nichts verloren hatte? Dass sie sogar seine Zärtlichkeiten an manchen Tagen nur mühsam ertrug und sich beherrschen musste, um sich den Ekel, der sie immer wieder packte, nicht anmerken zu lassen?

David benahm sich so, als hätte ihre Vergangenheit nicht stattgefunden, er wollte nichts mehr davon hören. Dabei hatte Anne immer das Gefühl, dass sie ihre Dämonen nur besiegen konnte, wenn sie über sie reden durfte. Sich über den dicken Jameson und die anderen Männer lustig machen durfte – weil Lachen die beste Methode war, um die Gespenster im Zaum zu halten.

Statt ihm das zu erklären, nickte sie nur. Sie griff nach ein wenig Vogelfleisch und biss hinein, um nicht antworten zu müssen. David sorgte sich um sie und las ihr jeden Wunsch von den Augen ab – aber tatsächlich schien es ihr, als ob er nur die schöne junge Frau sah. Und nicht die verletzte und misstrauische Frau, zu der sie in den letzten Jahren geworden war. Kannte er sie wirklich?

Nachdenklich sah Anne auf das Meer. Ihr Leben war wieder gut, sie durfte und konnte sich nicht beschweren. Sicher, alles war anders gekommen, als sie es sich als junges Mädchen ausgemalt hatte. Aber war es wirklich so viel schlechter? Sie schreckte aus ihren Gedanken auf, als David aufstand und sich den Dreck von der Hose klopfte.

»So gerne ich mit meiner Familie hier sitze und mein Picknick genieße: Ich muss weiter an unserem Haus bauen, wenn es rechtzeitig fertig werden soll. Und im Augenblick kannst du mir noch nicht helfen – das wird erst dann sein, wenn wir die Bretter und Balken zusammenfügen. Also genieße deinen Nachmittag.«

Damit griff er wieder nach seiner Axt und wandte sich dem nächsten Baum zu, den er schon vor Wochen mit den beiden Maorikriegern gefällt hatte.

Anne hörte die wuchtigen Schläge, während sie langsam mit Charlotte auf dem Arm den Hang hinunterging. Gedankenverloren kappte sie auf dem Pfad einzelne Ranken mit ihrem Messer – nur so entstand allmählich ein ordentlicher Weg zwischen dem Zelt am Strand und dem Haus auf der Anhöhe. Sie war glücklich und zufrieden. Aber hin und wieder musste sie sich selbst daran erinnern. Ein wenig zu oft für ihren Geschmack.

Marlborough, 1833

31.

Mit aller Energie, die sie hatte, krabbelte Charlotte über die blanken Holzplanken der Veranda. Eine Bö zerrte an ihrem leuchtend roten Kleid, ihre Löckchen flogen im Wind. Anne sah ihr mit gerunzelter Stirn zu. David war jetzt schon seit mehr als drei Wochen weg. Neben den Schafen und einigen anderen Dingen hatte sie ihm aufgetragen, auch nach einem dicken Jackenstoff zu suchen. Nicht mehr lange, und es war für Charlotte einfach zu kalt, um draußen herumzukrabbeln. Immerhin war schon Mai, die ersten Herbststürme waren bereits über das kleine Holzhäuschen auf der Anhöhe hinweggepeitscht und hatten das Dach aus Holz, Lehm und trockenen Gräsern auf eine harte Probe gestellt. Die es bestanden hatte. Anne war stolz auf David und auf sich selbst: Sie hatten im April angefangen, die Bretter ineinanderzufügen und dann mit vereinten Kräften das Dach auf ihr neues Heim gesetzt – und tatsächlich hatten sie vor vier Wochen ihr Zelt verlassen und waren in dieses Haus gezogen. Sicher – statt eines Herds hatte sie nur den Kessel, in dem sie ein Feuer brennen ließ, und eine Pfanne, in der sie alles zubereitete, was sie finden und jagen konnte. Die wackelige Konstruktion stand unter einem Kamin, den sie und David gemeinsam aus gefundenen Steinen und lehmiger Erde hochgezogen hatten. Anne hatte Zweifel, ob dieser Kamin und dieser Herd sehr lange halten würden. Aber das Bauwerk musste in diesem Winter Heizung und Herd gleichermaßen sein. Wenn David auch noch zwei weitere Kessel mitbrachte, dann würden sie mit glühender Holzkohle den Rest der Hütte heizen können.

Aber dafür musste er erst einmal wiederkommen. Er war direkt, nachdem das Dach fertig war, aufgebrochen. Er wollte den Wettstreit mit dem Winter unbedingt gewinnen. Nicht zum ersten Mal an diesem Tag hob Anne ihren Blick und sah hinunter auf die »Bucht der vielen Strände«. Aber es wollte sich keine *Isabella* im Eingang der Bucht zeigen.

Sie seufzte und wandte sich wieder ihrer lebhaften kleinen Tochter zu. »Was meinst du, Charly? Wollen wir heute wieder hinunter an den Strand und ein paar Muscheln suchen? Vielleicht finden wir auch Krebse.«

Leider waren die Jungvögel der Tiki inzwischen alle flügge und ließen sich nicht mehr so leicht fangen. Und so kurz vor dem Winter waren auch die Nester mit den Eiern leer. Sie musste sich also wieder darauf verlassen, dass sie im Meer fündig wurde – und das erwies sich neben den Wurzeln und Pflanzen auch als zuverlässige Nahrungsquelle.

Charlotte kam zurückgekrabbelt und reckte ihr die Arme entgegen. Anne setzt sich das kleine Mädchen auf die Schultern, hielt ihre Hände fest und ging leichtfüßig den Weg nach unten zum Strand. Die Einsamkeit der letzten Wochen störte sie nicht, sie konnte jeden Tag die Welt mit neuen Augen sehen, weil ihre kleine Tochter sich über Käfer, Glühwürmchen, flatternde Vögel und schön geformte Blätter begeistert glucksend freuen konnte. Auch jetzt wurde Charly der Platz auf den Schultern ihrer Mutter schon nach wenigen Metern zu langweilig. Sie quengelte, wollte wieder auf den Boden – und sorgte dann dafür, dass Anne für den kurzen Weg fast den halben Vormittag brauchte. Immer wieder untersuchte das Mädchen einen Stein oder ein Blatt auf dem Weg – und nahm sich dafür alle Zeit der Welt. Als sie endlich den Strand erreicht hatten, stand die Herbstsonne schon im Zenit.

Anne ging zielstrebig zu einem Felsen, der jetzt, während der Ebbe, hoch aus dem kniehohen Wasser aufragte. Hier wurde man schnell fündig – und tatsächlich hatte sie kurz darauf ihre Schürze voller großer, grünlippiger Muscheln, von denen sie wusste, dass sie nicht nur wohlschmeckend waren, sondern auch sehr fleischig und gehaltvoll. Die kleine Charly spielte in der Zwischenzeit am Strand mit einer nervösen Krabbe, die sie beharrlich daran hinderte, ins rettende Nass zurückzukehren. Anne sah immer wieder nach ihr und konnte sich eines Lächelns nicht erwehren. So wie sie selbst ihre komplette Kindheit im Stall verbracht hatte, so spielte ihre Tochter jetzt an einem Sandstrand mit merkwürdigen Tieren. Das ganz sittsame Leben sah so oder so anders aus …

Mit einem Mal richtete sich Charly auf, sah aufs Meer und ließ die verstörte Krabbe einfach laufen. Sie quiekte aufgeregt und deutete in die Ferne. Anne folgte ihrem Blick – und hätte vor Erleichterung fast aufgejubelt.

Im Eingang der Bucht waren die typischen Segel eines Schoners aufgetaucht. Die *Isabella*, endlich wieder zu Hause – und das sogar schneller, als Anne es für möglich gehalten hätte. Sie hüpfte ins Meer, ignorierte, dass inzwischen die Flut eingesetzt hatte und sie damit bis zu den Oberschenkeln im kalten Wasser stand. Sie wollte David begrüßen – und sich darüber freuen, dass damit auch alles Notwendige für diesen Winter rechtzeitig in der Bucht angekommen war. Schnell rannte sie zur immer noch reglosen Charly, die das Schiff mit großen Augen anstarrte. »Papa ist wieder da! Stell dir vor, er ist wieder da!« Jubelnd hob sie ihre Tochter in die Höhe.

An Bord erkannte sie schon eine Männergestalt, die schnell und mit geübten Handgriffen die Segel einholte. Zu ihrer Überraschung sah sie dann noch einen zweiten Mann daneben. Offensichtlich ein älterer Mann, denn er bewegte sich schwerfälliger, fast hatte es den Anschein, als ob er sich immer wieder zwischendurch festhalten musste, um in der Dünung nicht zu stürzen.

Anne kniff die Augenbrauen zusammen. So spät, wie es inzwischen war, hatten sie also einen Gast für die Nacht – offensichtlich hatte David sich einen Matrosen für die Überfahrt von der Nord- auf die Südinsel angeheuert. Sie lächelte und winkte, während sie am Strand entlanglief, um der *Isabella* etwas näher zu kommen. Die kleine Charly presste sie dabei fest an ihre Hüfte.

Es schien eine Ewigkeit zu vergehen, bis der Anker fiel, das letzte Segel sicher vertäut und das Beiboot zu Wasser gelassen war. Sie sah, wie zwei Schafe über die Bordwand in das Beiboot gehoben wurden und dann – endlich! – sich David auf den Weg zu ihr machte. Der ältere Matrose blieb an Bord – wahrscheinlich musste David noch ein zweites und ein drittes Mal hinausfahren, um alle Schafe sicher an Land zu bringen.

Anne winkte – und David ruderte ihr mit einem breiten Lachen das Beiboot fast direkt vor die Füße in den feuchten Sand. Er sprang in die Dünung und kam mit dem ersten großen Paket aus geöltem Leinen im Arm an den Strand. Hier ließ er seine Last sofort fallen, sank auf die Knie und umarmte Charlotte und Anne mit einer Innigkeit, die Anne fast die Tränen in die Augen trieb.

Dann richtete er sich auf und sah Anne mit einem Augenzwinkern an. »Dich begrüße ich später ausgiebig. Aber jetzt komm, wir müssen die Schafe an Land bringen. Die Dinger sterben bald vor Angst, wenn es so sehr schaukelt.« Gemeinsam hoben sie die Tiere aus dem Boot und setzten sie an den Strand. Hier blieben die beiden aneinandergepresst stehen und sahen sich mit großen Augen und verwundertem Mähen um.

»Passt du auf sie auf?«, fragte David, während er schnell und geschickt wieder sein Beiboot in der Brandung drehte und sich auf den Rückweg machte. Über die Schulter rief er ihr noch zu: »Ich habe übrigens nicht nur Schafe und Hühner, sondern auch einen Mann gefunden, der uns helfen kann. Er bleibt gleich während des Winters bei uns! Du wirst ihn mögen, er ist auch Engländer …«

Der Wind riss ihm die Worte von den Lippen, und Anne konnte nichts mehr verstehen. Sie blieb mit Charlotte bei den Schafen und sah ihrem Mann kopfschüttelnd hinterher. Ein Arbeiter? Wofür? Für die paar Schafe und die wenigen dürren Weinstöcke brauchten sie wohl schwerlich einen Arbeiter, der ihnen einen kompletten Winter auf der Tasche und vor allem auf der Vorratskammer lag. Wollte David im Winter mit den Rodungsarbeiten weitermachen? Dann konnte er allerdings in der Tat Hilfe brauchen.

Sie setzte Charlotte in den Sand und legte erneut die Hand über die Augen, um zur *Isabella* hinüberzusehen. Doch wieder konnte sie nur erkennen, dass ihr künftiger Arbeiter einen Kopf größer als David Wilcox war und sich auch auf dem fest verankerten Schiff nicht sehr sicher bewegte. Schnell brachte David die nächste Fuhre mit Schafen – und dann kam er schließlich zum dritten Mal mit den letzten beiden Schafen, einem großen Käfig, aus dem sie empörtes Hühnergegacker hörte – und der neuen Hilfe für die Arbeiten auf ihrer kleinen Farm.

Während sich das Boot näherte, konnte sie im Gegenlicht nur Umrisse ihres neuen Mitbewohners ausmachen. Das Beiboot setzte mit dem vertrauten knirschenden Geräusch auf dem Sand auf. David sprang heraus. Sein Mitreisender kletterte ziemlich mühselig über die Bordwand und machte dann einen schwerfällig hinkenden Seitenschritt, um einen besseren Halt zu finden, während David ihm den Hühnerkäfig reichte. Mit dem hinkte er die letzten Meter zu Anne an den Strand und setzte ihn vorsichtig in den Sand. Dann richtete er sich auf. Anne konnte zum ersten Mal sein Gesicht erkennen.

Braune Augen.

Eine unglaubliche Menge kastanienbrauner Haare, die nur notdürftig von einem verschlissenen Band im Nacken zusammengehalten wurden.

Ein von sich selbst und der Welt überzeugtes breites Lachen, das es auf dieser Erde ganz sicher kein zweites Mal gab.

Gregory.

Einen Augenblick lang blieb für Anne die Welt stehen. Sie fühlte sich zurückversetzt in eine Zeit, in der sie nichts als ein paar Sorgen um Pferde und die alberne Frage, wann sie endlich Madam Mallory werden würde, bewegt hatten. Eine Zeit, von der sie Abschied genommen hatte wie von einem Traum, der einfach endete, wenn man aufwachte und sich wieder der rauen Wirklichkeit stellen musste.

Sie blinzelte, um zu sehen, ob sie sich nicht im Gegenlicht geirrt hatte. Aber er stand immer noch vor ihr und musterte sie ebenso genau, wie sie ihn anstarrte.

Erst ein lautes Räuspern brachte sie wieder in die Wirklichkeit zurück. David sah sie mit fragend hochgezogenen Augenbrauen an, während er auf den Besucher deutete. »Das ist Gregory Mallory, er wird uns mit den Schafen helfen – und auch mit allen anderen Dingen, die wir erledigen müssen.«

Anne nickte, reichte ihm die Hand und bemühte sich um lange nicht mehr verwendete Höflichkeitsformeln. »Freut mich, dass Ihr uns in dieser abgelegenen Gegend der Welt helfen wollt. Hoffentlich gefällt es Euch bei uns.«

Gregory umfasste ihre Hand, und die warme Berührung fühlte sich fast so an, als sprühten Funken auf ihre Haut. Anne zog ihre Hand schnell zurück.

Zum Glück krabbelte in diesem Moment die kleine Charlotte auf Anne zu und versteckte sich hinter ihren Beinen. Beim Anblick von Gregory fing sie an zu weinen.

»Darf ich Euch unsere Tochter Charlotte vorstellen«, sagte sie und bemühte sich um einen möglichst gelassenen Ton. »Sie sieht nur selten Fremde, Ihr dürft ihr diese Begrüßung nicht übelnehmen.«

»So wie ich aussehe, kann man es ja auch mit der Angst zu tun kriegen …«, zeigte Gregory wieder sein einmaliges Lachen.

Das Mähen der Schafe brachte Anne zurück auf den Boden der Tatsachen. »Wir sollten die Tiere zum Haus bringen! Da finden sie auch ausreichend Gras. Und für die Hühner haben wir schon einen Stall gezimmert.«

Entschlossen griff sie nach einem Sack mit weiteren Einkäufen, den David an den Strand gelegt hatte, wandte sich um und ging vorsichtig auf die Schafe zu. Sie hoben den Kopf und sahen sie verständnislos an. Anne musste sich eingestehen, dass sie keine Ahnung von diesen Tieren hatte. Waren die sehr schreckhaft? Sie hob eine Hand und machte eine wedelnde Bewegung. »Los, bewegt euch!«

Die Schafe sahen sie aus ihren ausdruckslosen Augen an, eines von ihnen mähte – und keines bewegte sich.

Mit einem Seufzer drehte Anne sich zu Gregory um. »Mein Mann meinte, Ihr hättet Ahnung von diesen Tieren. Wie kann man die denn dazu bringen, sich zu bewegen? Am besten in die Richtung, die ich will?«

Gregory nahm wortlos seinen schweren, dunklen Stock, auf den er sich stützte, und humpelte auf die kleine Herde zu. Der Schafbock drehte sich folgsam um und lief vor Gregory her, der gleich den einzigen Weg entdeckte, der zu diesem Strand führte, und mit den Schafen darauf zuhielt.

David sah seine Frau verwundert an. »Was ist denn? Du benimmst dich, als hättest du ein Gespenst gesehen. Kennst du Gregory womöglich aus Kororareka? Dann sage ich ihm sofort, dass er gehen muss! Wenn es sein muss, dann kommen wir auch alleine zurecht. Ich dachte nur, es wäre ein gute Idee, wenn uns jemand hilft, der auch weiß, was er tut.«

Sie schüttelte den Kopf. »Nein, das ist es nicht. Er hat mich nur an jemanden erinnert, den ich früher kannte. In England. Mach dir keine Sorgen, das hat nichts zu bedeuten.«

David sah sie lange forschend an. Dann nickte er. »Gut, wenn du das sagst, will ich dir glauben.« Damit nahm er den Käfig mit den Hühnern und lief dem Mähen der Schafe hinterher.

Mit einer geschickten Bewegung warf Anne den Sack

mit den Einkäufen auf ihren Rücken, schnappte sich Charlotte und ging hinter den beiden Männern her. Ihre Gedanken rasten immer noch. Hatte Gregory gewusst, dass er sie hier finden würde? Warum hinkte er so schrecklich? Hatte er sie etwa gesucht – oder war sein übler Vater vielleicht pleitegegangen? Sie schüttelte den Kopf. Alle diese Fragen würde er schon im Laufe der nächsten Tage und Wochen beantworten. Aber die wichtigste war doch: Sollte sie David erzählen, dass sie als junges Mädchen Gregory versprochen war, dass sie ihn geliebt hatte und es damals kaum erwarten konnte, ihn endlich zu heiraten? Oder sollte sie besser schweigen, damit er nicht ins Zweifeln kam?

Schon nach wenigen Schritten war ihr klar: Sie wollte erst einmal nichts sagen. Sie wollte David nicht mit einer alten Geschichte erschrecken. Das machte sie sich selbst vor, und fast glaubte sie sich sogar. Auch wenn ihr heimlich klar war, dass sie sich ein bisschen zu sehr darüber gefreut hatte, Gregory wiederzusehen. Dieses unglaubliche Lachen …

Charly jammerte. Ihr Griff um die kleine Kindertaille war wohl etwas zu fest gewesen. Anne musste sich selber ermahnen, ihre verkrampften Muskeln etwas zu entspannen. Dabei wollte sie unbedingt erleben, wie David und Gregory oben auf der Lichtung ankamen. Immerhin hatte sie in den letzten Wochen viel Mühe und Schweiß auf das Gehege für die Schafe verwendet. Doch als Anne endlich mit Charlotte oben angekommen war, saßen die Männer bereits auf der Veranda und redeten miteinander.

Anne ging zu ihnen. »Kann ich euch etwas zu trinken geben? Ich kümmere mich dann gleich um das Essen.«

Die beiden nickten und unterhielten sich weiter über die Schafzucht. Anne flüchtete zu ihrem Herd und setzte einen ordentlichen Eintopf mit vielen Süßkartoffeln, den Muscheln vom Strand und einigen Kräutern auf, die sie hier in der Gegend gefunden hatte. Dann brachte sie einen kalten Kräutertee nach draußen und lehnte sich gegen die Wand, um den beiden zuzuhören und Gregory heimlich zu beobachten.

Er hatte sich in der Zeit verändert, die sie sich nicht gesehen hatten. Wie lange war das her? Vier Jahre? Fünf Jahre? Aus dem gut aussehenden jungen Landedelmann war ein selbstsicherer Mann geworden, dem das Leben so einige Spuren eingegraben hatte. Die tiefen Lachfältchen in der sonnengebräunten Haut, die Konturen an Kinn und Backenknochen, die so viel deutlicher zutage traten. Sie konnte ihre Neugier nicht mehr beherrschen. »Was hat Euch denn in diesen Teil der Welt verschlagen, Master Gregory?«

Er wandte sich ihr zu. »Verzeiht, wir langweilen Euch mit unserem Gespräch über Schafe! Das war sehr unhöflich ...« Er legte eine kurze Pause ein, während er mit der Hand unwillkürlich über seinen Oberschenkel strich. »Was mich hierher gebracht hat? Die Neugier auf die Welt und natürlich die Suche nach dem Glück.«

»Hattet Ihr zu Hause denn kein Glück?« Anne hoffte, dass ihre Stimme nicht zitterte, als sie diese Frage stellte.

Gregory musterte sie einen Moment lang aus seinen

braunen Augen. »Doch, ich hatte viel Glück. Aber dann kam es mir in einem unaufmerksamen Moment abhanden. Seitdem bin ich auf der Suche nach so viel Glück, wie ich es einst besessen habe. So ist das, wenn man jung ist – man ahnt nicht, wie reich man ist, bis man alles verliert …«

Anne schluckte. »Und … wo seid Ihr auf meinen Mann gestoßen?«

Wieder zeigte Gregory sein strahlendes Lachen. »Das war purer Zufall. Ich habe in der Nähe von Wellington einige Monate bei einem Schafzüchter gelebt und gearbeitet. Ich brauchte ein wenig feste Heimat, einen Hort, an dem ich zur Ruhe kommen konnte. Und den hatte ich auf dieser Farm gefunden. Dann kam Master Wilcox zu Besuch. Er hatte gehört, dass der Züchter ein paar seiner Schafe abgeben würde, und wollte sich die Tiere ansehen. Ich habe sie ihm gezeigt, wir haben uns unterhalten, und er hat mir erzählt, dass er nach einer Hilfe sucht. Zu meinem Glück hat Master Wilcox wenig Bedenken gehabt, einen Krüppel anzustellen – und so bin ich hier.«

Anne musterte ihn. Er hatte seine Geschichte mit dem treuherzigsten Gesicht der Welt vorgetragen, aber sie wollte ihm nicht recht glauben. Der Zufall, dass ausgerechnet Gregory hier in dieser Bucht landete, war dann doch etwas zu groß. Sie nahm sich vor, ihn irgendwann einmal unter vier Augen zu sprechen – etwas, das hier ohnehin unvermeidlich war. Bis dahin musste sie sich mit unverfänglicheren Fragen begnügen.

»Und wo habt Ihr Euer Bein so heftig verletzt?«, fragte sie deswegen.

»Ein Kampf mit einem Mann, dessen Messer so dreckig wie seine Seele verkommen war. Er musste für das Unrecht, das er einem Menschen zugefügt hatte, bezahlen. Leider hat er mich etwas gekratzt, und mich hätte diese Unachtsamkeit fast das Leben gekostet. Immerhin eine gute Methode, um dem Dasein als Soldat den Rücken zu kehren ...« Wahrscheinlich hatte Gregory es nicht bemerkt – doch während er redete, strich er unablässig mit der Hand über seinen Oberschenkel. Vermutlich hatte ihn der Verlust seiner Kraft doch tiefer getroffen, als er es sich zugeben wollte.

»Ihr wart Soldat?«

»Meine Eltern haben meine Pläne, die Welt zu bereisen, nicht unbedingt unterstützt – also musste ich mir eine andere Möglichkeit suchen. Das Soldatenleben ist dafür ein besserer Weg, als einfach als Schiffsjunge anzuheuern.«

Anne nickte nur und ging ins Innere, um nach dem Essen zu sehen, das schon fast fertig war. Noch ein paar Kräuter hinein – und sie konnte jedem der Männer eine Schale voll von ihrem Kumara-Muschel-Eintopf bringen.

Während Anne die kleine Charlotte fütterte, unterhielten sich die Männer über die Arbeiten, die sie gemeinsam angehen wollten. Roden, der Bau eines stabilen Pferchs für die sechs Schafe, sich darum kümmern, dass der Bock alle Schafe deckte, damit im Frühjahr Nachwuchs kam – und vor allem: ein kleines Haus für Gregory zu zimmern, der natürlich nicht auf Dauer beim Ehepaar Wilcox in der Küche schlafen konnte und wollte. Auch wenn das die Lösung für den Anfang sein sollte.

Irgendwann brachte Anne ihr Kind ins Bett. Als sie etwas später auf die Veranda kam, unterhielten sich die beiden Männer angeregt über die Tücken des Meeres, die Seefahrerei und die schönsten Häfen. Anne zog sich schon bald zurück – leise vor sich hin lachend. Ausgerechnet diese beiden Männer, die das Leben auf dem Meer offenbar so sehr geliebt hatten, wollten jetzt als Schafzüchter arbeiten? Sie war mehr als gespannt, wie sich das entwickelte.

Sie ging noch kurz zu Charlottes Korb, zog ihre Decke hoch und sah das kleine Mädchen nachdenklich an. Sie wusste nichts von dem Gefühlsaufruhr, der bei ihrer Mutter herrschte. David hatte sich liebevoll um die Kleine gekümmert und stellte keinen Augenblick infrage, ob sie nun wirklich von seinem Blut war oder nicht. Er hatte es schlicht nicht verdient, dass sie auch nur eine Sekunde über Gregory nachdachte. Und bei dem war sie sich nicht sicher, was er hier überhaupt zu suchen hatte. Vielleicht war es ja doch nur einer dieser großen, wahnsinnigen Zufälle, die das Leben hin und wieder bereithielt.

Sie schüttelte noch einmal den Kopf und ging in ihr Bett. Die Stimmen der Männer auf der Veranda konnte sie noch lange hören – und ihre Gedanken sorgten dafür, dass sie noch lange keine Ruhe fand.

MARLBOROUGH, 1833

32.

»Was hat dich wirklich hierher gebracht?« Anne sah auf den Rücken von Gregory, der gerade am Waldrand stand und einen Baum fällte. Anne brachte ihm eigentlich nur etwas zu trinken von der kleinen Quelle, die etwas oberhalb des Grundstücks entsprang. Aber mit dem Wasserbecher in der Hand fand sie sich das erste Mal allein mit Gregory – und diese Chance wollte sie nutzen.

Gregory hielt für einen Moment inne, dann drehte er sich langsam um und legte seine Axt weg. Er nahm ihr den Becher aus der Hand, trank einen langen Schluck, wischte sich einen Tropfen von der Lippe und sah sie nachdenklich an.

»Das weißt du nicht?«

Anne zuckte mit den Schultern. »Ich bin mir nicht sicher. Sag es mir.«

»Ich wollte dich nicht einfach so gehen lassen. Du hast mir verwehrt, mein Leben aufzugeben – aber genau das war ich bereit für dich zu tun. Leider hast du mir nicht geglaubt. Und mein Vater … er hat mich benutzt wie eine Marionette. Ich wollte meine Schnüre kappen, ein eigenes Leben führen. Und dich wiederfinden. Das ist mir jetzt gelungen.« Er lachte etwas verlegen auf. »Etwas spät vielleicht. Und ich bin auch nicht mehr ganz der Alte, fürchte ich. Aber ich bin hier, das ist alles, was zählt. Zumindest für mich!«

Anne traten Tränen in die Augen. »Wegen mir? Wirklich? Aber du täuschst dich: Das Mädchen, das du in England gekannt hast, das gibt es nicht mehr. Das ist irgendwann gestorben. Ich nehme an, du hast herausgefunden, dass ich in Kororareka leben musste? Niemand kommt aus dieser Hölle heraus und ist noch derselbe …«

Er nickte nur. »Ja. Ich war in Kororareka. Aber du bist eine der wenigen Frauen, die von diesem Ort wirklich weggekommen sind, die sich mit diesem Leben in der Hölle nicht abfinden wollten. Das ist doch das Entscheidende!«

»Nein. Entscheidend ist, was man dort erlebt hat. Denn das wird mich mein ganzes Leben lang verfolgen … So viel Schmutz, der sich in meiner Seele verfangen hat.« Sie brach ab.

Gregory machte einen Schritt auf sie zu, hob die Arme, um sie zu trösten. Aber Anne wich geschickt nach hinten aus und streckte ihm abwehrend eine Hand entgegen. »Lass es. Ich habe einen Mann, der mich tröstet und mich auffängt, wenn ich von den Geistern meiner Vergangenheit eingeholt werde. Da brauche ich nicht auch noch dich.« Sie klang abweisender, als sie es gewollt hatte.

Denn das, was sie da sagte, war nicht die Wahrheit. Das wusste Anne. Aber sie wollte Gregory auf keinen Fall ermutigen. Er musste verstehen, dass es keine gemeinsame Zukunft geben konnte.

Er sah ihr fest in die Augen und schüttelte fast unmerklich den Kopf. »Wenn das die Wahrheit ist, wie du sie sehen möchtest, dann werde ich es respektieren. Glauben kann ich dir allerdings nicht.«

»Das ist deine Sache«, gab Anne zurück. »Es ist unglaublich, dass du mich fast vier Jahre lang gesucht hast. Ich bin gerührt, fassungslos, habe mich in dir getäuscht – das mag alles stimmen. Aber die eigentliche Tragik liegt darin, dass das Mädchen, das du einst geliebt hast, in Kororareka gestorben ist. Es gibt die kleine Anne Courtenay nicht mehr, das musst du begreifen. Ich trage Verantwortung für meine Tochter, muss mich darum kümmern, dass sie ein glücklicheres Leben führt, als es mir beschieden war. Und David ist ein guter Mann für mich und ein guter Vater für Charlotte. Das werde ich nicht ändern.«

Gregory griff wieder zur Axt. »Keine Sorge, ich werde das akzeptieren. Ich dränge mich nicht in eine glückliche Ehe, das musst du mir glauben. Alles, was ich wissen wollte, als ich die Möglichkeit hatte, dich hier zu sehen, war die Antwort auf die eine Frage: Bist du wirklich glücklich?«

Einen winzigen Moment lang zögerte Anne. Dann antwortete sie mit fester Stimme. »Ja. So glücklich, wie ich glaubte nie wieder werden zu können!« Damit drehte sie sich um und eilte zurück zum Haus. Er sollte nicht sehen, dass ihr die Tränen über die Wangen liefen, sollte nicht erkennen, dass sie innerlich zerrissen war.

Gregory sah ihr nach. Sie ging aufrecht wie immer, die schwarzen Haare wehten wie eine Fahne hinter ihr her. Sie wusste es nicht, aber sie war in den letzten Jahren von einem hübschen Mädchen zu einer wunderschönen Frau gereift, egal, was ihr widerfahren war. David Wilcox konnte sich glücklich schätzen, dass er so eine Frau gefunden hatte. Gregory beobachtete, wie Anne ihre kleine Charlotte auf den Arm nahm – das Mädchen, das ihr wie aus dem Gesicht geschnitten war und das sie so liebevoll behandelte. Er atmete tief durch. Er sollte eigentlich wieder gehen, endlich anfangen, sein eigenes Leben zu führen. Anne brauchte ihn nicht, das machte sie in jedem Moment, den sie gemeinsam verbrachten, deutlich. Aber er konnte und wollte sich nicht sofort wieder von ihr trennen, jetzt, wo er sie endlich gefunden hatte.

Er würde nie den Augenblick vergessen, als David Wilcox ihm von seiner Frau erzählt hatte – und ihm mit einem Mal klar vor Augen stand, dass er Anne jetzt endlich gefunden hatte. Alles, was er noch tun musste, war, das Angebot von Wilcox anzunehmen. Am Ende seiner langen Suche war es plötzlich ganz einfach gewesen.

Und jetzt konnte er sie täglich sehen. Wie sie sich um das kleine Haus kümmerte, ihnen täglich etwas zu essen bereitete und ganz nebenher auch noch warme Kleider nähte. Alles Fähigkeiten, die sie als verwöhnte Tochter eines Pferdezüchters sicher nicht gelernt hatte. Er würde nur den Winter hier verbringen und dann im Frühjahr wieder aufbrechen und Anne für immer in Ruhe lassen. Das versprach er sich selbst. Er hob seine Axt und schlug die Klinge in den Baumstamm – so, als wäre sein Entschluss damit endgültig besiegelt.

Anne drückte ihre Tochter fest an sich. Die Kleine zappelte und versuchte sich aus dem Griff ihrer Mutter zu befreien. Irgendwann musste Anne nachgeben und setzte sie wieder auf den Boden. Sie schüttelte den Kopf. Sie wollte und durfte einfach nicht mehr über Gregory nachdenken. Und doch … sie konnte sein Gesicht nicht vergessen. Den Ausdruck, mit dem er sie gerade eben angesehen hatte, so voller Liebe und Verständnis. Und so unendlich traurig.

Die nächsten Tage lebten sie dicht beieinander und wechselten trotzdem kein Wort. Anne kümmerte sich um den neuen Hühnerstall, sammelte Futter und bemühte sich darum, auch ein paar Vorräte für den Winter anzulegen, der sich mit jedem Tag mächtiger ankündigte. Sie hatte nur wenig Ahnung, wie man Früchte oder Gemüse haltbar machen konnte – aber sie probierte immer wieder etwas Neues aus. Trocknen in der Sonne, Dörren am Herd, Einlegen in dem Sirup, den sie aus den Wurzeln eines palmenartigen Baumes gewonnen hatte – ein Baum, aus dessen Blättern sie auch Seile herstellte, wie sie es bei den Maori gelernt hatte. Aber ihren inneren Frieden, den sie noch vor Gregorys Ankunft so sehr genossen hatte – den konnte sie nicht mehr finden.

David sah seine Frau immer wieder besorgt von der Seite an. Warum nur zog sie sich so sehr in sich zurück?

Fast war sie wieder so unnahbar wie die Frau, die er einst in Kororareka kennengelernt hatte.

Das Wetter wurde rauer, der Wind wehte beständig und drehte hin und wieder so, dass er direkt aus dem Süden kam. Dann kam es ihnen so vor, als ob sie unmittelbar im Eishauch der Antarktis stehen würden – und jeder zog sich die Jacke oder den wollenen Umhang fester um die Schultern.

In einer kalten Nacht drängte David sich eng an seine Frau, die ihm den Rücken zukehrte. Vorsichtig streichelte er ihr unter den Decken über die Hüften, küsste ihre Schultern und ihren Hals. Sie reagierte nicht, rollte sich nur noch etwas mehr zusammen. David presste seine Lippen aufeinander. Er verlor seine Anne, und er wusste nicht einmal, warum. Was war nur passiert, dass sie plötzlich so abwesend und unnahbar war. Er durfte das nicht geschehen lassen – immerhin war sie seine angetraute Frau und sollte sich jederzeit ihm und seiner Liebe öffnen.

»Was ist?«, wollte er wissen, im Ton unfreundlicher, als er es vorgehabt hatte.

Anne schüttelte den Kopf. »Nichts. Es geht mir gut. Mir ist einfach nur kalt. Und mit unserem Arbeiter, der nur hinter einer dünnen Holzwand liegt, fühle ich mich nicht in der Stimmung für irgendetwas anderes als Schlaf.«

»Ich werde ganz leise sein, er wird überhaupt nichts merken«, versprach David. Seine Hand auf ihrer Hüfte wurde drängender, rutschte zwischen ihre Beine, wo er sie weiterstreichelte.

Mit einem unwilligen Stöhnen drehte Anne sich auf den Bauch. Seine Hand lag mit einem Mal nutzlos auf ihrem Rücken. »Nein. Er wird uns hören, und morgen müssen wir gemeinsam an einem Tisch sitzen. Das will ich nicht, da fühle ich mich so, als sei ich unbekleidet. Das ist so schlimm wie seinen Körper verkaufen.«

»Dann müssen wir ihm jetzt schon ein Haus bauen«, erklärte David kurz entschlossen. »Wenn dich seine Anwesenheit unter unserem Dach so sehr stört, dann muss er schnell ein eigenes Zuhause haben und nicht erst im Frühjahr.«

»Trotz der Stürme und der kalten Winde?«

»Sicher – wir arbeiten einfach nur an den schönen Tagen. Wenn du dann wieder zufriedener wirst ...« Er drückte sie fest an sich und schlief mit Anne in den Armen schnell ein. Was er dabei nicht bemerkte: Sie lag noch lange mit offenen Augen in der Dunkelheit. War sich nicht sicher, wie sie weiterleben sollte, wenn sie jeden Tag Gregory vor sich sah – und auch nicht, wie sie jetzt noch ihrem Mann gestehen sollte, dass der Arbeiter, den er mitgebracht hatte, einst ihre große Liebe gewesen war.

Irgendwann verrieten ihr seine Atemzüge, dass er tief und fest schlief. Vorsichtig löste sie sich aus seinen Armen, stand auf und schob sich durch die Tür. Sie griff nach einer Wolldecke, die sie am Abend nachlässig über einen Stuhl geworfen hatte, und ging auf die Veranda.

Die Nacht war sternenklar, das Mondlicht tanzte auf dem Meer, während eine starke Brise für Wellen und Schaumkronen sorgte. In den umliegenden Bäumen pfiff der Wind, es rauschte so laut, dass sie nicht hörte, wie sich die Tür hinter ihr öffnete. Als Gregory leise neben sie trat, erschrak sie für einen Augenblick, dann entspannte sie sich wieder.

Er sah auf das Meer. »Hier sind wir also gelandet«, murmelte er schließlich leise in die Dunkelheit. »Am anderen Ende der Welt, in einer stürmischen Nacht, beide verwundet vom Leben. So haben wir uns das kaum vorgestellt, oder?«

»Nein.« Anne zog die Decke etwas fester um ihre Schultern. »Mir hätten ein Leben an deiner Seite und dazu ein bisschen Pferdezucht voll und ganz gereicht. Für die Aufregung ab und zu ein Rennen und als Schicksalsschlag eine Kolik bei einem Pferd oder ein Husten bei einem unserer Kinder.« Sie lachte auf. »Andererseits – vielleicht hätte ich mich irgendwann über mein unendlich langweiliges Leben beschwert. Hin und wieder ist man ja so dämlich …«

»Unsere Kinder …« Gregory schüttelte den Kopf. »Du sagst das so gelassen. Dabei wäre es das Größte. Wenn ich dich mit Charlotte sehe, dann muss ich immer wieder daran denken, dass es auch mein Kind sein könnte.«

Die Dunkelheit machte es beiden leichter, ihre wahren Gefühle auszusprechen. Anne sah nach diesen Worten zur Seite, doch im hellen Sternenlicht konnte sie nur sein Profil sehen. Er starrte weiter hinaus auf die See, während er fortfuhr. »Seit Jahren hatte ich nur ein einziges Ziel: Ich wollte dich wiedersehen. Dir erklären, dass ich es damals ernst gemeint habe, als ich mit dir gemeinsam fliehen wollte. Dir zeigen, dass ich nicht nur das verwöhnte reiche Söhnchen bin, das du in mir gesehen hast. Und jetzt bin ich hier – und ich muss erkennen, dass auch du so viel mehr bist als nur ein mutiges, lustiges Mädchen, das sich gut mit Pferden auskennt. Ich habe nicht geahnt, wie viel Kraft in dir steckt. Wie sehr du bereit bist, für deine Tochter und dich zu kämpfen. Du bist nicht nur schön geworden, sondern auch vernünftig. Die Anne, die ich vor Jahren gekannt hatte, die wäre mir mit fliegenden Haaren und leuchtenden Augen entgegengerannt. Heute denkst du nicht zuerst an dich, sondern an deine Tochter und an das, was David für dich getan hat.« Seine Stimme wurde leiser. »Und deswegen liebe ich dich noch mehr. Du bist durch deine Verletzungen nicht etwa beschädigt worden, sondern wie ein Diamant zum Strahlen gekommen. Ich kann nicht ausdrücken, wie sehr ich deinen Mann beneide …«

Anne schluckte. Was sollte sie dazu sagen? Vorsichtig suchte sie nach Worten, und es schien ihr, als ob sie in dieser magischen Nacht keine Unwahrheiten mehr hervorbringen durfte.

»Die kleine Anne gibt es nicht mehr, das ist wahr. Aber auch du hast nichts mehr mit dem Mann von damals gemein. Es stimmt: Du warst nur ein sorgloser, gut aussehender Junge. Und heute … ich hätte nie von dir angenommen, dass du ein Ziel über Jahre hinweg verfolgen könntest. Dass du dich auch von hässlichen Umständen und schrecklichen Verletzungen nicht von deinem Weg abhalten lässt. Du hast so viel mehr zu bieten, als du es damals hattest. Wäre ich nicht schon gebunden und müsste ich nicht Verantwortung für meine Familie zeigen – wer weiß, vielleicht könnten wir dann aus unserer Vergangenheit eine Zukunft aufbauen. Aber es soll nicht sein, und wir sollten mit dem zufrieden sein, was wir haben. Man muss auch dankbar sein können für das, was man hat …«

Anne verstummte und legte sachte ihre Hand auf Gregorys. So standen sie, lauschten dem Pfeifen des Windes in den Baumwipfeln und sahen auf das aufgewühlte Meer. Die Zeit spielte keine Rolle mehr.

Irgendwann zog Gregory Annes Hand an seinen Mund. Er drückte mit seinen warmen, weichen Lippen einen Kuss auf ihren Handrücken. »Dann träume ich weiter von der Zukunft, wie sie hätte sein können«, flüsterte er. »Aber eines muss ich wissen: Liebst du mich noch? Ich werde alle deine Entscheidungen hinnehmen, aber ich muss wissen, ob ich all die Jahre nur einem Hirngespinst hinterhergerannt bin! Bitte, sei ehrlich!«

»Ich kann nicht …«, begann Anne und brach ab. Dann sagte sie leise: »Ja, ich liebe dich noch. Und ich werde es nur dieses eine Mal sagen und dann niemals wieder: Du bist und bleibst meine große Liebe.« Sie wandte sich ihm zu und nahm ihn in die Arme. Eine keusche, unschuldige Umarmung, bei der sie ihre Wange an seine Brust drückte und sich für einen Augenblick wieder wie ein vollständiger Mensch fühlte.

»Danke«, flüsterte er in ihr Haar. »So kann ich weiterleben und weiß, dass ich alles richtig gemacht habe. Und keine Sorge – ich werde dir nie wieder zu nahe kommen.«

Sie ließen nur langsam voneinander ab, und es wirkte so, als sei diese Umarmung mehr wert als jeder Kuss, der jemals getauscht worden war.

Einen Augenblick lang verharrten sie und sahen noch einmal auf die Bucht unter ihnen. Keiner von beiden bemerkte die Tür, die hinter ihnen einen Spalt weit geöffnet war und sich jetzt leise wieder schloss.

Nur wenig später heulte Charlotte im Inneren des Hauses auf. Anne raffte ihre Decke zusammen, drehte sich ohne ein weiteres Wort um und ging zu ihr. Zurück blieb Gregory, der in dieser Nacht noch lange dem stärker werdenden Sturm zusah. Der Winter war da. Aber in seinem Herzen war es jetzt wärmer als in vielen Jahren zuvor.

Marlborough, 1833

33.

»Fass mit an, sonst schaffen wir das nie!« David deutete auf einen schweren Balken, den sie gemeinsam an zwei Tauen als Dachgiebel auf der neuen Hütte an seinen Platz bringen wollten. Er und Gregory hatten schon den ganzen Morgen gekämpft, um dieses schwere Ding nach oben in die richtigen Fugen zu wuchten – aber es war ihnen immer wieder abgeglitten und zurück auf den Boden gepoltert.

Anne sah auf den dunkler werdenden Himmel. Ein weiterer Sturm kündigte sich schon seit Stunden an, aber jetzt konnte er wirklich jede Sekunde losbrechen. Sie schüttelte den Kopf. »Das hat doch keinen Sinn mehr. Lassen wir diesen Sturm vorbeiziehen und machen uns dann morgen mit neuen Kräften ans Werk. Sonst riskieren wir nur, dass sich noch jemand verletzt.«

»Blödsinn!«, knurrte Wilcox. »Was soll denn da passieren? Der Balken ist gut in seinen Tauen befestigt, er muss nur noch in die vorgesehenen Öffnungen rutschen, und wir sind mit diesem Haus so gut wie fertig. Dann müssen wir wirklich nur noch das Dach abdichten und können es für Gregory gemütlich machen. Das willst du doch auch, oder?«

Anne konnte nur nicken. Wahrscheinlich ging es ihm lediglich um die traute Zweisamkeit. Seit Gregory in ihrem Haus wohnte, hatte sie alle Zärtlichkeiten von David abgelehnt – sie wollte sich einfach nicht vorstellen, wie sie Gregory nach einer Liebesnacht mit David ins Gesicht sehen sollte. Sie griff nach dem rutschigen Tau, das sich in ihren Händen wie eine feuchte Wurzel anfühlte.

»Eins, zwei – und los!«, kommandierte David mit fester Stimme. Und tatsächlich hob sich der schwere Stamm, den sie erst vor wenigen Tagen von seiner Rinde befreit hatten, aus der nassen Erde, schwebte einen Moment lang über ihnen – und wurde dann von Gregory, der, so schnell er mit seinem lahmen Bein konnte, nach oben geklettert war, vorsichtig in die passende Öffnung dirigiert. Mit einem leise quietschenden Geräusch sank der Stamm an die für ihn vorgesehene Stelle.

Anne trat zurück und wischte die schmerzenden Hände an ihrem Rock ab, als sie auch schon die ersten Tropfen auf der Stirn spürte. »Kommt, wir gehen jetzt rein! Ich mache uns allen einen heißen Kräutertee, wie klingt das? Und heute früh haben unsere Hühner gleich vier Eier gelegt, das sollte für uns alle reichen.«

Störrisch deutete David auf den letzten Balken, der noch auf dem Boden lag. Nicht so schwer wie der vorherige, aber dafür um einiges länger. »Komm – Gregory ist jetzt schon hochgeklettert. Und wenn wir den hier an seinen Platz bringen, dann hat die Hütte sogar einen Giebel. Vielleicht schaffen wir es morgen oder übermorgen schon, dass Gregory endlich in sein eigenes Heim einziehen kann. Komm, das schaffen wir!«

Weitere schwere Tropfen landeten auf Annes Gesicht. Sie schüttelte den Kopf. »Wir haben alle Zeit der Welt. Wir warten, bis dieser Sturm vorbeigeht – wenn wir Pech haben, dann wird daraus noch ein heftiger Wintersturm. Hagel und Schnee möchte ich nicht auf dem unfertigen Dach einer Blockhütte erleben!«

»Quatsch! Komm schon … eins, zwei und drei!« Er sah sie auffordernd an, und wieder griff Anne zum Seil, das noch feuchter geworden war und ihren nassen und kalten Händen noch weniger Halt bot.

Mit aller Kraft hängte sie sich an das Tau, aber sie rutschte immer wieder ab – gleichzeitig begann der Regen jetzt ernsthaft und prasselte mit schweren, kalten Tropfen auf sie herunter. Mit einem letzten lauten Fluch zerrte Anne an dem Seil. Endlich begann der nasse Stamm sich zu bewegen. Der Ast des alten Baumes, über den die Taue liefen, ächzte bedenklich. Anne dachte nur noch daran, dass sie nicht mehr länger hier im Nassen stehen wollte – es dauerte schließlich eine Ewigkeit, um die wollenen Sachen, die sie trug, am Feuer zu trocknen. Mit ihrem ganzen Gewicht hängte sie sich an das Tau – und der Stamm schwang tatsächlich über dem neuen Haus.

Gregory stellte sich auf, griff nach oben, um den Stamm in die richtige Richtung zu drücken. In dem

Moment, als er den Stamm mit beiden Händen packte, ertönte ein berstendes Geräusch direkt über ihm. Der Ast, über den sie die Taue gelegt hatten, um sich die Arbeit zu erleichtern, gab mit einem knackenden, knirschenden Krachen nach und brach ab – sodass der Stamm direkt in Gregorys Arme fiel. Seine Beine knickten unter der Last ein, und er stürzte von dem niedrigen Dachfirst auf den weichen Waldboden – immer noch mit dem schweren Stamm in den Armen.

David überblickte die Gefahr sofort und hechtete nach vorne, um die Last des Stammes von Gregorys Brust abzufangen. Stolpernd schaffte er es, den jüngeren Mann aus der Gefahrenzone zur Seite zu stoßen – aber er landete direkt unter dem Stamm, der sich aufgestellt hatte und ihm das Ende in die Brust rammte.

Für einen Augenblick war es totenstill, nur das Prasseln des Regens war zu hören. Anne sprang nach vorne und landete auf ihren Knien neben ihrem Mann.

»David!« Wie wild zerrte sie an dem Stamm. »Bleib ruhig, wir befreien dich. Das wird wieder. Ganz bestimmt wird das wieder!«

Der Stamm rührte sich keinen Millimeter. »Hilf mir! Sofort!«, brüllte sie in Richtung Gregory.

Aus dem Augenwinkel sah sie, wie er sich langsam aufrichtete. Ihm schien nichts passiert zu sein. Mühsam hinkte er näher und griff ebenfalls zu. Nichts rührte sich.

»Ohne einen Hebel können wir dieses verdammte Stück Holz nicht bewegen«, stöhnte er auf. »Und der Ast ist abgebrochen. Wir müssen eine andere Möglichkeit finden …« Er sah sich suchend um und entdeckte einen armdicken Ast, der beim Entrinden achtlos auf dem Boden gelandet war. Schnell holte er ihn und schob ihn unter den Stamm – direkt neben Davids reglosen Körper. Vorsichtig drückte er den Ast nach unten. Der schwere Stamm bewegte sich – aber nur um wenige Zentimeter. Dann sank der Ast in den weichen Boden ein und konnte nicht mehr als Hebel verwendet werden. Immerhin nahm er ein wenig Gewicht von Davids Brust. Er hustete, rang um Luft und kam allmählich wieder zu Bewusstsein.

Anne nahm seinen Kopf in die Arme. »Wir kriegen das Ding runter von dir! Halte durch, wir retten dich. Und ich pflege dich wieder ganz gesund! Ich kann das! Du weißt, dass ich das kann!« Sie streichelte seinen Kopf.

Er sah an sich herunter. Sah, wie der Stamm in seinen massigen Brustkorb eingedrungen war. Schüttelte den Kopf. »Dieses Mal nicht …« Er hustete und rang nach Atem.

»Doch!« Anne schrie, so laut sie konnte. Auf ihrem Gesicht vermischte sich der kalte Regen mit den Tränen. »Das erlaube ich nicht!«

»Nicht … deine Entscheidung«, röchelte David. Er schien große Schmerzen zu haben und schloss die Augen wieder, während er weiter nach Luft rang.

Inzwischen hatte Gregory noch einen kräftigen Ast gefunden, den er unter den Stamm schob. Dieses Mal achtete er darauf, dass er ihn nicht einfach in das weiche Erdreich schob, sondern einen festeren Untergrund fand. Wieder legte er seine ganze Kraft in den Versuch, die Last von Davids Brust zu nehmen. Der Stamm hob sich um wenige Zentimeter. Anne zog an Davids Arm – und tatsächlich bewegte er sich ein wenig und glitt unter dem Stamm hervor. Doch mit dieser Bewegung vergrößerte sich seine Wunde, und ein Schwall hellroten Bluts ergoss sich auf den Waldboden. Mit beiden Händen riss Anne das Hemd auf – und zuckte zurück. Es sah aus, als ob der Brustkorb eingedrückt sei – ein großer Teil seiner Lunge konnte so nicht arbeiten. Zusätzlich blutete er heftig aus dem Oberbauch. Seine Augen waren geschlossen, sie war sich nicht sicher, ob er überhaupt bei Bewusstsein war.

Sie sah Gregory an und schüttelte fast unmerklich den Kopf. Diese Verletzung konnte man nicht einmal dann überleben, wenn ein Arzt die Fürsorge übernahm – aber hier in der Wildnis war alles doppelt so schlimm. Die Hoffnung, diese tiefen Wunden mit ein paar Kräuteraufgüssen heilen zu können, musste vergeblich sein. Zu allem Überfluss lag ihr Mann immer noch im eiskalten Regen, der auf sie herabprasselte.

Trotzdem. Noch lebte David – und er sollte nicht einfach so hier im Dreck verrecken. Entschlossen griff sie an seinen Arm. »Komm, Gregory. Wir bringen ihn ins Haus, er muss ins Trockene. Er sollte es wenigstens warm haben …«

In diesem Augenblick flatterten Davids Lider erneut. Er öffnete die Augen. Mit einer Hand tastete er über Brust und Bauch. Als er den merkwürdig verformten Brustkorb spürte, biss er sich auf die Lippen. Dann sah er die beiden Menschen an, die sich über ihn beugten.

»Es geht zu Ende. Widersprecht nicht, ich weiß es …

Und ihr auch.« Sein Blick suchte Anne. »Du wirst glücklicher mit ihm als mit mir. Ich habe euch gehört … Ich weiß deine Treue zu schätzen. Leb dein Leben mit deiner großen Liebe … bekomm seine Kinder für dieses wunderschöne Fleckchen Erde …«

Anne schluchzte auf. »Ich wollte nicht, dass du es weißt. Du bist mein Retter …«

»Ich habe eure Blicke gesehen … Aber … du hast mich glücklich gemacht …«

Er sah zu Gregory. »Pass auf sie auf.« Er hustete. »Und … auf meine Tochter.«

»Es soll ihr an nichts fehlen. Ich werde mich um sie kümmern, als sei sie mein eigen Fleisch und Blut«, versprach Gregory mit heiserer Stimme. »Ich verspreche es, ich mache hier an deiner Stelle weiter – und ich werde dafür sorgen, dass Anne kein Unheil widerfährt.«

»Charlotte …« David rang nach Luft. »Bring sie.«

Anne nickte, sprang auf und lief über den weichen Waldboden auf ihr kleines Haus zu. Der Regen peitschte ihr ins Gesicht. Immer wieder stolperte sie und stürzte, als sich eine Ranke um ihren Knöchel schlang. Es kam ihr vor, als hätte sich die Natur gegen sie verschworen und wollte nicht, dass sie möglichst schnell mit Charlotte zu ihrem sterbenden Mann zurückkehrte.

In der Zwischenzeit nahm Gregory Davids Kopf behutsam hoch und bettete ihn auf seinen Schoß. Er strich dem älteren Mann hilflos über die Stirn. »Du hättest dich nicht an meiner Stelle unter den Baum werfen sollen«, murmelte er. »Du hast doch von einer Zukunft mit Anne geträumt, warum nur hast du das einfach weggeworfen. Ich müsste hier an deiner Stelle liegen, und du könntest dich freuen: Niemand mehr, der dir im Weg steht, wenn du Annes Herz gewinnen willst.«

»Annes Herz ist … schon lange vergeben. Eine Frau wie sie verschenkt es nicht zweimal.«

»Aber deine Zukunft …«, begann Gregory.

Die Andeutung eines Kopfschüttelns brachte ihn zum Schweigen. »Ich wollte … keine Zukunft ohne Anne. Einfach aus der Bucht segeln – nein. Aber gerade eben … ich wusste, dass ich dich retten … Für mich … Für Anne …«

Gregory sah auf die Wunden, aus denen weiter unablässig Blut quoll. Der große Wal an Davids Oberkörper schien noch deutlicher auf der leichenblassen Haut hervorzutreten. Für einen Augenblick bildete Gregory sich ein, dass das Tier mit einer einzigen mächtigen Bewegung abtauchen würde. Er zwinkerte, um die Regentropfen aus seinen Augen zu drücken.

Schwer atmend tauchte Anne wieder auf. In ihren Armen, in eine dicke Decke gehüllt, mit rosigen Bäckchen und verschlafenem Gesicht, lag Charlotte. Anne ließ sich neben David fallen und nahm ihre Tochter auf den Schoß, damit David sie sehen konnte. Sein Röcheln wurde lauter, mühsam hob er seine blutverschmierte Hand und strich ihr über die weiche Wange.

»Sie soll … ein guter Mensch … Versprecht ihr mir …«

Anne nickte. »Das verspreche ich dir.«

Und Gregory fügte hinzu: »Wir werden ihr sagen, was für einen großartigen Vater sie hatte …«

Davids Augen fielen zu, seine Hand suchte die kleine Hand seiner Tochter. Die war inzwischen richtig wach geworden und sah sich ihren Vater mit großen Augen an. Es wirkte fast, als würde sie begreifen, was da passierte, denn sie fing trotz der Kälte und Nässe nicht an zu weinen.

Nicht bis zu dem Augenblick, an dem Davids Hand sich von ihrer löste und schwer nach unten fiel. Er hatte aufgehört zu atmen. Ihr kleines Gesicht verzog sich, und sie fing an, herzzerreißend zu schluchzen.

Anne nahm ihre Tochter fest in die Arme und versuchte sie an sich zu drücken. Aber sie schlug nur um sich. Hilflos sah Anne Gregory an, der dem Kind tröstend über den Rücken strich. Mit dem gleichen Ergebnis. Sie schrie noch lauter. Anne drückte das schreiende Mädchen fest an sich und wiegte es hin und her. »Papa kommt nicht wieder«, murmelte sie. »Papa ist jetzt weg. Weg. Weg.« Sie merkte nicht, dass sie bei ihren Worten selbst ohne Unterlass weinte.

Gregory saß hilflos daneben. Er fühlte sich wie ein Eindringling in eine Trauer, die er nicht teilen konnte, überlegte sogar, ob er Mutter und Tochter in ihrem Schmerz allein lassen sollte. Doch dann dachte er daran, wie er sich vor vielen Jahren von Anne hatte wegschicken lassen, bloß weil sie ihm nicht zutraute, mit ihr ein neues, anderes Leben zu führen. Und er war sich sicher: Noch einmal würde er dieser Frau nicht erlauben, sich einfach so aus seinem Leben zu schleichen und ihn wegzustoßen.

Er beugte sich vor und nahm Mutter und Tochter

gleichermaßen in seine Arme. »Ich bin jetzt für euch da. Ihr seid nicht alleine, habt keine Angst – ich kümmere mich um euch, es wird euch nichts Schlimmes passieren.«

Er wiederholte die Worte immer wieder, wie ein Gebet, das eine andere Wirklichkeit beschwor. Sie waren alle drei völlig durchnässt, aber Gregory hörte nicht auf, bis er spürte, dass sich die Muskeln in Annes Rücken etwas entspannten und sie allmählich tiefer atmete. Auch Charlotte heulte nicht mehr so heftig, und ihr Widerstand gegen die Umarmung der Überlebenden ließ langsam nach.

Der Regen zog ab, und es fing an zu dämmern – Gregory erhob sich und nahm seine neue kleine Familie mit sich. »Kommt, wir gehen ins Haus. Hier draußen frieren wir nur schrecklich, das hätte David ganz bestimmt nicht gewollt. Ich mache uns etwas Heißes zu trinken. Und für David hier draußen bringe ich eine warme Decke.«

Sie machten sich gemeinsam auf den Weg zurück ins Haus. Eine verzweifelte kleine Gruppe, die sich gegenseitig Halt gab und so aussah, als würde jeder Einzelne allein endgültig stürzen und aufgeben. Aber zu dritt schafften sie den Weg ins Trockene.

Sehr viel später, als Charlotte sich endlich in den Schlaf gewimmert hatte, saßen Anne und Gregory schweigend an dem kleinen Feuer. Der Regen prasselte erneut auf die Lichtung, den Wald und das Meer – der Wind hatte allerdings nachgelassen, der Sturm war dem kalten Landregen gewichen. Sie wechselten kein Wort, ihre Gedanken waren bei dem Mann, der draußen unter einer

Decke auf dem nassen Waldboden ruhte. Anne lauschte immer wieder in die Dunkelheit, als ob sie ständig hoffte, doch noch Davids vertraute Schritte auf der Veranda zu hören. Aber es blieb still. Gregory legte hin und wieder ein trockenes Stück Holz in die Glut, damit das Feuer nicht erlosch. Irgendwann stand er auf, machte in bedächtigen, langsamen Bewegungen einen frischen Tee und drückte Anne einen dampfenden Becher in die Hand. Sie lächelte ihn dankbar an und starrte dann wieder in die Flammen.

»Er hat das für uns getan«, sagte sie schließlich. »Ihm war mein Glück so wichtig, dass er mir nicht im Weg stehen wollte. Und jetzt weiß ich nicht, ob ich mit diesem Geschenk leben kann.«

»Wenn du ihn ehren willst, dann solltest du es annehmen«, erklärte Gregory. »Ich wollte auch nie, dass ein Mensch für mich stirbt. Aber wäre es nicht falsch, wenn ich jetzt dieses Geschenk nicht empfangen würde? Ganz gleich, was noch passiert – an seinem Tod können wir nichts mehr ändern.«

»Aber ...« Sie zögerte. »Wie kann aus dem Tod eines Menschen etwas Gutes entstehen? Wie kann aus diesem Verlust ein neuer Anfang entspringen?« Sie schüttelte den Kopf und trank in kleinen, vorsichtigen Schlucken aus ihrem Becher.

Gregory musterte sie von der Seite. Die schmale, leicht gebogene Nase und die hohen Wangenknochen, die ihrem Gesicht den rätselhaften Ausdruck gaben, die langen Wimpern, die in diesem Licht Schatten warfen und ihre Augen nicht mehr erkennen ließen. Sie erschien ihm in ihrer Trauer und ihrer Verwirrung schöner als jemals zuvor.

»Wir müssen ihn morgen begraben«, erklärte sie dann. »Er sollte nicht so lange im Regen liegen. Auch wenn es lächerlich ist, aber ich denke beständig daran, dass er da draußen friert.«

Behutsam legte er seinen Arm um ihre Schultern. »Das machen wir morgen Vormittag. Wir bereiten ihm ein tiefes, gutes Grab, hier auf diesem Stück Land, das er so gerne mochte. Und dann sehen wir in die Zukunft. Bis dahin ist die Zeit der Trauer, die Zeit, in der wir um einen guten Menschen weinen dürfen, der aus unserer Mitte gerissen wurde. Der sein Leben gegeben hat, damit ich meines behalten darf – das größte Geschenk, das ein Mensch einem anderen geben kann.«

Sie nickte und legte ihren Kopf an seine Schulter. »So machen wir das.«

So blieben sie sitzen, bis es draußen wieder hell wurde und Charlotte aufwachte. Sie schlug ihre Augen auf und verlangte mit lautstarkem Geheul ein Frühstück – und brachte sie dadurch mit ihren Gedanken schnell in die Wirklichkeit zurück.

Ihr Geheul wurde lauter, während Anne und Gregory eine tiefe Grube im weichen Waldboden aushoben. Offensichtlich spürte das Kind die Verwirrung und Trauer ihrer Mutter. Erst als Anne und Gregory schließlich David Wilcox' Körper in eine Decke hüllten und ihn in die Grube gleiten ließen, verstummte sie. Anne bückte sich und nahm ihr Kind in den Arm. Es fühlte sich in den feuchten Kleidern so zerbrechlich wie ein Vogel an.

Es dauerte eine Ewigkeit, bis sie Charlotte wieder auf den Boden setzte, von einem nahe gelegenen Busch eine lange grüne Ranke abbrach und sie in das Grab warf.

»Ich werde dich nie vergessen«, sagte sie dabei – ohne sich darüber im Klaren zu sein, mit wem sie eigentlich sprach. »Du hast mich gerettet, als ich nicht mehr mit einer Rettung rechnen konnte. Es tut mir leid, dass ich dir nur meine Freundschaft und nicht meine Liebe schenken konnte.«

Sie verharrte noch einen Augenblick, während Gregory neben sie trat. Dann griff sie entschlossen nach dem Spaten und fing an, das Grab zu schließen. Irgendwann legte Anne das Werkzeug aus der Hand. Sie brach von einem jungen Farnbaum ein paar große Blätter ab, legte sie auf den Grabhügel, strich ein letztes Mal über die Erde, nahm dann ihre Tochter auf den Arm, wandte sich um und ging zurück zu ihrem Haus.

Gregory zögerte einen Augenblick, dann hinkte er schwerfällig hinter ihr her. Wenigstens hatte der Regen im Laufe des Vormittags nachgelassen. Aber der Wind war kälter geworden und blies ihm jetzt eisig ins Gesicht. Der Winter war endgültig gekommen.

Marlborough, 1833

34.

Es war tief in der Nacht. Gregory lag mit offenen Augen in der Dunkelheit und starrte an die Decke. Die Beerdigung lag inzwischen schon zwei Wochen zurück, und die Trauer, die über dem Haus lag, wollte nicht verschwinden. Es fühlte sich so an, als würde alles die Luft anhalten – und es war noch nicht klar, was eigentlich passieren würde, wenn das Leben wieder weitergehen musste. Anne wirkte abwesend, kümmerte sich zwar um ihre Tochter, stand aber zu oft am Fenster und starrte auf das Meer hinunter. Gregory spürte, dass sie allein sein wollte, und beschäftigte sich meistens draußen. Er sah nach den Schafen, sammelte die Eier der Hühner ein und widmete sich auch der kleinen Charlotte. Immer wieder versuchte er, sie für die Puppe zu begeistern, die David in seinem letzten Herbst für seine Tochter gebastelt hatte. Aber Charlotte warf sie jedes Mal auf den Boden und trampelte mit zornigem Geheul darauf herum.

Während Gregory sich zunehmend Sorgen um den

Zustand von Charlotte machte, zuckte Anne nur mit den Schultern. »Sie trauert eben auf ihre Weise.«

Und jetzt lag er da, lauschte dem Pfeifen des Windes um die Hütte und versuchte sich vorzustellen, wie aus diesem Scherbenhaufen eine Zukunft entstehen sollte. Es gelang ihm nicht. Wie sollte er einschätzen, wann Anne genug getrauert hatte? Ihr klarmachen, dass er sie verstand – aber auch nicht für immer einfach übersehen werden wollte. Sicher, Trauer brauchte ihre Zeit. Aber wie viel?

Er war so in Gedanken versunken, dass er nicht hörte, wie sich die Tür zum Schlafzimmer leise öffnete und nackte Füße über den Holzboden an sein Bett huschten. Er schreckte erst auf, als sich seine Decke hob und eine Hand ihm in die Seite drückte.

»Rutsch mal rüber«, wisperte Anne und glitt im nächsten Augenblick neben ihn. Sie trug nur ein Hemd, ihr Haar war offen und stand in einem gewaltigen schwarzen Kranz um ihren Kopf.

Bereitwillig machte er ihr Platz. »Kannst du nicht schlafen?«, fragte er besorgt.

»Ich will nicht schlafen«, erklärte sie mit fester Stimme. »Ich wollte zu dir. Nimm mich in den Arm.« Leiser fügte sie hinzu: »Bitte.«

Vorsichtig legte er seinen Arm um ihre Schulter und drückte sie etwas unbeholfen an sich.

Sie legte ihm eine kalte Hand auf die Brust und verharrte für einen Augenblick. »Danke für deine Geduld«, flüsterte sie. Dann streichelte sie ihn vorsichtig und hauchte ihm einen unsicheren Kuss auf die Halsbeuge.

Er fühlte sich wie ein kleiner Windhauch an, aber Gregory stockte der Atem. So lange hatte er sich nach einer Berührung oder einem Kuss von Anne gesehnt, dass es ihm jetzt fast wie die Erfüllung all seiner Träume vorkam. Er beugte sich vor und erwiderte den Kuss als leichte Berührung ihres Scheitels. Doch Anne wandte ihm genau in dieser Sekunde ihr Gesicht zu, und er traf mit seinen Lippen auf ihren Mund. Nur einen Atemzug lang währte der leichte Kuss – dann öffnete sie ihre Lippen, und sie verschmolzen zu einem Kuss, der sich für Gregory wie eine Einladung ins Paradies anfühlte. Er spürte, wie Annes Hand von seiner Brust zu seinem Bauch und dann noch tiefer glitt, und musste an sich halten, um nicht aufzustöhnen. War das die Wirklichkeit, oder hatte er in dieser dunklen Hütte nur einen wilden Traum?

Sie rollte sich auf ihn und schob gleichzeitig sein Hemd nach oben. Dann liebte sie ihn mit einer Wildheit, die er noch nie bei einer Frau erlebt hatte. Er war sich nicht sicher, ob sie die Erinnerung an alles, was in den letzten Wochen passiert war, endgültig auslöschen wollte – oder ob sie einen Neubeginn in ihrem Leben feierte. Nach wenigen Momenten war ihm diese Frage völlig egal. Er gab sich ihren Küssen und ihren Liebkosungen hin und vergaß alle Sorgen – den Winter und den Toten im Grab. Er fühlte nur noch Annes Hände auf seiner Haut, ihren weichen Mund auf seinen Lippen, auf seiner Brust und auch sonst an allen Stellen seines Körpers. Gleichzeitig umschlangen ihn ihre Schenkel, und sie bewegte sich so langsam und überlegt, dass er mehr als einmal ein lautes Aufstöhnen unterdrücken musste –

immerhin wollte er auf keinen Fall die kleine Charlotte wecken.

Irgendwann hielt er es nicht mehr aus. Er drehte Anne auf den Rücken und übernahm die Regie in ihrem Liebesspiel. Und sie überließ sich seiner Leidenschaft, als ob sie ihr ganzes Leben und noch länger darauf gewartet hätte. Irgendwann waren sie eins mit dem Meer, dem Himmel und dem Wald, der sie umgab.

Es dauerte eine ganze Weile, bis er wieder zu sich kam. Eng an ihn geschmiegt lag Anne, die Augen geschlossen. Sie streichelte ihm in langsamen, trägen Bewegungen über den Rücken, seine Beine – und zögerte, als sie seine Narbe am Oberschenkel berührte. Vorsichtig strich sie darüber.

»Tut es noch weh?«, fragte sie leise.

»Die Wunde? Nein. Nur die Erinnerung daran, wozu ich mit diesem Bein einst fähig gewesen bin.«

»Willst du erzählen, wie es passiert ist?« Im Dunkeln schien diese Frage fast selbstverständlich.

Gregory holte tief Luft. »Ich habe Nathan Ardroy gefunden – und erkannt, was er mit den Mädchen macht, die er nach Neuseeland bringt. Ich habe Streit mit ihm gesucht und gefunden. Ihm ist das schlechter bekommen als mir, das kannst du mir glauben.«

»Gut«, murmelte sie – und er konnte spüren, dass sie nickte. »So kann er seine Machenschaften wenigstens nicht mehr verfolgen, das ist wichtig. Ich möchte mir nicht vorstellen, dass er immer noch in England Nachschub für Jameson besorgt.«

Gregory zog Anne näher an sich. »Ich wünschte, ich

hätte früher geahnt, welches Schicksal er sich für dich ausgesucht hat. Ich hätte …«

»Schhhh.« Sie legte ihm den Finger an den Mund, um ihn zum Schweigen zu bringen. »Das ist Vergangenheit. Und die sollten wir heute Nacht endgültig hinter uns lassen, meinst du nicht? Es wird Zeit, dass wir nur noch nach vorne sehen. Immerhin sind wir an einem der schönsten Orte überhaupt gelandet – egal, wie verschlungen der Weg hierher war. Unsere Kinder werden Neuseeländer sein, das ist alles, was zählt.«

Gregory verschlug es für einen kurzen Moment die Sprache. »Unsere Kinder? Meinst du das wirklich?«

Sie zog seinen Kopf zu sich herunter und lachte leise. »Ja, sicher. Wir haben hier doch genug Platz für ein paar Esser mehr – oder möchtest du etwa keine?«

»Doch, sicher …« Er erwiderte ihren Kuss. »Nichts lieber als das.«

Marlborough, 1833

35.

Es herrschte Frühling. Langsam lief Anne über die Lichtung zu dem kleinen Pferch mit den Schafen. Die Sonne ging eben erst über den Baumwipfeln auf, Tau lag auf den Grashalmen, und die Luft war noch klar und frisch. Sie liebte diese Momente, wenn die Welt noch unberührt vor ihr lag und noch kein Wort oder Gedanke den Tag angekratzt hatte. Sie hatte Gregory schlafen lassen, als sie aufgestanden war. Ein Blick in Charlottes Bett hatte sie beruhigt: Die Kleine lag entspannt auf dem Rücken, den Mund halb geöffnet, und sah aus wie ein perfekter Unschuldsengel. Anne hatte ihr leicht über die Wange gestreichelt, hatte sich eine Decke um die Schultern gelegt und dann das Haus verlassen.

Fast von selbst fiel ihr Blick auf das halb fertiggestellte Haus am Waldrand, neben dem ein kleiner Hügel anzeigte, wo das Grab von David lag. Sie lenkte ihre Schritte dorthin und sank neben dem Grab auf ein Knie. »Ich weiß nicht, wie ich dir danken soll«, sagte sie schließlich leise – und war sich wieder nicht sicher, ob sie zu irgendeinem höheren Wesen sprach oder ob sie mit ihrem verstorbenen Mann redete. »Aber durch dich bin ich tatsächlich das erste Mal in meinem Leben wirklich glücklich. Ich freue mich über jeden Augenblick, den ich an Gregorys Seite verbringen kann. Er kümmert sich um mich und Charlotte, als sei das schon immer seine Aufgabe gewesen … Hast du gesehen, dass er ihr gestern eine Schaukel an dem alten Baum hergerichtet hat? Die Kleine hat den ganzen Nachmittag dort verbracht. Und er vergrößert die Lichtung, damit wir hier mehr Platz für die Schafe haben. Die ersten Lämmer sind schon geboren, genauso, wie wir es geplant haben. Nicht mehr lange, und wir haben eine große und starke Herde. Alles wächst und gedeiht – und ich hoffe, du kannst es sehen. Egal, wo du jetzt wirklich bist …« Sie strich mit der flachen Hand über das Grab und stand langsam auf. Einen Moment lang sah sie nachdenklich vor sich hin. »Ich bin mir noch nicht sicher … aber ich glaube, wir werden im Herbst ein weiteres Kind bekommen. Ich habe es Gregory noch nicht erzählt, aber ich bin überzeugt, er wird sich über die Maßen freuen. Und ich auch. Alles ist so anders als bei Charlotte. Da hatte ich Angst und fühlte mich so schrecklich alleine – ich hatte ja keine Ahnung, ob du jemals zurückkommen würdest. Aber jetzt ist alles gut. Ich habe Gregory, ich weiß, dass ich in diese Bucht gehöre. Wenn ich noch einen Wunsch für mich und meine Kinder übrig hätte, dann wäre es nur dieser eine: dass wir hier in dieser Bucht im Frieden leben können. Ich habe in diesem Leben mehr als genug erlebt …«

Sie lächelte vor sich hin und wandte sich dem Meer zu. Es schien an diesem Morgen hellgrün zu leuchten und sah aus wie flüssiges Metall. Der kleine Schoner wiegte sich mitten in der Bucht an seiner Ankerkette.

Ohne lange nachzudenken, lief Anne den kurzen Weg hinunter zum Strand, zog sich ihr Nachthemd über den Kopf und lief in das kristallklare Wasser. Die Kälte nahm ihr für einen Augenblick den Atem – dann spürte sie, wie ihre Haut anfing zu prickeln und sie sich so lebendig und rein wie selten in ihrem Leben fühlte.

Als sie wieder aus dem Wasser stieg, fühlte sie sich fast wie neugeboren. Was hatte Gregory immer wieder in diesem endlosen Winter gesagt, während sie sich in den Armen hielten und dem Heulen des Windes um die kleine Hütte lauschten? »Sei unbesorgt – es wird der Tag kommen, an dem wir nur noch an die Zukunft denken, und die gesamte Vergangenheit liegt hinter uns und fühlt sich nur noch wie ein düsterer Traum an.«

Er hatte recht gehabt. Dieser Tag war heute. Es wurde höchste Zeit, dass sie zu ihm ging und ihm erklärte, dass heute der erste Tag ihres neuen Lebens war. Von jetzt an zählte nur noch die Zukunft …

Mit einem erfüllten Lächeln im Gesicht ging sie den Weg zurück zu ihrer Lichtung. Sie war in Neuseeland, in ihrer eigenen »Bucht der vielen Strände«.

Und es war gut so.

Epilog

Tasmanische See, 1838

Das große Schiff kämpfte sich schwer durch die gewaltige Dünung der See. Die Segel über den Köpfen der Reisenden waren straff gespannt durch den stürmischen Wind – aber keiner der zwanzig Männer und Frauen schien den Wunsch zu verspüren, zurück zum Unterdeck zu gehen, um sich vor den Böen zu schützen. Etwas abseits standen zwei Frauen, die sich fest in ihre Schals hüllten und den Blick auf den Horizont gerichtet hatten.

»Es kann nicht mehr lange dauern«, vermutete die Ältere der beiden, die bestimmt schon an die fünfzig war und der Sorgen und üble Zeiten tiefe Falten ins freundliche Gesicht gegraben hatten. »Der Kapitän meinte heute früh, dass wir schon bald die Küste sehen könnten. Stellt Euch das vor – nicht mehr lange, und wir sind endlich angekommen … zumindest fast.«

»Wo wollt Ihr denn eigentlich genau hin?« Die jüngere Frau lächelte verlegen. »Ich weiß, es ist fast lächerlich, dass ich erst jetzt frage. Immerhin sind wir seit Monaten zusammen auf diesem Schiff unterwegs. Aber ich habe bisher immer gedacht, dass wir alle irgendwie nach Neuseeland wollen – ohne mir groß darüber Gedanken zu machen, dass das ein riesiges Land ist.«

»Das ist es in der Tat«, nickte die Ältere, die leicht die Mutter der anderen hätte sein können. »Mein Mann und ich wollen auf die Südinsel. Die Nordspitze der Südinsel. Da lebt meine Tochter mit ihrer Familie.«

Sie zog einen zusammengefalteten Brief aus einer Tasche ihres Rocks, dem man ansehen konnte, dass er schon Hunderte Male durchgelesen worden war. »Sie hat uns geschrieben, dass sie mit ihrem Mann in einer wunderschönen Bucht lebt – und dass wir unbedingt zu ihr kommen sollen. Wir werden unsere Enkel kennenlernen, könnt Ihr Euch das vorstellen?«

Die Jüngere lächelte schüchtern und legte mit einem gewissen Stolz ihre Hand auf ihren Bauch. »Ich bekomme gerade unser erstes Kind. Nein, da kann ich mir einen Enkel auf keinen Fall vorstellen. Das wird mir – wenn Gott es gut mit uns meint – wohl frühestens in zwanzig Jahren passieren.«

»... und die werden schneller vergehen, als Ihr es Euch im Traum vorstellt«, erwiderte Elizabeth Courtenay. Eine besonders heftige Welle zwang sie dazu, sich an der Reling festzuklammern, um das Gleichgewicht zu halten.

Ein empörtes Wiehern, gefolgt von zwei dumpfen Schlägen, ertönte aus dem Schiffsbauch. »Er wird sich wohl nie an die See gewöhnen«, seufzte Elizabeth Courtenay. »Aber ihn hätte mein Mann ganz bestimmt nicht in England gelassen.«

»Euch gehören der wunderschöne Hengst und auch die Schimmelstute, die ich im Frachtraum gesehen habe?«

»Ja. Wir werden wahrscheinlich die Ersten sein, die in Neuseeland mit der Vollblutzucht anfangen. Das hat sich mein Mann zumindest an dem Tag in den Kopf gesetzt, an dem er gehört hat, dass meine Tochter und ihr Mann ein ordentliches Stück Land ihr Eigen nennen. Bis jetzt wollte ja keiner etwas von den Nachfahren unseres Sunrise wissen – aber vielleicht ändert sich das jetzt ja.« Sie streckte der jungen Frau ihre Hand hin. »Ich denke, wir wurden noch gar nicht vorgestellt. Mein Name ist Elizabeth Courtenay.«

»Janet Denson«, antwortete die junge Frau eine Spur zu hastig. »Mein Mann und ich wollen auch auf die Südinsel. Angeblich soll es dort Minen geben. Mein Mann hat in Wales alles über den Bergbau gelernt, was man nur wissen kann. Vielleicht gibt es ja in Neuseeland eine Möglichkeit, dass wir aus diesem Wissen unser Glück schmieden können.«

»Bestimmt gelingt Euch das!«, erklärte Elizabeth zuversichtlich. »Wenn Ihr jungen Leute nicht daran glaubt, dass Ihr in den Kolonien euer Glück machen könnt – dann dürften so alte Menschen wie mein Mann und ich ja gar nicht mehr aus dem Haus. Und schon gar nicht mehr daran denken, dass wir für unseren Lebensabend noch einmal etwas ganz Neues anfangen können.«

»Was habt Ihr denn zu Hause gemacht?«, wollte Janet Denson wissen.

Elizabeth Courtenay lachte. »Pferde gezüchtet. Früher auf unserem eigenen Gestüt, das waren die wunderbaren Jahre. Als wir dann kein Geld mehr hatten und unser Land verloren, haben wir ein Gestüt an der Grenze zu Schottland verwaltet. Ein schöner Stall, großartige Tiere – aber eben nicht mehr unser eigenes. Außerdem hat es meistens geregnet, das habe ich allmählich in meinen Knochen gespürt. Meine Tochter schreibt, dass in Neuseeland das Wetter besser ist …«

Ein Aufschrei aus dem Ausguck ließ alle Menschen an Bord ihren Kopf in Richtung Osten drehen. »Land in Sicht!«

Und tatsächlich tauchte am Horizont ein schmaler Streifen auf. Unwillkürlich legte Janet Denson ihre Hand auf den Bauch, mit den Augen suchte sie nach ihrem Mann.

Elizabeth Courtenay bemerkte den Blick. »Er wird wieder unter Deck bei meinem Mann sein. Die beiden sind vorher gemeinsam nach unten gegangen und haben sich über die besten Orte zum Ansiedeln unterhalten, wenn ich das richtig mitgekriegt habe. Vielleicht ist es ja auch am besten, wenn wir uns für den Weg in den Süden zusammentun …« Sie lächelte – und bemerkte nicht, dass sie dabei einen sehr fürsorglichen Ausdruck bekam. »Wer weiß, vielleicht lernen auf diese Weise Eure Kinder meine Enkel kennen. Als echte Neuseeländer der ersten Generation haben sie sicher viel gemeinsam.«

Janet Denson lachte. »Ja. Warten wir ab, was aus uns wird …«

Beide Frauen wandten sich wieder dem Landstreifen

zu, der am Horizont langsam größer wurde. Eine lange Wolke hing darüber. Elizabeth Courtenay spürte, wie eine Gänsehaut über ihren Rücken nach oben kroch. Wie, hatte Anne doch geschrieben, nannten die Ureinwohner ihre Heimat? Sie versuchte sich daran zu erinnern – aber erst einige Wellen später fiel es ihr wieder ein, und sie murmelte den Namen leise vor sich hin.

»Das Land der langen weißen Wolke«.

Hoffentlich das Land der großen Zukunft …

Nachwort

Sicher ist: Nach meinen ersten beiden Romanen aus Neuseeland war meine Geschichte von Katharina und Sina, Ruiha und Ava, John und Brandon fertig erzählt. »Der Tanz des Maori« und »Der Gesang der Maori« hatten fast das komplette 20. Jahrhundert in Neuseeland überspannt, und alle Geister hatten am Ende von über 800 Seiten ihren Frieden gefunden.

Aber eine Überlegung ließ mich nicht los: Wie war es wohl in dem Neuseeland der frühen Siedlertage? Der Zeit, in der nur Robbenschlächter und Walfänger auf den beiden Inseln zu Hause waren und das Leben noch rau und unberechenbar war? Ich fing an, über das frühe Neuseeland zu recherchieren – und stieß schon bald auf Kororareka. Das größte Freudenhaus der Südhalbkugel. Der Ort, an dem Walfänger, Seeleute und wenige Missionare am äußersten Punkt der Zivilisation zusammenlebten und wo es noch kein Gesetz gab, an das man sich halten musste oder wollte. Ich habe mir ausgemalt, wie die Frauen in diesem Ort wohl lebten – und wie sie es zu diesem Ort der Welt verschlagen hat. Keine Frau würde sich doch freiwillig in dieses Loch begeben … und allmählich entstand »meine« Anne Courtenay, die nie nach Kororareka wollte und der es gelang, von diesem Ort auch wieder wegzukommen.

Ich habe die Geschichte von Elizabeth Guard gelesen, der ersten weißen Frau, die auf der Südinsel lebte. Sie wurde nach einem Besuch mit ihrer Familie in Sydney auf dem Heimweg von Maori gekidnappt (das war übrigens 1834 – und in Wirklichkeit am Taranaki). Ihr Mann sollte damals eine Kiste voller Schwarzpulver besorgen, um seine Frau bei den Maori auszulösen. Elizabeth Guards Mann segelte wieder nach Sydney und kam mit dem Schoner *Isabella* und der Man O'War *Alligator* zurück und richtete ein schreckliches Massaker unter den Maori an. Ich habe diese Geschichte an das Ostkap verlegt und sie meiner Anne Courtenay widerfahren lassen – und mir überlegt, was einer Frau wohl passiert, die monatelang unter den Maori lebt.

Oder die Geschichte von Charlotte Badger, die als Sträfling nach Australien kam, als Haushälterin nach Tasmanien sollte und dann gemeinsam mit ihrer Freundin die Mannschaft eines Schiffes zur Meuterei brachte – und in Neuseeland blieb. Anfangs mit Freundin und Männern, später alleine mit ihrer Tochter, blieb sie unter den Maori. Als man ihr 1810 eine Überfahrt nach Australien anbot, verkündete sie, dass sie lieber unter den Maori sterben würde. Ihr Schicksal ist übrigens ungeklärt, manche Quellen sagen, sie sei weiter nach Tonga oder Amerika gereist.

Und dann war da Samuel Marsden, der Missionar, der wohl wirklich die ersten Weinreben ins Land brachte. Die Überlieferungen aus diesen frühen Siedlertagen handeln immer von ungewöhnlichen Menschen, die sich mit Mut und Durchsetzungsvermögen einen Weg gebahnt haben, wo noch nicht einmal ein kleiner Pfad war. Und je länger ich mich damit beschäftigt habe, desto mehr wollte ich unbedingt aus diesen frühen Tagen eine Geschichte aus der Sicht einer Frau erzählen – eben die Geschichte von Anne Courtenay.

Was aus Kororareka wurde? Nur wenige Meilen entfernt entstand Russell, die erste Hauptstadt von Neuseeland. Immer noch ein himmlisches Fleckchen Erde – auch wenn die meisten Bewohner von Russell die wenig ruhmreiche Vergangenheit ihrer Stadt lieber totschweigen … Sollten Sie einmal in diese Gegend kommen, dann wissen Sie immerhin, was sich wirklich einst in dieser malerischen Bucht abgespielt hat.

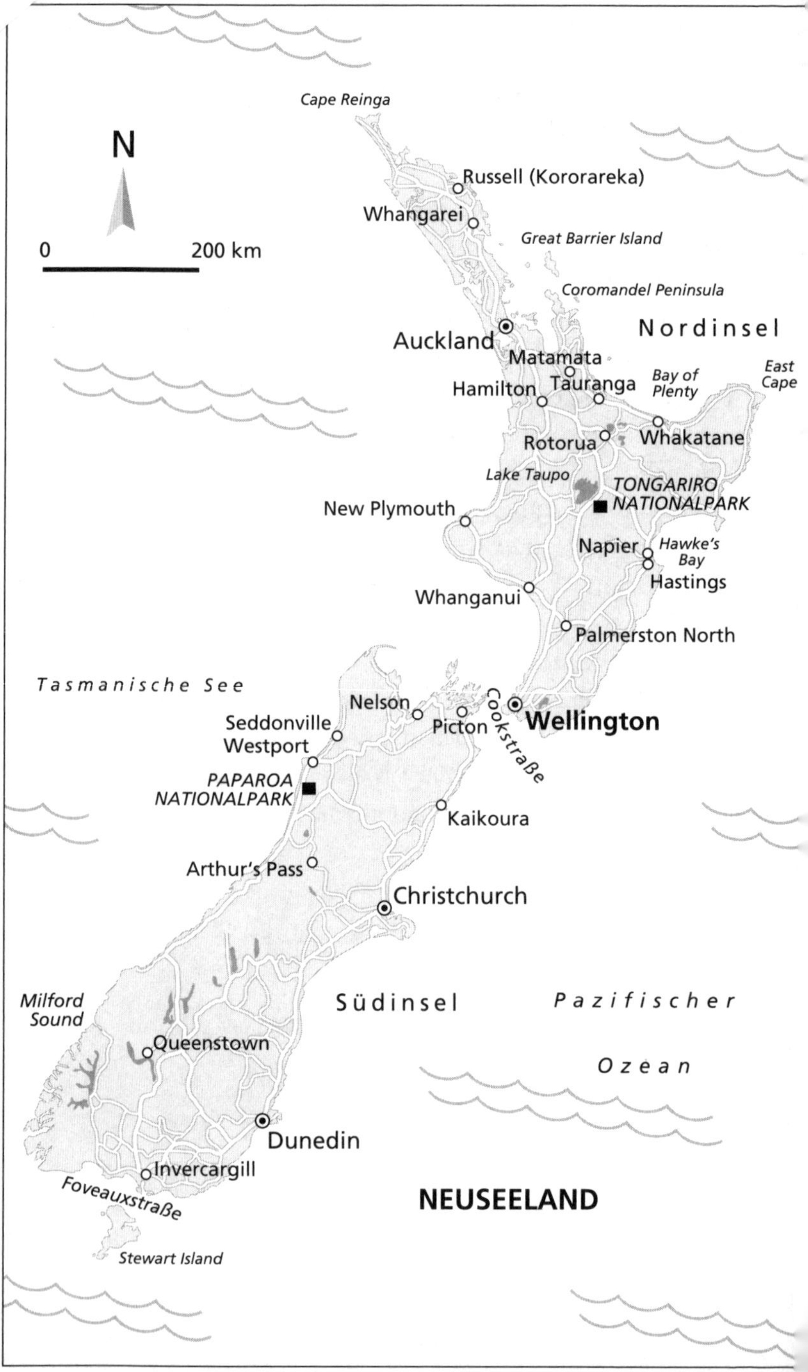

Cape Reinga
N
0
200 km
Russell (Kororareka)
Whangarei
Great Barrier Island
Coromandel Peninsula
Nordinsel
Auckland
Matamata
Hamilton
Tauranga
Bay of Plenty
East Cape
Whakatane
Rotorua
Lake Taupo
TONGARIRO NATIONALPARK
New Plymouth
Napier
Hawke's Bay
Hastings
Whanganui
Palmerston North
Tasmanische See
Nelson
Picton
Cookstraße
Wellington
Seddonville
Westport
PAPAROA NATIONALPARK
Kaikoura
Arthur's Pass
Christchurch
Milford Sound
Südinsel
Pazifischer Ozean
Queenstown
Dunedin
Invercargill
Foveauxstraße
NEUSEELAND
Stewart Island

Emma Temple

Der Tanz des Maori

Roman. 480 Seiten.
Piper Taschenbuch

Seltsame Träume plagen Sina, seit sie in Neuseeland angekommen ist: Jede Nacht erscheint ihr ein tanzender Maori. Als sie in einem alten Fotoalbum das Bild einer Frau entdeckt, die ihr bis aufs Haar gleicht, ist sie schockiert: Wer war die mysteriöse Unbekannte, die Anfang des Jahrhunderts hier lebte? Erst, als sich Sina in Brandon verliebt und alle Zeichen gegen ihre Liebe stehen, beginnt sie zu ahnen, dass sie das letzte Glied in einer langen Kette miteinander verbundener Schicksale zu sein scheint …

05/2612/01/L

Noemi Jordan

Tal der tausend Nebel

Roman. 464 Seiten.
Piper Taschenbuch

Elisa hat die strapaziöse Schiffspassage von Europa nach Hawaii gut überstanden. Auf der Insel Kauai soll sie einen vermögenden Kolonialherren heiraten, um die Zuckerrohrplantage ihrer Familie zu retten. Doch auf dem Weg zum Festland passiert das Unvorstellbare: Elisa wird von einem Hai angegriffen. Der Hawaiianer Kelii rettet ihr zwar das Leben, aber fortan ist die junge Frau körperlich gezeichnet, und aufgrund ihrer Narben wird die Hochzeit abgesagt. Elisa verzweifelt am Leben. Nur bei Kelii, der sie in die faszinierende Welt der Hawaiianer einführt, fühlt sie sich als Frau. Da rächt sich ihr ehemaliger Verlobter auf grausame Weise und hinterlässt ihr eine Frucht des Hasses …

05/2721/01/R